〈教室〉の中の村上春樹

馬場重行
佐野正俊
編

ひつじ書房

まえがきに代えて――春樹文学の「深層批評」へ――

本書は、中学校・高等学校の「国語」教科書に収録されている、あるいは過去に採択された村上春樹の作品、及び今後に教材化が望まれる作品のいくつかを集約し、その〈読み〉を問うことを通じて教材価値を明らかにし、もって春樹文学の新たな可能性を引き出すことを目指して編まれた論集である。

佐野正俊さんからこの企画を持ちかけられてすぐに「やりましょう」と応じたのは、数多い「ムラカミ本」の中に、春樹の文学及び教材の価値について本格的に論じようとしたものが見当たらないことに不満があったからである。春樹について書かれる多くの論が、作品の表層（物語）の読解に終始し、彼が生み出す〈本文《ほんもん》〉の「深層」に秘められている衝撃性を十分に引き出していないという物足りなさを払拭する意図もそこにはあった。〈読み〉を更新させる文学作品の「深層批評」に関心が向いていたということである。目前の学習者たちの生を輝かせるための場として〈教室〉を捉え、〈読み〉の「深層」に向かうには何が求められているかを考えること。こうした難問《アポリア》に応じるためには、対象とする〈本文《ほんもん》〉との格闘＝対話が必須、春樹の繰り出す

〈本文《ほんもん》〉にはこの要素が豊饒にあふれている。本書所収の論文は、個々の論者に応じて考察の角度を異にしているが、いわば万華鏡のような論点の多義性の中に、これからの文学研究と文学教育研究が向かう可能性の一端を提示できていれば大きな喜びである。

佐野さんと相談を重ね、〈教室〉の中に春樹文学を置いた時、そこにどのような〈読み〉が浮上するかを論者に考察して頂いた。結果として、高校の現代語での教材「夜のくもざる」、小学校教材「西風号の遭難」（翻訳絵本）以外の教材化された作品を網羅し、今後に教材として活かす可能性を示唆する論も掲載することができた。

春樹作品は面白いけど訳が分からない、という声を生徒・教師双方から聞くことが多い。教材としての特性にどう応え学習者たちにどのように向き合えばいいのか、教える側にもある種のとまどいのようなものがあるように思う。文学研究者が、必ずしも十全に理解しているとも思えない。ここで重要になるのは、既存の読まれ方を相対化し、文学研究者をはじめとする読者一人ひとりが、自らの〈読み〉を読み直すという営みである。私個人の編者としての甘さから不十分な部分を残したとの反省もあるが、総体として本書はこの課題にも向き合うことができていると思う。その当否は読者諸賢に委ねるしかないが、本書を基に多くの実践が生まれ、春樹文学に親しむ若い人々が増えてくれたらと思う。

なお、本書所収の論文には、多く「語り（手）」という用語が頻出する。執筆をお願いした方々の多くが、「語り（手）」を重視したアプローチの結果である。ここで「語り（手）」の具体的な説明を行う紙幅はないが、〈読み〉の現象として〈文脈〉を捉える基本概念が「語り（手）」である。「語り（手）」は登場人物によって物語を展開し、ことばを仕組み、あるベクトルを作中に仕掛けていく。それが読み手の〈読み〉という営為によって生じてくることを基本に置くということ。それは表層（物語）をただ追うのではなく〈本文《ほんもん》〉を捉えることで私たちが受けとる衝撃性に近付こうとする本書の意図と響き合うことであり、そのような捉え方でこの語を用いた論考が多く集まった。春樹文学を通じて「これからの〈読み〉の原理」の一端を示す結果ともなっていよう。特に、総論をお願いした田中実氏が打ち出す「第三項」という問題は、春樹文学の要諦である「Void＝虚空」という概念に直に対応し、読書行為の「深層」へ至る回路を拓くものとなっている。春樹文学の新しい〈読み〉は、この地平から遠望される。

無理なお願いをさんざん重ねて、内田樹氏に春樹作品の教材価値についてどのように考えておられるか書いて頂いた。ご多忙にもかかわらずご寄稿頂いたことに心から感謝申し上げたい。そして、私のような者が編者の一人になって呼びかけたにも関わらず、多忙をぬって力作論文をお寄せ下さった論者各位に篤く御礼を申し上げる。

本書によって、春樹文学の受容に新展開がもたらされ、小説作品の〈読み〉や文学教材の可能性がより豊かに掘り起こされることを願ってやまない。

馬場重行

#〈教室〉の中の村上春樹　目次

教室における村上春樹

内田　樹

村上春樹の作品の「教材としての価値」について私見を求められた。

私は文学作品を読むときに、「教材としての価値」というものさしを当てがって読むという習慣がないので、改めて問われると、考え込んでしまった。

村上春樹の作品を教材として使ったことならある。

「フランス語上級」というクラスのことで、日本文学のフランス語訳と、オリジナルの日本語テクストを読み比べて、フランス人の訳者が、含意を汲むのがむずかしい日本語をどうフランス語に置き換えたのか、その手際を吟味するという趣向の授業だった。半期の授業で取り上げたのは村上春樹の『羊をめぐる冒険』、太宰治の『桜桃』、谷崎潤一郎の『陰翳礼讃』。

訳文の手触りはどれもまったく違う。

谷崎の訳はわかりにくかった。谷崎の原文はほとんど愉悦的なまでに平明なのであるが、フランス語で読むと、なんだか禅の公案のようにいがらっぽいものになっていた。たぶん、これを訳したフランス人が「谷崎の屈託した美意識はフランス人にはよくわかるまい」と思っていたせいだろう。「同国人によくわかるはずがない」と翻訳者自身が思って訳すと、オリジナルがどれほど平明でも、読んでもよくわからない訳文になる。

太宰治も難物で、あきらかにフランス人の訳者が「太宰治が何を言いたいのか」をつかみかねているのがわかった。太宰の文章はご存じのとおりさして複雑なものではない。センテンスは短く、きびきびしている。でも、例えば『桜桃』の冒頭の「子供より親が大事、と思いたい」を訳せと言われたら、私だって頭をかかえるだろう。だから、訳文は「誤訳」とは言わぬまでも、原文にない言葉を補い、原文にある言葉を削って作文されていた。苦労するのも当然で、太宰の「と思いたい」にはすでに「子供より親が大事」という命題を否定するモメントが働いているからである。「と思いたい」と書いたのは「と思わない」作家が同時にそこにいるからである。太宰の書くものはそういう点ではまことに油断がならない。

それに比べて、村上春樹の訳文はまるで日本語をそのまま読んでいるような自然な流れがあった。むしろ私はそのことに驚かされた。

数年前、フランスの田舎町で夏休みを過ごしているとき、読む本が切れて、書店で『ダンス・ダンス・ダンス』の仏訳を買ったことがある。ホテルの部屋に戻って、ベッドに横になって読み出して、三日ほどで読み終えた。五〇〇頁近い本である。私にそんなフランス語速読能力があるはずがない。たぶん日本語で読んだときに、重要なセンテンスを記憶していて、それを「なぞる」ようにフランス語をあてはめて読んだから、すらすら読めたのだろう。

説明はそれで済む。だが、「そういうこと」が村上春樹の場合には起きるが、他の作家については起きないのはどういうわけか。

「そういうこと」というのは、まるで日本語の原文を読んでいるのと同じように自然にフランス語が読める、ということである。リズムも、息づかいも、ユーモアも、諧謔も、目くばせも、日本語オリジナルのままなのである。「と思いたい」をうまく訳せないで訳者がじたばたしている、というような箇所がどこにも見当たらないのである。

なぜ、村上春樹に限って、「そういうこと」が起きるのか。

フランス語への訳文を推敲している訳者が、村上春樹を読みながら、「そうそう。そういうことって、あるよね」と頷きながら訳している様子を私は想像した。異国の、価値観も美意識も違う異文化世界の住人の書きものを読んでいるのではなく、ここしばらく会っていないけれど、古くからの友人からぶ厚い封筒に入った小説原稿が送られてきたのを受け取って、それを訳しているような気分でいるのではなかろうか。そんなふうに思った。

村上春樹の世界性は、この「懐かしさ」に似た感覚にかかわりがあるように思える。

世界中どの国の読者も、たぶん「しばらく会っていない、古くからの友人が遠い国から書き送ってきた手紙」のような印象を村上作品から受け取っているのではないだろうか。そこに書かれている地名や、街の様子や、やっている仕事の内容はよくわからない。でも、「古い友人」がそこでなんとか工夫して、彼らしい生活を送ろうとしていることは、わかる。だから、読んでいるうちに、君もそうか。こっちもいろいろあるけれど、僕なりにやっているよ。そのうち会えるといいね。とくに話さなくちゃいけないことがあるわけじゃないんだけれど、まあ……というような短い「返信」をしたくなってしまう。

「会ったことのない古い友人が、見知らぬ異国から書き送ってきた、読めない言語で書かれた手記」、世界の読者が村上作品に与えているステイタスはそれに近いのではないかと思う。文学史を徴しても、「そういう」印象をもたらす作家はまれである。どうして村上春樹だけがそのような例外的な作家になったのか。うまく説明はできないが、個人的な仮説ならひとつある。それは村上春樹が「神話作家」だというものである。

村上春樹の小説作品は意匠はさまざまだけれど、本質的には「神話」であると私は思っている。

神話というのは世界のありようを記述する物語ではない。そうではなくて、世界に構造を与える物語である。

ジャック・ラカンは「世界に構造を与える物語」についてかつてこう書いたことがある。


「昼と夜、男と女、戦争と平和、こういう対立は他にも幾つもあげることができます。これらの対立は現実的な世界から導き出されたものではありません。それは現実の世界に骨組みと軸と構造を与え、現実の世界を組織化し、人間にとって現実を存在させ、その中に人間が自らを再び見出すようにする、そういう対立です。

（「原初的シニフィアンと、そのうちにあるものの欠損」、『精神病（下）』、小出浩之他訳、岩波書店、一九八七年、六九頁）


ラカンが「対立」と呼んでいるものを、私は「物語」と言い換えてみる。「物語」は現実そのものではない。例えば、「昼と夜」というのは、そういう対立関係の中で時の流れをとらえたことの結果、世界に出現したのであり、その対立以前に昼や夜が自存していたわけではない。時間や太陽の照射量はアナログな連続体であり、そこに0／1的な截然たる境界線は存在しない（太陽が水平線に没した後も、もう見えなくなった太陽からの残光はしばらく西の空にとどまっている）。けれども、私たちは「昼と夜」という対立を思いついたことによって、星雲的な、アモルファスな世界にデジタルな境界線を引いた。そうやって世界に「骨組みと軸と構造」を与えた。人間は昼と夜を「発見」したのではない。「創造」したのである。

神話というのはそのような、世界に秩序と意味をもたらす原型的な対立のことである。

村上春樹がとりだした「対立」は何だろう。それは「昼と夜、男と女、戦争と平和」という二項対立形式を踏襲して言えば、「存在するもの」と「存在しないもの」の対立である。村上春樹のほとんどすべての作品は、その神話形式の変奏のように私には思われる。

「羊」や「かえるくん」や「やみくろ」や「リトルピープル」が「存在しないもの」を表象する。それが「存在するもの」たちのささやかだが、手触りのしっかりした日常に闖入してくる。「彼ら」の侵入によって、それまで確固としたものに思えた生活基盤が不意に崩落する。主人公たちはある種の無秩序、一時的な失見当識のうちに投じられる。手元に残されたわずかな資源を使い回して、そこに局所的な「秩序のようなもの」を作り出そうとする。局所的に通じる言語を語り、局所的に通じる規範に従い、局所的な達成感を味わう。大洋に浮かんだ筏のように、たよりなく、不安定なものだが、そこにだけさしあたり「人間的秩序」が生成する。

村上春樹はそういう神話的状況を繰り返し、繰り返し描いてきた。だから、主人公たちには共通する特徴がある。それはいかなるカオス的状況のうちにあっても、言葉をていねいに扱う、直感に従う（とくに「強い怒りを感じたとき」には）、ささやかなものであれ何かを達成したら自分に「ごほうび」をあげる、この三点である。それは強制収容所に投じられた人間や、死病に取り憑かれた人間や、天変地異によってすべてを失った人間が、未来に希望が見えないままに、「それでも、もう一日だけ生きてみよう」と思うときに選ぶ自己規範に通じている。

村上春樹の作品は、この世界で現在私たちが享受している秩序と繁栄が不意に失われたときに（いつか必ず失われる）、人間はどうやって生き延びるのかという問いを、ほとんどそれだけをめぐって書かれている。私はこのような作家の資質を「神話作家」と呼んだのである。

冒頭の問いに戻る。

村上春樹の作品に教材としての価値はあるのか。私の答えは次のようなものである。

およそ世界の成り立ち方と人間のありようについてなにごとかを記した文章で教材として有用でないものは存在しない。そして、世界の成り立ち方と人間のありようについてのもっとも真率な問いは「世界の秩序が崩落したとき、人間はどう生き延びるか」というかたちをとるのである。

村上春樹の「神話の再創成」
――「void＝虚空」と日本の「近代小説」――

田中　実

はじめに〈〈宿命のかたち〉の〈創造〉〉

稀有の世界性を獲得しているらしい〈作家〉村上春樹は今や、「無国籍」作家とまで呼ばれ、その著作収入は翻訳のほうが多いそうです。この事態は音《オン》と訓《クン》の組み合わせで造り出された「日本語」表現が遠く古代に成立して以来、「日本文学史」上他に類を見ません。何故、そんな一種の奇跡が村上春樹という作家に起こったのでしょうか。しかし、それとともに、他方では村上排除、バッシングが烈しく、その毀誉褒貶は今や、批評・学会ジャーナリズムを巻き込み、出版大洪水状態と化しています。もちろん、拙稿もこの巨大な渦に巻き込まれずにはいられません。いかにこれに抗して、なおその文学的価値、教材価値を引き出すような〈読み方〉ができるのか、それを考えている過程で、突然わたくしには村上春樹が今日のネット社会に現代の「新しき村」の建設を夢見ているんだなとその姿が浮かんできました。それは恐らく逆説的な「孤立」者の姿であって、この村上春樹のイメージと対話を図ることが本企画に応えることであり、それが大洪水に立ち向かうことでもあると夢想している自身に気付きます。

結局「読むこと」は読み手自身の**〈宿命のかたち〉を〈創造〉**[注1]するしかないのですが、わたくしはここで村上春樹の造った水路を可能なかぎり追い掛けてみようと思っています。因みに、これは図らずも同時期に盟友須貝千里と企画した『国文学　解釈と鑑賞』の特集「〈原文〉と〈語り〉をめぐってⅡ──ポスト・ポストモダンの課題」（二〇一一・七　ぎょうせい）及び『ポスト・ポストモダンと文学の課題──「読むこと」の共通認識の場を求めて──』（二〇一一出版予定　教育出版）と併せて読まれることを望んでいます。

一、「神話の再創成」（「批評」はいかに可能か）

まず村上自身の立場、一九九九年『広告批評』一〇月号、編集者島森路子のインタビューで、村上は批評に関し、次の極めて真っ当な態度・姿勢を表明しています。

テキストというのは、すべての人に対して平等なんです。（中略）そこに対して僕も含めてあらゆる人が等距離からアクセスできる。それが僕のテキスト観だから、誰が何を考えようと自由で、僕はそれに対して「違いますよ」とか「考えすぎですよ」とケチをつける根拠は実はまったくない。／そんなこともあって、僕は批評に対する批評はしないんです。やっても意味がないから。（中略）僕がいやなのは、批評自体がいやなのではなくて、その批評が力を持って人びとに作用すること。

（『夢を見るために毎朝僕は目覚めるのです　村上春樹インタビュー集1997-2009』に所収　二〇一〇・九　文藝春秋）

この「批評に対する批評はしない」という発言は奥が深く、ここで注目してみたいのは、例えば村上と読者のメールのやり取りを集めたユニークな本、『「ひとつ、村上さんでやってみるか」と世間の人々が村上春樹にとりあえずぶっつける490の質問に果たして村上さんはちゃんと答えられるのか?』（二〇〇六・一一　朝日新聞社）の「いじわるなのでしょうか?」という質問136に対する村上の次の回答です。

質問者は、「父は起承転結ドーン！　というものか、難しい言葉と蘊蓄だらけな本が好きで、読み終わってから家族にあれこれ得た知識や自分なりの分析を披露したりするのが好きな元小説家志望の翻訳家です。私の読み方は登場人物に重なっている自分を見つけたり、現実にはあり得ない事もそれはそれとして楽しむ感じでいちいち細かく分析しないタイプ」とのこと、村上はこれに次のように答えています。

> お父さんは分析好きということですが、僕の小説を分析しだすと、かなりつらいことになるのではないかと思います。少なくとも僕の知る限りにおいては、**僕の小説を分析して、どこかまともな地点にたどり着いた人はほとんどいません。**もちろん僕自身にも分析なんてできません。あなたのような自然な読み方がいちばん正しいのだと思います。／だって論理ですぐ分析できるような小説を書いたって、書く方もつまらないし、書き手がつまらないと思っている小説を読んでも、読む人だって面白くないですよね。分析なんてことはひょいとそのへんに放り出して、難しい言葉も引き出しの奥にしまいこんで、**物語を自然に楽しみましょう。**／その小説を読み始める前と、読み終えたあとで、**自分の居場所が少しでも移動しているように感じられた**としたら、それは優れた小説なのだ、というのが小説についての僕の個人的基準です。
>
> （ゴシック体は引用者以下同様）

ゴチにした三箇所に注目しましょう。管見の限り、村上は自身の文学に対する他の「批評・研究」を認めていません。だから作品「分析」を止めて、村上文学の「物語」を楽しんでほしい、と言っているのです。と言っても、後述するようにここでの「物語」はストーリーではありません。「お話」＝ストーリーを包んだ物語世界、先走ってもっと言っておけば「近代小説」の枠組みをさらに超えるような物語世界です。ここに立ち止まり、もうひとつ、「特集村上春樹ロングインタビュー」（『考える人』二〇一〇年夏号　新潮社）の、「外国では、ムラカミ以外のだれにも書けない世界がここにあるとか、作品のオリジナリティが評価されることが多」く、「ほかの誰にも書けないものを」、「独自の方向性」で「切り拓」き、「何もないところに自分でこつこつ道をつくって、穴を掘るということを、三十年間続けてきた」と、控え目に自負しながら、さらに『1Q84』「Book 1・2・3」（二〇〇九・五、二〇一〇・四　新潮社）の極端な売れ方、その異様なほどの村上支持に対して、村上自身は率直に、「その背景には、なにかひとつ大きな時代的潮流の変化があるのではないか。**モダンがあって、ポストモダンがあって、そのポストモダンがトラックを一周して、ひとつの局面はもう終わりを告げたんじゃないか**」と現状を概括していることに注目しましょう。その後、これから「**神話の再創成**」が「**キーワード**」になると語ります……。

村上の先の回答とこのインタビュー記事を併せ、村上個人の真意を慮ると、いつの間にか、自分が断崖絶壁に立たされ、そこから真下を見下ろすあの眩暈と恐怖の緊張感にいることを覚えます。次の大江・蓮實は単なる一例ですが、村上はこれらの大洪水との対決を経、時代の根を抉って、後述する鷗外の批評否定のところから次の時代創成を見ているのでしょう。

二、「批評」は「人に何物をも与えない」と言う鷗外『ヰタ・セクスアリス』

内田樹の次の発言は看過できません。

『すばる』の蓮實重彦の発言を見せてもらったけれど、すごい。／「村上春樹作品は結婚詐欺だ」（そのときだけは調子のいいことを言って読者をその気にさせるが、要するにぼったくり）というのは、批評というよりはほとんど罵倒である。シンポジウムの締めでの蓮實の結論は「セリーヌと村上春樹ならセリーヌを読め、村上春樹を読むな」というなんだかよくわからないものであった。

（『もういちど村上春樹にご用心』二〇一〇・一一　アルテスパブリッシング）

村上春樹登場の一九七〇年代末、日本でも既にポストモダンの運動が始まり、その旗手の一人、後の「第二六代東京大学総長」蓮實重彦は、「物語」である文学を「制度」として否定、その文化運動を展開し、一九八九年の『小説から遠く離れて』（日本文芸社）では、「まず村上春樹。そして井上ひさし。続いて丸谷才一。村上龍もその一人だろう。大江健三郎もそうだと思うし、中上健次」も「さらには石川淳」、彼らが「物語的な構造の同一性」にあることを指摘し、彼らを一括して、「小説家たちが物語を創造するのではなく、すでにある物語を彼らが語らされているという事実に尽きている」と総批判、力ずくの「批評」による「小説という制度の解体」を迫り、九〇年代には文学は一般に「終焉」とか「まだ生きている文学」とかの揶揄まで聞かれました。一方、実作者で、確か創作執筆断念を宣言していた大江健三郎は、一九九四年ノーベル賞受賞を契機に「創作」を再開、「世界文学は日本文学たりうるか？」（『あいまいな日本の私』所収　一九九五・一　岩波新書）という屈折したタイトルの講演で、日本文学を三つのグループに分けます。

第一は「世界から孤立している」谷崎潤一郎、川端康成、三島由紀夫、第二は「世界の文学からまなんだ者たち」の大岡昇平、安部公房、大江自身、第三は「世界全体のサブカルチュアがひとつになった時代の、まことにティピカルな作家たち」の村上春樹、吉本ばなな、この第三グループは「ふたりしかいませんが、それだけで第二のラインの二百倍の売れ行きを示しています（笑）」と揶揄、村上否定は文壇ジャーナリズムの作家側からも発されていました。因みに谷崎・川端・三島を「世界から孤立している」と言う大江は逆に大江自身の偏狭さを露呈しているのではないかとの懸念を感じます。しかし、村上が「無国籍」作家となり、しかもノーベル賞候補として話題になっている現在、内田樹が蓮實重彦に「その見識に自信があり、発言に責任を取る気があるなら、授賞に際しては『スウェーデン・アカデミーもまた詐欺に騙された、どいつもこいつもバカばかりである』ときっぱりコメントするのが筋目というものだろう。」（ブログ「内田樹の研究室」）と挑発、蓮實は『随想』（二〇一〇・八　新潮社）でこれを引用して、自説を次のように簡潔に明らかにしています。

「近代小説」の擁護を目指して書かれた『小説から遠く離れて』（日本文芸社、1989）で、あまりたやすく説話論的な還元に屈してしまう『羊をめぐる冒険』（講談社、1982）の小説としての限界を指摘して以来、わたくしのこの作家に対する姿勢は変わっていない。（中略）たかが「近代」の発明にすぎない「国語」を自明の前提として書きつつある自分への懐疑の念が、この作家にはあまりにも希薄だというのがその理由である。その点をめぐっては、『海辺のカフカ』（新潮社、2002）で使われているたった一つの「前衛的な芝居」という表現を取り上げ、そこに同時代的な感性への安易な同調をうながす「詐欺性」が露呈されているとも指摘したことがあるが（「『結婚詐欺』からゲイリー・グラントへ」、『早稲田文学』、03年7月号）、いずれにせよ、「高度消費社会のファッショナブルな商品文学」云々といった通俗的な理由でわたくしが村上文学を否定しているのではいささかもない。

蓮實の村上批判が単に「通俗的な理由」のレベルではないのは論を待たず、内田の真意もそう受け取ってはいないでしょう。ここでの論点は四つ、第一、蓮實は一貫して、「近代文学」の擁護を唱えているが、四十年以上の彼の「批評」行為はその「解体」に大いに寄与したものの、「擁護」たり得たであろうか。第二、『羊をめぐる冒険』の小説の限界の指摘は妥当であろうか。第三に、村上は果して「『近代』の発明である『国語』」に対する相対化が「希薄」なのであろうか。第四、『海辺のカフカ』は「詐欺」行為に当たるかどうか。

わたくしは蓮實説にこのままでは納得しません。その要諦は蓮實と村上の「原理」＝グランドセオリーのずれから発し、これに向き合うには、解釈や分析を競うその手前、そもそも**小説とは何か**というジャンルへの問、さらに「**読むこと**」、「**批評すること**」**とはいかなることか**、に遡及することが問われるのではないか、そこで、いつも引用する、鷗外の『ヰタ・セクスアリス』（一九〇九）の主人公、哲学者金井湛の言葉を紹介しておきます。

> 僕はどんな芸術品でも、自己弁護でないものは無いやうに思ふ。それは人生が自己弁護であるからである。（中略）Mimicryは自己弁護である。文章の自己弁護であるのも、同じ道理である。僕は幸にそんな非難も受けなかつた。僕は幸に僕の書いた物の存在権をも疑はれずに済んだ。それは**存在権の最も覚束ない、智的にも情的にも、人に何物をも与へない批評**といふものが、その頃はまだ発明せられてゐなかつたからである。

鷗外は当時隆盛を極めた自然主義文学を批判するのに批評ではなく、小説という実作で日本の自然主義文学を批判し、漱石を評価してみせます。既に処女作『舞姫』発表の一年前の一月三日、読売新聞に発表した「小説論」で、本家のエミール・ゾラの自然主義文学を「文学ではない」と斥けていたのですから、今更流行し出した日本の花袋や藤村の批判など問題外、いや、それ以上に鷗外は〈批評〉それ自体に自身の「自己弁護」を見ずにはいられず、「批評」というジャンル自体を認めませんでした。村上もまた鷗外に続く根生いの「批評」家なのだと思われます。

三、ネットでの「新しき村」建設／村上春樹の〈生き方〉の選択

村上の「批評に対する批評は意味がない」という「批評」は、解釈は解釈によって相対化され、認識は認識によって敗れるという論理のからくりをなぞり、ニヒリズムの行方を思わせます。村上は反証がどうしても必要な場合、「批評」で語るのでなく、「創作」で対応し、対抗姿勢を内に抱え込みます。例えば『沈黙』（『村上春樹全作品1979-1989⑤』一九九一・一　講談社）、この短編のモチーフは恐らく「ある編集者の生と死――安原顯氏のこと」（『文藝春秋』二〇〇六・四）にある確執でしょう。村上は懇意にしていた元編集者安原顯とのトラブルをモチーフにし、「沈黙をまもったまま」小説を書くことで個人的な傷を克服、批評で争わないのです。『沈黙』の主人公の大沢さんは自分を陰で陥れた、同じクラスの憎むべき青木を殴り続けることを強く夢想するのですが、いつしかその夢想が嘔吐を催させます。何故なら、大沢さんの自意識は際立って鋭敏で、自分の捉える相手は自分のなかにあり、相手を殴り続けるのはそう捉えている自分自身を殴り続けることになるからです。これは大沢さんのみならず、大沢さんの話の〈聴き手〉であり、〈語り手〉の〈僕〉も同様、二人は「出口なし」、末尾ビールでも飲まずにいられない心境です。つまり、真の敵は次の〈語り〉に現れています。

僕が本当に怖いのはそういう（筆者注　人の言うことを無批判に受け入れる）連中です。そして僕が真夜中に夢をみるのもそういう連中の姿なんです。夢の中には沈黙しかないんです。そして**夢の中に出てくる人々は顔というものを持たないいんです。**

主人公の大沢さんは逃げようのない恐怖の正体、人と人とが互いに「どろどろに溶けて行く」所と向き合っておびえ、これに閉ざされているのです。そこで、そこから作家村上はどこに向かうのでしょうか。村上の場合、この顔のない「そういう連中」を敵として打倒、粉砕しようというのではなく、その逆、顔のない連中の住むところに村上自身が住まいし、文学に留まらない生活文化一般に鍬を入れ、掘り起こし、種を蒔き、読者共同体を耕そうと、情報社会の「新しき村」の建設に〈ことば〉で向かうのです。

村上春樹の際立った特異性は、一九九五年一月の神戸淡路大震災、続けて三月に起こった地下鉄サリン事件への反応に象徴的、それまでのアメリカ暮らしのデタッチメントからアタッチメントへ転換、地下鉄サリン事件の被害者の聞き書き『アンダーグラウンド』（一九九七・三　講談社）、オウム真理教の信徒の聞き書き『約束された場所で』（一九九八・一一　文藝春秋）を出版、以前書かれていた「村上朝日堂」を再開し、『村上朝日堂はいかにして鍛えられたか』（一九九七・六　朝日新聞社）が出版され、分野を問わず、インターネットによって読者と直接交信した『CD-ROM版村上朝日堂　夢のサーフシティー』（一九九八・六　朝日新聞社）、オウム事件と地震発生の間、小説時間を全て九五年二月に設定した地震小説『神の子どもたちはみな踊る』（二〇〇〇・二　新潮社）を出版、続いて『「そうだ、村上さんに聞いてみよう」と世間の人々が村上春樹にとりあえずぶっつける282の大疑問に果たして村上さんはちゃんと答えられるのか?』（二〇〇〇・八　朝日新聞社）、また一二二〇の質問に応えた『村上春樹編集長　少年カフカ』（二〇〇三・六　新潮社）、『「これだけは、村上さんに言っておこう」と世間の人々が村上春樹にとりあえずぶっつける330の質問に果たして村上さんはちゃんと答えられるのか?』（二〇〇六・三　朝日新聞社）、前掲『ひとつ、村上さんでやってみるか』、計二三〇二の雑多な質問に一つひとつ当意即妙に、前掲のごとき節度を持った親しさで応え、春樹流の現代に生きる術を読者と創り出していています。

村上は日常の自分を顔のない連中の一人に過ぎないとする醒めた自己意識を一貫して手放しません。デビュー時の太宰治とは正反対、太宰は「選ばれてあることの／恍惚と不安と／二つわれにあり」の選良意識・無頼意識で登場し、後に私生活の不幸を呼びよせる生き方を一つには『聖書』との対決などで克服しますが、村上はその選良意識自体を当初から一切排除し、普段から早寝早起き、マラソンで体を鍛え、アイロンを掛け、夕方買い物をして、料理をします。それは川端や三島が絶対にしなかったこと、インターネットで読者共同体を作り上げ、現代の「新しき村」、ネット時代の白樺の運動をほとんど一人、実践します。

それはもともと村上の次のことから始まっています。

> 結局、僕らがやっていることというのは、一種の**小説という制度の解体**だと思うんだけど、でもそれは（中略）力ずくのやり方じゃなくて、**わりにナチュラルな解体**なんですよね。（中略）結局、僕が小説を書きはじめた当時、**既成の日本の小説システムに対する不信感というか絶望感**みたいなものが、そもそもあるわけですよね。（中略）だから、もうとにかく、そこにあるものを全部分解して、洗い直して、組み立て直して、**別の座標軸**を持ってきて、小説を作っていくしかない、という**決意**があった。目覚まし時計の分解と同じ。
>
> （『ナイン・インタビューズ　柴田元幸と9人の作家たち』二〇〇四・三　アルク）

この村上の「絶望感」は同時代に対する孤立感、断絶感のみならず、彼の日常生活の過ごし方に通じていて、小説家村上の文芸ジャーナリズムへの対応は慣習に徹底的に反しています。彼は全ての自身の文庫本収録に際して、一方で一切の余人の「解説」を拒み、他方で全集『村上春樹全作品』（一九七九年から二〇〇三年までの全一五巻　講談社）には著者自らが丁寧な「解題」を付し、さらに『若い読者のための短篇小説案内』（一九九七・一〇文藝春秋）などの独立した「批評・研究」書も出版し、「創作」と「批評・研究」の双方を一人で賄っています。さらに前述したように自身で読者共同体に鍬を入れ、耕し、種を蒔き、社会文化一般の土壌を育んでいます。その獅子奮迅の活躍の姿は、かえって孤立的、それが結果として「無国籍」を呼び起します。

四、読みの制度批判／村上小説の〈読み方〉

四・一、ストーリーでは「どこにも行かない」

何故春樹が同じく制度の「解体」を実践したポストモダン系の「批評・研究」から否定され、バッシングを受けなければならないのか、もう一度、村上の直《じか》の言葉、先の島森への発言に戻りましょう。

小説はどう読んでもいいものだけど、僕から見ると多くの人はこの『スプートニクの恋人』という小説をストーリー中心に読もうとしすぎてるんじゃないかという気がします。（中略）でも、そういう**ストーリーで考えていくと、これはどこにも行かない小説**なんです。

ストーリーとはお話の内容を特に時系列にしたもの、プロットは叙述されたお話（ストーリー）を構成したもののことです。ですから、A地点からB地点に出来事が移動するのがストーリーです。先の村上の回答、「読み終えた後で、自分の居場所が少しでも移動しているように感じられたとしたら、それは優れた小説」と言う定義は「物語」の面白さを満喫させるもののことでしょう。にもかかわらず、村上は何故「小説」を「ストーリーで考えていくと、これはどこにも行かない」と、その〈読み方〉を拒否しているのでしょうか。村上が先の質問の回答のように、読者に推奨しているその最高の魅力は「物語」、「物語」に〈拉致〉されることのはずです。これはどう考えればよいのでしょうか[注2]。むろん、『スプートニクの恋人』のストーリーだけではないし、村上の全小説のことに限るだけでもありません。実は、「近代小説」全体がストーリーで読まれると、どこにも行けないし、行かないのです。

四・二、ストーリーと〈語り〉

「近代小説」の読者もまた一般に叙述に則してストーリーを探り、これを追って読むのですが、そのストーリーは断るまでもなく、〈語り手〉によって語られた対象であり、語られた対象と語る主体との相関の〈語り―語られる〉現象が読み手にプロットとして構築されて現れてくる、これを読むのが「近代小説」のわたくしの〈読み方〉で、「近代小説」と言うジャンルはお話の出来事、物語内容を読むだけに留まることはできません。漱石も鷗外も芥川も太宰も、特に傑作ほど筋が複雑で、たいそう傲慢な言い方ですが、そのストーリーも分からないまま近代文学の研究論文が量産されているのが現状とわたくしには見えます[注3]。話の内容が複雑ですから、まず出来事を単純にと言うか、純粋に時系列に置き換えてみると、比較的ストーリー、お話の流れが分かりやすくなり、そうなると、プロット＝叙述の構成の抜き差しならぬ必然性が見えてきます。プロットをプロットたらしめる内的必然性が〈**メタプロット**〉、そこにはその作品の〈**ことばの仕組み**〉がそれぞれ〈**仕掛け**〉られているのが「近代小説」であり、これを〈**分析**〉するのです。それはストーリーを「分析」するのではなく、読み手と作品が認識論的に対決すること、読み手自身の世界観認識を揺さぶり、読み手に〈**自己倒壊**〉、〈**瓦解**〉を促していく、村上を含めた「近代小説」を「読むこと」とはこれを実際に体験することに外なりません。何故そんなことが可能か、それは「近代小説」が本来的に〈**超越**〉、認識の彼方の領域を抱え込んでいるからです。もともと「近代小説」は読み手に現れる〈語り―語られる〉現象を読み手自身が読む行為ですが、複数の人格が登場することが必須でありながらこれが不可能であるという背理を背負っています。それを言うには拙稿「小説論ノート——小説の「特権」性」（鷺口雄ら編『文学研究のたのしみ』二〇〇二・四　鼎書房）で述べたような「近代小説の誕生」に関わる踏み込んだ本格的な議論が必要ですが、ここでは客体の文学作品の文章が読みの〈影〉を抱えた〈実体性〉を捉えるものとだけ言って、一筆書きで〈主体―客体〉の図式を述べておきますと、もともと読み手の捉える客体の文学作品の文章は実体として存在するのでなく、客体そのものという第三項の〈影〉が読み手に現象した働きを読むのです。これが基本の〈読み方〉であり、注1に掲げた問題に帰着します。ストーリーを読み込んでいくには、物語内容がいかに語られているかを〈分析〉の対象にしますが、これはその条件の一部に過ぎません。これは「近代の物語」を読む〈読み方〉ではあっても、「近代小説」を読むことにはならないとわたくしは考えています。

しかし、あらかじめ先にお断わりしなければならないのは、わたくしにとっての個人的な「近代文学史」の構想は通常考えられている詩から散文へ、そして自然主義文学から私小説へのコースをメインとしたものではありません。そうではなく、それを「近代の物語」文学と捉え、そこから〈超越〉する地平を抱えるのがわたくしの「近代小説」です。従って、わたくしの「近代小説」の定義は「伝統的物語＋〈語り手〉の自己表出」、漱石・鷗外・芥川・川端・太宰・三島らに代表される「近代小説」は「近代の物語」である自然主義リアリズムと〈超越〉との間で、葛藤を起こして展開し、村上の文学こそ決定的な〈超越〉を自明の前提にしている、言わば、〈超越〉し、〈向こう〉から始まって、〈こちら〉に〈影〉として現れている、その意味で「近代小説」、なかんずく『舞姫』から『雁』を書く鷗外の嫡流に位置付けられます。

個人的な問題に偏り過ぎそうになりますから、戻りましょう。村上文学を本格的に「批評・研究」の対象として読もうとすれば、先の〈仕組み〉や〈仕掛け〉、そして〈超越〉を対象化せざるを得ません。知覚作用によるリアリズムの「分析」では及ばぬ領域なのです。

四・三、〈超越〉という「地下二階」＝「ブラックボックス」

プロットの表層、そのストーリーを丁寧に読んでメタストーリーを読み手が読みとっても、「どこにも行かない」のは読みの急所がストーリーの行方、語られたものがお話の素材内容に留まって、世界観認識の転換に向かわないからです。村上文学は自然主義文学系の「近代の物語」ではなく、前述した「近代文学」を継承発展させたものです。ストーリーを語る〈語り〉に必然的に孕む虚偽を超えるところ、すなわち、**近代小説は何らかの〈超越〉のレベルが要請され、それがリアリズムの世界観を突き崩す批評性を持つのです。これが「近代小説」を読む基本だとわたくしは考えます。現在の文学研究の研究状況はこうなっていません。**

村上は次のように言います。

僕はリアリズムの形式で書くことはできません。フィクションが強制的に、僕を**もうひとつの部屋**に連れ込むのです。そこはとても暗く静かで、僕は多くの奇妙なもの、野生的なもの、シュールリアリスティックなものの目撃者となります。そしてそれらは僕の目の前に、無理なくとても自然に姿を現すのです。書くときに、そこに生起する生き物やイメージや音に対抗するためには、強くなくてはなりません。**恐怖の扉**をあえて開ける勇気が必要なんです。（中略）幸運なことに僕は作家であって、両方の世界を行ったり来たり好きなようにできる。

（「ハルキ・ムラカミ　あるいは、どうやって不可思議な井戸から抜け出すか」、前掲『夢を見るために毎朝僕は目覚めるのです』所収）

こうした姿勢は実は〈語り〉にとって何らかの形で必須、〈語ること〉はそれ自体に虚偽を孕みますから、〈語ること〉が同時にそれ自体どこか自己否定的に語るか、〈超越〉的な何ものかが要請されるのです。後述する「地下二階」＝「ブラックボックス」という「超越」のひとつの極限的な形態です。その通路を彼は次のように説明します。

　質量を失って、**ひとつの原理**にならないといけない。そうしないと向こう側にはいけない。（中略）肉体を失って**原理**になってしまいたい。「壁抜け」というのはそういう意味においても可能なんです。（中略）だからそれは原理というよりは、むしろ**void=虚空**という方に近いかもしれない。（中略）我々は結局のところvoidに付着している表象スタイルの総合体に過ぎないのだと。

（「恐怖をくぐり抜けなければ本当の成長はありません」、前掲『夢を見るために毎朝僕は目覚めるのです』）

「もうひとつの部屋」とは拙稿「断層Ⅳ――第三項という根拠――」（『日本文学』二〇〇八・三）で述べた**第三項**、村上の言う**「うなぎ」**のこと（前掲『ナイン・インタビューズ　柴田元幸と9人の作家たち』）、わたくし個人の世界観認識の基本をここで一言だけ紹介しておきます。

　世界は主体とその主体の捉える客体と客体そのものとの三項で成り立って、この第三項は人間に捉えることのできない客体そのもの、この第三項の〈影〉が人間の知覚できる生の領域、それは主体の捉える客体、〈わたしのなかの他者〉の世界です。『海辺のカフカ』を中心に」（前掲『夢を見るために毎朝僕は目覚めるのです』）でも村上は、「人間の存在というのは二階建ての家」、「いわゆる近代的自我」は「地下一階」でやっていて、読者はそこは理解できるが、「地下二階」は「もう頭だけでは処理できないですよね。」と言い、「そこには古代の闇みたいなものがあり、そこで人が感じた恐怖とか、怒りとか、悲しみとかいうものは綿々と続いているものだと思うんです。(中略)根源的な記憶として。カフカ君が引き継いでいるのもそれなんです。それを引き継ぎたくなくても、彼には選べないんです。それが僕はこの話のいちばん深い暗い部分」だと言います。「地下二階」と言えば、「近代小説」の誕生を形づくる『舞姫』の主人公太田豊太郎はドイツ留学中に手に入れた「奥深く潜みしまことの我」を瓦解させ、「きのふの是はけふの非なるわが瞬間の感触を、筆に写して誰にか見せむ」との思いに襲われ、既に外界とは主体に捉えられた虚構もしくは幻想であると気付かされます。それは豊太郎がポストモダンにあることを示し、「腸日ごと九廻すともいふべき惨痛」が静まったなかでようやく手記を綴ります。手記は惨痛の鎮まった後に思い起こされたものに過ぎず、確実な認識行為でも詩や歌でもない、思い出されてくる概略に過ぎないのです。しかし、これは村上で言えば、「僕は自分の精神の奥底へ潜っていく。深く潜れば潜るほど、危険が生じます。」とか、「完全に自分が分子として分解しないことには壁は抜けられません。」とか言う状態でしょう。『舞姫』を日本から来た留学生がドイツの美少女と出会って別れる物語、ストーリーとして読むと、これは「近代的自我の覚醒と挫折」という図式、枠組みに収まります。現在もこのバリエーションで読まれていますが、これでは現在の読者に瓦解も倒壊も起こりません。「近代小説」以前、「近代の物語」なのです。人物と人物の関係の変容(移動)の物語(ストーリー)を読むのではなく、そう語っている〈語り手〉と人物たちの関係を対象化し、そこに込められた〈仕掛け〉、〈超越〉を読むのです。回想している「余」という主体はその過去との間に決定的断絶、「壁抜け」を強いられていて、その「余」を相対化して、〈機能としての語り手〉を読み手は読み込んでいくのです。

わたくしは以前、村上の『風の歌を聴け』を鷗外の『舞姫』を重ねて論じた拙稿で、次のように書きました。

この小説は一見軽やかなフットワークで外界に対応しているかに見える二十一歳の青年を主人公にし、「この話は1970年8月8日に始まり、18日後、つまり同じ年の8月26日に終る。」という。そのため例えば加藤典洋氏は『イエローページ 村上春樹』（平成8・10 荒地出版社）でその間の物語の解読を試みているが、実はそれは（ストーリーの出来事によって構築して造り出した）プロットの表層に過ぎない。（中略）僕が書き手の（二十九歳の）「僕」になったとき、彼女の死の意味がようやく少しづつ浮上してくる。

（拙稿「『風』の歌から『舞姫』へ」、『湘南文学』第一二号 一九九九・一 但し（ ）の中は今回の補記）

ストーリーのなかの大学生の「僕」と青春の出口にいる生身の〈語り手〉の「僕」との相関をいかに読み解くかがこの小説の読み方の基本、ストーリーの表層には「物語」のヒロインの「小指のない女の子」と二十一歳の「僕」との間の出会いから別れがありますが、二人には恋愛関係があるのではありません。彼女の恋人は実は「鼠」であり、「僕」の恋人は「仏文科の女子大生」であり、彼女は自殺し、その分身が「小指のない女の子」です。「僕」と「鼠」もそれぞれある種の分身の裏表、一方にはストーリーの範囲外の自殺した「仏文科の女子大生」と「僕」の恋愛、その出会いと別れがストーリーの外に語られて、この「死」の意味こそ、〈語り手〉の「僕」の「文章は書くことは自己療養の手段ではなく、自己療養のささやかな試みにしか過ぎない」との感慨を催させます。この小説は話が複雑すぎて、「物語」の力が実質的に進んでいかず、読者の感情移入を拒んでいます（拙稿「数値のなかのアイデンティティ――『風の歌を聴け』――」、『日本の文学 第七集』一九九〇・六 有精堂、を参照）。『風の歌を聴け』は断片化したまま、「物語」にふさわしい一貫した「物語」がまだ誕生していません。村上文学はそこから始まりますが、タイトルの「風」は「蟬や蛙や蜘蛛や風、みんなが一体になって宇宙を流れて」、既に〈超越〉を素材にしています。

五、村上春樹の〈読み方〉

五・一、読者が創る現代の「私小説」

モダンが終わり、これを相対化し、批判したポストモダンがさらにもう一周した後、登場したのが村上春樹でした。これがいっそう読まれる理由をさらに考えてみましょう。その人気の一つはそのストーリー、お話の卓抜さ、これを「物語の力」と考えると、「ブログ内田樹の研究室」の「物語の力」（二〇〇八・一〇・九）は、その秘密を「模造記憶」にあると説き卓抜です。作品の「物語の中に『自分自身の記憶』と同じ断片を発見したとき、私達は自分が宿命的に結び付けられていると感じ」、「事後的に、詐術的に造り出した「模造記憶」」がそのからくりなのだと指摘しています。それは多くの作家と愛読者との関係を言い当て、特にかつての太宰治の魅力、人気の秘密の急所であろうとわたくしは考えます。そのことを村上の場合、拙稿「消えていく〈現実〉――『納屋を焼く』その後『パン屋再襲撃』――」（『国文学論考』第二六号　都留文科大学国語国文学会　一九九〇・三　『村上春樹　日本文学研究論文集成46』所収　一九九八・一　若草書房）では次のように述べました。

「村上春樹」の作品のなかには極めて難解なものも含まれ、従って、意味が了解されるというより、感じとられることで、それがそのまま許容され、愛読されている。読者達は、〈作家〉「村上春樹」と作品登場の主人公「僕」とが同一ではなく、重ならないと承知しながら、この親しみ、なじんだ登場人物――アイデンティティを喪失した登場人物――に自己の感情を移入し、自分達のツクリネアカを支え守ろうとしているのではないか。いわば、「村上春樹」の作品とは読者が創る〈現代の私小説〉なのである。

「私小説」とは作家の「事実」が作品の表現の「事実」に交換可能と信じられる小説形式です。現代の読者は作家の「事実」を問題にするのではありません。内田の言う読者の「模造記憶」が作中のストーリーのもたらす抒情や世界観認識と重なった時、これが熱烈な村上ファンを造り出す力になります。ところがそこには陥穽が待っています。読者はそれが「地下二階」を通して現れたことを必ずしも、いやほとんど意識しないと言うより、自己自身の手持ちの「記憶」に置き換えます。つまり、地下二階の出来事を地下一階のこととして了解可能な世界に仕立て変えていくのです。ですから、そのストーリーをどれだけ分析しても無駄、見えない無限の空洞と表層が地続きで語られます。「地下二階」には国籍も地理も歴史もないのです。

五・二、「第二の地下室」と地上の相関

処女作『風の歌を聴け』も、先に触れたように、「風の歌」は風のない宇宙の果ての風、世界とは主体の捉えた客体でしかありません。客体そのもの（注　村上はこれを「うなぎ」と呼び、わたくしは「第三項」と呼んでいます）は捉えられず、客体と客体そのものに二分化され、「もう一つの部屋に連れ込む」とは、この境界領域、極めて危険な領域に入り込むことです。その主体にとって世界は境界の前を覗けば客体そのもののブラックボックス、後ろは主体の捉えた客体、〈わたしのなかの他者〉です。人はそこから抜け出せず、〈わたし〉は自分自身から離れることはできません。前方の捉えた客体のその〈向こう〉、永遠の了解不能の《他者》＝ブラックボックスを見つめ続けると、そこには見つめている自身が映じるばかりです。だから、〈わたし〉から抜けられないものはその内部を変容させるしかないのです[注4]。

村上ならまずこう言うでしょう。「**僕の言っていることはわかるかな？　つまりある種のものごとは、別のかたちをとるんだ。それは別のかたちをとらずにはいられないんだ**」（『レキシントンの幽霊』）。これを仮に境界

領域に立って、別のかたちとなった主体とそれ以前の主体を俯瞰すると、そこには「パラレル・ワールド」が現れているはずです。しかし実際には、主体はその主体から外に出ることはできません。つまり、こうです。**「心から一歩も外に出ないものごとは、この世界にはない。心から外に出ないものごとは、そこに別の世界を作り上げていく。」**（『1Q84』「BOOK2」）と。この世は全て主体が捉えた客体との相関で生成し、主体を心と呼ぶと、「心」は常に主体の捉えた対象＝外部との相関で成立し、「外」とは実は主体が捉えた外部に過ぎず、「心」の内に反映した出来事です。ですから、ある種の大きな力がこれに一定の許容量を超えて加わると、その「心」自体が別の形に変形せざるを得ません。「心」は〈わたしのなかの他者〉に包まれ、その「外」に出ることは一歩もできないのです。「心」＝〈主体―客体〉の〈からくり〉とはつねに主体の捉えた客体とその外部＝虚無の海に二分化されて現象し、主体の捉えた客体からその外部に出ることはできず、「心」は虚無の海に浮かんだ空中楼閣、了解不能の《他者》に晒されているのです。ですから、客体を実体と捉えている限り、《他者》問題に出会うことは出来ず、この〈からくり〉を捉えることも永遠にできません。第三項の客体そのもの＝了解不能の《他者》は未来永劫捉えられないのですが、客体は主体とともにしか現れないため、客体そのものが〈影〉として、この心＝〈主体―客体〉の相関に内包されています。

仮に第三項、「うなぎ」の地平を想定してみましょう。すると、「パラレル・ワールド」、世界の「同時存在」が想定されます。それには〈言語以前〉に、〈向こう〉側にいく必要があります。〈向こう〉とは、「もう一つの部屋」、村上の一種の「壁抜け」、「井戸」、「地下二階」、「パラレル・ワールド」に外なりません。そこは二種類に分けておく必要があります。

五・三、加藤典洋、内田樹、村上春樹

ポストモダンの運動があらかた終わり、蓮實の『小説から遠く離れて』から四半世紀後、加藤典洋の『テクストから遠く離れて』（二〇〇四・一　講談社）という画期的と思われた「テクスト」論批判が登場しますが、これは「テクスト」概念の基本、肝心要のロラン・バルトの用語で言えば、実体論を残存させる「容認可能な複数性」を完全に払拭させた「還元不可能な複数性」に立つ「文学の記号学」や蓮實の表層批評に対峙せず、両者を癒着させたまま「テクスト」＝「還元不可能な複数性」から「遠く離れ」たため、村上の言葉で言えば、「解体と洗い直し」による「壁抜け」を回避して、これまでのストーリーで読む図式をなぞって読むことになっています。村上の「壁抜け」とは「同時存在」、「パラレル・ワールド」と同義なのです。

これも既に拙稿「「同時存在」というモラリティー――『納屋を焼く』再論」（『千年紀文学』二〇〇六・一一）で書いたのですが、改めて、要点だけ取り上げます。

村上の短篇『納屋を焼く』（『新潮』一九八三・一）の主要登場人物は「彼女」とその恋人の「彼」と小説家の「僕」、しかし、作中一度も登場しない「僕」の妻との間、ここにいかに「心の掛け橋」が出来るかでしょう。「彼女」の演じる「蜜柑むき」のパントマイムは、そこに蜜柑があるかのようにではなく、「ないことを忘れる」こと、すなわち、「ある」とか、「ない」とかの現実の「ある・ない」ではなく、「ない」ことが「ない」という次元、捉えた対象・現実の〈向こう〉＝「第三項」の領域と行き来する「ない」領域を暗示して見せてくれます。「彼」も「彼女」もそこを行き来するのです。そのことを「彼」は、作家の「僕」なら解ってもらえると思って、その秘密、「納屋を焼く」と告白します。しかし、「僕」がそれを確認する限り、「納屋は焼けてい」ません。「僕」はまだうまく事態が飲み込めません。そのうち「彼女」は〈向こう〉に行き、〈こちら〉の「僕」から見れば、消えたことになります。〈語り手〉の〈僕〉はこの事態を克明、周到に作品内読者＝〈聴

き手〉に語るのですが、これをストーリーで読むと、例えば、加藤が紹介しているような次の読み方、メタストーリーで読むのです。

これが実はどういう作品かを教えられたのは、七、八年前、かつての勤務先の同僚の中学生の娘さんが、これを読んで母親の寝床に、「お母さん、この小説、怖い」といってもぐりこんできたという話を聞いたからである。娘さんが言うには、これは、若い女性を殺す若い男の話である。ここで背の高い、ハンサムな彼氏が言う「納屋を焼く」は、「女の子を殺す」という意味で、「今日も下調べに来た」、「納屋はすぐ近くにある」というのは、二階に仮眠するパントマイムの女の子のことなのだと言うのである。／その時わたしの考えたことは、こういうことだ。確かにそのようにこの短編は書かれている。その答え、証拠があるというのではないが、そう思えば、この作品の本当のよさが明るみに出ると感じる。そのこと以外に、そのこと以上に、わたし達はこの作品が実はどういう作品であるかを「確証」する手段をもっていない。

（前掲『テクストから遠く離れて』）

加藤の「確証」は小説を物語内容及び加藤の想定する「村上春樹像」、「作者の像」の中で読んで、決して、「同時存在」を世界観認識の相対性の問題で捉えません。捉えた客体が永遠に読み手に還元される「還元不可能な複数性」がないから、すなわち、「第三項」＝「うなぎ説」がないからです。加藤の読みの枠組みはただストーリーを掘り下げて隠された連続殺人事件、ミステリー小説と読むしかないのです。『納屋を焼く』の末尾、「夜の暗闇の中で、僕は時折、焼け落ちていく納屋のことを考える。」とあるのは、「地下一階」の出来事ではなく、「同時存在」という世界観認識と向き合うことです。

愛する対象は〈向こう〉側、了解不能の《他者》なのです。「僕」の妻は一度も登場しない妻との間に愛を生きるにはこの〈向こう〉側、自分の捉えている相手ではなく、相手そのものをいかにして捉えるか、この不可能性が「僕」の問題だったことを〈僕〉は語っています。読みは、加藤の説く「普遍性への道」とは永遠に乖離し、読み手自らを「分解」させながら、これを超えて行こうとするのであって、読み手自身の〈宿命〉の発見を〈創造〉に転換しようとする働きなのです。

ところで、内田樹は加藤典洋の「自閉と鎖国　村上春樹『羊をめぐる冒険』」（『文藝』一九八三・二）の、「村上の小説には、ヒトとヒトとの対立がない、という批判がある。ぼくもそう思う。そこには、たしかに何かが激しく欠けている。しかし、奇妙な言い方になるが、村上は自分のその欠落を、いったい自分で獲得しているだろうか。／村上の欠落は村上に帰しうる。そうした欠落だろうか。／ぼくには、それは、彼がただ余りに鋭敏であるばかりに日本社会から純化したかたちで受けとった、日本社会の影にすぎないように見える。」を引用し、「今読んでも、私はこの数行に皮膚がざわめくのを感じる。『羊をめぐる冒険』一作を読んだだけで、加藤典洋は村上文学を批評するためにたどらなければならない困難な隘路を予示したのである。」と評し、村上の「無国籍」性の秘密を「「欠性的過剰」とでもいうべきもの」と捉え、さらに次のように言います。

村上春樹はその小説の最初から最後まで、死者が欠性的な仕方で生者の生き方を支配することについて、ただそれだけを書き続けてきた。それ以外の主題を選んだことがないという過剰なまでの節度（というものがあるのだ）が村上文学の純度を高め、それが彼の文学の世界性を担保している。

（前掲『もういちど村上春樹にご用心』）

鋭敏な加藤を援用する内田のこの指摘もまた鋭いと言わざるを得ず、その〈仕組み〉は作家自身の村上の生い立ちに宿命的に関わっているように見えますが、「近代小説」のパースペクティブは「過剰」の指摘では済みません。「対立がない」かに見えるのは、それこそ村上が父から受け継いだ「死の影」の「記憶」[注5]で叙述され、これをベースにして決定的に重要とわたくしも考え、同感しますが、それは村上自身が解き明かしていることでもあり、問題は拙稿「「一〇〇%の愛」の裏切り　──村上春樹『レキシントンの幽霊』の深層批評──」(『文科の継承と展開─都留文科大学国文学科五十周年記念論文集』二〇一一・三)に書いたばかりですが、死者が「生者の生き方を支配すること」でドラマは終わらないのです。死者の支配する生者ともう一人の生者との間に葛藤を起こします。『1Q84』ならヒロインの青豆とヒーローの天吾の完結した「100パーセントの愛」は牛河の問題を引き起こし、『レキシントンの幽霊』なら幽霊の出没は父とケイシーの愛、それこそがジェレミーを無口にさせ、憂鬱にさせて、そのジェレミーを失ったケイシーも瞬く間に生きる力を失い、わずかの間で十歳も老け込んでしまいました。それは漱石が描いてきた三角関係の問題です。『道草』の片付かない日常の普通の人のふつうのドラマです。「地下二階」の出来事は「地下一階」にはね返り、地上の出来事としてリアリズムと葛藤します。ここから前述の『舞姫』、日本の「近代小説」が始まるのです。

村上の言う「我々は結局のところvoidに付着している表象スタイルの総合体」が〈自我〉の影にしろ、そこで葛藤し生きて、傷つかざるを得ません。「void＝虚空」も「地下二階」も地上との相関にあるのです。「神話の再創成」を経た日常に新たな意味づけが現れるでしょう。「うなぎ」＝「第三項」の言葉を聴いた後、物語の結末には一種センチメンタリックな、あるいはメランコリックな情感が漂い、時折、しっとりと雨が降って、その後の日常が「再創成」されるはずです。

六、「教材論」のための「新しい作品論」

六・一、物語時間の「僕」と〈語り手〉の〈僕〉

　現在教科書に採用されている本書編者が言う村上春樹短編・掌編小説は、『ノルウェイの森』『鏡』『ふわふわ』『バースデイ・ガール』『青が消える』『七番目の男』『レキシントンの幽霊』の七作のようで、これらは地下の深さの深浅こそあれ、いずれも「うなぎ」の住んでいる「もう一つの部屋」があります。それは、『鏡』なら、午前三時にないはずの鏡に映った「もう一人の僕」のいるところ、『バースデイ・ガール』なら、枯葉色のネクタイをしたオーナーの老人の部屋、『七番目の男』なら「無音」の「波」のカプセル、『レキシントンの幽霊』なら「僕」が幽霊のパーティーに遭遇するところ、『青が消える』なら、二〇〇〇年一月一日をミレニアムとする「うそ」空間の全て、『ふわふわ』なら「猫はそこにいる。でもぼくはそこにいて、そこにいない」。それらは壁の厚みに違いはあっても、地下一階だけでは捉えきれない闇が描かれ、「もう一つの部屋」を「壁抜け」しています。現代小説も含む「近代小説」の〈読み方〉のわたくしの基本は、客体の対象を実体の「作品」とするのでも非実体の「テクスト」（＝「還元不可能な複雑性」）と捉えるだけでもなく、客体そのもの（＝第三項）が〈影〉として現れた〈本文《ほんもん》〉を対象化し、これを読み込んでこの〈ことばの仕組み〉と格闘します。これは「作品論」や「物語論」＝ナラトロジーを斥けるだけではない、真正の「テクスト」論、文化記号論をも斥けることを意味します。対象の発見が自己発見に反転し、自己発見がさらに対象の発見に反転することが〈自己倒壊〉を促がしながら、〈深層批評〉を招き、これが宿命の創造を可能にしていくと考えています。

　そのために作中からストーリー、すなわち、登場人物と登場人物の関係を読む主人公主義でなく、登場人物と〈語り手〉の相関を批評的に読んでいます。〈語り手〉が自ら語っている出来事に糾合されるのか、それともそこから超越的になって、「語り手の自己表出」をも併せてなすのか、これを捉えるのです。それによって、「近代の物語」か「近代小説」かを峻別することになります。仮にそのメタレベルに立って、俯瞰的に捉えるに過ぎないのです。ここに小説の構造、客観小説というアポリアが隠れています。

何度もこれまで例に出したことですが、三島由紀夫の『金閣寺』なら、そのプロットは主人公の「私」、溝口が金閣を焼くところで終わりますが、これは言わば表層、その後手記の書き手に変貌した主人公が、書くことは認識の牢獄に入ることを書き表わしたもので、表層のプロットの後、物語の時間は続き、溝口がストーリーを語りながら、その〈語り〉には、物語世界とそのメタレベルの「語り手の自己表出」が顕在化しています。小林秀雄が『金閣寺』を「抒情詩」と読むのは表層、上澄みしか読んでいないからで、これを〈深層批評〉で読み取らなければ、近代小説の面白みは出ないと言うのがわたくしの主張です[注6]。そうすると、『舞姫』から『金閣寺』までの「近代小説」とパラレル・ワールドを駆使する村上春樹のポスト・ポストモダン小説とは見掛けほど離れているだけではありません。わたくしには村上が求める「物語」はむろん伝統的「物語文学」でも、「近代の物語」でもない、〈超越〉を内包し、「void = 虚空」を潜った近代小説、愛の小説に見えます。

六・二、『鏡』の読み

それでは具体的に教材として最も採択されている『鏡』(『トレフル』一九八三・二)を読んでみましょう。

まず梗概、生身の〈語り手〉の〈僕〉(山括弧の語られる当時の「僕」と峻別)が十年以上も昔の六十年代末の「紛争の頃」、大学には行かず全国を放浪、中学校の用務員のバイトをしていて、ある日の午前三時、昨日までなかったはずの鏡の中に「僕」を徹底的に憎んでいる「僕以外の僕」が映って、「僕」を金縛りにします。しかし、翌日、鏡はかけらもありません。これを自分の主宰する会で語り、いまだに〈語り手〉の〈僕〉は鏡を見ることができず、「鏡」におびえ続けています。

『鏡』の問題の核心は自らを批評できないでいるアイロニーがこの小説の最大の魅力です。〈語り手〉の〈僕〉は作中人物の生身の〈語り手〉ですから、作品には拍手する〈聴き手〉が直接登場し、その〈聴き手〉に向かって〈僕〉は昔話をしています。〈僕〉は己の十代最後の閲歴を聴き手の若者らに、「僕が高校を出たのは六〇年代末の例の一連の紛争の頃でね、なにかといえば体制打破という時代だった。僕もまあそんな波に呑みこまれた一人で、大学に進むことを拒否して、何年間か肉体労働をしながら日本中をさまよってたんだ。そういうのが正しい生き方だと思ってた。」と言い、話はただ一点を除いて、よくある話で分かりやすいし、この現在の〈語り手〉の〈僕〉も相変らず、「でも今から考えてみれば楽しい生活だったよ。それが正しかったとか間違っていたとかじゃなくて、もう一度人生をやりなおすとしても、たぶん同じことをやっているだろうね。そういうもんだよ。」と諭しています。

確かに三十代の〈僕〉は「癒すことのできない憎しみ」を持つ鏡の中の「僕以外の僕」（＝「**もう一つの部屋の住人**」）の影に今も脅えています。〈僕〉は今、この事件のことを相対化して人々に告白し、語っていますから、その点では「僕」の成長、大人ぶりを見ることはできます。ところが、「鏡」の中の「僕以外の僕」の出現の急所は、何故「僕」が「誰も癒すことのできない」、「真っ暗な海に浮かんだ固い氷山のような憎しみ」で憎まれるのかその憎悪の正体、何がそれほど憎悪させているのか、十数年後の今も解らないことです。「僕」は「鏡」の体験におびえ続けていることを意識しているにもかかわらず、そのことを今風の言い方をすると、上から目線で聴き手に語っています。〈語り手〉の〈僕〉はこの自身の姿を何ら相対化できず、逆に若者たちに人生を語って教訓的になっています。これが教室で読まれると、どうしても教師の姿は〈僕〉に重なって、子どもを教えている様子が浮かび、それこそ、意地悪く言うと、「僕以外の僕」がそう読んでいる読み手その人を憎んでいる姿がイメージされます。
大学に行くというエスカレーターを自覚的に拒否し、おびえ続けているにもかかわらず、なぜ〈僕〉が今なお、それ程ひどく憎まれなければならないのか。むろん、「僕以外の僕」はそんなことを直接何も明かしてくれません。ただならぬ極度の憎しみを今も日々に示しているだけです。教室の読み手が自分で考えるしかありません……。
『鏡』の〈僕〉に必要なことを、例えば、『沈黙』の大沢さんのことは前述しましたが、『七番目の男』（『文藝春秋』一九九六・二）の〈語り手〉なら、最末尾、次のように応えています。

「私は考えるのですが、この私たちの人生で真実怖いのは、恐怖そのものではありません」、男は少しあとでそう言った。「恐怖は確かにそこにあります。……それは様々なかたちをとって現れ、ときとして私たちの存在を圧倒します。しかしなによりも怖いのは、その恐怖に背中を向け、目を閉じてしまうことです。そうすることによって、私たちは自分の中にあるいちばん重要なものを、何かに譲り渡してしまうことになります。私の場合には——それは波でした」

『七番目の男』の主人公が眼を閉じず、「波」という恐怖の正体を見抜くには「四十年の歳月」がかかりました。『鏡』の三十代の「僕」にははるか先のこと、『鏡』を「村上春樹」という署名者、パラテクストを含めて読みの対象とすれば、〈僕〉が何者かさらに見えてくるでしょう。広く知られた講演「壁と卵」で補いましょう。

個々の魂のかけがえのなさを明らかにしようと試み続けること、それが小説家の仕事です。（中略）私がここで皆さんに伝えたいことはひとつです。国籍や人種や宗教を超えて、我々はみんな一人一人の人間です。システムという強固な壁を前にした、ひとつひとつの卵です。我々にはとても勝ち目はないように見えます。壁はあまりに高く硬く、そして冷ややかです。もし我々に勝ち目のようなものがあるとしたら、それは我々が自らの、そしてお互いの魂のかけがえのなさを信じ、その温かみを寄せ合わせることから生まれてくるものでしかありません。

（『村上春樹　雑文集』所収　二〇一一・一　新潮社）

つまり、「魂のかけがえのなさを信じ、その温かみを寄せ合わせることから生まれるもの」、内田の翻訳では「命を繋ぐ暖かさ」、「僕以外の僕」はこれを求めているのです。〈語り手〉の〈僕〉が人々に「でも今から考えてみれば楽しい生活だったよ。もう一度人生をやりなおすとしても、たぶん同じことをやっているだろうね。そういうものだよ。」と言っている限り、「僕以外の僕」は〈僕〉を激しく憎み続けています。〈僕〉の能天気ぶりは病膏肓に入っているのです。〈読み手〉はこの生身の〈語り手〉の〈僕〉を対象化し、〈機能としての語り手〉を浮上させ、「僕以外の僕」が〈僕〉を極度に批判し、否定している姿を捉えることこそ、『鏡』を読む醍醐味に思われます。

終わりに

村上の「void=虚空」がオウム真理教にはならない「オープンシステム」であるためには、「命を繋ぐ暖かさ」が必要、村上は言わば「顔のない連中」（『沈黙』）である一人ひとりの読者に向かって、前掲『ひとつ、村上さんでやってみるか』の末尾、「僕は思うんだけど、作家と読者との関係は、基本的には信頼関係です。読者が作家を信頼し（この人は私に対してそれほど悪いことはしないだろう）、作家が読者を信頼する（自分が書こうとしている何かを、読者をきっと多かれ少なかれ摑んでくれるだろう）、それに尽きると思うのです。もしこのようなささやかなメールのやりとりが、そのような信頼関係を確立し、あるいは強めるのに少しでも役に立てばいいのだがと、僕は願っています。」と発信しています。ここには情報化社会の新たな人間関係のネットワークを創り出す現代の武者小路、「無国籍」作家村上と読者が作る「私小説」があります。これが村上の言う「神話の再創成」への足がかりであり、わたくしの立場で言えば、〈わたしのなかの他者〉に閉された一人ひとりの閉塞を瓦解し、夢の読者共同体を造り出していくことにつながっていくのです。

［注1］　「読みあるいは批評の極北とは、宿命の星を創り出すこと」が拙稿「〈本文〉とは何か――プレ〈本文〉の誕生」（『〈新しい作品論〉のために、〈新しい教材論〉のためにⅠ』（一九九九・二　右文書院）での結論、これは拙稿「『近代小説が始まる――〈知覚の空白〉、〈影と形〉、〈宿命の創造〉」（『日本文学』二〇〇九・三）によってさらに確認している。

［注2］　それと同時に「話らしい話のない」、「詩に近い純粋な小説」が求められている。むろん、芥川と谷崎の例のプロット論争、ストリーテーラーと言ってもよかったはずの芥川が何故「話らしい話のない小説」を求めたかということを指しているが、それは語ることの虚偽の問題（拙稿「「読みの背理」を解く三つの鍵――テクスト、〈原文〉の影・〈自己倒壊〉そして〈語り手の自己表出〉」『国文学　解釈と鑑賞』二〇〇八・七）が小説にとっても決定的だったからだ。この問題の前提（グランドセオリー）には対象の世界を捉える〈主体―客体〉問題がある。これを文字（エクリチュール）を「読むこと」に限っても、読み手は客体の対象の文章にたどり着くのか着かないのか、換言すれば、読んだ後の〈元の文章〉は客体として実在するのか、しないのか、をめぐって、敬愛する国語教育研究者田近洵一ともう一〇年以上、論争、発端は『文学の力×教育の力　理論編』（二〇〇一・六　教育出版）の座談会「読みのアナーキーをどう超えるか――〈原文〉とは何か」だが、国語教育界でも文学研究界でも依然として、客体の対象を実体の実在と考えている面があり、客体の文章（エクリチュール）が読み手にとって、「還元不可能な複数性」＝読みのアナーキズムであることが前提の認識になる必要がある。

［注3］　例えば太宰の『斜陽』論は厖大な数が量産されているが、管見の限り、〈語り手〉のかず子が末尾、何故、上原の子を宿して、その赤ちゃんを上原の妻に「抱かせていただきたい」

という「幽かないやがらせ」を申し込むのか、その構成が分からなければ、『斜陽』を読んだことにならない。それぞれの解釈以前である。いや、そんなことより近代文学研究には現在グランドセオリーがありません。

【注4】 拙稿「『白』の行方――近代文学は「愛と認識のからくり」――」(都留文科大学『国文学論考』第四七号 二〇一一・三)を参照。

【注5】 村上は二〇〇九年二月、エルサレム賞受賞の際のあいさつ、前掲「壁と卵」で、「私の父は昨年の夏に九十歳で亡くなりました。彼は引退した教師であり、パートタイムの僧侶でもありました。大学院在学中に徴兵され、中国大陸の戦闘に参加しました。私が子供の頃、彼は毎朝、朝食をとるまえに、仏壇に向かって長く深い祈りを捧げておりました。一度父に訊いたことがあります。何のために祈っているのかと。「戦地で死んでいった人々のためだ」と彼は答えました。味方と敵の区別なく、そこで命を落とした人々のために祈っているのだと。父が祈っている姿を後ろから見ていると、そこには常に死の影が漂っているように、私には感じられました。／父は亡くなり、その記憶も――それがどんな記憶であったのか私にはわからないままに――消えてしまいました。しかしそこにあった死の気配は、まだ私の記憶の中に残っています。それは私が父から引き継いだ数少ない、しかし大事なもののひとつです。」と述べている。

【注6】 拙稿「『金閣寺』の主人公と〈語り手〉――〈作家〉へ――」(『芸術至上主義』第二四号 一九九八・二、佐藤秀明編『三島由紀夫『金閣寺』作品論集』所収 二〇〇二・九 クレス出版)を参照。

A perfect day for the term end examination.
――『カンガルー日和』の授業のために――

助川幸逸郎

『カンガルー日和』を朗読し終わって、清香《さやか》は教室をみわたした。教科書に目を遣っている生徒は半分もいない。偏差値四〇で入れる単位制高校の、高二と高三ばかりがあつまる現代文の授業、まじめにうける生徒がすくないのはいつものことだった。

ただ今日は、倉山田耕輔まで、清香にけんかを売るように体をそむけている。倉山田はおたくだが、この学校にはめずらしい読書家であった。発問をして、だれもこたえる生徒がいないとき、倉山田に目線をおくると何がしかの答えがかえってくる。清香にとって、彼は命綱にひとしかった。

その倉山田が、あからさまに拒絶の姿勢をみせている。

「はいっ！　静かにして！　こっちをみて！」

私語をやめるものも、あらためて顔をこちらにむけるものもひとりもいない。清香は、芥川の『トロッコ』をおもいうかべた。子どもの気持に頓着しない無責任な鉱夫たちと、このガキどもはまったくおなじ精神構造をしている。

「それでは今日のさいしょの質問！　『それがカンガルー日和であることを一瞬のうちに確認した』と書いてあるけど、『カンガルー日和』ってどういう日だとおもう？」

清香の発問は、生徒たちのいとなみに、なんの影響もおよばさなかった。鹿の群れのまえで叫んでいるのと、事態はおなじである。

清香は、倉山田の顔をみた。目はほそくて顎がながく、長髪をうしろでたばねている。まぶたのうえに、アトピーの炎症がかすかにでていた。

「ねえ、倉山田くん、『カンガルー日和』ってどういう日だろう？」

「わかりません」

そっけない口ぶりだった。何がそんなに気にくわないのか、こんな反応は、いつもの倉山田からはかんがえられない。

「なにもおこらない、完璧にふつうの日のことだとおもいます」

おもいがけない方角から声があがった。不自然なほどおおきくみひらかれた瞳、文房具屋においてある消しゴムのように白い肌、まっくろな髪をツインテールにしている。かわいらしさを生活の糧にしていない女の子には、こんなたぐいのかわいらしさはそなわらない。この子はあきらかに、「かわいらしさのプロ」だ。

――そういえば……

二時限目の現代文のクラスに、編入生がひとりくわわったと、清香は今朝、教頭から聞かされた。教頭が講師室からでていったあと、中学生の娘がいるという女の英語講師が、

「その子、このごろ人気がではじめてる、アイドルユニットのメインボーカルよ」

とおしえてくれた。

この黒目のおおきな少女が、そのアイドルなのに違いない。この高校には、ぜんぶの授業時数の三分の二までであれば、あたりまえのように休める雰囲気がある。そのせいで、芸能活動をしている生徒もおおかった。

「あなた……藤森さん？　すごくいいことというね」

清香のことばを聞いて、少女はうれしそうにうなずいた。まっくろなツインテールが上下にゆれる。

「動物より人のほうがすくない動物園って、ふつうの日じゃなくねぇ？」

倉山田がつぶやいた。将来の夢はラノベ作家になることだと、彼は清香にいったことがある。すねているとはいえ、現代文の時間にじぶんよりさえた発言をする生徒がいることを、ゆるせないのだろう。

「人がたくさんいるほうが、動物園にとってはふつうの状態だ、ということね。その点については藤森さん、どう？」

清香は少女をみるとき、「営業用スマイルB」をうかべてしまった。これは、目上の男性の、興味をひきつけたいときにつかうほほえみだ。

清香は心のなかで、しまった、と声をあげた。「かわいらしさのプロ」なら、この顔が何を意味するか、十六歳であってもみぬくだろう。生徒に、こういう笑いかたをするじぶんを知られるのはいやだった。

――それにしても、どうしてこんな顔をここでしてしまったのだろう？

「でも、『もともとたいして人気のある動物園でもない』って書いてありますよ」

少女は、むかって右がわを下に、顔を十五度ほどかたむけてほほえんだ。この顔が、おそらく彼女の「決め顔」なのだ。清香にむかって「決め顔」をつくる動機は不明だが、すくなくとも清香を軽蔑はしていないらしい。

「雨やぬかるんでる日がだめってのは、ふつうじゃなきゃだめってのと、ちがうっしょ？」

やっぱり倉山田は鋭い、と清香はおもった。

——うちの生徒で、この意見に反論できるやつはいないだろう。

少女を傷つけることなく、倉山田の読みにそって授業をすすめる路を清香はさぐろうとした。すると——

「晴れているから、とくべつ気持がいい日だとは、かぎらないとおもいます。たいくつな晴れの日だって、あるかもしれないし」

清香は一瞬、耳をうたがった。これまでにも何人か、モデルだとかアイドル女優だとかを、この学校でおしえてきた。そういう生徒は例外なく、授業中ずっとねているか、しゃべっているかであった。なのにこの少女は、倉山田にまっこうから論戦をいどもうとしている。

「それじゃあ、まとめると、倉山田くんは、カンガルー日和だって主人公が判断した日が晴れてたのは、カンガルー日和が主人公にとっていい日だったから、という意見ね?」

倉山田はうなづいた。

「藤森さんは、カンガルー日和は完璧にふつうの日じゃなくてはならないと?」

つややかなツインテールが上下にゆれる。

「これは、どちらともかんたんにきめられないので、もうすこしさきをよんでから決めましょう」

倉山田の目つきが真剣になってきた。

「じゃあ、つぎの質問、父親カンガルーの『才能が枯れ尽きてしまった作曲家のような顔』って、どんな顔だろう?」

清香がいいおわると、間髪をいれず少女がこたえた。

「ずっと音をだそうとしてきたけれども、だせなくて、あきらめてしまった、ということだとおもいます。父親カンガルーは、だまりたくてだまっているのではなく、だまりたくないのにあきらめてだまっているのだとおもいます」

「すげぇ、鋭《するど》!」

――清香は素でつぶやいた。この少女は、いったい何ものだ?

「いま、わたしも藤森さんにいわれて気づいたけど、父親カンガルーと、『女の子と議論して勝ったことなんて一度もない』といってる『僕』は、似たような立場にあるわけね。だまりたくないのに、だまらざるをえないという点で」

「あとのところに、主人公がカンガルーについて質問ぜめにあって、こまっている箇所もあります」

少女はあいからわず、発言のたびにおなじ「決め顔」になる。清香は倉山田の顔をうかがった。あせりがはっきりと、表情にうかんでいる。

「じゃあ、つぎの質問いくけど、そもそもこのふたりは、どうしてカンガルーの赤ちゃんをみることにこだわってるとおもう? それこそキリンや鯨ではなく?」

「ふたりっていうより、女のほうだよな、こだわってんの」

少女の機先を制するみたいに、倉山田がいった。この学校のなかで、文章を読んだり書いたりすることにかけて、ほんきでおびやかされるのは、はじめてなのだろう。

「母親の袋のなかで保護されてんのがうらやましかったんだろう? ドラエもんのポケットは胎内回帰願望だとかなんとか、いってるし」

「この『彼女』さんは『僕』のこと、あんまり好きじゃないとおもう」

少女がまた顔を十五度かたむけていうのをきいて、『1Q84』が映画化されるとしたら、この子にふかえりをやらせたいな、と清香はおもった。

「アイスとかホットドッグとかコーラとか、男にいろんなものを買わせて、ママの袋にまもられてるカンガルーに感情移入して、すっかり女が満足する話だろ、これ？　それにしてもこの女、うざい女」

倉山田がしんそこ腹だたしげに吐きすてると、また斜め十五度の「決め顔」で少女がつづけた。

「だからたぶん、『彼女』さんにとってのカンガルー日和はとくべつな一日で、彼氏さんにとってはありふれた日常だったんじゃないかなって。『彼女』さんは、彼氏さんが彼氏さんだから好きなわけじゃなくて、とくべつな満足をくれたから好きっていう気がする」

——清香が教師らしいことをほとんどしないうちに、少女と倉山田が授業をまとめてしまった。

「そうね、今日はふたりからいい意見がでて、充実した授業になりました。それにしても、さいごに女の子が満足して、ビールを飲みたがるっていうのはオヤジくさいわね、女性にはビール苦手な人、おおいのよ」

授業がおわると、倉山田がはじめのうち、ふてくされた態度だったのをおもいだして、清香は声をかけた。

「きみ、村上春樹、きらい？」

「サイテー」

じぶんでも嫌悪感を制御しきれない——そんなおもむきが倉山田の口調にはあった。

「でも、いまいちばん、日本でノーベル賞をとる可能性がたかい人だよ」

「こんなヤツがノーベル賞とったら、三島由紀夫がノーベル賞の授賞式に化けてでるわ」

倉山田が純文学の小説でいちばん気にいっているのは、三島の『美しい星』だった。なるほど、そういうセンスなら、春樹を好きになんかなるわけがない。

その日、学校でのしごとがおわると、清香はいきつけの、代官山のアンティークショップに寄った。ほんとうは大学院のゼミがある日だったが、貧血で頭痛がひどいとか、適当な理由をいっていくのをやめにした。

ちょうど何日かまえに、ショップのオーナーが、クリスマス向けの商品を買いつけて、アメリカからもどったところであった。清香がまだ手にとったことのない品が、いくつも店さきにならんでいる。なかでも、オレンジ色のおおぶりな、ベイクライトのイヤリングが清香は気にいった。

「つけてみてくださいよ。大町さん、細身で肌も白いから、オレンジ色、にあうとおもうな」

すすめてくれたオーナーの莉奈ちゃんは、清香とひとつしか齢がちがわない。

清香は、三流女子大の博士課程の学生で、このまま修了しても、何になれるみこみもなかった。高校の講師の仕事は、七十分授業を週に四回やって、月六万円ちょっとにしかならない。それにくらべると莉奈ちゃんは、小さいとはいえ代官山に、じぶんの店をもっている。

「きれい……」

おおつぶのオレンジの塊で、耳朶がはなやぐのを鏡に映しているうちに、清香の目になみだがにじんできた。わたしは、こういうはかなくてきれいなもの——昔はどこでもあって、なくなるなんておもわれていなかったのに、消えてしまったもの——に、かこまれていたいだけなのだ。そういうものをあれこれあげつらって、論文に仕立てるなんて、たいせつなものを潰すこととしか清香にはおもえなかった。

だから、正直にいえば、高校生に国語をおしえるのも、清香は好きではない。

——詩や小説を好きほうだい切り刻んで、その切りくずのなかに生徒を生きうめにして。国語教師ってなんて味気ない……

「わたし、じぶんが好きだから、ベイクのもの買ってきすぎちゃうんですよ。そのイヤリングも、すごくいいとおもうのに、興味をもってくれるお客さん、すくなくて。でも、かわいいですよね？」

「莉奈ちゃんのセンス、やっぱ特別だわ」

清香は、ベークライトのイヤリングをカードで買った。二万六千円の値札がついていたが、莉奈ちゃんは、大町さんはおといくさまだから、といって、消費税込み二万四千円にまけてくれた。

——来月は、単発バイトやらなくちゃ、だな。

おもいながら、渋谷にむけてあるいていると、携帯にメイルがはいった。宮内からだった。

「今夜、渋谷か新宿で会えない？ こっちを六時半には出れるから、七時ぐらいから」

メイルの画面をみながら、清香はしばらくたちどまっていた。これから男とあうのは、めんどうくさかった。かといって、博士論文はだせそうかとか、四月からのしごとはどうなるかとか、親にいわれながら食事をする気にもなれなかった。

「渋谷がいい。東急インの横の本屋でまってる」

清香がメイルをおくると、すぐに宮内から返事がきた。

「了解。メシ、どこにする？」

清香は、あるきながら返信した。

「コンコンブルがいい。砂肝のコンフィがたべたい」

宮内は、もう四十代の後半で、神保町の小さな出版社につとめていた。まともなら、会社の屋台骨をせおっているか、じぶんで会社をおこしているかという齢だが、宮内はそのどちらでもない。離婚歴がいちどあり、ひとり子どもがいる。

コンコンブルは、宮益坂からすこしはいったところにあった。フランスの庶民料理を、居酒屋値段でたべさせてくれる。宮内といくなかでは、気のきいた部類の店だった。

清香と宮内は、砂肝のコンフィとポテトサラダ、帆立貝柱のソテーをつまみながら、白ワインを飲んだ。宮内はつかれているらしく、濡れた画用紙のような顔いろをしていた。七三にわけた髪にも、気のせいか白髪がふえたようにみえる。

「そのアイドルの子ってあれじゃない。ボーカロイドと生身のアイドルと、両方で同時に展開して、評判になってるグループの子じゃない？」

清香の予測に反して、藤森のことを宮内はしっていた。

「このまえね、うちのバカ娘とひさしぶりにあったらさ、その子の話ばっかするわけよ。そういやその子、下のなまえ、ヘンななまえじゃなかった？」

「えっ？　そうだったかなぁ」

「ちょっとまって」

宮内は、携帯をいじりはじめた。

「ほら」

宮内の携帯の画面には、「ウィキペディア」の、藤森にかんする記事がうつしだされていた。藤森絹世（ふじもり　きぬよ：一九九八年一二月二一日―）は、日本のアイドルグループＫＴＫＲのメンバー、血液型はＡＢ型……

「絹世って、むかしの女優みたいだけど、べつにヘンでもないじゃない」

「ここみて」

藤森は、携帯の画面をスクロールし、「エピソード」という欄を清香にみせた。

「《絹世という名前は、父親が、三島由紀夫の『天人五衰』の登場人物にちなんで絹江とつけようとしたのを、絹江が醜い狂女であったため、祖母が反対して絹世になったという》――むすめを、あの絹江にちなんで、絹江にしかかるなんて、かわったおとうさんだよねぇ。やっぱ、当人もかわりものだった?」

「きょう、一回みただけだからわからないけど、それが、すごく鋭い子なのよ」

清香は、『カンガルー日和』の授業の話をした。

「女に一方的にしゃべられて、男が当惑するのって、『ノルウェイの森』で直子と『僕』がねた夜もそうだったよな。あの夜も、直子にとってはとくべつな夜で、『僕』にとってはありふれた夜だった……うん、よくできてるな、そのアイドルの子がいった図式」

「直子にとっては、生涯でいちどしかない夜だったけど、『僕』は、その夜をくりかえせるとおもってたわけよね――『直子は僕のことを愛してさえいなかった』って、かいてあるし」

食事がすむと、ふたりは渋谷の駅をぬけて道玄坂をのぼった。適当にみつくろったホテルにおちつくと、宮内は、いつもよりあわただしく口びるをかさねてきた。つかれのせいか、舌からはにがい味がした。

「つかれてるときは、今度からやるのやめてほしいよね。ぜんぜん、ていねいさがいつもとちがうんだから」

「清ちゃん、ごめん。今日は、おれが悪かったわ。すごく、ウマのあわない著者がいて、その人の本、やっと手ばなせたのよ」

女を幻滅させるには、いちどは壮大な夢をみさせなければならない。女を捨てるには、ふりきるだけのつよさが必要になる。そのどちらも、宮内にはありそうになかった。

「宮内さん、村上春樹、好きなんだっけ?」

「うん、きらいじゃないな。でも、『羊をめぐる冒険』とか、初期のほうがいいな。『ねじまき鳥』からあとは、読むことは読むけど、あんまり好きじゃない」

予想どおりのこたえであった。面とむかってきいたことはないが、どうして宮内が、離婚なんて似あわないことをするはめになったのか、清香はずっとふしぎにおもっている。

「『羊をめぐる冒険』では、さいしょに主人公の彼女がでていって、あとで北海道にいってから、耳のきれいなガールフレンドもいなくなるんだったわよね」

「あの、とりのこされた、っていうさびしさが、いいんだよな。『風の歌を聴け』にも『ピンボール』にも、あのさびしいかんじはあるな」

宮内は、ベッドから体をおこすと、枕もとにおいた缶ビールをひと口すすった。

「そのビール、わたしにもちょうだい」

「あれっ？　清ちゃん、ビールきらいじゃなかったけ？」

「ビールのみたくなる気分ってどんな気分か、想像してみたくなったのよ」

ひさしぶりに飲む、なまぬるいビールはやっぱりまずかった。こころのどこにも屈折のない人間の飲みもの、というかんじがした。

——生きるのがつらくてウィスキーを飲みすぎてしまう、肉体労働者のきもちならわかるけど……

「村上春樹の小説にでてくる人って、どうしてみんなビールを飲むんだろうね？」

「おれにもよく、わからんけど、春樹じしんがビール、好きだからじゃないの？　ビールって、スポーツしたあととか、スポーツ見ながらとか、飲むものだからね。春樹はほら、走ったりするのが好きじゃない」

「『ノルウェイの森』で直子がのんでたのって、たしかワインだけだよね？」

「緑はビールとか日本酒とか、いろいろ飲んでるよな」

「それって、緑がマルボーロ吸ってるのといみはおなじ？」

「あの『マルボーロは女の吸う煙草じゃない』って、ワタナベにしかられる場面のこと？」

「そう。わたし、あそこでワタナベにムカっときちゃった」

ふーん、とつぶやくと、宮内は、清香のビールをとりあげて、じぶんの口にはこんだ。清香がマルボーロを吸っていたら、宮内は、「女の吸うたばこじゃない」とかんじて、そして、だまっているだろう。

「清ちゃん、高校、女子校だっけ？」

「うん、高校からずっとおなじ学校」

「じゃあ、直子派だな。女子校文化に抵抗をかんじないタイプ」

「直子だって、じぶんをかえたくて、ひとりもしりあいのいない東京の大学にはいったじゃない？」

「でも、女子大だろ？　だから直子は、飲むときも女の子が飲んでもゆるされる、ワインばっかり飲んでるわけ。緑は、女子校文化にいやけがさしてたから、早稲田にはいってビールを飲むですよ」

「『カンガルー日和』の『彼女』は、そのいみでは緑にちかいのかな？」

「ビール飲むから？」

「そう」

「ふーん、そういわれれば、そうかもしれないなあ……」

清香は、宮内の肩に頭をもたせかけた。宮内は中肉で、とくべつたくましい体はしていなかったが、肩はばはひろい。そこにあたまをのせていると、わるいきぶんはしなかった。

「ねぇ、宮内さん」

不意に宮内の肩からあたまをはなして、うつぶせになりながら清香はいった。

「おしり、なでてくれない？」

「なんで？」

「男のひとに、おしりをさわられると安心するのよ。ちっちゃいころ、おしめをかえてもらった記憶が、よみがえるのかもしれない」

宮内になでてもらいながら、『カンガルー日和』の「彼女」がビールを飲みたがったのは、みちたりた幼児のような心境にあったからではないか、と清香はおもった。赤ん坊に、ジェンダーなんてものはないのだ……

それから、二学期がおわるまでのひと月ちかく、清香は、高校にいくほかは、ほぼひきこもってすごした。親には、博士論文のだいじなところをかいている、とうそをついた。

現代文の授業は、あのあとずっと、倉山田と藤森のやりとりで終始していた。倉山田はともかく、藤森がこんなにねっしんなのが解せなかったので、清香はいちど、当人にきいてみた。

「藤森さん、国語好きなの？」

「ぜんぜん。むしろきらいです。先生の授業は、たのしいけど」

「じゃあ、本、読むのは？」

「それもまったく好きじゃないです」

英語の講師に藤森のようすをきくと、いつもたいくつそうに、窓のそとをながめているという。

期末テストでは、倉山田にいい点をとらせてやりたかったので、記述問題をおおめにつくった。選択問題をふやすと、ぜんぜん授業をきいていない生徒より、倉山田の点数がひくくなってしまう。倉山田には、ときに深読みがすぎる悪癖があった。

『カンガルー日和』にかんする設問の、さいごの一題は、

「この作品の主題について、自分の考えを自由にのべなさい」

にした。すこしでも何かがかいてあれば十点、まじめにかんがえた答案であれば二十点、という配点であっ

た。こういう問題をつくっておかないと、この学校では、いくらでも赤点がでてしまう。

この問題にたいする倉山田の答案――

《カンガルー日和というのは、花見日和とか行楽日和のように、わかりやすくよい条件（晴れている・気温が適切）が揃った日でない事は確かだ。しかし何にしても、一定の条件が備わらなくては、カンガルー日和にはならないわけではない。思うに、「良し悪しの問題で特別なわけではないが、他には存在しないもの」という意味で、カンガルー日和は特別なのだろう。この物語が載っているのと同じ書物の中に、『4月のある晴れた朝に100パーセントの女の子に出会うことについて』という短編が入っている。そこに出てくる「100パーセントの女の子」は、特別美人ではないが、「僕」にとって100パーセントであると書かれている。「カンガルー日和」と「100パーセントの女の子」は明らかに似ている。ありふれているけれどもかけがえのないもの、の価値を訴える――それが、この二つの文章が書かれた目的だと思われる。ちなみに僕は、ありふれているけれどもかけがえのないもの、の価値を殊更言い立てる、ムラカミハルキのような小市民は嫌いである。》

清香は、この答案を読みおわると、つくえのうえのベークライトのイヤリングをつまんで、左の手のひらにのせた。

――倉山田は、このイヤリングをきらいだろうか？

たぶんそうではない、という気がした。では、カンガルー日和とベークライトのイヤリングのちがいは、どこにあるのだろう？

おなじ設問にたいする、藤森の答案はこうだった。

《私は、この話に出てくる彼女さんは、エゴイストに書かれていると思う。主人公は、そんな彼女さんにふりまわされている。口ゲンカでは言い負かされるし、いっぱい物も買って来させられる。でも、もしかしたら主人公は、彼女さんの気持をわかっていないだけかもしれない。彼女さんはずっと、一つのことを要求しているのに、主人公はそれに気づかなかったとか。そういえば先生が、この作者の『ノルウェイの森』という小説の話をしていたので、お父さんに借りて読んでみた。あれに出てくる緑という人も、やたらにワガママ（というか、ワガママを聞いてもらうことにこだわっているタイプ）だった。作者はワガママな女の人に振りまわされていて、いつも辛い目にあっていたのかもしれない。でもそれは、作者の思っていることで、作者の周りの女の人は、本当は大してワガママではないのかもしれない。作者は、女の子はワガママなものだ、と言おうとしてこの作品を書いたのだろう。しかし、そう考えている作者の、「限界」みたいなものが見えてくるところの方が、かえっておもしろい。》

清香は、この答案には添えがきをした。

《作者と「僕」は、『カンガルー日和』でも『ノルウェイの森』でも同じではありません。あなたが指摘しているのは、「僕」の限界であって、村上春樹の限界ではないのです。そのことを考慮に入れて、あなたが指摘する『限界』の意味を、もう一度検討してみてください。》

全体の点数は、倉山田は八八点、藤森が九一点だった。読解問題では互角だったが、倉山田には、漢字の書きとりのミスがおおかった。答案をかえすとき、あなたがいちばんよ、と小声でおしえてやると、藤森は斜め十五度の「決め顔」をつくり、ツインテールを二回ゆらした。

期末テストがおわると、高校は冬やすみにはいった。

あたらしい学期がはじまるまで、清香は何をするつもりもなかった。二四日の夜は、さすがに宮内にあおうかとおもったが、宮内のほうが、学会のボスのような人につきあわされることになって、体をあけられなかった。

ほかにひとつ、清香には、しておかなければならないことがあった。清香のカードのひきおとしは、毎月の二七日である。つぎのひきおとしで、ベイクライトのイヤリングの代金がおちる。

奨学金のたぐいをうけていないので、清香のやりくりはくるしかった。すこし値のはる買いものをしたときは、人材派遣会社に電話をし、単発のアルバイトをしてしのがなければならない。紹介されるのは、食料品の試食販売をする売り子のしごとで、一日一万円ぐらいのかせぎになった。

一二月二一日の日曜日に、クリスマスむけのお菓子を売るしごとをいれた。朝の九時までに、東京郊外のショッピングセンターに行き、今回は、サンタクロースのコスチュームを着ることになっていた。

現場につくと、藤森が所属するグループのポスターが、あちこちに貼られてあった。今日の一五時からこのショッピングセンターで、ミニライヴをやるらしい。

清香はふだん、テレビをみることがほとんどない。藤森のグループの映像も、藤森をおしえるようになってから、ウェブ上の動画で何どかながめただけである。しかし、こうやってポスターにうつっている藤森をみると、教室のそとにいる彼女に、にわかに興味がわいた。ちょうど、一五時からの三〇分間は、昼食休憩になっている。

――五分だけでも、藤森のライヴ、のぞいてみるか……

その日は、クリスマス前の日曜日だけに、食品売り場には人がおおかった。清香は、子どもに衣装の裾をひっぱられたり、五〇年配の男から、おれ、チョコレートよりおねえちゃんがほしいな、といわれたりした。

昼食休憩の時間になると、清香はおおあわてで、菓子パンをひとつジュースでながしこみ、イベント会場にはしった。

ライヴはもうはじまっていた。おどりながら歌っているので、「決め顔」でない角度の藤森を、いつになくたくさんみることができた。

曲がおわって、藤森はMCをはじめた。

「みなさん、こんにちは！　こんなに、こんなにたくさんの人にあつまってもらって、とっても、うれしいです！　じつは、今日、一二月二一日は、絹世の一七回目のおたんじょう日です！」

会場から、おめでとう！　という叫びが、津波のようにおこった。

「これまでの、おたんじょう日も、いつもたのしかったけど、今日は、大好きな、大好きなみんなとすごすことができて、これまでで最高のおたんじょう日です！」

つぎの曲のイントロがながれだしたところで、何ということもなく、清香は客席をみわたした。はたちぐらいの男と、子どもの姿が目だつ。右斜め前方に目をやったとき、みなれた人かげが視界のすみにうつった。

――倉山田⁉

ほかの客たちは、からだをゆらしたり、とび跳ねたりしているのに、倉山田は、こぶしを硬くにぎって微動だにしない。あごをひき、上目づかいになって、藤森を睨みつけている。

――テスト返却がおわったあと、倉山田は清香に、ルーズリーフに手がきでかかれた文章のコピーをわたしにきた。倉山田がかいた小説であった。

舞台は近未来のパリ、ロボット工学の若き天才であるアレックスは、じぶんの理想を体現した人造美女をつくりあげた。アレックスはツンデレが好きだったので、その人造美女（アンナと名づけられた）も、性格はツンデレに設定されている。はじめは、何もかもおもいどおりになり、悦にいっていたアレックスだが、アンナの行動があらかじめよめてしまうことを、ものたりなくかんじるようになる。アレックスはアンナを改造し、彼女に「学習能力」をあたえた。その結果、アレックスを罵倒するじぶんのことばに影響されて、アンナはほんきで、アレックスをきらいはじめる。そのことにアレックスが気づかずにいるうちに、アレックスの親友と恋に落ちたアンナは、アレックスのもとを去ってしまう。雪のふる夜更けの巷に、アンナをさがすため、泣きさけびながらアレックスはかけだしていく……アンナの表情や顔だちは、ことこまかにかかれていて、モデルが藤森であることはあきらかだった。

いま、ステージからとどいてくる藤森の声と姿に、倉山田はからだじゅうをひりつかせている。そんな倉山田をみていると、じぶんのこころのかさぶたを剥がされるような気がして、清香じしんがいたたまれなくなった。

休憩のあとは、しごとをしながら、ずっと倉山田のことをかんがえていた。

倉山田は、彼がいちばんほしくて、けっして手にいれられないものを、藤森がもっていると信じている。けれども、それはまちがいなく幻想だった。あらゆる人間は、生まれおちたそのときから、じぶんにとっていちばんだいじな「何か」をうしなっている。その「何か」は、この世のどこにも存在せず、恋しいひとの声や美しい絵画のなかにだけ、まぼろしとしてうかびあがる。

せめて、そういうまぼろしをたちのぼらせるような何かを生みだしてみたいと、清香はおもったこともある。写真もかじったし、詩作のまねごともやってみた。そんなふうにあがいてみた結果は、ものをつくる資質が、じぶんには決定的に欠けていることがわかっただけだった。

あらかじめうしなわれたものを、手にいれることも、まぼろしとしてうかびあがらすことも無理ならば、清香にできるのは、墓標をたてることぐらいだった。生きながら死んでいる、じぶんの墓標。そのひとつがたとえば、ベイクライトのイヤリングだった。

村上春樹はたぶん、生きていくなかでうしなわれたものしか問題にしていない。100パーセントの女の子としあわせになれないのは、偶然のいたずらのためで、生存の条件として不可能であるのとはべつである。倉山田がもとめているのは、生まれたときからじぶんにないものだから、春樹がかたるうしなわれたものが、見当ちがいのように映るのだろう。

――倉山田には、まぼろしをうかびあがらせる作品を、生みだせる人になってほしい……

午後七時にしごとはおわった。バックヤードで私服に着がえ、かえろうとすると、従業員専用出口のそばに、人がたっている。モスグリーンのニット帽をかぶり、黒ぶちのめがねをかけ、たけの長いあずき色のダウンジャケットを着ている。おおきなマスクをしているので顔はわからないが、背かっこうとからだつきからみて、女性だろう。

扉をあけて、清香がそとにでようとした瞬間、その人かげから声があがった。

「大町せんせい！」

藤森であった。

「なんであなた、こんなところにいるの？」

「先生、今日、私が歌ってるとき、みててくれましたよね？」

「どうしてしってるの？」

「先生がいるか、いないかぐらい、わたし、気配でわかります」

そこまでいうと、藤森は、清香の目のまえまでちかづいてきた。

「先生がいる！ っておもったから、ライヴのあと、すこし先生のことさがしちゃいました。それで、サンタのかっこうをした先生をみちゃいました」

清香は、はずかしくて泣きそうになった。

「今日は、おたんじょう日だから、これからおとうさんとあいます。おとうさん、いつも先生のこと、気にしています」

「何で？」

「おとうさん、先生のこと、あんなにセンスがあるのに、どうして写真、やめちゃったのだろう、っていっています」

「それたぶん、ひとちがいだわよ。わたしも、写真の勉強してたことあるけど、個展をやったりとか雑誌にのったりとか、ぜんぜんそういうレベルじゃなかったから」

藤森は、また斜め十五度の「決め顔」をつくった。帽子と、めがねと、マスクのせいで、顔はほとんどかくれている。それなのに、こんなふうにするなんて、すこしこっけいだと清香はおもった。

「おとうさん、わたしと名字がちがいます。おとうさんは、寺田っていう名字です」

清香は、えっ、とおもわず声をあげた。

「もしかして、あなたのおとうさん、代官山の写真学校でおしえてたことある？」

藤森は、こくりとうなずいた。

「わたしも、先生に写真をつづけてもらいたいです。できれば、わたしのことも、先生にとってほしいです」

清香は、何とこたえていいのかわからなかった。

「おたんじょう日に、歌をきいてもらうことができて最高でした——先生のために、っておもって、今日はうたいました」

いいおわると藤森は、しずかにマスクをはずした。そして、清香の口びるに、じぶんの口びるをかさねた。少女は扉をおすと、夜のショッピングモールへとかけだしていった。あずき色の後すがたがみえなくなるまで、清香はその場にたちつくしていた。

——あの子のことは、デジカメでなく、フィルムをつかって撮ろう。

清香は目をとじて、息をすいこんだ。こんなに透明な味のキスは、生まれてはじめてだった。

（「日本文学」二〇〇〇年八月号　日本文学協会）

【参考文献】

市川真人『芥川賞はなぜ村上春樹に与えられなかったか』（幻冬舎　二〇一〇年）

内田樹『村上春樹にご用心』（アルテスパブリッシング　二〇〇七年）

内田樹『もう一度村上春樹にご用心』（アルテスパブリッシング　二〇一〇年）

スラヴォイ・ジジェク『汝の症候を楽しめ！——ハリウッドVSラカン』（鈴木晶訳　筑摩書房　二〇〇一年）

スラヴォイ・ジジェク『ラカンはこう読め！』（鈴木晶訳　紀伊國屋書店　二〇〇八年）

村上春樹『夢を見るために毎朝僕は目覚めるのです　村上春樹インタビュー集　1997-2009』（文藝春秋　二〇一〇年）

彦坂尚嘉の《第41次元》アート・「文学者の顔」http://hikosaka.blog.so-net.ne.jp/archive/c2300160717-1

佐野正俊「村上春樹「カンガルー日和」の教材研究のために」

村上春樹「鏡」
——反転する語り・反転する自己——

渥美孝子

一、研究史

「鏡」を高等学校の国語教科書に採っているのは、今や大修館書店だけとなってしまった[注1]。かつて収録していた尚学図書は教科書から撤退し、東京書籍は平成一八年度版までの収録で終えた。したがって現在、教室でこの小説を扱う教師の多くが参照しているであろう指導書は大修館書店のそれであり、その執筆者は、それまでの読みを退け、従来の解釈に大きな変更を求めた原善である。原が批判したのは、作中の「僕」の体験を、「先行論文のうちどれ一つとして作り話として読むものはなく、皆実話として読んでいる」ことにあった[注2]。原は、この小説の教材価値を「虚構のおもしろさ・魅力」に置く[注3]。「「鏡」とはまさしく一見〈怪奇譚〉のふりを装いながら、騙りとしての語りの機能を発揮する、虚構の在りようこそを問題にした作品」[注4]とする原の論は、きわめて示唆的であり刺激的であり得た。この原論を一つの転回点として、それ以前と以後の研究史をまずは整理しておきたい[注5]。

「鏡」論の嚆矢とも言うべきは、高比良直美「意識の反転……村上春樹「鏡」」である[注6]。高比良が注意を喚起するのは、語りと意識とにおける「反転」である。「僕」が語るとっておきの怖い話、それは「僕」にとっても、恐らくは「みんな」にとっても「実は〝たいした話〟なのだ」が、「たいした話でもない」と「深いところに向けられる可能性のある〝みんな〟の意識をそらそう」とする。「今でもこだわりつづけなくてはいられない」六〇年代末という時代にしても「楽しい生活だった」と「明るく軽く」反転させ、「もう一人の自分」（これをドッペルゲンガー、自己分裂と捉えている）に出会ったときも、「じっと見詰めるのでも否定するのでもなく「そちらに向かおうとする意識をそらす事によって、自己を保とう」とする。そういう「〝僕〟の身の処し方」は「生き続ける為の一つの方法」であると同時に、「みんな」に楽しんでもらわなくてはという「ホスト役」を意識したもので、それはまた「人の心理を深いところでとらえながら、決して深刻なままで終わらせない」書き手としての村上春樹の「読者に対するホスト意識」にも重なるとした。

千國徳隆は、『カンガルー日和』（一九八三年九月、平凡社刊）所収の「鏡」と『村上春樹全作品1979–1989⑤』（一九九一年一月、講談社刊）に収録のものとの間の「テクストの異同」に着目して読み進めているのだが、千國もまた、「根源的な恐怖」を「クライマックスまで高めていった後でふっと反転させる」ことに小説の眼目を見、「あまり小説の概念だとか、テーマだとかにこだわらず、「変則的な形でしかうまく抽出されにくいもの」を少しでも感じ取ったほうがよいように思われる」と結んでいる[注7]。

杉山康彦は、この話の結末を「鏡が不在な世界での自己の像、その不在の像を手探りで生きて行く不安と恐怖」とまとめたが、「人間にとって、自分自身以上に怖いものがこの世にあるだろうか」という言葉の意味するところについては「このテクスト外のことであり、この文脈を追うだけでは納得できることではない」と、村上春樹の他の小説、とりわけ『国境の南、太陽の西』を補助線として、自己というものの「怖さ」を浮かび上がらせようとした[注8]。

府川源一郎は生徒の感想を紹介することを中心に据えて、示唆的な問題提示を行っている[注9]。府川は、「幽霊よりもっと怖いもの、つまり自分自身の暗部を見た」話と捉えつつも、杉山と同様、「「鏡」の中の「僕」の正体は何なのか」という論議を「この作品の内部だけで煮詰めようとはしない方がいいように思う。「僕」の凝視した鏡の中には、「誰にも癒すことのできない憎しみ」をたたえた、別の「僕」が立っていた。それさえ感じ取れるなら、いいではないか」とする。

一方、「僕」の生き方を問題とする読みの系列がある。渡邉正彦は、「鏡」を「百物語」に設定を借りた「影・分身についての物語」とし、木刀を投げつけて鏡を割る行為から「分身殺し」のテーマを読みとっている[注10]。分身が姿を現すのは、「大学に進むことを拒否するという「体制打破」の態度を取る人間が義務教育という教育体制の重要な一環そのものである中学校を守る」職につくという「矛盾」に気がつかないような、「自己の真の姿、矛盾に無意識で、自己の感情に抑圧的な人間」だからだという。彼が排除したのは「現在の自分以外の可能性」、たとえば「あるべき理想としての社会の姿を追求する生き方であった」とし、そのような分身を否定した現実の「僕」のほうこそが「影のように空虚で希薄な存在」なのだと「僕」のあり方に批判的な眼を向ける。そして、「百物語」のコードの最後に出現する「真の化け物」を、「自分の分身を見ることをおそれて鏡をすべて排除してしまう状況そのもの」であったと捉えている。

佐野正俊は、前記・杉山論や府川論、さらに宮越勉による東京書籍指導書の、「ゾッとしたり、軽くそんなものかと思って雰囲気を楽しんでくれればいいんだ」という受け止め方に対して、「少なくともなぜ「ゾッと」するのかを問わずに「雰囲気を楽し」むだけでは、稚拙な言い方になってしまうが〈授業〉のオトシマエがつかないではないか」と疑義を呈する。そして、「僕」が遭遇した「奴」の正体とは「既製の〈自己〉に、徹底した〈造り変え〉を迫る〈他者〉であった」とし、にもかかわらず、「その場から遁走」し「〈他者〉に出会うことを忌避し続けている」僕の「重たく屈折した世界」を見ようとする[注11]。

原善は、先にも述べたように、これらの諸論に東京書籍、尚学図書の指導書も加えた先行文献を視野に収めて、そのいちいちに対する批判と反論を展開した[注12]。その骨子は、「〈幽霊〉怪異の出現のみを実体視して」、体験談が「演出された語り」であり「創作された怪談話」であることを看過してきたということにつきる。「僕」は「〈みんな〉をかつごうとしていた」。その視点に立てば、現在も青年の頃の影響から免れていないのではなく、現在の「僕」が青年の頃の話を演出しているのであり、「鏡を置かなくとも怪異は出現しうる以上」鏡を家に置かないのは「聴衆を怖がらせる演出」ということになって、これまで読み取られてきた重いテーマや深刻な気分は一蹴される。とりわけ注目すべきは、聞き手である「〈君たち〉の内部にこそ〈幽霊〉怪異は出現した」、という指摘である。原は、「みんな」が「抱かされた恐怖感」に、「僕」の語りの意図を見るのである。

この原の論を踏まえつつも、「鏡」に「存在論的な問い」という重いテーマを見据えようとしたのは石橋紀俊である[注13]。不在の鏡に映し出される亡霊は、「あり得たかもしれない別様の僕」であるが、それは「決してあり得なかったこととして事後的に見出されるしかない」「一回的な私」であり、それは「この私の認識し得るような実像を結ばない」がゆえに「亡霊」となって回帰してくるしかないのだという。だが、「僕」はその一回的な体験を、反復可能な「「人間にとって」の体験に一般化」する語り手の地平に立つ。「語り手の僕が反復可能な一般性をたどること」は、「みんな」に取り憑いている亡霊を招き寄せ」る「手続き」、「演出」でもあった。「鏡が一枚もない」「この家」とは、亡霊の再来を回避するためではなく、僕が亡霊に出会った場所、すなわち鏡などなかった「学校の玄関」を再現するものである。そこに集う「みんな」は「主人《ホスト》」である僕に誘われながら、亡霊の出現にこそ立ちあうのだ、と結んでいる。

読みの展開においてきわめて有効な視座を提供したと言えるこの二者の論は、しかしながら、その正当な継承者を得ないまま、むしろ亡霊出現の理由を「僕」の生き方に求める読みのほうが流通していくことになる。鎌田均は国語教育の立場から、「「僕」が「僕以外の僕」に遭遇する必然性を考える」であるとか、「「そのころの僕」の生き方に矛盾はないか考える」であるとか、「今の「僕」の生活を想像してみることから「僕」のこの「十年以上」の生き方を考える」といったことを読み深めの課題にあげて、「時代のうねりに身を任せて生き方の本質を問わないことに何の変化も見られない」人間として「僕」を浮上させようとする[注14]。岩上純平もまた、埴谷雄高「死霊」と比較しつつ、「鏡」に出現したのは「「自分自身」を持たない、いや持つことを拒否する、「僕」という「化物」」であったとする[注15]。

西田谷洋は、石橋紀俊の論文を「卓抜な分析」と高く評価する一方、原善に対しては「亡霊体験発生の真偽は「鏡」のテクスト内部では決定できず、実際に「僕」が亡霊体験をしたとも解釈しうる」として、「僕」の実体験と見なす立場から論じる[注16]。「鏡の中の僕」を「体制側のかくあるべき「僕」という巨大な社会的圧力」と捉える西田谷は、鏡を割る行為はその体制側の呼びかけを拒否するものであったが、事件から十数年、亡霊の再来がないのは、「体制打破しようとした「僕」は変質した」からだとする。「体制側に組み込まれている」現在の「僕」に、「体制側の圧力の像としての「僕」が亡霊として現れる条件はない」と、「亡霊の単発的出現の理由」を解いてみせるのである。

二、時代というコンテクストについて

「僕」は「時代の波に呑みこまれた」がゆえに、また、自分自身の矛盾に無自覚であったがゆえに怖い思いをしなければならず、「体制打破」の生き方を貫かなかった「僕」の自業自得として今もなお鏡に脅えなければ

ばならないのだ、という因果関係に絡め取られた読みの数々。まさに「正しい生き方」という名の「亡霊」が跋扈しているように思われる。石橋紀俊が退けるのは、こうした「僕」の生き方の矛盾を指摘する読みであった[注17]。「問うべきなのは、正しさの条件を生の条件として問うこと」であると石橋は言う。「他の誰にも共有されない、純粋にこの私にとってのみの正しさはない」し、「すべての他者を包摂する正しさもまたない」、と。正しさへのとらわれは、「僕」だけでなく、この小説の読み手にもあてはまる。『村上春樹全作品1979–1989⑤』に収録の際に加筆された、「それが正しかったとか間違っていたとかじゃなくて」というフレーズは、かつての「僕」の倫理的尺度、まさしく「正しい生き方」というものがそれ自体としてあるかのごとく発想したかつての自己を、自ら相対化してみせたものであろう。それが「若気のいたり」であり時代の「波に呑まれた」ということであったと考えられる。

ところで、この時代の「波」に関しては、「六〇年代末の例の紛争の頃」という、時代のコンテクストに還元して押さえておく必要があろう。府川が指摘するように、「多くの高校生にとって、大学に進まないで、別の生活をしているということは、「落ちこぼれ」あるいは、ムダな生活をしているとしか映らない」[注18]のだとすれば、時代の設定は間違った解釈のコードとして機能してしまう可能性が大いにあり得るからである。また、それはこの小説の読みの核心にも関わってこよう。次にあげるのは、「僕」が「もう一人の僕」を見たことの理由を「体制打破」という言葉に関わらせて解釈しようとしたものである。

鏡に写った「僕」の分身が「僕」を憎悪しているのは、反体制の態度を取りながらドロップアウトしたに過ぎず、実質的には反体制的な生き方をせず体制のおこぼれにあずかっている生き方にあると解釈できる[注19]。

「僕」は大学進学を拒否して肉体労働をしていたが、結局はこの世の社会構造の末端に自分がいるとことに、そして拒否したはずの学校という〝権力構造〟の場で過ごしていたという矛盾に対しても無自覚であった[注20]。

「僕」は学校という場にはふさわしくない行動をすることで、学校という場の秩序を建物の内部から攪乱している。とすれば、中学校で夜警をする「僕」は、体制打破と体制従属という「矛盾に対しても無自覚」なのではなく、もともと体制に屈服・従属する行為体と体制に抵抗する行為体との両面を持つ主体として捉えるべきだろう。「僕」は体制打破・逸脱をめざしつつ、体制を維持・構築するのである[注21]。

こうした論調には、少しく誤解が含まれているように思う。これらの論は、中学校の夜警という仕事を、体制を護る職と読み換えている。だが、六〇年代末の闘争において、中学校は体制という言葉でくくられる対象ではなかった。六〇年代末の紛争は、当初個別の大学において、大学当局のあり方に対する不満——たとえば学費値上げ反対や、教育研究環境などに関する大学の経営管理方針への反発など——から散発的に起きたものであった。それが急速に全国の大学に広まっていき、大学の体制に対する闘争は、さらには学問の主体や身分としての大学生であることへの倫理的問いへ、また国家という権力体制に対する闘争へと展開していくこととなった。この運動は一部の高校にも波及してはいったが、運動の中心は大学という高等教育の場にあり、中学校など義務教育を含む教育体制全般を否定するものではなかった。

むしろ問題は、この時期の闘争が「大学解体」を打ち出しながら、自分探しのような側面を抱え込んでいたことである。大学という権威への疑義、ないし学歴に依存することへの負い目から来るところの、「エリートとしての自己否定」であるとか「自己変革」といった時代の論調があった。そうした風潮の中で「僕」は「大学に進むことを拒否し」たのである。当時、大学進学に対置されたのが「肉体労働」であった。「正しい生き方だと思ってた」というのは、あえて大学進学に背を向けて「肉体労働」を選択した自己のあり方をさしている。それは「体制打破」という問題であるよりも、「自己変革」に傾斜した自分の「生き方」の問題であった。「僕」は「体制打破」という時代のスローガンを自己の課題として突き詰めて思考したわけではなかった。それこそが時代の「波に呑み込まれた」の意味するところであり、「僕」が呑まれたその「波」はまた、運動の急速な後退期へと向かって行くことになる。「放浪二年目の秋」という設定は、東大安田講堂事件後の全共闘運動の幕引きと一般学生たちの闘争に対する熱気に変化が見られた時期と重なる。しかし、もちろんそのような時代の動向までこの小説に読み取ることは求められていない。六〇年代末という時代背景は、「僕」が放浪生活を選び、その結果、新潟の中学校で夜警をすることになった経緯を説明するために語られているものと受け止めるべきであろう。

「僕」は「正しい生き方」なる課題を負いながらも、ハードな「肉体労働」を離れて「少しのんびりした」いという思いから、中学校の夜警という仕事に就いた。一時的に自己を解放するつもりのこの仕事から得たたっぷりとした時間を、「僕」は「音楽室でレコードを聴いたり、図書館で本を読んだり、体育館で一人でバスケット・ボールをしたり」することに費やした。西田谷はこれを「学校という場にはふさわしくない行動」とする[注22]が、むしろ学校という場が、はからずもこうした行動を提供したと言えよう。もし大学に進学していたらやったであろうようなこの時間の使い方は、選択しなかったもう一つの可能性の埋め合わせをするものであるかのように見える。「僕」は「体制」としての大学という権威は否定するものの、学生生活そのものを望んでいなかったわけではなかった。「若気のいたり」という言葉にはそういう生き方を選んでしまったことに対する幾ばくかの悔いも含意されていよう。しかし、「もう一度人生をやりなおすとしても、たぶん同じことをやっているだろうね」と語っているように、自己のとった選択を否定しているわけでもない。若いまっ直ぐな気持ちが選ばせたあり方として、それは受けとめられている。

やはり、「体制打破」という時代の言葉から「僕以外の僕」の出現理由を考えるには、小説内の情報はあまりにも不足していると言わざるを得ない。なぜ「僕以外の僕」に遭遇しなければならなかったのかを原因と結果の関係で捉えるならば、「正しい生き方」を志向する「僕」が、夜警の仕事においても「手は抜か」ず、「ごまかす」ことを自分に許さなかったから、とも言えてしまう。もしもあの夜、異変の予兆にしたがって、見廻りをせずに「ＯＫ」と書き込んでいれば、「たったの一度だけ」の「心の底から怖いと思った」経験をしないで済んだかもしれない。「僕」の真面目さと律儀さがあだになってしまった。そのようにも言える程度の情報をしか、語り手は提供していない。むしろ見るべきは、整合的な解釈から身を翻すように語る「僕」の語りにあろう。

三、「僕」の語り

「僕」の家で行われた「今夜」の集いは、「みんなが順番にそれぞれ怖い体験談」を語るというものであった。「僕」が「みんな」の話を、「幽霊」と「虫の知らせ」という「ふたつに分類」してみせたのは、「怖い体験談」の怖さの性質が、日常の論理では説明がつかないような現象＝超常現象と言われるものに遭遇した怖さであることを示している。そのような話を語ることが当初からの会の趣旨であったのか、話の流れの中でそうなったのかは明らかにされていないが、「みんな」が、偶然に、「それぞれ怖い体験談」を持ちあわせていたとは考えにくい。百物語のような怪談会であったかもしれず、酒食の席の一興のようなものであったかもしれないが、いずれにせよ「みんな」で怖い話を語ることが前提とされた集まりであったとみなすべきであろう。そのことはまた、「みんな」という小説内の聞き手が、そのような「体験談」を語り得る人であって、日常の論理を超える話を抵抗なく受け入れる人々であるということ、すなわち、読者とは区別される聞き手の審級を示すことにもなる。「僕」はそういう人々に向かって語るのである。

「幽霊」を見たか、「虫の知らせ」を感じたか、という「ふたつに分類」することは、「そういったタイプの話」の分類としてはかなり強引に思われるが、さらに、その「どちらか一方の分野だけを集中して経験」する傾向があるとされ、それはその人の持っている資質、適合性の問題とされる。それは言うまでもなく、「どちらの分野にも適さないって人」として「僕」をあげ、これから語る話は「幽霊も出ないし、超能力もない」と釘をさすと同時に、新しいタイプの話であるという自負を語るものである。

「体験談」を語るとは言っても、それが必ずしも実体験か否かを問題とするものではなかろう。「僕」が話し始める際の「拍手」は、そこが演劇的な空間であることを示唆している。聴衆が期待の拍手を送るような、つまり怖さを娯楽として互いに享受しあえるような場であったこと。したがって、「体験談」という枠組みは、深刻さというよりは、リアリティの付与を意味していよう。架空の作り話などではなく「体験談」であるとすることが、恐怖感を醸成する大きな要素となる。作り話であろうと実体験として話し、実体験として聞くという暗黙の了解がそこには働いていると考えられる。いかに話に引き込み、恐怖感を呼び起こすか、今夜の会を主催する主人《ホスト》としての「僕」は、そこでトリにふさわしく、とっておきの話を披露することになる。

ところで、「体験談」という枠組みの機能は、もうひとつ、それが一人称回想形式を必然とするということでもある。「僕以外の僕」と遭遇した話は、自己の侵犯や分裂に関わるがゆえに、それは人称の同一性の問題と捉えることができる。千國徳隆は、鏡に映った「僕以外の僕」の呼称が、「僕の像」から「それ」「相手」「やつ」

と変わって行くことを指摘した[注23]。「僕の像」は最初「僕がそうであるべきではない形での僕」として、つまり実像の「僕」の反映ではなく、「僕」の身体を持った別の主体として捉えられるが、その主観に「僕」への憎しみを見出すことで、それは自己から分離し対立する「相手」となり、さらに、鏡像に支配／被支配の関係を逆転させようとする意志を見出すと、それは自己に敵対し自己を脅かす者として「奴」という卑称で呼ばれることになる。すなわち、自己の非自己化、ないし自己の虚像化への過程は、「僕」という人称への帰属性が揺らぐ話としても提示されているのである。

ところが、この鏡像体験は「もちろん鏡なんてはじめからなかったよ」というかたちでさらりと反転させられる。反転という展開自体は、怖い話の常套ではある。緊張を極度にまで高めておいてふっと緩和したかと思うと、さらにどんでん返しが用意されていた、といった類である。しかし、この場合は「こういう話の結末ってわかると思うんだけれど」と、怖い話のお決まりとしての反転であることを自己言及的に語っておいて、鏡は無かった、「そういうことさ」とまとめてしまう。その一方で、「吸い殻」と「木刀」という鏡像体験の痕跡だけは描かれる[注24]。これらの痕跡は、鏡像体験が確かにあったことを示している。ならば、その時だけ鏡が何かの作用によって出現したとしてもよかったはずである。しかし、「僕」が見たのは鏡像ではなかったとされる。

　というわけで、僕は幽霊なんて見なかった。僕が見たのは――ただの僕自身さ。

鏡はなかった、だから「僕」が見たのは「幽霊」ではない。前置きとの照応で言えば、「僕」が見たのは幽霊ではない、なぜなら僕は幽霊を見るタイプではないから、という非論理の空転に陥っている。これを、原善の言う「わざと信用できなくさせる種明かしの用意もしているとすべき」なのだろうか。原は冒頭の二つのタイプのどちらにも適さないということとの齟齬、鏡がなかったということ、反転の展開の多さ、「本当の話」という結び等々をあげて、「体験談」が虚構であることの証しとしている[注25]。「これは事実だ／これは事実ではない」「私を信じよ／私を信じるな」——矛盾するメッセージを送り続ける「僕」は、確かに信用できない語り手だと言える。しかしまた、この相反するメッセージは、どちらか一方を安易に実体化して思考するあり方を問う、戦略的な操作であったとも考えられる。

「見る／見られる」「支配／被支配」の関係が反転し、鏡の前にいる自分のほうが虚像ではないかと思われてくる。あるいは、実体として存在したはずの鏡の非在が告げられる。「うん」に「いや」という反転がつきまとうように、実像と虚像はつねに反転しうるのである。一見理由を説明するかのようでありながら意味をなさない接続詞「というわけで」によってつながれるように、そういうことが起こる。あの夜出現したのは鏡像であったのか、それとも所謂ドッペルゲンガーであったのか、それとも幻視の類であったのかは確定できない。というよりも、そのどれでもなかった、「ただの僕自身さ」と反転させることで、「自分自身以上に怖いものがこの世にあるだろうか」という自己の不可知性の問題へと誘導していくことになる。「人間にとって」という括りによって、その「自分」のなかに聞き手も読者も包摂される[注26]。非在の鏡を媒体にしたのは、自己の不可知性の問題が鏡像体験として語るほかないものであるからなのかもしれない。

鏡が無かったのだから、鏡が呼びおこした恐怖ではない／しかし、「僕」は鏡を恐れて家に鏡を一枚も置いていない。——「僕」が自分の言葉を裏切る信用できない語り手であることの例を、もう一つあげてみよう。出来事のあったその夜は「十月の初め」のことであったとされている[注27]。「僕」が中学校の夜警をしたのは、「放浪二年目の秋」に「二か月ばかり」のことであった。普通、八月を秋とは言わないから、「二か月ばかり」

とは九月から十月いっぱい、あるいは十一月にまでかかっていたかもしれない。つまり、「十月の初め」のこの出来事の後も、すぐには夜警の仕事を辞めなかったことになる。とすれば、今も家に鏡を一枚もおけないほどの「心の底から怖いと思った」体験であったのかどうか、疑わしくなってもくる。「この家に鏡が一枚もないこと」も、ひょっとしたら嘘かもしれない。「気づいたかな」という呼びかけに、「君たち」の誰かが確かめに洗面所に走る。そして「なんだ」ということになるかもしれない。

しかし、「僕」を心の底から憎んでいる存在がいる。それが「僕自身」だった。その憎しみは「だれにも癒すことのできない憎しみ」、すなわち、それが軽減されるとか消えるとかはあり得ず、その怒りと悲しみを湛えたまなざしで自分を見つめているかもしれないもう一人の自己、その像だけは聞き手の心に刻印されるのである。

［注1］ 大修館書店の『国語総合現代文編』『改訂版国語総合』『新編国語総合』に収められている。これら教科書の本文は『村上春樹全作品1979−1989⑤』（一九九一年一月、講談社）を底本としているが、「頭の狂った人間」の箇所は「ひどく混乱した人間」に変えた。本論も原則として大修館書店の教科書をテキストとし、ルビは省略した。

［注2］ 原善「村上春樹「鏡」が映しだすもの」（「上武大学経営情報学部紀要」二〇〇〇・九）

［注3］ 原善「虚構の力を読む村上春樹「鏡」」（「国語展望」二〇〇二・二）

［注4］ 『国語総合現代文編』大修館書店

［注5］ 研究史については、**［注2］**の原の論が先行論文批判のかたちで言及しているほか、『村上春樹作品研究事典』（鼎書房、二〇〇一・六）の「鏡」の項に、短いスペースながら三木雅代による紹介がある。

［注6］ 高比良直美「意識の反転……村上春樹「鏡」」（「群系」一九八九・八）

［注7］ 千國徳隆「村上春樹「鏡」をめぐる冒険」（「国語展望」一九九五・六）

［注8］ 杉山康彦「鏡の怖さ・存在の怖れ」（『〈新しい作品論〉へ、

〈新しい教材論〉へ6』右文書院、一九九九・七）

[注9] 府川源一郎「生徒の感想で〈読む〉「鏡」」（『〈新しい作品論〉へ、〈新しい教材論〉へ6』右文書院、一九九九・七）

[注10] 渡邉正彦「村上春樹「鏡」論——分身・影の視点から——」（「群馬県立女子大学紀要」一九九二・三）

[注11] 佐野正俊「〈他者〉からの遁走——村上春樹「鏡」の場合——」（「月刊国語教育」二〇〇〇・七）

[注12] [注2]に同じ

[注13] 石橋紀俊「不在の鏡／不在の僕をめぐって——村上春樹「鏡」論——」（「遊卵船」二〇〇四・六）

[注14] 鎌田均「「小説として読む」ということ——村上春樹「鏡」の場合」（「月刊国語教育」二〇〇五・一）

[注15] 岩上純平「豊かな社会の幽霊たち」（「イミタチオ」二〇〇七・六）。他に、加藤義信「村上春樹の小説にみる鏡像体験の諸相」（「あいち国文」二〇〇七・七）が「鏡」に言及している。

[注16] 西田谷洋「「僕」の亡霊たち——村上春樹「鏡」論」（「金沢大学語学文学研究」二〇〇八・一二）

[注17] [注13]に同じ

[注18] [注9]に同じ

[注19] [注10]に同じ

[注20] [注14]に同じ

[注21] [注16]に同じ

[注22] [注16]に同じ

[注23] [注7]に同じ

[注24] 『カンガルー日和』には、翌朝玄関に確かめに行ったという記述はなく、『村上春樹全作品1979-1989⑤』に収録の際に加筆されたものである。

[注25] [注2]に同じ。

[注26] 石橋紀俊は、ここに「「自分」という代名詞によって他者の一人称をも包摂し、対象化する語り手僕の指向」を指摘している。

[注27] 『カンガルー日和』に収録の「鏡」では、出来事のあったその夜は「十月」とされていたが、『村上春樹全作品1979-1989⑤』所収の際に「十月の初め」と改更された。

〈主体〉への希求——村上春樹『象の消滅』論

齋藤知也

一、はじめに——「ポストモダン」と〈教室〉の状況

本書タイトルは、「〈教室〉の中の村上春樹」とされている。春樹の作品が教科書に採られ、授業で読まれるようになってから月日が経過したが、その意義を徹底的に問おうとする編者の試みに強い共感を覚える。同時代を生き、広範な読者を持つ春樹の文学と〈教室〉との相関を問うことの意味は大きい。ただし〈教室〉では、〈作家〉を直接問題にすることは難しく、対象となるのはまずは一つひとつの作品となろう。だから本稿では次のような問いを設定したい。すなわち、『象の消滅』の〈教材価値〉を生かす〈読み〉とはどのようなものか、ということである。その核心は後述するが、〈語り〉をどのように読むかにあると考える。

その際、いま〈教室〉はどうなっているかということを避けては通れない。私に映るのは、〈主体〉を確立しようとしつつもなかなかできずにいる生徒たちの姿である。こう述べると、「情けない。半世紀前の若者は抵抗の精神をも持ちえていたのに」という嘆きの声が聞こえてきそうだ。「島宇宙」化し他者と関わろうとしない若者を否定する様々な論調と、私の見方が同じものとして受け取られてしまうかもしれない。しかしそう

ある」わけではないことを、直感として知っている。また「自分の考えを語る」ことと「ジコチュー」との違いが、非常に際どいものでしかないことも漠然と感じている。だからこそ、地雷を踏まぬよう空気を読み、細心の注意を払っているのである。そのような彼らに、「自分を持て」などと「上から目線」で語っても、「逆にその「自分を持て」と語っているあなたたち大人の「自分」とは何なの？」と沈黙のうちに抗議されるだけだ。だがそうは言っても、彼らも、「自分」＝〈主体〉を持ちたいと願ってはいるのだ。なぜなら、今日においても誰もが時に心のうちにつぶやく、「どのように生きるか」という素朴な問いを発する宛先は、それが仮構であったとしても常に、「自分」＝〈主体〉の他にはないからである。とすれば、「主体など幻想にすぎない」というポストモダン的言説に埋没することも、「主体」をアプリオリに想定するものと同様、〈教室〉という空間に背を向けるものでしかない。彼らは「ポストモダン」の時代に生きつつも、そこに安住できずにいるのだから。教師も同じであろう。私自身、〈主体〉の確立にもがく毎日だ。その格闘なしには授業もできず、自らの生を生きていけない。「ある」ものとしてではなく、構築すべきものとして〈主体〉を捉える所以である[注1]。

さて、先程〈語り〉という言葉を用いた。文学の問題を一旦離れるが、こうして現代という時代や生徒たちの状況を今「語っている」のは、筆者である私である。しかし広義の「言語論的転回」が明らかにしたように、〈語る〉ことも言語で構築された私の認識に過ぎず、虚偽を孕んでいる。その自覚がなければ、生徒たちと同じ地点から〈主体〉の問題を問うことはできない。「語ることの背理」[注2]は、極めて臨床的な問題なのである。

二、先行研究をめぐって――『象の消滅』の読まれ方

『象の消滅』は一九八五年八月、「文學界」に掲載され、その翌年四月、単行本『パン屋再襲撃』（文藝春秋）に収録された[注3]。二〇一一年三月現在、教科書にはまだ採られていない。

宇佐見毅・千田洋幸編『村上春樹と一九八〇年代』には、参考文献の項がある[注4]。『象の消滅』論として紹介されているものを私なりに読み返してみた。鈴村和成は「テレビ等の映像が現実に与える、否応のない非現実化の作用」の中で、「われわれ自身が、いつかこの消滅した象のように、消滅していることになるかもしれない」「その消滅は相互的、共時的なものであるから、〃われわれ〃という主体によっては認知されない消滅になる」[注5]と論じている。「消滅」が「相互的、共時的なもの」という観点は注目すべきだが、問題を「映像」に帰すのは、本質を外してはいまいか。また和田敦彦は新聞媒体における象の取りあげられ方を実証的に追い、「我々読者をとりかこむ社会そのものが帯びている「象を消滅させようとしている力」」を指摘する[注6]。「機能性」や「統一性」を至上とする「便宜的」な社会において「それらをかき乱す過剰な、異質なものを抑圧する力」が働いているとすることには同感だが、果たして「社会そのものが帯びている」という現代社会批評だけに帰してよいものか。両論とも「映像」「新聞」等の文化研究に問題を実体化させ、作品を読むという愚直な行為を回避してしまっているのではないか。

一方前掲書には紹介されていないが、二つの注目すべき論考がある。まず鎌田均は、高校生の反応を基に、作品との対話を試みている[注7]。物語を時間の順序に置き直し、「「僕」が彼女と出会いながら恋愛に進めないという出来事の内容を孕んで冒頭が語り出されている」ことを指摘、「僕」の世界は自己完結した世界であり、そこから外へは一歩も出られないし、他へ容易に伝達でき得る世界ではないのだ」とし、「象の消滅というこ

の世ならぬ世界を生きる男が恋愛を生きられない、という物語を語ることで、〈他者性〉の問題を浮き彫りにしていた」と結論づけた。また馬場重行も、「語りの在り方」に着目し、「「彼女」に〈象失踪事件〉についての〈秘密〉を語る後半部」により、「可能な限り〈事実〉に基づいて伝えようとする」「前半部」が「相対化される仕掛け」を持つのが作品のポイントであるとし、「語り手は〈世間〉と「僕」との差異を象徴的に示すために、先のようなプロットを必要としていた」と論じた。その上で、「「僕」と「彼女」との間に〈バランスの崩れ〉は起きず、「新しい体系」という親密な「別の時間性」が生じることはない」「「僕」は、主体を殺され内面に鬱血を抱えたまま便宜的な世界に生きていくしかないのである」[注8]という示唆的な見解を提示している。両論に共通するのは、「象の消滅」という事態を「了解可能」な次元に回収して読むことを拒否し、その「了解不能」性と直面した「僕」の問題を核心とし、それを「彼女」と共有することの不可能性を論じていることである。その意味で、鈴村・和田の論とは明確に一線を画していると言えよう。

最近のものとしては、加藤典洋の評論[注9]について触れたい（「村上春樹の短編を英語で読む」という連載の一部だが、引用された文章から、同じテキストについて論じたものとして判断する）。加藤は、「象」「象の消滅」が「何を表象しているのか」と問い、それは「戦後の日米関係における日本それ自体」であり、「作者は、何か戦後的なものの失踪・消滅を暗示しようとしたのではないか」と論じる。また「僕」と「彼女」の年齢差に着目、「僕」にとっては「喪失」であるものが「彼女」にとっては「欠落」になってしまっており、「ここで消滅とは、消滅が見えないこと、「ないこと」がないことを意味している」とし、「それに気づく人間を孤独にする」と指摘する。主題として「戦後的なもの」の喪失を見る感覚にアクチュアリティは感じるが、それはあくまで「寓意」の一つにしか過ぎない。加藤もまた「了解不能」の事態を、「了解可能」なものへと回収する「新聞」「メディア」と同様の問題に入ってしまうという隘路、実体論に陥ってしまっている。

勿論、授業で読む際にも、「象が消えるとはどういうことか」を一つの寓意として読み、語る生徒が出てくる。それ自体は単純に否定すべきではない。しかし、ある寓意として読んだときにこぼれ落ちてしまうものに自覚的であるかどうか、問題はむしろ、一つの寓意として実体化できないところにあるということに行き着けるかどうかが、重要なのである。

三、授業の中の『象の消滅』

以下に紹介する実践は、二〇〇八年に、所属校における高校三年生対象の自由選択授業で行ったものである。一二時間を費やした。テキストには『パン屋再襲撃』（文春文庫　一九八九年四月）所収のものを用い、以下の引用もそれに拠っている。最初の二時間で初読の疑問や感想を出してもらった。それを基にして私自身の問題意識も含め、皆で考えていく観点として次の『学習の課題』を三時間目に提示し、対話しつつ読み深めていった。

①「象の消滅」を前にして、人びとはどのような反応をしめす存在として語られているか。そして、「語り手」である「僕」はどのような反応を示す存在として語られているか。「象（と飼育係）が消滅する」とはどういうことか。

②「便宜的」「機能性」「統一性」等はどんな意味を持った言葉として用いられているか。

③象舎の中にだけ「冷やりとした肌あいの別の時間性が流れている」とはどういうことか。

④象と飼育係の大きさのバランスの崩れとは？　また「僕」の内部でのバランスの崩れとは？

⑤「僕」と「彼女」との「やりとり」と「結末」はどのような意味を持っているだろうか。

本来は①～⑤に関する授業における対話をできる限り「再現」したいのだが、紙数の関係で不可能である。以下は、一〇時間の討議を経て、授業終了時に書かれた生徒の「作品論」から、①～⑤への応答となっていると思われる箇所を、部分的に抜粋したものである。

a　主人公の「僕」は当初、非常にきっちりとした人間として描かれている様に思える。実際「いつもと同じように六時十三分にセットした目覚まし時計のベルで目を覚まし」、自分で朝食の準備をして、「一ページ目から順に新聞を読んでいく」など折り目正しく生活している。機能性を重んじ、統一性のある生活を送り、便宜的な世界で生きている。しかし一方で「明らかに状況が不条理」であり、はっきりと「脱走」ではなく「消滅」と認識している非便宜的な象の消滅事件に関心を示し、新聞を切り抜いてスクラップブックまで作成している。この事件に対する反応として「僕」の行動は周りと比べてやや異質ではある。けれども「僕」は後に彼女に「僕の個人的な意見はネクタイを外さないと出てこない」と発言しているし、更に彼女の「世界は本当に便宜的に成立しているの？」という問いに対して「そう言った方がいろんなことがわかりやすいし、仕事もしやすい。ゲームみたいなもんです。」と言っているので、きっちりと常識的な自分とやや周りとは異質な自分、便宜的な自分と非便宜的な自分を使い分けているだけなのだろう。そしてこの使い分けこそが文章中に頻繁に出てくる自分の中の「バランス」であり、それが世界との「統一性」にもつながるのだろう。（中略）けれどもこの「バランスの崩れ」というのは彼の内部でのみ起こった訳ではなく、おそらくは普段からどこでも起こっているのだろう。それこそ、象と飼育係の大きさの「バランス」が崩れ、消滅するような、非便宜的な事件は。世界が便宜的なもののみで成立している訳はないから。しかし人々はキッチンでの冷蔵庫やクッキングプレートのように属性がはっきりと決められているもの以外の非便宜的なもの、つまりはまわりとのバランスの悪い、統一性が無いものに「解明不能の謎」という属性を与え、自分達の意識の表面から追いやってしまうのだ。「象の消滅事件」以外にも「解明不能の謎」というカテゴリーに分類された、数多くの同僚たちがいるように。私は、「僕」は人々が便宜的に暮らしている世界の中にある、数多くの非便宜的なそれらに気づいてしまったのではないかと思う。

b　この物語の中では「非便宜的」「統一性以前」といった、ある打ち消しの言葉をもってしか表せない（明確にそのものを指す言葉が存在しない）在り方が強い意味をもったものとして描かれている。（中略）その後象は消滅するのだけれど、消滅の際象は飼育係とかなり密接な関係を結んでいて、二人のいる象舎は「別の時間性が流れている」と書かれている。私はこの象と飼育係の関係は少し恋愛のそれと似通った点があると思っていて、それは第三者に関係性の持つ意味や重みを伝達できない、という点。「僕」が「どのようにして象に命令するのか？」と質問した時、飼育係は「長いつきあいですから」といって答えをはぐらかすのだけれど、これは質問の答えが自明だったことに加えて、逆に自明だからこそ「僕」に伝えることができなかったのではないだろうか。

c　「彼女」は「僕」と初めて出会った時、世界は便宜的であると豪語する「僕」に対してこんな疑問を投げかけている。「世界は本当に便宜的に成立しているの？」この言葉はもっともだと私は思った。授業中にもこれと似たようなことは話されたし、そこでも多くの人が「彼女」と同じように「僕」が指摘するところの〈世界の便宜性〉に疑問を持ったはずだ。いや、もっと直接的かつ意地悪な言い方をすれば（ここには自省も込められているのだけれど）少なくとも自分は便宜的な世界とは一線を画す存在であるという認識がそこにあったのではないだろうか。（中略）私たちは便宜的な世界の上にいる。（というか便宜的であることが前提条件になっている世界、というべきか。）その世界の上では非便宜的なことも起こる。簡単に言ってしまえばそういうことだ。しかしここで存在が認められている非便宜性とはあくまで便宜的な世界の上で起ころものに限られている。つまり便宜的な世界の綻びとしての非便宜性は数の内に入らない。だから便宜性と非便宜性は、対立しない。一見アントニムとして位置づけられていそうなこの二つの語は、実はシノニムとしてこの世界に存在するのだ。そしてこのことを「僕」に自覚させたのが〈象（と飼育員）の消滅〉事件である。〈象の消滅〉という現象は、私たちの認識を超えた位置に存在する。そこにわずかながらも関わってしまった「僕」は、自身の「内部で何かのバランスが崩れてしまっ」たように感じる。そして「僕」は内部のバランスを崩したまま、「便宜的な記憶の残像」――つまりは僕が正常だった時の名残りに基づいて、また元の生活へと戻っていく。「彼女」と次に会う約束もしない。そこには虚無が横たわっているだけだ。

四、〈語り〉の構造をめぐって

生徒たちは授業中もよく語り合い、その中で作品論が生まれた。例えばａは、「僕」の内部の「バランス」とは「便宜的な自分」と「非便宜的な自分」の「使い分け」のことであり、その「バランス」の崩れをもたらした「象と飼育係」の「バランス」の崩れは、実は世界の至るところで実際に起きており、「解明不能な謎」というカテゴリーにくくられてしまっていると論じる。ｂは、「非便宜的」「統一性以前」など、「ある打ち消しの言葉をもってしか表せない」世界があることを指摘し、それは「象と飼育係」の関係性に象徴されるもので、「便宜的な言葉」では説明しえないという点において恋愛に似ていると指摘する。ｃは〈象（と飼育係）の消滅〉という現象が、「便宜的な世界」を前提とした上で起こる「非便宜性」に回収されるものではなく、私たちの認識を超えた位置に存在することを知ってしまったからこそ、「僕」は内部の「バランス」を崩したのであり、「彼女」と次に会うこともせず、虚無が漂うだけだと述べている。どの論も核心に触れるものになっているると思うが、どうだろうか。

しかし同時に、いま振り返ってみると授業者である私に、「物語」の中に表れている「僕」と、その物語を「冬も近くなってから語っている」（現在の）「僕」を峻別して考える視点が不足していたため、生徒たちの発言や作品論を十分に生かすことができていなかったとも思う。この観点は先行研究の中でも十分には考察されていないと考える。ここに踏み込めれば、「象の消滅」事件を経験した「僕」がなぜ、「彼女」との恋愛に踏み出せなかったのか、またそれについて語る現在の「僕」はどういう位置にあるのか、という問題をさらに切り込めるのではないか。以下は授業を終えてから、生徒の発言を基に私が加えた考察であり、次に授業を行う際には生徒と共に追究してみたいと思うことがらでもある。

前掲鎌田は、田中実の『パン屋再襲撃』『納屋を焼く』についての論考[注10]を参照しつつ、『象の消滅』も「回想する「僕」の場面」から始まると重要な指摘を行った。ただし『象の消滅』そのものの〈語り〉の構造については詳細には論じられていないように思われる。そこでまず前掲馬場論の「前半部」「後半部」の区別を基に、「後半部」がどのように語られているか、考えたい。

それから僕は象の話をした。どうして急に象の話になんかなってしまったのか、僕にはそのつながりを思い出すことができない。

「思い出すことができない」と語る「僕」は、この経緯を回想しつつ事後的に語っていることに、まず注意したい。いつの時点から語っているのか。末尾を読めば、「冬の気配が感じ取れる」時点から、「象の消滅」事件とそこに至る経緯、またその後の「彼女との出会い」を語っていることが分かる。とすれば、以下の部分はどのように読み取るべきか。

そう、僕はそれが目の錯覚かもしれないと思って、そのとき何度も目を閉じたり頭を振ったりしてみたのだけれど、それでもどれだけ見なおしてみても象の大きさは変化しなかったのだ。（中略）それが僕が象を見た最後だった。

この部分は直接話法になっていない。とすれば、「僕」は「彼女」との「会話」の中でこのことを話したわけではないのではないか。おそらく、後になっての「回想」としてなされているのであって、「彼女」と対話したときの「僕」とは違う位置から、作品内読者（聴き手）に対してなされている〈語り〉なのである。ならば、この部分の中に含まれている「冷やりとした肌あいの別の時間性」「新しい体系」（引用部では「中略」に入る）という言葉も、「語る現在」の「僕」の言葉だということになる。（もし、これらの言葉が、「会話」として発されたのであれば、「彼女」はその独特な言葉に反応したはずだが、彼女の返事のなかにはその痕跡は窺われない。直接話法で示された部分だけでも、「彼女」と「僕」との「会話」は、流れとしては「便宜的」には「成立」している。）つまり〈語り手〉である「僕」は、「彼女」との「象の消滅」をめぐるやりとりを直接話法で語る一方で、それに割り込むかたちで、現在の地点から再度回想していると私は考える。

次に前半部、象の消滅事件についての「僕」の〈語り〉を考察するがこれは複雑である。

町の象舎から象が消えてしまったことを、僕は新聞で知った。僕はその日いつもと同じように六時十三分にセットした目覚まし時計のベルで目を覚まし、台所に行ってコーヒーをいれ、トーストを焼き、ＦＭ

放送のスイッチを入れ、トーストをかじりながら朝刊をテーブルの上に広げた。僕は一ページめから順番に新聞を読んでいく人間なので、その象消滅の記事に行きあたるまでにかなりの時間がかかった。

まず、これまで論じてきたことの上に立ち、一見実況中継的に見える前半部も、「その日」（五月十九日）のことが後から回想されて語り出されていると考えたい。ただしその過程で、「話が少々長くなるかもしれないけれど」と前置きした上で、「その日」の時点からさらに「一年前」からの経緯を、「あえてここに記述しておく」という〈語り〉が挿入されていることに注意したい。ここでは、「議会の野党」を中心に例えば「町が自前の象を飼うメリットがいったいどこにあるのか」等の反対運動が起こったこと、「飼育係」がやってきて象と共に住み着くことになったこと、象舎の落成式が行われ、「町長の演説」「小学生の代表」の作文等、「少なくとも象にとっては完全に無意味」な「儀式」が行われたこと、「破壊することは不可能である」ような「鉄輪」と「鎖」が付けられていたことが語られる。これらの〈語り〉は、「象の消滅」が、「新聞」や「警察」や「町長」が言うような「脱走」や「強奪」ではなく「消滅」なのだということ、またこのような「便宜的」な世間の在り方こそが「象の消滅」と関連していることを、聴き手に感じさせる効果をもたらしている。確かに「象」は「便宜的」「統一性」からはみ出した存在なのであり、「我々読者をとりかこむ社会そのものが帯びている「象を消滅させようとしている力」」は、前掲和田論のような実証的なデータを追わずとも、作品内から読み取れるのである。

しかし、それればかりではない。私が注目するのは、象の飼育係の年齢に関する「僕」の〈語り〉、つまり「正確な年齢はわからない。六十代前半かもしれないし、七十代後半かもしれない。」という箇所である。これは実際に飼育係を見た「僕」の印象である。だが新聞記事では、飼育係は「渡辺昇（63）」と明確に書かれており、それを「順に読んでいく」「僕」はその年齢を知っているはずだ。にもかかわらず、なぜ「正確な年齢はわからない……」などと「そのとき」のことを「あえて」現在形で語る必要があるのだろうか。

五、「象の消滅」と「彼女」との出会い――「別の時間性」「新しい体系」をめぐって

「僕」は、「時間」や「日付」に極めて敏感であることを一貫して告白している。「六時十三分」にセットした目覚まし時計で起きるわけだが、この「十三分」が、十分や十五分であっても、大きな違いはないはずだ。前掲馬場はこの点について、「さりげなく「僕」の現実不適合性がえがかれていたと言った方が良いのではあるまいか」と指摘しており、そのようにも言えると思うのだが、私にはむしろ、象に「個人的な関心」を内に持つような「現実不適合性」を抱えた「僕」が、過剰に「現実」に適合しようとする表れとして、この例が語られているように感じられる。「時制」は人間の文化が、人為的に分単位で時間を分節しているだけなのであるが、それに「僕」は過剰に適応して生活を維持しようとしている。また、「新聞」も「僕」が周到に語るようにページごとに「面」や「欄」として分けられているのだが、その紙面や配列も人間の文化（文化共同体の在り方）によって分類されているだけであり、そこに重要性の優劣など先験的にはない。（そもそもどれだけ〈事実報道〉を装っていても、それはすでに物語化された虚構である。）しかし、過剰に「現実」に適応しようとする「僕」はそれを「順に読んでいく」ため、「かなりの時間がかか」る。「台所」を「キッチン」と言い換え、「主婦は一日のうち一番長い時間をキッチンのなかで過ごします」（傍点は引用者）と述べて、「便宜的」「統一性」の重要性を強調するのは、「新聞の読み方」と相似形にある。「紙面」も「キッチン」のように区画されている。つまり「現実」は、「世界というキッチン」として区画され捉えられているのである。

しかし同時に新聞をあらかじめ順番に読み、飼育係が「63歳」と知っているはずの「僕」は、にもかかわ

らずその時点からさらに一年前のことを回想しつつ、「正確な年齢は分からない。六十代前半かもしれないし、七十代後半かもしれない」と現在形で語る人物でもある。ここに「語る現在」の「僕」が抱える、通常の人間世界の「時間性」への違和感を読み取ることが可能であろう。細分化された数値化＝記号化は〈主体〉の喪失と匿名性に繋がるが、「僕」はそこに過度に依拠しつつ、かつそれをどこかで拒んでもいるのである。

生徒bの「作品論」でも指摘されていたが、「別の時間性」「新しい体系」は、この「便宜性」「統一性」、つまり世界を「世界というキッチン」に分節していくベクトルとは、対極にあるものである。では、「別の時間性」「新しい体系」とは何か。以下は、ボイスレコーダーで録音した授業中の生徒bの発言を、できる限りそのまま「再現」したものである。

便宜的というのはそれぞれにつける役割みたいなもの。キッチンってやかんとか、鍋とか名前がついているんだけれど、お湯がわかしたいとか思ったら、やかんでなくて鍋でもいいわけで、必要なのは何をキッチンでしたいかということ。でもモノに　役割を与えて「統一性」を保つためには……「統一性」を持たせるためには「モノ」に役割を与える必要が出てくる。そこで、「彼女」と「僕」っていうのはすごい役割……話すことも仕事のことだったり、大学生時代のことだったり、その人のことではあるんだけれど、「その人がいまどういう存在かということ」よりも「その人が社会でどういうことをしているか」ということを話すことで、お互いを認知していると感じる。「便宜的」というのは、そういう、なんか「ほんとうはもっと複雑なもの」なんだけど「役割として表す」ということで、存在を単純化しようとすることのような気がする。「解明不能な謎」っていうのも、最初にそれを呼んだ人は役割をつけようとするんだけれど、「象の消滅」というのは「社会的な役割をつけられることではない」ということが日にちがたってくると分かるようになるわけじゃん。そしたら、「分からないもの」っていう役割をつけることが……「これはミステリアスだね」っていう役割をつけることができるから、それを「これは謎である」という役割をつけることで、「便宜的な社会」に無理矢理組み込もうとするんだと思う。

やや分かりづらいかもしれないが、この発言を引用したのは、「名付け」と、「役割」・「分節」の問題が結びつけられ、ソシュール以降の広義の「言語論的転回」の問題と重なるものになっていると感じるからだ。それは、人間の文化をつくっている（人間を人間たらしめている）のは、（例えば「分」という時制のような）言語であること、言語が世界を分節していること、そして人間の認識は「言語以後」のものである（認識には全て言語というフィルターがかかっている）ことを明らかにした。そのことは、人間の文化の恣意性（「語ること」・「認識すること」の背理）を浮き彫りにしてしまうものでもある。だが、その「言語論的転回」を徹底的に受けとめるということは、逆に、「言語以前」＝「向こう側」＝「統一性以前」の世界の〈存在〉と対峙することを、私たち人間に要請してくる[注11]。「言語以前」の問題に目をつぶってしまうとき、私たちは自らの〈語り〉・認識の枠に吸収しきれない世界（例えば、「象の消滅」事件）を、「解明不能な謎」という「便宜的」な「言語」によって「分節」し、私たちの認識の枠組みに回収してしまうのである。

更に言えばそのことは、繰り返し語られる「記憶」という問題に繋がっている。

そんな雨が地表に焼きついた夏の記憶を少しずつ洗い流していくのだ。全ての記憶は溝を伝って下水道や川へと流れ込み、暗く深い海へと運ばれていく。

新聞にはもう殆んど象の記事は載らない。人々は彼らの町がかつて一頭の象を所有していたことなんてすっかり忘れ去ってしまったように見える。象の広場に茂った草は枯れ、あたりには既に冬の気配が感じられる。

人間世界の（便宜的な）「時間性」では、言語によって「記憶」は（便宜的に）「物語」化されるが、同時にその中でその「物語」から（非便宜的な）何かを、脱落させていく。しかし脱落させたものは、〈存在〉しているのだ。「僕」は、それを「別の時間性」「新しい体系」と言っているのである。もちろん、現実世界に生きる「僕」は、「あいかわらず便宜的な記憶の残像に基いて、冷蔵庫やオーブン・トースターやコーヒー・メーカーを売ってまわっている」のだが、それは「残像」であり、「便宜的な世界」と「非便宜的な世界」の「バランス」は既に崩れている。つまり、「僕」は了解不能な世界の存在に気づき、それを抱え込んでいる。そこに、「僕」が「恋愛」へと踏み出せない理由もある。「僕」は「恋愛」を求めていないのではない。生徒の作品論にも書かれているように、「象と飼育係」との関係は「恋愛」のそれと似通ったものである。更に言えば、言語を必要としない「密接な関係」はある種の理想とすら言えるだろう。「僕」はむしろそのような絶対的な関係に強く惹かれている。しかし、それは「ネクタイを外す」だけではもちろん不可能、「何かをしてみようという気になっても、その行為がもたらすはずの結果とその行為を回避することによってもたらされるはずの結果とのあいだに差異を見出すことができなくなってしまうのだ」というのは、この「現実」が全て虚妄であることを、「象の消滅」という了解不能の事態によって、気づかされてしまったからに他ならない。全てが「言語以後」＝〈わたしのなかの他者〉[注12]であることに気づいてしまった「僕」にとっては、「恋愛」も、虚妄の「現実」の中では〈わたしのなかの他者〉の応酬でしかなく、虚しいのだ。先述した生徒ｃの感想文は、「彼女」の側の問題を言い、それは結局「猫」と象を同じ次元の話に回収しようとする「彼女」の問題を指摘する馬場論とも通じ合う。理解できるが、問題は再度「僕」の側に投げ返されるべきだろう。なぜなら、ともかく「昔、うちで飼っていた猫が突然消えちゃったことがあるけれど」と沈黙を破り、さらに、「でも猫が消えるのと象が消えるのとでは、ずいぶん話が違うわね」と無意識にではあっても話を戻すのも「彼女」の方だからだ。対して「僕」は、「大きさからして比較にならないからね」と焦点を逸らしている。またその後に、「彼女」は「カクテル・ラウンジ」に傘を忘れたことを「僕」に伝えるが、それは「彼女」のドアが微かに開かれているしるしとも読めなくはない。「彼女」は「僕」の話を聞いてからも、必ずしも閉ざしきってはいないのである。

「僕」は「非便宜的」な世界を「彼女」と共有しようと願うが、それは「便宜的な言葉」では語れない。「うまく話せるかどうか自信はないんで話さないだけのことなんだ」と言いつつ語り始めるが、それは生徒の言葉を使えば、「役割にはまっているような言葉では語れない何か」なのだ。実際、結果としては「僕はやはり象の話なんてするべきではなかったのだ」それは口に出して誰かに打ちあけるような類の話ではなかったのだ」と自認し、「便宜的な世界の中で」「数多くの人々に受け入れられて」生きていくことになる。

六、「語る現在」の「僕」の痛みあるいは〈主体〉への希求

だが以上は主として「語られた内容」、「そのとき」の「僕」のことだ。なぜ「僕」が改めて、現在の地点から作品内読者に対してこの話を〈語る〉のか、更に突き詰めたい。

それは不思議な光景だった。通風口からじっと中をのぞきこんでいると、まるでその象舎の中にだけ冷やゝりとした肌合いの別の時間性が流れているように感じられたのだ。そして象と飼育係は自分たちを巻きこ

まんとしている――あるいはもう既に一部を巻きこんでいる――その新しい体系に喜んで身を委ねているように僕には思えた。

このように「語る現在」の「僕」は、前半部での新聞記事や警察や町長、あるいはテレビ等々の、「象の消滅」を「脱走」や「逃走」という人間世界の理解の枠内にあてはめる言説や「解明不能な謎」というカテゴリーに「分節」化する人々（世間）の「語り」を、徹底的に相対化している。一見するとどの時点から語っているのか分からなく感じさせるような、実況中継的に見える前半部の「語り」も、構造的に見れば、「彼女」との「いきさつ」を回想する後半部によって、相対化される（真相を明らかにする）ためのものになっており、「語る現在」の「僕」の〈語り〉のなかに組み込まれているのである。

また、「僕」は、「その行為がもたらすはずの結果とその行為を回避することによってもたらされるはずの結果とのあいだに差異を見出すことができなくなってしまう」ことの「責任」は、「たぶん僕の方にあるのだろう」と自らの立ち位置も相対化している。だからと言って、書かれていないこの後に、「僕」がもう一度「彼女」に電話できるようになるなどとは言えない。事柄はそれほど単純ではない。象と飼育係がいる「向こう側」は「言語以前」の世界、「便宜的」な世界の住人であることを捨てられない「僕」は、そこに行けないことを痛感し、「便宜的」な言葉で「彼女」と共有できないことも知っている。だからこそ、「彼女」を再び誘えないのである。そうした「僕」を、私たち読者が「こちら側」から表面的に否定するのはたやすいが、その否定が「向こう側」「了解不能の《他者》」の問題に対峙できぬまなされてしまうなら、それは私たち自身の虚妄を示すだけである。

私自身は、「僕」が作品内読者（聴き手）に対して、「象の消滅」事件とその話をしようとした「彼女」とのやりとりを、その「失敗」も含めて、「記憶」が「暗く深い海へと運ばれていく」ことに抗い、しかも「物語化」と対峙しつつ語ろうとしていることに、共感を覚えるのだ。無論、「語る現在」の「僕」が、全ての問題を超越した位置に立っているなどと言いたいわけではない。ただ「僕」が、「別の時間性」「新しい体系」へのあこがれを持ちつつ、そして失われている自らの〈主体〉を構築することを奥底で希求しつつ、もがきながら痛みと共に血を流し語っているように、私には読みとれるということなのである。先述したように、「僕」が「新聞」においてすでに飼育係の年齢を「63歳」と知っているはずなのに、「正確な年齢は分からない。……」などと語る「矛盾」も、「便宜的」な世界あるいは通常の人間世界での「時間性」が、もはや「僕」にとって深層では意味をなさなくなっており、「別の時間性」の問題に直面しているからだと考えれば、決して不思議ではないのである。確かに「僕」は「便宜的な世界」で「成功」しているかもしれないが、〈語り〉はその世界を逸脱してしまっているとも言えよう。そしてそのように〈読み〉が紡ぎ出されるとき、「ポストモダン」的状況に生きる教室の中の読者たち自身も、「僕」を単に否定するのではなく、〈主体〉の構築に苦しむ自らに反転させるのではないか。〈教室〉での〈読み〉の格闘が、「ポスト・ポストモダン」への道をひらくと考える。

【注1】 教室における〈主体〉の問題については、拙著『教室でひらかれる〈語り〉——文学教育の根拠を求めて』（教育出版、二〇〇九年三月）で、実践をふまえて論じている。

【注2】 田中実「読みの背理を解く三つの鍵——テクスト、〈原文〉の影・〈自己倒壊〉そして〈語り手の自己表出〉——」（『国文学　解釈と鑑賞』、至文堂、二〇〇八年七月）を参照されたい。

【注3】 なお一九九三年、一七編の短編を含んだ英訳版『象の消滅』が、刊行された。

【注4】 『村上春樹と一九八〇年代』研究史編「短編小説」（松井史絵による）（おうふう、二〇〇八年一一月）

【注5】 「逃げる／消える」（『小説空間を読む　第3巻』中教出版、一九八八年一二月）

【注6】「『象の消滅』象をめぐる〈読者〉の冒険」（『國文學　解釈と教材の研究』、學燈社、一九九八年二月）

【注7】「覆されるプロットの読み――『象の消滅』論」（『日文協　国語教育』、二〇〇一年三月）

【注8】「村上春樹『象の消滅』小論――『『中国日本文学研究会』第8回全国大会国際シンポジウム』報告――」（『山形県立米沢女子短期大学附属生活文化研究所報告』、二〇〇三年三月）

【注9】「「ないこと」があること、「ないこと」がないこと――「象の消滅」――前期短編の世界その4」（『群像』、二〇一〇年五月）

【注10】「消えていく〈現実〉――『納屋を焼く』その後『パン屋再襲撃』」（『国文学論考』、一九九〇年三月）

【注11】田中実は、「言葉の向こう」の問題を、「第三項」・了解不能の《他者》という仮設概念として捉え、〈わたしのなかの他者〉と峻別する。「断層Ⅳ――第三項という根拠――」（『日本文学』、二〇〇八年三月）及び「「近代小説」が、始まる――〈知覚の空白〉、〈影と形〉、〈宿命の創造〉――」（『日本文学』、二〇〇九年三月）を参照されたい。

【注12】【注11】に同じ。

離婚の事情
——『パン屋再襲撃』における「空気」と希望——

須貝千里

語られている対象のレベルと語っている語り手のレベルは読み分けられていかなければならない。前者は〈物語〉のレベルの把握となり、後者は〈語り手の自己表出〉のレベルの掘り起こしに向かい、〈機能としての語り〉のレベルに収斂していくことになる。さらに、その到達地点を踏まえて、〈読み〉は〈機能としての作者〉のレベルに集約され、〈作家〉のレベルの探究に向っていく。この過程は読書主体がとらえた客体に対応しているのではなく、客体そのもの（＝了解不能の《他者》）の〈影〉に対応している。このことが〈語り〉問題の神髄である。それは、〈本文〉の成立は〈原文〉の〈影〉の働きの中にある、ということである[注1]。以下、村上春樹『パン屋再襲撃』を例にして、このことを〈読み〉の具体で提示したい。

『パン屋再襲撃』に関して田中実氏は、この「〈作品の意志〉はアイデンティティの消滅がより徹底的に果たされたところにあり、その不毛の形を描き出している。だからこそその不毛の徹底化の形は〈主体〉の回復をその徹底性の底から逆説的に希求している、それが表現されているという可能性も出て来るのではないか。であれば〈作家〉村上春樹は、彼の小説の主人公達や愛読者とは違って、浮遊する主体、記号化した主体なき主体のこうした人物を描き出すことで〈現実〉を襲撃していると言うこともでき、そこにはたえずアイデンティティの解体化と回復の希求とが裏腹の形で一つの可能性として潜んでいると言えよう。軽快に見える読者も実は、この揺れのなかにいるのではなかろうか」[注2]と述べている。この提起は、『パン屋再襲撃』の作品価値と教材価値の問題に留まらず、〈物語〉と〈小説〉の違いという問題を喚起しており、村上春樹の作品の読まれ方／読み方にとって看過しえないものである。

本稿の課題は、「第三項論」の実践として田中氏のこうした〈読み〉、「逆説的に希求している」とはいかなることかを解明していくことにある。

一、「空腹感」、「特殊な飢餓」、「海底火山」、「空洞」という連鎖
——「その頃」の〈物語〉

「僕」の語る「その頃」の〈物語〉は「妻」と味わった「空腹」の体験から語られている。「（どういうわけか結婚した年をどうしても思い出すことができないのだ）」、これが「僕」の語りの現在である。

事件の発端は、ある日の「夜中の二時前」、「僕は二八か九のどちらかで」、「彼女は僕より二年八ヵ月年下」、「二週間ほど前に結婚したばかり」の二人は「空腹感」に襲われて、同時に目を覚ましてしまった。「そのとき」、「冷蔵庫」の中には「フレンチ・ドレッシングと六本の缶ビールとひからびた二個の玉葱とバターと脱臭剤だけ」しか入っていなかった。ほぼからっぽの状態である。「我々の生活はひどく忙しく、立体的な洞窟のようにごたごたと混みいっており、とても予備の食糧のことまでは気がまわらなかった」。こうしたことが二人の結婚「二週間」後の現実である。ほぼからっぽ→「立体的な洞窟のように」というイメージの連鎖の中で焦点化されていくのが、二人が直面している「空腹感」という事態であった。結婚「二週間」後、このようなない

ことの連鎖とトラブルの中に二人はいたのである。

もちろん二人の「空腹感」は外に食事に行けば解消される。「僕」はそうした「提案」をするが、「妻」に「夜の十二時を過ぎてから食事をするために外出するなんてどこか間違っているわ」と「拒否」されてしまう。「僕」は「彼女はそうした面ではひどく古風なのだ」とは思っているが、「妻のそのような意見（ないしはテーゼ）」を「ある種の啓示」として受け止め、「半ば自動的に同意」してしまっている。「僕」は僕自身が買い物に行くという「選択」をしてもよかったのであるが、そのような「選択」もしていない。このようにして、「空腹感」は「妻」が「選択」し、「僕」が「選択してはいない」という問題を顕在化させるのである。

それゆえに、「僕」には、この時直面している「空腹感」は「特殊な飢餓であるというように感じられ」ている。この「特殊な飢餓」を「僕」は「ひとつの映像として」「提示」している。「①僕は小さなボートに乗って静かに洋上に浮かんでいる。②下を見下ろすと、水の中に海底火山の頂上が見える。③海面とその頂上とのあいだにはそれほどの距離はないように見えるが、しかし正確なところはわからない。④何故なら水が透明すぎて距離感がつかめないからだ」というようにである。この「映像」では「空腹感」は「特殊な飢餓」と説明されており、「海底火山」とも置き換えられている。「僕」は「洋上」の「ボート」である。そして「空腹感」は「時間」を「魚の腹に呑み込まれた鉛のおもりのように暗く鈍重」なものにし、そうした「時間」の中で「妻」は「僕」に「こんなにおなかがすいたのってはじめてのことだわ」、「こういうのって結婚したことと何か関係があるのかしら？」と言うのである。

ここで再び「僕」の「映像」が提示される。「僕はまたボートから身をのりだして海底火山の頂上を見下ろしていた。ボートを取り囲む海水の透明さは、僕の気持ちをひどく不安定なものにしていた。みぞおちの奥のあたりにぽっかりと空洞を生じてしまったような気分だった。出口も入口もない、純粋な空洞である」というようにである。ここでは「海底火山」はさらに「空洞」、「出口も入口もない、純粋な空洞」というように置き換えられている。それは「その奇妙な体内の欠落感、——不在が実在するという感覚——は高い尖塔のてっぺんに上がったときに感じる恐怖のしびれにどこか似ている気がした。空腹と高所恐怖に相通じるところがあるというのは新たな発見だった」と、一見余裕を持った大げさな口ぶりで説明されているが、「空腹感」は「不在が実在するという感覚」であり、「高所恐怖」にたとえられるが如きの「恐怖」を胚胎させていることを見落とすことはできない。問題はこのようにして「空腹感」のレベルから「恐怖」のレベルに転化し、より深刻な問題になっているのである。

こうした「その頃」の「僕」の〈物語〉によって顕わになっていくのは、「僕」と「妻」、この二人の「相棒」として生きていくことの不安と危機である。それは「テーゼ」を持っている「妻」と「テーゼ」を持っていない「僕」、「選択」を「妻」に委ね、「選択してはいない」状態に留まろうとする「僕」との間で激化していっている。この事態を超えていくためには、「僕」にも「選択」が求められていた。それ以外に「僕」と「妻」との関係は始まらないからである。しかし、「僕」は「同意」はするが、自ら「選択してはいない」のである。たとえそれが「半ば」の「同意」であったにしても、踏み込むことをしないのである。このことが「妻」に物理的な「空腹感」の問題に「結婚」したことによって二人の間に胚胎している関係の不安と危機を掘り起こさせていくことになる。「僕」の「洋上」の「ボート」の「映像」は「テーゼ」を持っていないがゆえに自ら進路を「選択してはいない」、それゆえの不安であり、危機である。「海底火山」の「映像」は「選択」を回避してしまっているがゆえの、いつ爆発するかわからない不安であり、危機である。こうした事態が二人の間に潜在している。この「僕」が気が付き始めている不安と危機は「出口も入口もない、純粋な空洞」というようにも示されているが、それは「選択をしない」不安と危機ではなく、「選択してはいない」不安と危機であった。

意志の問題ではないのである。この不安と危機は「空腹」の夜に「水が透明すぎて距離感がつかめない」ことによって増幅され、ますます顕わになっていった。問題は「僕」の方に起因しているが、このことはその時点では、あくまでも「僕」は「映像」として感じているのみである。もちろん「妻」も不安と危機は感じているが、問題を自覚的に認識しているわけではない。「僕」と同様に感じているのみである。

こうしたことが自覚的な認識の対象とされているのは「パン屋襲撃の話を妻に聞かせたことが正しい選択であったのかどうか、いまもって確信が持てない」という、語っている時点であって、「その頃」というように語られている「空腹」の夜の時点では「僕」は「これと同じような経験」として「パン屋襲撃」という過去の出来事を思い起こしているだけである。「あのときも今と同じように腹を減らしていたのだ」というように、「僕」はその出来事を想起している。そしてその出来事を「僕」は「思わず口に出し」てしまった。すると、「「パン屋襲撃って何のこと?」とすかさず妻」は「質問した」。「そのようにしてパン屋襲撃の回想が始まっ」ていく。あくまでも受動的な行為としてである。「パン屋襲撃」という、さらに過去の出来事は、当事者の「僕」が「すっかり忘れていたにもかかわらず」、二人の間に胚胎している不安と危機によって引き出されていったのである。それは「なりゆき」であった。にもかかわらず、この「なりゆき」は「パン屋再襲撃」へと二人を誘っていくことになった。

二、「パン屋襲撃」における「選択」と「空気」
——「あのとき」の〈物語〉

では、「パン屋襲撃」とはいかなる出来事であったのか。

それは「その頃」の「僕」によって「あのときも」というように「回想」されている。その出来事は「十年も前」、「僕」が「十八か九」、「大学生」の頃のことだった。「僕」は「小さなパン屋」を襲撃したことがあった。それは「相棒」と二人で「自分たちの飢えを充たしてくれるだけの量のパンを求めて」の襲撃であった。

「回想」している「僕」は「我々は襲撃者であって、強盗ではなかった」と言う。「我々は二人ともひどい貧乏で、歯磨粉を買うことさえできなかった。もちろん食べものだっていつも不足していた。だからその当時我々は食べものを手に入れるために実にいろんなひどいことをやったものさ。パン屋襲撃もそのうちのひとつで――」と言っているのにもかかわらず、である。「妻」が「よくわからないわ」と言うのは当然である。「どうしてそんなことをしたの？　何故働かなかったの？　少しアルバイトをすればパンを手に入れるくらいのことはできたはずでしょ？　どう考えてもその方が簡単だわ。パン屋を襲ったりするよりはね」と「僕」に問う。それに対して、「僕」は「働きたくなんてなかったからさ」と答えている。さらに、「妻」に「でも今はこうしてちゃんと働いているじゃない？」と言われると、「僕」は「時代が変われば空気も変わるし、人の考え方も変わる」、そしてこれは「つまらない話だよ」と言う。「僕」は、「パン屋襲撃」後、「時代」の「空気」の中を生きてきた。それゆえに、こうしたことはあまり語りたくない話だったのである。

「僕」は眠くなる。眠りの誘惑はあまり思い出したくない話題を断ち切ろうとしていることの現れであった。しかし、「妻」はさらに質問してくる。「妻」は「何かを聞き始めたら、最後まで聞きおさずにはいられない性質」だったからであると「僕」はとらえようとしているが、それは「妻」の不安と危機の現れでもある。「僕」はそう思わないようにしているが、そのことは「僕」の不安と危機の故である。「テーゼ」を持つ「妻」も揺れている。「妻」は「それで襲撃は成功したの？」と訊く。「僕」は「成功したとも言えるし、成功しなかったとも言える」と答えている。なぜなら、「パン屋の主人」によって出された条件に従い、「主人と一緒に『タンホイザー』と『さまよえるオランダ人』の序曲を聴い」て、二人は「パン」をもらったというのが、ことの顚末だったからである。「僕」は「それはどう考えても犯罪と呼べる代物」ではなく、「いわば交換」であり、「法律的に見れば商取引のようなものさ」と言う。しかし、だったらそれでよいはずなのに、「僕と相棒はひどく混乱してしま」い、「それはまるで我々にかけられた呪いのようなものだった」、「今にして思えば、我々はそんな提案に耳を貸さず、最初の予定どおりに刃物で奴を脅してパンを単純に強奪しておくべきだったんだ。そうすれば問題は何もなかったはずだった」と言う。しかし、そういう「選択」をしなかったために、「それははっきりと目に見える具体的な問題というわけじゃないんだ」が、「ただいろんなのことがその事件を境にゆっくりと変化していっただけさ。そして一度変化してしまったものは、もう元に戻らなかった。結局僕は大学に戻って無事卒業し、法律事務所で働きながら司法試験の勉強をした。そして君と知りあって結婚した。二度とパン屋を襲ったりはしなくなった」が、それゆえに、「相棒」とは結局「別れ」てしまい、「今何をしているかもわからない」と言うのである。「我々はその後何日もパンとワーグナーの相関関係について」、「選択」が正しかったかどうかについて、「語りあった」にもかかわらずである。「結論は出なかった」、それゆえに、その「選択」は「我々の生活に暗い影を落とすようになったんだ」と言う。このようにして「相棒」は去り、「僕」は「選択してはいない」人になってしまったのである。そして「時代」の「空気」とともに生きてきた。それゆえに、「パン屋襲撃」は大きな出来事であったが、「僕」には触れたくない出来事だった。このことは「僕」の意識の中に潜在し続けていたが、「空気」はその思い出を忘却の彼方に追いやってきた。しかし、「妻」の不安と危機によって、そうした出来事が呼びさまされてしまったのである。

三、「もう一度パン屋を襲うのよ。それも今すぐにね」と「空気」
——再び「その頃」の〈物語〉

「妻」は「パン屋襲撃」の顚末を聴いて、「あなたが自分の手でその呪いを解消しない限り、それは虫歯みたいにあなたを死ぬまで苦しめつづけるはずよ。あなたばかりでなく、私を含めてね」と言う。ここで「僕」には「しばらく意識の外側に遠のいていた飢餓感がまた戻ってき」て、あの「映像」が現れる。「海底火山」に目をやると、「海水はさっきよりずっと透明度を増していて」、「水が存在していることさえ見落としてしまいそうなほど」、「まるでボートが何の支えもなくぽっかりと空中に浮かんでいるような感じだ。そして底にある小石のひとつひとつまでが、手にとるようにくっきりと見え」ている。「僕」の不安と危機は一層深刻になっているが、依然としてその正体は自覚されていない。「妻」も自覚的にその正体を認識しているわけではないが、「あなたと一緒に暮らすようになってまだ半月くらいしか経ってないけれど、たしかに私はある種の呪いの存在を身近に感じつづけてきたのよ」と言い、「呪いをとく」ために、「もう一度パン屋を襲うのよ。それも今すぐにね」と「断言」する。これは直感に基づく「表明」であり、「選択」であった。「僕」は「でもこんな真夜中にパン屋が店を開けているものなのかな?」と言い、「選択」を回避しようとしている。しかし、「妻」は「探しましょう」と言い、「僕」はこの「選択」を怯むことはしていないが、自らは「選択してはいない」のである。この時の「妻」は「僕」にとって「空気」であった。主体は「空洞」であった。このようにして「パン屋再襲撃」は決行されたのである。

「パン屋襲撃」は働くことの「拒否」に起因していた。なぜ「拒否」するのかというと、働くことは、既成の社会に絡め捕られてしまうことだったからである。それは、否応なしに応答のシステムに加わることを強いられることであった。応答のシステムに加わる以上、まずは社会を既成のものとして認めなければならない。それを現実としなければならない。しかし、「僕」と「相棒」は社会の根拠そのものを根源的に問おうとしていたのである。そのためには、既成の社会が実体としてあるという通念を、まずは拒否しなければならない。こうしたことに当時の「我々」は拘っていたのである。これが「我々」の「選択」であった。既成の社会の外部に自らの居場所を「選択」しようとしていた。あるべき社会を実体として夢想していた。ない社会をある社会とし、それを現実としていたのである。「回想」している、「その頃」の時点において、「我々は襲撃者であって、強盗ではなかった」ということに拘るのも、このことにかかわっている。「襲撃」は自己の「選択」の絶対化であるが、それは自己のアイデンティティ自体をかけた「選択」であり、あるべき社会の夢想、ないことをあることとする夢想に支えられていた。「強盗」は既成の社会の評価であり、応答のシステムの内部に属しており、何を「強盗」と呼ぶのかの「選択」は常に社会の側が握っている。そこにはあるべき社会の夢想はない。実体として社会があることの確信に支えられていたのである。しかし、既成の社会の応答のシステムの外部に立つことによって、既成の社会の応答のシステムの虚偽を「僕」と「相棒」は破壊しようとしていた。それが「我々」の居場所の「選択」であった。それゆえに、「我々」は「貧乏」だった。ない世界をある世界として生きようとしていたからである。「襲撃者」の世界と「強盗」の世界というように世界は二つあり、それはパラレル・ワールドであった。「僕」と「相棒」は前者の世界を「選択」していたのである。

「僕」と「相棒」はモダンの暴力革命の戦士だったが、その最盛期の戦士ではなく、残滓とも言うべき事態の中の戦士だった。「パン屋襲撃」は一九七〇年代前半、モダンの黄昏の時代の出来事であると想定することができる。そのことを「回想」しているのは一九八〇年代以降であり、ポストモダンの時代であると想定することができる。この時点では「僕」は「ひどいこと」をしたと思っているが、そのような「選択」が「パン」

を得るための「襲撃」の根拠であり、当時の「我々」にとって、それは「ひどいこと」ではなかった。だから、「我々は襲撃者であって、強盗ではなかった」ということになり、そのことに「回想」している、「その頃」の「僕」はまだ拘っているのである。しかし、それは「強盗」の、「選択」権が社会の側に属している世界に身を置きながら、であった。「僕」が「法律事務所」で働きながら「司法試験の勉強」をしていたというのはそうした事態だった。

「パン屋」を「襲撃」したことによって、確かに二人は働かなかったが、「交換」と「商取引」に似た事態に巻き込まれてしまった。なぜならば、「パン屋の主人」に求められたワーグナーの曲を聴くことは労働ではないが、それも応答のシステムを受容することになってしまうからである。それは既成の社会の「原理」そのものであった。しかし、「あのとき」の「僕」と「相棒」にはそのことが分からなかった。事件後、「我々はその後何日もパンとワーグナーの相関関係について語りあった」が、そして「何か重大な間違いが存在している」とは「感じ」たが、その「原理」がどのようなものかはとうとう分からなかったのである。この事態が「呪い」となる。結果として、「我々」は「呪い」をかけられ、「相棒」とはその後「別れ」てしまうことになる。「今何をしているのかもわからない」のである。おそらく「相棒」はいまだ「襲撃者」として生き続けようとしているのだろう。対して「僕」は「選択してはいない」という事態に囲い込まれてしまった。そのようにして既成の社会の応答のシステムの中に身を置くことになってしまった。「パン屋の主人」が提起したことが、「原理」としてどういうことかが解明できなかったからである。

なぜ、そうなってしまったのか。

そもそも「僕」たちの「パン屋襲撃」も「選択」でありながら、「時代」の「空気」、ロシア革命、中国革命などが生み出した二〇世紀の「時代」の「空気」を思い浮かべるとよい、いや、すべての社会の起源に暴力が関与していることを根拠とする「襲撃」の思想に動かされていたに過ぎなかったからである。歴史の「選択」の根源的暴力性の中にその時々の幸福がある。「洋上」の「ボート」のように、「海底火山」に怯えながらである。しかし、二人の「選択」はこのことを問い直した上での「選択」ではなかった。「あのときも」、「選択してはいない」のである。したがって、「回想」する、「その頃」の「僕」が陥っている「選択してはいない」という立ち位置は当然の帰結であったということができる。このようにして「僕」と「相棒」はパラレル・ワールドを生きていくことになった。しかし、「僕」にはこのことが分からなかった。「相棒」にも、であろう。ただ、「相棒」は「襲撃」に拘ったのである。

こうしたもやもやした事態から逃れるためには「パン屋襲撃」自体を忘れるしかない。このベクトルが、「僕」が「大学に戻って無事卒業し、法律事務所で働きながら司法試験の勉強」をする人になるという道をひらいていったのである。「僕」にとって「法律」は「選択してはいない」世界が具現化されたものと言えよう。「僕」には「法律」も「選択」の問題であることが分かってはいなかったのである。（おそらく「僕」は「司法試験」には合格できなかっただろう。）しかし、そのことによって、「僕」は「呪い」を不問に付すことを可能とした。

とすると、「パン屋襲撃」の話を聞いた「妻」にとっての関心事は何か。

それは「僕」の「襲撃」の動機ではなかった。「そして君と知り合って結婚した」の一言であった。「結婚」も「選択」の問題である。「彼女」にとってはそのような事態である。「そして」、この一言を「妻」は自分がかけがえのない人として「選択」されていないと聞いた。それだけでなく、「妻」にとっては、「僕」の「相棒」との「別れ」は自らの「別れ」と地続きのこととして聞こえていたのである。だから、「呪い」を解かなければならない、そのためには、いま一度「パン屋」を「襲撃」しなければならない、「僕」によって「選択」されるためにはこうしたことが不可欠である、というように考えたのである。「パン屋再襲撃」である。そうでなければ、二人の「結婚」をめぐる「空腹感」、ないという事態が解消されることはない、というようにである。しかし、「妻」にとって「僕」がない世界をある世界として生きていたことを問題として把握することはできなかった。「妻」にはそうしたことを把握した上で、さらに「僕」の「あのとき」の「選択」も「空気」の中にあったことを見抜き、それに対峙することが求められていたにもかかわらず、である。「妻」は「僕」に自らの「テーゼ」が何なのかを問いかけ続けなければならなかった。そうすれば、「僕」には「妻」の「テーゼ」との対話が始まったかもしれない。それは二人の自覚的な「別れ」を招いたかもしれないが、「選択」問題には直面することにはなったはずである。主体が問われたはずである。しかし、こうした世界観をめぐる問いかけが「空洞」化され、不問に付されたまま「パン屋再襲撃」は決行された。

四、「パン屋襲撃」と「パン屋再襲撃」とを比較して
——〈語り手の自己表出〉の領域と向き合う

「僕」は「妻」と「午前二時半の東京の街を、パン屋の姿を求めて彷徨《さまよ》った」。「妻」は「パン屋の姿」を求めて「肉食鳥のような鋭い視線を走らせて」おり、まさに「襲撃者」の顔である。しかし、多くの点で前回の「襲撃」とは異なっている。このことを問うことは「僕」という〈語り手の自己表出〉の領域を問うことになる。

第一に、前回は「包丁とナイフ」だけが「襲撃」の道具であったが、今回は「中古のトヨタ・カローラ」に乗り、「妻」の用意した「レミントンのオートマティック式の散弾銃」、「スキー・マスク」、「荷づくり用の細びきの紐」、「ナンバープレートに貼りつけ」る「粘着テープ」を持って出かけた。これでは「襲撃者」ではなく「強盗」である。行為が強盗として問われることを未然に防ごうとしているからである。「妻」は両者の違いがよく分かっていなかったのである。「妻」には既成の社会の応答のシステムの虚偽性への不信も、それゆえに生

じる「貧乏」という動機も不在である。「襲撃者」と「強盗」との区別がない。あるのは「選択」の問題だけだったのである。それは高度情報消費社会における「選択」に対する拘り方である。そこには世界観の問題が欠落していた。

第二に、襲ったところが前回は「小さなパン屋」であったのに対して、今回は「パン屋」が見つからずに「マクドナルド」であり、「妻」は「僕」に「妥協」を強いる。しかし、そこで二人が直面したのは素朴な「交換」でも「商取引のようなもの」でもなく、高度にマニュアル化されている事態であった。それは「〈マクドナルドの接客マニュアル〉」があり、商品には「保険」がかかっている事態であり、店長が「勝手に店を閉めると私の責任問題になる」ことを恐れ、「帳簿の処理がすごく面倒になる」ことを嫌う事態であった。既成の社会の応答のシステムは著しく合理化され、能率化され、「襲撃」のモチーフ自体が陳腐なものにされてしまっている。「選択」の問題はよく分からなくなってしまっている。「選択」はサービスとして商品化され、既成の社会の応答のシステムの虚偽性はサービスによって隠蔽されてしまっているからである。その事態は主体が著しく「空洞」化してしまっている高度情報消費社会である。

第三に、「妻」は「ビックマック」三〇個は奪ったが、「ラージ・カップのコーラ」二個分の代金は払い、「店員」を「柱に縛り」つけるときには「痛くない?」とか「トイレに行きたくない?」とか言っており、これでは「襲撃者」どころか「強盗」とも言いようがない。「妻」は既成の社会の応答のシステムの中で相手に対して配慮しつつ、「選択」にこだわる人であった。高度情報消費社会における良質の消費者であった。その主体もサービスに囲い込まれ、「空洞」化している。しかし、前回の「相棒」はそのような人ではなかった。もう一つの世界を夢想していたのである。

第四に、「僕」はどうかというと、「もうあきらめようぜ」、「でも」、「しかし」、「本当にこうすることが必要なのかな?」というように何度も「襲撃」をやめたいそぶりを見せ、「襲撃」が終わった後にも「でも、こんなことをする必要が本当にあったのだろうか?」と「妻」に訊ねている。「店員」にも気配りしながら対応している。これは明らかに前回の「襲撃」とは違っている。すでに「僕」は既成の社会の応答のシステムの虚偽をうつという、「選択」のモチーフ自体を失ってしまっている。「僕」は主体がますます「空洞」化してしまっており、「なりゆき」に生きている人だった。もう一つの世界は消滅してしまっていたのである。

第五に、この「襲撃」は、唯一の「客」である、「テーブル」で「眠りつづける」「カップル」にとってはなかったことに他ならない。このことは「襲撃」というモチーフが有効性を失い、そのことに対処することすらできない事態である。それは人間がそれぞれの欲望に従って生き、社会そのものに対して関心を失い、自らの居場所を失ってしまっている事態である。彼らにとってはある世界はない世界であり、ない世界はない世界でしかない。ここにも主体の「空洞」化が示され、高度情報消費社会がいかなる社会であるかが示されている。前回の「襲撃」は二つの社会があることを前提にしていたのに対して、今回の「再襲撃」は社会そのものが溶解してしまっている中で決行されているのである。パラレル・ワールドという事態は底なしである。

こうした事態の中に「パン屋再襲撃」はあった。

それは「襲撃」に値するものではない。一〇年の月日はこのように社会そのものを変容させてしまっていた。「その頃」の「僕」はすでに「襲撃」の根拠を失っている。「妻」の「選択」に引きずられているだけである。しかし、その「妻」も「襲撃」とは何かが分かっていない。とりあえず「強盗」とは言えるかもしれないが、そのことに徹しているわけでもない。ましてや「襲撃者」とは言えない。「夜明けとともに、我々のあの永遠に続くかもしれない深い飢餓も消滅していった」が、この「再襲撃」は形骸化したものであったと言わなければならない。にもかかわらず、「妻」は満足し、「呪い」は解けたと思っているのである。

しかし、それは事態の表層でしかない。「パン屋襲撃」、「パン屋再襲撃」という反復は、前回が「パン」を手に入れたが「相棒」とは「別れ」たということならば、今回も同様の事態を予見することができるからである。奪ってきた「ビックマック・ハンバーガー」と買ってきた「ラージ・カップのコーラ」で「飢え」を満たし、「永遠に続くかと思えた深い飢餓も消滅」した後、

我々は二人で一本の煙草を吸った。煙草を吸い終わると、妻は僕の肩にそっと頭をのせた。

「でも、そんなことをする必要が本当にあったんだろうか?」と僕はもう一度彼女に訊ねてみた。

「もちろんよ」と彼女は答えた。それから一度だけ深い溜息をついてから、眠った。彼女の体は猫のようにやわらかく、そして軽かった。


と「僕」は語っているが、この「深い溜息」には「僕」と「妻」との「別れ」という未来が隠れている。二人は「時代」の「空気」の力を超えることができなかった。しかし、「その頃」の「僕」も「妻」も、まだそうした未来を知らなかった。「彼女の体は猫のようにやわらかく、そして軽かった」とはそうした事態だったのである。

五、「満ち潮」が運ぶ「ボート」の行方とメタプロット
――語りの現在、〈機能としての語り〉へ

以上、「僕」の語る「パン屋再襲撃」という「その頃」の〈物語〉を掘り起こしてきた。このことをさらにその〈物語〉の中で「回想」されている「パン屋襲撃」という「あのとき」の〈物語〉の掘り起こしとともにすすめてきた。そして両者を比較検討してきた。これが「僕」という〈語り手の自己表出〉の掘り起こしの実

際である。そのことによって、とりあえず明らかにされてきたのは、「襲撃」と「再襲撃」では決定的に異なっているということであった。この事態は社会の在り方がモダンの構図からポストモダンの構図へ転回していることを示している。そして、二つの「襲撃」はその基層において通底している面を有していることも示しているのである。それが「空気」の支配力であった。

こうした〈読み〉は「僕」の語り自体のさらなる掘り起こしを誘発し、それは作品のプロット（叙述の展開構造）に対応してすすめられ、メタプロットを問い、『パン屋再襲撃』における〈物語〉と〈小説〉をめぐる問題に展開していくことになる。ここで問題が収斂していくのは〈機能としての語り〉の領域においてである。

この作品のプロット上の結末は、

> 一人きりになってしまうと、僕はボートから身をのりだして、海の底をのぞきこんでみたが、そこにはもう海底火山の姿は見えなかった。水面は静かに空の青みを映し、小さな波が風に揺れる絹のパジャマのようにボートの側板をやわらかく叩いているだけだった。
> 僕はボートの底に身を横たえて目を閉じ、満ち潮が我々二人をしかるべき場所に運んでいってくれるのを待った。

となっている。このプロット上の結末において、「僕」には「海底火山の姿は見えな」くなっており、「満ち潮が我々二人をしかるべき場所に運んでくれるのを待った」となっているので、明るくやさしい終わり方のように読まれるだろう。しかし、それは表層の〈物語〉にしかすぎない。

このことはすでに〈語り手の自己表出〉の掘り起こしによって明らかにされていることである。〈物語〉の表層に留まる〈読み〉の限界は、この作品のプロット上の冒頭、パン屋襲撃の話を妻に聞かせたことが正しい選択であったのかどうか、いまもって確信が持てない。たぶんそれは正しいとか正しくないとかいう基準では推しはかることのできない問題だったのだろう。つまり世の中には正しい結果をもたらす正しくない選択もあるし、正しくない結果をもたらす正しい選択もあるということだ。このような不条理性——と言って構わないと思う——を回避するには、我々は実際には何ひとつとして選択してはいないのだという立場をとる必要があるし、大体において僕はそんな風に考えて暮らしている。起こったことはもう起ったことだし、起こっていないことはまだ起こっていないことなのだ。

に反転し、再読へと向かっていくことによって、さらに明瞭になる。このことは語り手の「僕」が冒頭に頻出する「選択」という言葉をめぐる問題、「不条理性」の問題を引きずり、いまだ「選択」問題から解放されず、「パン屋襲撃」以降の、「我々は実際には何ひとつとして選択してはいないのだという立場」に留まっている、そうした事態に逢着する。この部分の傍点の意味に注目することが再読の鍵となっているのである。とすると、プロットの結末における「海底火山の姿は見えな」くなったことは「呪い」からの解放と言ってよいが、「満ち潮が我々二人をしかるべき場所に運んでくれるのを待った」とは「選択してはいない」事態そのものである。「呪い」からの解放は「選択してはいない」ことの徹底、「出口も入口もない、純粋な空洞」という事態そのものだった。こうなる。

では、「パン屋再襲撃」をともに行った「僕」と「妻」はその後どうなったのか。

「僕」は二人で行った「パン屋再襲撃」のことを、その経緯を含めて語っているのだが、すでに警察に捕まってしまっているのか。それとも捕まっていないのか。「パン屋襲撃」の時には、少なくとも「僕」はつかまることはなかったようだが、……。二人の行為を「犯罪」とみなしている読者の、こうしたレベルの問いに対しては分からないと答えるしかない。そして、この撹乱の末に、ある問いが生まれる。これは読者の「選択」という形で。「選択」問題は読者行為にまで及んでくるのである。それは、語り手の「僕」は「襲撃」を「犯罪」と見做す社会を「選択してはいない」社会ととらえ、その社会に属する限り、「我々は実際には何ひとつとして選択していないのだという立場を取る必要がある」、したがって、「起こったことはもう起ったことだし、起こっていないことはまだ起こっていないことなのだ」と語っているが、このことをどのように受け止めるのかという問題である。「僕」は、すべての結末は「事件を包含する総体的な状況の中に求められて然るべきであろう」と語っているように、「強盗」として捕まるかどうかは「選択してはいない」事態でしかないのである。こう受け止めることができる。「僕」にとっての問題の焦点は「妻」との生活の問題であった。しかし、その生活にこれからはなかったのである。

このことは次のように言うことができる。

語っている現在において、「僕」と「妻」、この二人は「別れ」てしまっている、と。いや、二人の関係は初めから成立しておらず、とうとう成立することはなかった、と。「別れ」の「選択」は「妻」から「表明」されたはずである。「僕」が「選択」することなどありえない。「僕」はもう「襲撃者」になることも「強盗」になることも「選択」せず、「選択してはいない」人となってしまっているからである。「僕」は常に「満ち潮」を待ち、浮遊している。このことは「パン屋襲撃」後の一貫した、動かざる事態であった。「呪い」は解かれた。「選択してはいない」人は「選択」された人であった。にもかかわらず、「僕」は「パン屋再襲撃」後も「妻」

を「相棒」として「選択してはいない」のである。「妻」は問題の核心を理解しないまま、「パン屋再襲撃」をし、それをとうとう理解することなく、「僕」と「別れ」た。そして決定的な誤解を生き続けていく。こうした事態が「再襲撃」後の安らぎの中で育まれていた。「僕」の「襲撃」のモチーフと出会うことなく、である。語り手の「僕」には「妻」が今どこにいるのかも分からないだろう。このことは「選択してはいない」人の、必然であった。このようにして「僕」と「妻」もパラレル・ワールドを生きていくのである。

ここで留意しておきたいのは、「襲撃」後の「相棒」との、「再襲撃」後の「妻」との、二つの「別れ」の要因は異なっているということである。前回が二つの社会をめぐる「選択」であったのに対して、今回は社会の在り方をめぐる対立ではなく、「選択」していることと「選択してはいない」ことをめぐる対立であった。前回はどちらの立場を選択しても、その根拠を信じることができたが、今回はどちらの立場を選択しても、その根拠を信じることができない。社会がサービスに囲い込まれてしまい、その問い自体が抑え込まれてしまっているからである。効率と便利が強力に支配している社会の中では自らの「選択」は「空洞」化されてしまうからである。ただし、すでにふれていることであるが、「空気」の問題は「パン屋襲撃」の「選択」の時点においても潜在しており、このことが「選択してはいない」という事態がより強固なものとして「僕」を縛ることになっていく、このことを見逃してはならない。「妻」と「僕」の、高度情報消費社会の中で疑似「選択」している人と高度情報消費社会の中に身を沈めて「選択してはいない」人の世界との通路はない。これが「パン屋再襲撃」問題によって照らし出されているパラレル・ワールドだったのである。

したがって、こう言わなければならない。

ポストモダンはモダンの中で育まれていた、と。その中で、「選択」は疑似「選択」にすり替えられていった、と。このことが『パン屋再襲撃』の語りの現在、〈機能としての語り〉が照らし出していることである。

六、「入口」と「出口」をめぐる〈語り〉と〈作者〉
——〈作家〉村上春樹の戦略

しかし、ここでまたプロットの冒頭に戻るならば、『パン屋再襲撃』は「僕」が語ることを「選択」したことが問題の焦点とされている小説であるということになる。「……しかし僕がどんな風に考えたところで、それで何かが変わるというものでない。そういうのはただの考え方にすぎない」にもかかわらず、語ることを「選択」しているのである。このことは、「選択」という決定的な一点において、いままで述べてきたこととは矛盾する。ここでようやく田中実氏の「逆説的に希求している」という『パン屋再襲撃』の〈読み〉と呼応する地点に辿り着くことになる。

それはこうしたことである。

「僕」が「その頃」の、「パン屋再襲撃」の事件を語ることは、その事件の「相棒」であった、かつての「妻」に向かってなされていたのだが、「僕」は「妻」という聴き手をすでに喪失してしまっていた。にもかかわらず、「僕」は「妻」に向かって語っている。「僕」の記憶の中の「妻」に対して語っているのである。それは〈わたしのなかの他者〉である。語ることの「選択」は「僕」の到達点ではあるが、その声は別れた「妻」には届かない。「僕」の語りはモノローグであったからである。

それだけではない。

こうした「僕」の語りは記述されているのである。それは〈機能としての作者〉のレベルの事態である。そのことによって、語り手の「僕」は批評の対象とされ、「僕」の語りは不特定の「相棒」＝「襲撃者」たちにひらかれていく。もしかしたら、「別れ」た妻にも……。しかし、この領域は語り手の「僕」の〈物語〉にとっては外部の領域である。それゆえに、この期待はありえない期待である。しかし、不特定の「別れ」た「妻」たちにはひらかれている、と言えるであろう。「僕」という〈語り手の自己表出〉を掘り起こし、〈機能としての語り〉の領域を浮上させ、さらに〈語り〉の統括者としての〈機能としての作者〉の領域を問うていったときに、こうした事態が生起してくる。しかし、このことは〈物語〉の中の「僕」の自覚しているところではない。

どういうことか。語ることが記述することによって問われていく。〈機能としての語り〉の領域は〈機能としての作者〉の領域によって問われているのである。この〈語り〉と〈作者〉の二重の「選択」は「文章を書くことは自己療養の手段ではなく、自己療養へのささやかな試みにしか過ぎないからだ。／しかし、正直に語ることはひどくむずかしい。僕が正直になろうとすればするほど、正確な言葉は闇の奥深くへと沈み込んでいく」（『風の歌を聴け』傍点引用者）ということの、『パン屋再襲撃』における実践である。「語ること」の矛盾には〈物語〉を超越しようとする力が働いており、それが「文章を書くこと」を希求させることになる。それは〈機能としての語り〉によって引き出された〈機能としての作者〉の力である。そこに現れてくるのが〈小説〉の力である。こうした語ることと記述することとのデット・ヒートが『パン屋再襲撃』における〈物語〉と〈小説〉の問題をひらいていくのである。それは、かつて「僕」が実体化して夢想した外部とは異なる、「第三項」としての外部（＝了解不能の《他者》）が批評の根拠とされている事態である。「海底火山」が消滅し、自らが「出口も入口もない、純粋な空洞」という事態になり、「空気」の中を生きている「僕」にとって、その地点から〈物語〉が囲い込まれる、このことは「空洞」の「入口」であり、「出口」である。この〈機能としての語り〉と〈機能としての作者〉によってひらかれていく通路は「ポスト・ポストモダン」にひらかれているのである。

ここに「空気」と闘う〈作家〉村上春樹の語ることと記述することをめぐる戦略を見出すことができる。その戦略は、自他未分の日本の文化の支配力と対峙しながら、構想されている。こうしたことが『パン屋再襲撃』における希望なのである。それは〈小説〉の希望である。

【注1】 これは田中実氏が提起する「第三項論」の要約である。田中実「文学教育の伝統と再建」（『月刊国語教育』二〇一一年三月号　東京法令出版）、「〈原文〉と〈語り〉再考——村上春樹『神の子どもたちはみな踊る』の深層批評——」（『国文学　解釈と鑑賞』二〇一一年七月号　ぎょうせい）ほかを参照のこと。合わせて、拙稿「〈神々〉の国で、〈神〉を問う——「国語教育」問題——」（『日本文学』二〇一一年三月号　日本文学協会）、「「交流のナラトロジー」を超えて——「あたりまえ」との対話——」（『国文学　解釈と鑑賞』二〇一一年七月号　ぎょうせい）なども参照のこと。わたしはこれらの稿で、田中実氏が提起している「第三項論」（対象の非実体性とその〈影〉を問題とすることの意義の提起）、その具体的レベルの問題としての〈原文〉と〈語り〉の問題、さらには〈小説〉と〈物語〉の違いの問題を論ずることの価値と有効性について論じている。田中氏は、「我々は実際には何ひとつとして選択してはいないのだ」という立場に立つことと「選択」の根拠の問題を了解不能の《他者》（＝第三項、〈原文〉）の〈影〉の問題として問い直すことが読書行為の要である提起している。この提起は〈作家〉村上春樹の戦略と通底している問題提起であると把握することができる。

【注2】 木股知史編『日本文学研究論文集成46　村上春樹』（一九九八年一月　若草書房）に収録されている。初出は『国文学論考』（一九九〇年三月）である。引用は前書によった。

付記　「パン屋再襲撃」は『マリ・クレール』（一九八五年八月号）に発表された。この作品は村上春樹のいくつかの単行本に収録されているが、本稿はその中の一つ、『象の消滅』（二〇〇五年三月　新潮社）という短編集に収録されているものを読みの対象としている。諸本間に語句の異同がみられるが、本稿ではそのことにはふれることができなかった。

村上春樹「レーダーホーゼン」論
——教材としての可能性——

足立悦男

一、語りの構造と物語の謎

村上春樹「レーダーホーゼン」は、『回転木馬のデッド・ヒート』(一九八五年)の巻頭におかれた、書き下ろし作品である。この作品をめぐる、あるシンポジュウムに出る機会があって、この作品の教材としての可能性に関心をもった。本稿は、そのシンポジュウムに触発された教材論である[注1]。

「レーダーホーゼン」は、語り形式の短編小説である。「その話を僕にしてくれたのは妻のかつての同級生だった」というふうに始まる。妻の友人(彼女)の家族に起こった、ある奇妙な物語である。この物語は、彼女が友人の夫(僕)に身の上話をする「語り」の形式で進展していく。彼女が語り、僕が聞くという形式は、彼女の語りが事実かどうかは本当のところは分からない、という「語り」の効果によって、読者は物語の行方に引きつけられていく。しかも、母から聞いた話を娘が語る、という二重の語り構造になっていて、語りの事実性はいっそう謎めいていくように仕組まれている。教材化の第一の視点は、このような「語りの構造」にある。後で検討するように、教科書の「学習の手引き」では、これまで取り上げられることのなかった視点である。

「母が父親を捨てたのよ」とある日彼女は僕に教えてくれた。
「半ズボンのことが原因でね」
「半ズボン?」と僕はびっくりしてききかえした。「変な話なのよ」と彼女は言った。

こうして、読者は「変な話」ってなんだろうか、「変な話」の内容を知りたいと思う。語り形式の特徴を生かした、小説としての巧妙な導入である。このような物語への効果的な導入は、小説教材の大事な学習である。読者を引き込む物語の導入とはどういうものか、という学習である。

彼女（娘）の語りを通して紹介される「変な話」とは、以下のような物語であった。彼女の母親がドイツの友人のところに遊びに行くとき、父親はレーダーホーゼン（吊り紐付きの半ズボン）を土産にほしい、と言った。このレーダーホーゼンが事件の主役であるが、その事実が明らかにされるのは物語の終わりの方である。帰国した母親は家には帰らず、しばらくして夫に離婚を迫る。母親の言葉によれば、「あなたに対して何の愛情も持てなくなった」からだ、という。そして彼女は、「問題は母が父を捨てただけではなく、私をも捨てたということだったのよ」と語る。

彼女が母親に会ったのは、実にそれから三年後の親類の葬儀の場で、そこで「真相」を聞かされる。あのレーダーホーゼンが離婚の原因だった、ということ。夫の土産に専門店を探し当て、仕立て職人に頼むと、本人の体型に合ったものしか作らない、という「方針《プリンシプル》」をもった職人であって、後に引かない。そこで、母親は父親とよく似た体型のドイツ人に頼んで夫の身代わりになってもらうことになった。そして、仕立屋の店での出来事は、母親から聞いた話として次のように語られる。

その男の人はレーダーホーゼンをはき、店の人がいろんなところをのばしたり縮めたりしたの。そのあいだその男と二人の老人はドイツ語で冗談を言ってはいあっていたの。そして三〇分ほどでその作業が終わったとき、母は父親と離婚することを決心していたのよ。

あまりにも奇妙な話なので、「話の筋がわからないな」と「僕」は言う。ここで「僕」という人物は、読者の思い（疑問）を語る役割をしている。「語り―聞く」という構造の効果であり、こういう構造の生み出す効果を学ぶことも、小説学習の面白さである。

その「僕」に彼女は次のように言う。この語りは、「語り―聞く」という語りの構造から、読者に向けて「真相」を告げることにもなる。

それは母親自身にもずっとわからなかったの。母にわかることは、そのレーダーホーゼンをはいた男をじっと見ているうちに父親に対する耐えがたいほどの嫌悪感が体の芯から泡のように湧きおこってきたということだけなの。彼女にはそれをどうすることもできなかったの。その人は――そのレーダーホーゼンをはいてくれた男の人は――肌の色を別にすれば、うちの父親と本当にそっくりの体型をしていたの。脚の形やら、お腹の形やら、髪の薄くなり具合までね。そしてその人が新しいレーダーホーゼンをはいていかにも楽しそうに笑っていたの。母はその人の姿を見ているうちに自分の中でこれまで漠然としていたひとつの思いが少しずつ明確になり固まっていくのを感じることができたの。そして母は自分がどれほど激しく夫を憎んでいるかということをはじめて知ったのよ。

娘は母から聞いた話として語っているが、母その人の語りではないので、話の内容の真偽にはベールがかけられている。母親の「父親に対する耐えがたいほどの嫌悪感」「どれほど激しく夫を憎んでいるか」という思いは、母親本人の語りではないので、「なんで?」と問い返すことができない。その語りの二重構造によって、この語りの真相は突き止められないようにしてある。語りのその二重構造によって、真相をめぐる謎は一気に深まっていく。この場面では、そういう「語りの構造」の表現効果の学習が可能である。

また、聞き手としての「僕」という人物も重要である。物語の謎を謎として読者に示す役割を果たしている。最後の場面で、「それで、君はもうお母さんのことを憎んではいないの?」と聞く。読者の聞いてみたい疑問である。「そうね、憎んではいないわ。その話を聞いた後では私は母のことを憎みつづけることができなくなったの。きっとそれは私たち二人が女だからだと思うの」と彼女は答えるが、その答えそのものがまた、新たな謎をはらんでいく。

この作品は、次のようなシーンで閉じられる。

「それでもし——もし、さっきの話から半ズボンの部分を抜きにして、一人の女性が旅先で自立を獲得するというだけの話だったとしたら、君はお母さんが君を捨てたことを許せただろうか?」「駄目ね」と彼女は即座に答えた。「この話のポイントは半ズボンにあるのよ」「僕もそう思う」と僕はいった。

物語の結末は、このように、タイトルのレーダーホーゼン（半ズボン）の話題で締めくくられている。レーダーホーゼンは、物語の結末において主役を演ずることになる。「この話のポイントは半ズボンにある」ことが、二人の語り（母も入れると三人）において了解されたことで、モノとしてのレーダーホーゼンが大きくクローズアップされる。ここで読者は改めて、二人の語りの中の「レーダーホーゼン」（半ズボン）の謎と向き合わされることになる。

二、隠れた物語を発見する

この物語の中には、いくつもの謎が隠されている。「レーダーホーゼン」の短編小説として面白さはそこにあると思う。教材として注目したいのは、この作品の「語りの構造」が、その面白さを作り出していることである。ここに、「語りの構造」の生み出す「謎解き」学習といったことが可能になる。物語の中から謎を見出し、その「謎解き」の物語を発見する、という学習である。

この作品における視点構造をみていくと、興味ぶかいことがわかる。母の物語の語り手は娘に設定されている。母の物語は母その人ではなく、娘によって語られていくのである。語りの主体としての視点人物は娘であり、妻（母）は娘にとって対象人物である。対象人物の条件として、対象人物の内面はとらえられないという条件がある。その語りの構造が語りの内容に対する謎を深くする要素となっている。そのために、この作品は空所の多い物語となり、複数の物語を内蔵することにもなった。ここに、この作品の教材としての大きな魅力がある。そのことを、以下、くわしく見ていくことにしたい。

まず、何よりも、この作品は「母の物語」である。五十五年間の人生で初めての一人旅（ドイツ旅行）が、彼女にある特別の感情を生み出していた。

一人でドイツを旅しているあいだ、彼女は淋しさや怖さや退屈さを一度として感じることはなかった。全ての風景が新鮮であり、全ての人々は親切だった。そしてそのような体験のひとつひとつが長いあいだ使われることのなく彼女の肉体で眠っていた様々な感情を呼び起こした。彼女がずっとこれまで大事なものとして抱えて生きてきた多くのものごと——夫や娘や家庭——は今はもう地球の裏側にあった。彼女はそれについて何ひとつ思い煩う必要はないのだ。

母の物語の核心となるシーンである。「夫や娘や家庭——それについて　何ひとつ思い煩う必要はない」という状況にあったことは、謎を解くための重要なシチュエーションである。レーダーホーゼンの仕立屋で、「自分がどれほど激しく夫を憎んでいるか」という「自分の中でこれまで漠然としていたひとつの思い」が「少しずつ明確になり固まっていくのを感じることができた」のも、このような条件があってのことであった。このような条件があって、夫と娘と家庭などの関係から完全に解放されていく母の物語が成立し、とともに、すべての関係を失っていく母の物語が成立したのだった。

この作品は、このような母の物語を中軸としているが、それ以外にも複数の物語が隠されている。そして小説教材として、その「隠された物語」を読み取っていく楽しみがある。

この作品は、「娘の物語」でもある。娘は情報提供者というだけでなく、一人の人物としてくっきりと造形されている。初めの方で、娘は妻の友人として、「僕」の語りのなかで紹介されるのだが、その紹介の仕方が妙に詳しい。妻との友人関係だけでなくて、彼女はエレクトーンの教師であり、暇さえあればスポーツに励み、定期的に不運な恋愛をした、ということを詳しく語っている。役割としての語り手の条件とは直接に関係のない、また必要のないような事柄をも詳細に紹介していく。このことは、父とともに母に捨てられた娘のストーリーを暗示し、彼女のストーリーを読むときの手がかりとなっていく。「父とともに捨てられた娘」という彼女の謎を読者は、「僕」の語る情報によって読むことができる。

この作品はまた、直接には登場しない「父の物語」でもある。「父」の人物像は、全くの謎に包まれている。父は語り手によって語られる対象人物であり、その内面をとらえることはできない。しかも、母の話として娘が語っていることによって、二重のベールに包まれている。二重の語りの構造によって、父の人物像は謎めいたものにされている。父はこの物語で語られる事実に対して反論することはできない。母の話の中でしか、娘の話の中でしか存在しない人物だからである。ノンフィクションであれば取材の対象として父は自らの物語を語ることができるが、その語りの構造から、対象人物として位置づけられた人物にそれはできない。そこで読者は、娘の語りを対象化し、読者としての「父の物語」を読むことができるのである。

この作品には、「仕立屋の物語」も内在している。二人の老人の仕立屋は、レーダーホーゼンの専門店を営み、確乎とした「方針」をもっていて、本人以外の客には作らない、という職人肌の人物である。そのために妻は夫と体型の似通ったドイツ人に頼むしかなかった。その代理人の夫を見ているうちに、妻は夫に対する憎しみがわきおこり、離婚を決意することになる。二人の老人の「方針」と、長年つれそった一組の日本人夫婦の離婚とは無関係ではないが、二人の仕立屋はその後の事実を知ることはできない。二人の仕立屋が固執する「方針」が、日本人夫婦の離婚につながったかもしれない、ということである。読者だけが読むことのできる仕立屋の物語である。

そして、この作品は、何よりもタイトルとなった「レーダーホーゼンの物語」である。先にみたように、意思をもたないモノとしてのレーダーホーゼンが、決定的な役割を演じている。この物語では、吊り紐付きの半ズボン「レーダーホーゼン」は、父の世代の価値観を表すツールとして使用されているが、そのツールが母、娘、そして読者の価値観との微妙なズレを拡大していくことで、物語は劇的に展開していく。このツールに注目し、レーダーホーゼンを視点人物として、この物語を「彼」の視点から読み直すと、どういう物語が生まれてくるであろうか。読者だけに与えられた物語を読む特権である。レーダーホーゼンは、父親の土産ということで、父の世代の古い価値観を代表しているが、母にとっては離婚を決意する場で代理のドイツ人のはいていた奇妙なモノでしかない。娘や僕にとっては単なる話題の一つにすぎない。それぞれの人物において価値の比重が異なっている。だから、レーダーホーゼンの語る物語には、この作品のすべての人物が登場してくることになる。その意味で、この物語の核心となる「人物」である。

このように、この作品には、母の物語としてだけでなく、登場する他の人物の物語、そしてモノとしてのレーダーホーゼンの物語を「読む」ことができる。そこに、物語に内包された「隠れた物語」を発見する、という学習が可能である。

三、聞き書きという形式

もう一つ、「レーダーホーゼン」の教材としての可能性を、私は、「聞き書きという形式」に見出したいと考えている。

村上春樹は、『回転木馬のデッド・ヒート』（一九八五年）の「はじめに」では、ここに納めた作品は「原則として事実に即している」「話の大筋は事実である」「僕は聞いたままの話を、なるべくその雰囲気を壊さないように文章にうつしかえたつもりである」と述べていた。しかし、のちに、『村上春樹全作品⑤』（一九九一年）の「自作を語る——補足する物語群」では、『回転木馬のデッド・ヒート』の作品は「今だから告白するけど——全部創作である。これらの話にはモデルは一切ない。隅から隅まで僕のでっちあげである。僕はただ聞き書きという形式を利用して話を作っただけなのだ」と述べている。そして、「僕がこの連載でやろうとしたことは、とてもはっきりしている、それはリアリズムの訓練である」とも述べている。

作品の素材が事実に基づいていたどうかで、反対のことを述べているわけだが、それは彼の小説の場合、どうでもよいことであると思う。村上春樹という作家が「事実」かどうかということに何ら関心もない、という「事実」を確認しておけばいい。それよりも、ここで注目したいことは、村上春樹が「聞き書きという形式」にふれていることである。そして、「聞き書きという形式」が「リアリズムの訓練である」と述べていることである。村上春樹の方法というだけでなく、文学教育の一つの方法をここから見いだせないだろうか、ということである。村上春樹のいう「聞き書き」の方法は、文学教育の新しい方法にならないか、ということである。「聞き書き」は一般にはノンフィクションの方法として知られているが、ここでいう「聞き書き」とは、小説の物語を読む一つの方法として、登場人物に対する「聞き書き」という方法である。つまり、フィクションにおける「聞き書き」という方法である。

作者はまた、「聞くこと」について、興味ぶかいことを述べている。

僕は自分の話をするよりは他人の話を聞く方がずっと好きである。それに加えて、僕には他人の話の中に面白みを見出す才能があるのではないかという気がすることがある。事実、大抵の人の話は僕自身の話よりずっと面白く感じられる。それも特殊な人の特殊な話よりは平凡な人の平凡な話の方がずっと面白い。

「聞き書き」の条件は、村上の言葉でいうと「他人の話の中に面白みを見出すこと」である。別のところでは、「他人の話を面白く聞ける能力」とも言い換えているが、これは、大きな視野でみると、国語教育において育てるべき大事な学力のことを暗示している。前節でみてきたような、読者が複数の物語を創造する楽しみと、このことは無関係ではないだろう。

たとえば、物語の中のレーダーホーゼンに取材し、レーダーホーゼンの話に耳を傾けて、レーダーホーゼンの物語をつくること、二人の仕立屋に取材し二人の物語を作ること、娘に取材し娘の物語を作ること、登場していない父親に取材し父親の物語を作ること。私の構想は、そういったことを「聞き書き」という方法で読む、という学習法である。この学習のねらいは、村上のいう「聞き書きという形式」による「リアリズムの訓練」である。また、主人公中心の読みから、脇役的な人物や、配置されたモノ・コトの物語を創造しようとすることで、物語の細部を読み込むことになる。短編小説を読む楽しさを味わう学習には、こういう観点が必要なのではないか、と私は考えている。

四、「鏡」「レキシントンの幽霊」

このような特徴は、「レーダーホーゼン」だけでなく、現行の村上春樹の小説教材にも当てはまるかもしれない。村上春樹の小説・エッセイで、現在教科書に載っているのは、以下の作品である[注2]。

「鏡」(『国語総合』大修館、『国語総合』東京書籍)「レキシントンの幽霊」(『精選現代文』大修館、『新編現代文』三省堂)「一日ですっかり変わってしまうこともある」(『新編国語総合』第一学習社)「ささやかな時計の死」(『新現代文』筑摩書房)「夜のくもざる」(『現代語』東京書籍)「ランゲルハンス島の午後」(『新国語I』旺文社)「七番目の男」(『現代文2』第一学習社)

「レーダーホーゼン」もそうであったが、その小説教材の多くが「語り形式」の物語なのである。ここに、「語り形式」の特徴を生かした、村上春樹の小説教材の可能性が生まれてくる。これまでの村上春樹の代表的な教材といえば、複数社で採用されている「鏡」「レキシントンの幽霊」である。この二作品で検討してみよう。

「鏡」（「トレフル」一九八三年）は、何人かの友人が集まっていて、一人ずつ恐怖体験を語る。その最後の「僕」の話、という設定の物語である。読者もまた、聞き手の友人たちとともに、「僕」の話の聞き手として物語に参加していくことになる。その話というのは、「僕にも一度だけ、たった一度だけ、心の底から怖いと思ったことがある」という、こういう話であった[注3]。

高校卒業の後、放浪の旅をしていた「僕」は、ある町の中学校の夜警をやったことがあった。そのときのある夜のこと。夜中にいつものように懐中電灯と木刀をもって校舎を回っていると、玄関の下駄箱の横のあたりに「僕がいた」。全身が映る大きな「鏡」の中に「僕がいた」。鏡に映っていたのはなく、「僕がいた」のだった。その「僕」を見ているうちに、「奇妙なこと」に気づく。

> 鏡の中の僕は僕じゃないんだ。いや、外見はすっかり僕なんだよ。それは間違いないんだ。でも、それは絶対に僕じゃないんだ。僕にはそれが本能的にわかったんだ。いや、違うな、正確にいえばそれはもちろん僕なんだ。でもそれは僕以外の僕なんだ。それは僕がそうあるべきではない形での僕なんだ。……その時ただひとつ僕に理解できたことは、相手が心の底から僕を憎んでいるってことだった。まるでまっ暗な海に浮かんだ固い氷山のような憎しみだった。誰にも癒すことのできない憎しみだった。

このような錯乱の中で、彼は鏡に向かって木刀を思い切り投げつけて鏡を割った。が、翌朝、玄関に行ってみると鏡なんてなかった、という結末である。そして、「僕」は最後に、聞き手（と読者）にむかって、こう語る。

というわけで、僕は幽霊なんて見なかった。僕が見たのは——ただの僕自身さ。……そしていつもこう思うんだ。人間にとって、自分自身以上に怖いものがこの世にあるだろうかってね。君たちはそう思わないか？

では、鏡の中の「僕」は何だったのだろうか。という謎は解けないようになっている。「語りの構造」の物語だからである。「僕」が語ることだけがすべてである。だからこそ、読者は「僕」とは違う物語を読むことができるわけである。「レーダーホーゼン」と同じように。この作品では、「鏡」の中の「僕」の物語は空白のままである。「レーダーホーゼン」では、夫の代理のドイツ人はいわば夫の「鏡」であった。その「鏡」に対する「憎しみ」は夫に対する「憎しみ」に転換していく、という物語であった。この教材でも、「僕自身」に対する「憎しみ」を感じている「鏡の中の僕」とは何であろうか。彼自身の物語を創造できるのは、作者でなくて読者ということになる。

「レキシントンの幽霊」（『群像』一九九五年一〇月号）は、タイトルどおり幽霊の物語である。マサチューセッツ州ケンブリッジに住んでいたときの話で、友人のケーシーの家の留守を預かることになった「ぼく」の語る物語である。夜中に二階の客用寝室で寝ていると、階下では「あるパーティ」が開かれていた。「——あれは幽霊なんだ」と、階下に確かめに行くことを怖れているうちに、「ぼく」はそう思って、二階の寝室にもどって眠ってしまう。翌朝、一階に降りてみたが、パーティの開かれた形跡は全くなかった。そして物語は次のように閉じられていく。

時々レキシントンの幽霊を思い出す。…考えてみればかなり奇妙な話であるはずなのに、その遠さのゆえに、ぼくにはそれがちっとも奇妙に思えないのだ。

夢のような話なのだが、「ぼく」の語りの中で「レキシントンの幽霊」の存在感はしっかりと語られている。が、先の「鏡」と違って直接に見たわけではないので、ここもまた空白のままである。読者が物語を描きやすいような空白となっている。そこにこの物語に隠されたもう一つの、読者の物語がある。

こうみてくると、村上春樹の主要な教材である「鏡」「レキシントンの幽霊」にしても、「レーダーホーゼン」と同じように、語り手の語る物語という共通点と、語り手の語る物語としてだけでなく、レーダーホーゼンとか鏡とか幽霊の物語を内包している点でも共通している。そして、そのような「隠された物語」を読む楽しみが読者に与えられている。小説学習の面白さは、そのような「隠された物語」を読むことにある。

五、「学習の手引き」の問題点

最後に、国語教科書において、村上春樹教材の「学習の手引き」の問題点を指摘しておきたい。たとえば、代表的な教材である「鏡」「レキシントンの幽霊」の学習の手引きをみてみると、以下のようになっている。

「鏡」

- 「僕」はどのような人物か。年齢、ものの考え方などについてまとめてみよう。
- 「僕」によって語られた「体験談」はどのような内容か。いつ、どこで、どのようなことが起きたのか、などについて整理してみよう。

・「僕以外の僕」とはどのようなものか、わかりやすく説明してみよう。
・「僕」が現在家に一枚も鏡を置いていないことにはどのような意味があるか、考えてみよう。
「レキシントンの幽霊」
・「ケーシー」はどのような人物か。また、「レキシントンの古い屋敷」とはどのような屋敷か、まとめてみよう。
・「ぼく」が屋敷に滞在していた時のできごとを、「ぼく」の思いに留意しながら、整理してみよう。
・「ぼく」が最後に会った時の「ケーシー」の変化について、「眠り」という「血統の儀式」とのかかわりにおいて、考えてみよう。
・「考えてみればかなり奇妙な話であるのに……それがちっとも奇妙に思えないのだ」とあるが、「ぼく」は「レキシントンの幽霊」の体験をどのように受けとめたのだろうか。「つまりある種のものとは……」という「ケーシー」のことばとの関連で、考えてみよう。

すべて、典型的な読解型の学習の手引きである。「まとめてみよう」「整理してみよう」「わかりやすく説明してみよう」などは、内容の要約学習の手引きであり、「考えてみよう」も、内容確認の手引きである。他の村上春樹の教材についても調査してみたが、その多くがこのような読解型の手引きであった。教科書の小説教材の「学習の手引き」の多くが、このように読解中心の手引きになっている。このことの問題である。

「内容を正確に読み取る」というのが読解学習である。国語教育の大事な教育内容の一つであり、読解学習で身に付く読解力は、国語学力の中でも重要な学力である。ただ、それだけだと、小説学習は読解だけのワンパターンの授業になりやすい。小説を読むことの本当の面白さは、読解学習だけでは得られにくい。従来から指摘されてきた問題点であった。

とくに村上春樹の小説教材の場合、読解学習だけでなく、本稿で追求してきたような「語り」形式を生かした、新しい視点からの教材化が必要である。村上春樹の小説教材としての可能性は、「語り」形式の物語を、その語りの特徴を生かしてどう教材化していくか、という点にある。村上春樹の小説教材は、小説を読むことの本当の面白さをどう引き出すか、その実験的な役割をになっているように思われる。

[注1] 日本文学協会の夏季合宿（二〇〇四年八月二〇日）で、佐野正俊氏の「村上春樹『レーダーボーゼン』再読――小説は世界をどのように見せるか」という報告をめぐるシンポジウムがあった。私はそのコメンテーターをつとめながら、この作品の教材としての可能性について、私なりに考えてみようと思っていた。佐野氏の報告は、衣服＝形式と内容＝中身の乖離に世界の危機を出現させた作品と読み、その世界のアポリアといかに対峙するか、そこに村上文学の教育実践の課題がある、という興味深い報告であった。「再読」とあるのは、佐野正俊「村上春樹『レーダーボーゼン』の教材研究のための覚書」（『日本文学』二〇〇一年十一月号）をふまえている。

[注2] 教科書調査においては、島根県立松江教育センターの竹崎伸一郎氏にご協力いただいた。記してお礼申し上げたい。

[注3] 「鏡」の代表的な作品論、教材論には以下の二編がある。杉山康彦「鏡の怖さ・存在の怖れ」（田中実・須貝千里編『〈新しい作品論〉へ、〈新しい教材論〉へ6』右文書院、一九九九年）、府川源一郎「生徒の感想で〈読む〉『鏡』」（同上）。

付記　本稿は、『国語教育論叢』第十四号、二〇〇五年三月、島根大学教育学部国文学会に発表した論考に一部加筆している。

愛の不可能を超える生者／死者
――『ノルウェイの森』論――

喜谷暢史

一、そして誰もいなくなった

かつて内田樹は村上春樹への批判を「集団的憎悪（恐怖症）」と語った。ポストモダンの論客達はこぞって、執拗に攻撃した[注1]。時代が一回りし、批判がなりをひそめた後は、いつしか「村上春樹の時代」となっていた。雑誌「考える人」（新潮社　二〇一〇年八月）のロングインタビューはかなりの分量だが、実にこの〈作家〉を理解するのに、広範な文化領域をカバーせねばならないことにも気づかされる。フランツ・カフカ賞、エルサレム賞の受賞をはじめ海外での評価も高く、他の日本の現代作家が太刀打ちできない、巨人としての相貌をここでは明らかにしている。あるいははじめから、春樹の時代であったかもしれない[注2]。『1Q84』（新潮社　BOOK1、2　二〇〇九年五月　BOOK3　二〇一〇年四月）の刊行にあわせて組まれた、

これに対して、〈教室〉の中の村上春樹は果たしてどうか。教科書採用や実践で多く見られるのは、いわゆる短編小説である。かつての文豪と呼ばれる作家たちの採録小説が代表作の一部や中編小説であったのに対し

て、まだまだ教材の「主力」としては捉えられていない感がある。

ここでは、教科書（三省堂・高等学校国語Ｉ三訂版）に収録された『螢』（『ノルウェイの森』より）について、作品全体と教材としての可能性を論じていきたい。この『螢』は注記の通り、『螢・納屋を焼く・その他の短編』（新潮社　一九八四年七月）に収録の『螢』（初出「中央公論」一九八三年一月）ではなく、『ノルウェイの森』（講談社　一九八七年九月）の一部、「突撃隊」が「僕」に呉れた「螢」が飛び立つまでの、第三章末尾の抄録である[注3]。扱いとしては、「現代の表現」なる単元であるので、おそらくその「表現」を味わうにとどまり、単体で〈読み〉の授業を展開することは想定しにくい。

例えば筆者の勤務校では、少人数の高校三年生対象の選択授業で、教員と生徒間で小説の〈読み〉を交流させる実践を組むことは可能である。また共通授業においても文庫本を購入させて、漱石『こころ』、宮本輝『星々の悲しみ』などは抄録のみならず作品全体を扱っていた時期もあった。『ノルウェイの森』は『こころ』と同様に、謎の多い作品である。謎解きという小説を読む楽しみがあり、十分に教材としての可能性を秘めた作品である。

二、謎を引き受ける、謎を手放さない

「多くの祭り《フェト》のために」という意味深なエピグラフ、初出時の帯に付された「１００パーセントの恋愛小説」というコピー、あるいはゴチックで強調された「死は生の対極としてではなく、その一部として存在している」（上・五四頁）という文言など、『ノルウェイの森』には実に多くの謎がちりばめられている。

ところで、春樹作品の文庫化に際しては、解説は周到に排除されている。本作を文庫で再読して気づくのは「あとがき」の削除である。「僕としてはこの作品が僕という人間の質を凌駕して存続することを希望するだけ

である」というようなつぶやきは、作品の商業的な成功のあとでは、むしろ不要であろうし、「この小説はきわめて個人的な小説である」などという自注も、無用の詮索を生む。脱稿後の高揚感は消去されてしまったが、これはあらゆる恣意的な解釈を拒む〈作家〉の態度表明と言えよう。

ただし、〈教室〉においても作品を読む上でも、謎解きへの志向性は手放してはならない。春樹作品は謎をそのままに放置し、何も説明せず、思わせぶりであるという批判もあるが（もちろん、近代小説はミステリーではないので、全ての謎解きをする必要はない）、丹念にその〈文脈〉を追い、謎を手放さないでいると見えてくるものもある。ここでは、その多くの謎を手放さずに作品に向かい合いたい[注4]。

小説の構造は、「三十七歳」の「僕」が、高校時代と上京した「十九歳」から「二十歳」までの「僕」を語るという一人称回想体である。「三十七歳」の「僕」を乗せたボーイング747がハンブルク空港に着陸したとき、機内でビートルズの「ノルウェイの森」が突如流れる。このことをきっかけに、「僕」は「身をかがめて両手で顔を覆い」、「激しく」「混乱」するところから回想は始まる。

この小説自体が手記であることは、明示的である。「僕」が物を書く人間であることは、ハツミさんを追想する「画家をインタヴュー」（下・一三一頁）する時の状況や、「僕はこの文章を書いている。僕は何ごとによらず文章に書いてみないことには物事をうまく理解できないというタイプの人間なのだ」（上・一二頁）という〈語り〉から確認できる[注5]。

「僕がまだ若く、その記憶がずっと鮮明だったころ、僕は直子について書いてみようと試みたことが何度かある。でもそのときは一行たりとも書くことができなかった」（上・二二頁）とあるように、「記憶がずっと鮮明だったころ」には、直子との関係、その愛の不可能を書くことは出来なかったが、記憶がおぼろげになった今なら直子について〈語り〉、書くことが出来るというのだ。

しかし、「何ごとによらず文章に書いてみないことには物事をうまく理解できない」と語る「僕」は、何のために「物事をうまく理解」する必要があるのか。先走って言うなれば、その書くと言う行為は、語っている「僕」が次のフェイズに移行するための、まさに契機でなければならない。問題はその出来事が終わった後、そして、かなりの時間が経過した後にたぐり寄せられる手記が、どのような形で帰結しているかである。

したがって、回想体の中で、語られている「僕」を読むだけでは、小説は読むことにはならず、語っている「僕」と語られている「僕」との相関関係、語られていること（若き日のおぼろげな記憶）と、語っていること（中年の男が回想すること）自体の意味を読むことが求められる。

回想体ではあるが、小説の末尾は実況中継的であり、しかも完結的ではない（「僕は今どこにいるのだ？　でもそこがどこなのか僕にはわからなかった。見当もつかなかった。いったいここはどこなんだ？」下・二九三頁）。「僕」は、〈語り〉の冒頭に回帰したように「混乱」したままである。

同じく回想体の体裁をとる三島由紀夫『金閣寺』も、〈語り手〉である「溝口」が金閣を焼くまでの出来事を振り返る構造を持ちながら、対象を焼く最終章は実況中継的である。回想体でありながら、二作品が共通の問題を抱えているのはなぜか。

『金閣寺』の場合は、〈語り手〉の「現在が消去され、〈語り手〉の主体を超えて物語が展開されて」いると言えよう。例えば柏木の長い独白は手記として不自然ではあるが、それは上下巻をまたぐレイコさんの長い挿話も同じで、「ここでは〈語り手〉は手記を綴ると言うよりも、場面の描写によって読み手を時空間に誘おうとしているのである」[注6]。小説における手記は、実体的な手記にはおさまらず、小説独自の時空間を形成する。終わったこと、動かない過去としての出来事をただ語っているだけではない。書くことによって、明らかになったものが何であるのか、なお積み残されたものは何なのかという、「次」の問題を提示する（『金閣寺』なら「人間がこれから生きようとするとき牢屋しかない」という〈作家〉の言葉が想起されよう）。この「書く」という動的過程にある闘争の困難さ、「書く」こと自体がまさに過去をたぐり寄せる過程であるところに、この『ノルウェイの森』の小説性があると筆者は考える。それは「自己療養の試み」[注7]といういささやかなものではなく、「次」の生を奪還するためのものである。なぜなら「死んだ人はずっと死んだままだけど、私たちはこれからも生きていかなきゃならない」（上・二二九頁）という切実さによって「手記」が要請されるからである。

本作が極めて「小説」的な構造を持つことは、同じく回想体の体裁を持ち多くの読者を獲得した片山恭一『世界の中心で愛を叫ぶ』（小学館　二〇〇一年四月）を引き合いに出すことで〈教室〉においては、論じやすい。過去を超えていくことの困難さなどを比較した上で、この国で最も読まれた小説の第一と第二を教材化することは可能であろう。もはや、ブームが去り春樹作品のように読み継がれるタイプの小説ではないのだが、数年前の生徒であれば、回想体のロマンスを論じる上でこの『セカチュー』は最適な例示であった。

『世界〜』では回想の冒頭で、「ぼく（松本朔太郎）」はただ泣いていることが語られている。内省の無い奇妙な告白は、幼さ、無力さ（空港でただ「助けてください」と叫ぶこと）がそのまま放擲されている。再生の契機のない告白は、単に死の想念を撒き散らしているだけで、その構造を捉えれば、〈語り手〉の「ぼく」は愛する人を失った悲劇を乗り超えることは出来ず、再び愛が成就されることはない[注8]。

『ノルウェイの森』の現在（「僕」は居場所を確保し、再生したのか）は明らかではないが、『世界〜』のように悲劇に拘泥する完結的なメロドラマではない。しかし、そのことを言うにはまず、〈語り手〉の「僕」が語る、愛の不可能を読まなければならない。

三、愛の不可能を読む

第一章の末尾で「直子は僕のことを愛してさえいなかった」（上・二三頁）とあるように、この愛があらかじめ不可能であることが、予告されている。「私のことを覚えていてほしいの」「ずっと覚えていてくれる?」（上・二〇頁）と懇願する直子との愛が成就しないことは、この決定的な言葉に収斂され、規定されるだろう。しかし、愛の不可能は、直子という対象によってのみ措定されるのか。

全てが終わったあとで僕はどうしてキズキと寝なかったのかと訊いてみた。でもそんなことは訊くべきではなかったのだ。直子は僕の体から手を離し、また声もなく泣きはじめた。（上・八五～八六頁）

直子の生涯ただ一度だけの性交の後の心ない言葉をはじめ、「僕」の言動に対し、「加害性」「未必の故意ではあっても、三角関係の葛藤と呼ぶことはできない」[注9]などと批判的に捉える論も多い。結果的に二人の女性を愛してしまったものの、「僕」自身は「誠実に生き」「嘘はつ」かず、「誰かを傷つけたりしないようにずっと注意してき」た（下・二四三頁）という。この恋愛の悲劇は「加害」と断ずるほど、単純ではない。図らずも追い込んでしまった、「誠実に生き」ようとして相手を裏切ってしまったというべきであろうか。小説の冒頭で、なおも「僕」が「激しく」「混乱」するのはそのためである。

では「僕」が語る「嘘はつ」かず、「誠実に生き」ることの内実とはどのようなことであったか。

「七月にあなたに出した手紙は身をしぼるような思いで書いた」（上・一七九頁）とあるように、直子は度々渾身の力をふりしぼり手紙を書いている。直子は「僕」と関係を持った後、東京を引き払い、世間と隔絶した京都の山中にある「阿美寮」で再起をはかろうとする。「私は私に対するあなたの好意を感じるし、それを嬉しく思うし、」「今の私はそういう好意をとても必要としているのです」（上・一八四頁）と、唯一の外部への通路である「僕」に、「会いに来て下さい」（上・一八五頁）と関わりを求めている。

「阿美寮」を訪れた「僕」は、その「好意」を「必要」とする直子に向かって、寝た女の数を「八人か九人」と「正直に答え」ている。その「いいわけ」は、「辛かった」ということ、「君の心の中にあるのがキズキのことだけだってことがね。そう思うととても辛かったんだよ。だから知らない女の子と寝たんだと思う」（上・二二九頁）と、過去の暗部を引き合いに出してまで、正当化しようとしている（「八人か九人」という概数は、その中にカウントされる直子の心情をあまりにないがしろにしてはいないか）。

無軌道な女性遍歴を重ねる原因は、同じ寮に住む永沢さんという特異な人物の誘いに端を発する。永沢さんの恋人であるハツミさんは、彼を愛するがゆえにその荒涼とした生活態度を批判するが、そこで語られるのは当の永沢さんと「僕」の類似性である。二人の食事に同席した「僕」を評するかたちで永沢さんは、「俺とワタナベには似ているところがあるんだよ」「ワタナベも俺と同じように本質的には自分のことにしか興味が持てない人間なんだよ。傲慢か傲慢じゃないかの差こそあれね。」（下・一二五頁）「俺とワタナベの似ているところはね、自分のことを他人に理解してほしいと思っていないところなんだ」「自分は自分で、他人は他人だって」（下・一二七頁）と再三、同質性を指摘する。

「傲慢」さを除けば、という留保付きではあるが、その言葉によって「僕」は免罪されることはなく、「誠実に生き」るという美点をしりぞけ、なおも残ってしまうのが「自分のことにしか興味が持てない」「他人に理解してほしいと思っていない」という他者性の欠如である。永沢さんにとって、「僕」の面には「他人」を受け入れる資質に欠けることが「嘘」偽りなく表れており、そのことによって結果的に「誰かを傷つけ」てしまうことが、（ハツミさんの自殺も含め）小説の結末に向け周到に仕組まれているのである。永沢さんの言葉は、原理的に手記の書き手、〈語り手〉である「僕」を経由していることにも注意したい。

直子を残し自殺したキズキも「冷笑的な傾向があって他人からは傲慢だと思われることも多かったが、本質的には親切で公平な男だった」（上・四八頁）と語られ、「傲慢」さのあり方を橋渡しにして、三人の男たちにある類似性が認められる。「この男はこの男なりの地獄を抱えて生きているのだ」（上・六九頁）との「僕」の永沢評は三人の男に重なる。永沢さんを「物の考え方とか生き方はまともじゃない」（下・一三九頁）と語る一方で、〈語り手〉の「僕」は、永沢さんが繰り返す「似ているところ」という言葉を極めて自覚的に回想（反芻）している。「俗物」であれ、「高貴」であれ、彼らには「渇き」（下・一三〇頁）しかない。

「自分のことにしか興味が持てない人間」という永沢さんの言葉で想起されるのは、直子の自殺直前に一軒家を用意していたことである。直子の社会復帰のためでもあるが、引越のきっかけは学生寮での「トラブル」であり「とばっちり」で殴られそうになったことである。「いずれにせよ、この寮を出る頃合」（下・一八七頁）という「僕」の気持ちや都合が優先される（例えば、誕生日を迎えた直子は「二十歳になる準備なんて全然できてない」と語るが、「僕」は対照的に「〔二十歳まで〕ゆっくり準備するよ」（上・八〇頁）と応え、備えは常に万端である）。

「もしよかったら二人で暮らさないか？　前にも言ったように」「ありがとう。そんな風に言ってくれてすごく嬉しいわ」（下・一八四頁）と直子は感謝を述べるが、口をついて出るのは「もし私が一生濡れることがなくて、一生セックスができなくても、それでもあなたずっと私のこと好きでいられる？」という不安だ。「僕は本質的に楽天的な人間なんだよ」（下・一八五頁）というエスプリの利いた答えは決して相手を安心させない。「ゆっくり考えさせてね」「それからあなたもゆっくり考えてね」（下・一八六頁）という控えめな、それでいて自分と相手の調整を何とか取ろうとした直子の言葉を、筆者などは重く見る。

「僕」の一方的な要求は、直子の死まで続く。「僕としては結論を急がせるつもりはないのですが、春という季節は何かを新しく始めるには都合の良い季節だし」と具体的な時期を指定しながら、四月なら「大学に復学できる」(下・一九〇頁)という理由は、極めて安易である。精神療養所を思わせる社会と隔絶した「阿美寮」での治療の日々と東京での生活の落差は大きい。一方的な要求はカタストロフを生む土壌となった。「外から入ってくる多くのものは私の頭を混乱させ」る(下・一七七頁)と語る直子に、「何故彼らは直子をそっとしておいてはくれないのだ?」(下・二〇〇頁)と「僕」は呪詛の言葉を並べるが、それは自身にはね返ってくる。「加害性」というには余りに無自覚な「僕」であるが、しかし〈語り〉の現在は、「そっとして」おけなかった過去を、極めて自覚的に語っている。

この無自覚さの雛形としては、レイコさんが「筋金入りのレズビアン」の少女に狂わされる挿話が参照されよう。「あの人、事の重大さにまだよく気がついてなかった」(下・三〇頁)と夫のことをレイコさんは回想する。夫はレズビアン事件の渦中にいたレイコさんのことを支え理解していたにもかかわらず、仕事の都合で「一ヵ月だけ我慢してくれ」(下・三一頁)と懇願し、取り返しのつかない遅延、過ちを犯してしまう。レイコさんの夫婦生活の破局と直子の死は、男たちの感情の遅れという点で、通底している。

「僕は引越しと、新しい住居の整備と金を稼ぐための労働に追われて緑のことなんて全く思いだしもしなかった。緑どころか直子のことだって殆んど思いだしもしなかった」(下・一九三頁)と新生活への営みは自己目的化され、このことで二人の愛する女性を蔑ろにしてしまう。

身勝手な四月の直子の復帰計画は頓挫する。直子も緑も永沢さんもいない「春の深まりの中で、自分の心が震え、揺れはじめるのを感じないわけにはいかなかった」。そして「僕の心はわけもなく膨み、震え、揺れ、痛みに刺し貫かれた」(下・二一七頁)と、自らの痛みにのみ注意は向けられる。受け取る相手ではなく「僕自身が慰められた」という時期に書かれた手紙に、「直子からもレイコさんからも手紙は来なかった」（下・二一八頁）のは当然である。手紙は「僕自身が慰められ」ることでなく、「僕」の「好意をとても必要としている」直子のために書かれなければならなかった。

四、手紙という通路と隘路

直子の死の直前の「僕」からレイコさんに宛てられた手紙は、自らの感情を誰かに伝えるために書かれている。そこでは、直子と緑への愛が比較され、前者を「静かで優しくて澄んだ愛情」、後者を「まったく違った種類の感情」「立って歩き、呼吸し、鼓動しているのです」（下・二四三頁）とし、まるで「生身」の直子を葬るかのような表現が与えられている。いつもと違い「速達切手」が貼られたレイコさんへの手紙が、直子に読まれた可能性は皆無とはいえない（レイコさんは直子宛の「僕」の手紙は読んでいる（下・二二二頁）。彼女らは「ずっと一緒にお風呂だって入っているし、あの子は妹みたいなもの」（下・二七四頁）という仲であり、自他未分の関係にあったと言っていい。だからこそ、レイコさんは直子の死によって「阿美寮」を脱することが出来た。これは「普通の成長期の子供たちが経験するような性の重圧とかエゴの膨張の苦しみみたいなものを殆ど経験することなく」（上・二六三頁）キズキと生きてきたことと重ねれば、「阿美寮」は直子にとって第二の不幸であったかもしれない）。

「今はとりあえずあの子に黙っていることにしましょう。そのことは私にまかせておいて下さい」（下・二四五頁）というレイコさんも長年病んだ状態にある。彼女は「音楽の先生」（上・一九七頁）であっても、「僕」が初対面で間違えたように、医者ではない。ここでは手紙をめぐる様々な〈読み〉が可能であるかもしれない。

実際、直子の手紙におけるレイコさんの介入は著しい。「ミドリさんというのはとても面白そうな人ですね。この手紙を読んで彼女はあなたのことを好きなんじゃないかという気がしてレイコさんにそう言ったら、『あたり前じゃない、私だってワタナベ君のこと好きよ』ということでした」（下・一七八頁）というレイコさんの解説は明らかに調整的であり、「元気？　あなたにとって直子は至福の如き存在かもしれませんが、私にとってはただの手先の不器用な女の子にすぎません」（下・一七九頁）という「メッセージ」も「僕」宛と言うより、となりで読むであろう直子に宛てたもので、レイコさんはやっかいな調停人であったと言っていいだろう。

　直子の外界との通路は、唯一手紙だけである。「一九六九年」という「ぬかるみ」の中にいた「僕」は「直子に長い手紙を書いた」（下・一八一頁）が、その後の手紙になおも緑のことが綴られていることは、彼の孤独な生活からすれば容易に想像できる。「秋に来たときに比べて直子はずっと無口になっていた」（下・一八三頁）のは当然である。

　いずれにせよ、「僕」は手紙で結果的に直子を追い詰めてしまった[注10]。追い詰める一方で、手記の後半では「責任」という言葉が多用される。「ある種の人間としての責任」「放り出すわけにはいかない」（下・二三二頁）と、新しい愛を注ぐ緑への説明として、この言葉が使用される。東京で直子と再会した当時、「君が来たんだよ。僕はあとをついてきただけ」（上・四三頁）と主体性のなさを露わにしていたのに比べると、大変な転向である。

　キズキに対しても「もっと強くなる」「成熟する」「俺はもう十代の少年じゃないんだよ」「俺は責任というものを感じるんだ」「生きつづけるための代償をきちっと払わなきゃならないんだよ」（下・二〇四頁）と死んだ友人に見栄を切る。

　直子の死後、「おいキズキ、お前はとうとう直子を手に入れたんだな」「まあいいさ、彼女はもともとお前のものだったんだ。結局そこが彼女の行くべき場所だったのだろう」「俺なりにベストを尽くしたんだよ」（下・二五八頁）と「自己弁護」に堕する点で、この「責任」は霧散する。

　回想の冒頭で「何故なら直子は僕のことを愛してさえいなかったからだ」（上・二三頁）と、あらかじめ愛が成就しないことが予告されていたことは先に述べた。しかし、愛する対象が「愛してさえいなかった」という以前に、山積された自らの過ちについて、「僕」は断罪されねばならなかった。

五、セクシャリティーの喪失

直子を失った「僕」は「自分に同情するな」「自分に同情するのは下劣な人間のやることだ」(下・一八九頁)という永沢さんの忠言に反するかのように、漂泊する。「知らない町でぐっすり眠ること」(下・二四九頁)を求め、「山陰の海岸」「鳥取か兵庫の北海岸」(下・二五〇頁)に行き着く。明らかなる自己内対話「大丈夫よ、ワタナベ君、それはただの死よ。気にしないで」(下・二五二頁)という言葉に慰められながら。

「僕」の直子への哀惜の念は、彼女を失う前後、「どうしてこんなに美しい体が病まなくてはならないのか」(下・二〇〇頁)「俺は直子を失ったんだ! あれほど美しい肉体がこの世界から消え去ってしまったんだぞ!」(下・二五四頁)と、執拗に「肉体」に終始する。直子も「会うときは綺麗な体で彼に会いたいから」(下・一九八頁)と「僕」の性的な要求を理解していた。

「君に会えなくてとても淋しい、たとえどのようなかたちにせよ君に会いたかったし、話がしたかった」「僕はもう誰とも寝ていません。君が僕に触れてくれていたときのことを忘れたくないからです。あれは僕にとっては、君が考えている以上に重要なことなのです。僕はいつもあのときのことを考えています」(下・二一四頁)という「短かい手紙」は「相手に意がうまく伝わるだろうという気がした」(下・二一五頁)とあるが、その「意」は十分に伝わったであろう。これは内容が直接分かる、直子への最後の手紙である。

また、漂泊の中で沸き起こる「高校三年のとき初めて寝たガール・フレンド」(下・二五六頁)に対する自責の念は、直子に対して「どれほどひどいことをしてしまったか」という思いには敷衍して繋がらず、〈語り〉

の現在がなおも抱え込み、語られる「僕」が持っていたある感情の遅れを暗に語っている。直子を失ったことに対する悔恨は、「肉体」に終始する分、ある意味訥弁的であるといっていい。

したがって、「肉体」の問題はなおも持ち越される。「私は直子のいないあの場所に残っていることに耐えられなかった」（下・二六一頁）というレイコさんは、旭川での再起を前に「僕」を訪ね上京する。直子の遺書は「洋服は全部レイコさんにあげて下さい」（下・二六八頁）の走り書きのみであることも暗示的であるが、「直子と私って洋服のサイズ殆んど一緒だったのよ」「シャツもズボンも靴も帽子も」「洋服をとりかえっこし」「殆んど二人で共有してた」（下・二六七頁）という自他未分の関係が明らかにされる。

「僕」とレイコさんとの性交に読み手が違和感を持つとすれば、それは読み手の中で「肉体」の問題が意味化されていないからである。レイコさんが「現実」に飛び出すために性交が必要なことは、長きに渡って語られたレズビアン事件のトラウマによって、十分に用意されている。「僕」がことなげもなく性交に同意するのは、漂泊から還って来た後も、そのセクシャリティーの問題の只中にいるからである。

この「肉体」、セクシャリティーの問題は、直子が生きていたときの幻想的な場面、「これはなんという完全な肉体なのだろう――と僕は思った。直子はいつの間にこんな完全な肉体を持つようになったのだろう？」（上・二七〇頁）という「非リアリズム」的要素にも接続される。本作はエロスの世界として広く認められていながら、実は「非リアリズム」的要素は、セクシャリティーの問題に限定されている[注11]。「リアリズム」と称されるこの小説世界の裂け目は「肉体」の問題にあり、春樹作品が抱え持つ「向こう側」への通路となる。生を取り戻そうとした直子の一度だけの性交や「完全な肉体」はそのことを表しており、「僕」が「阿美寮」から還って来た後、緑に「幽霊でも見てきたような顔してるわよ」（下・四六頁）と指摘されるのは、そのためである（緑と「僕」の性交が成立しないのは、彼女が「現実」を生きているからに他ならない）。

六、なぜ「100パーセントの恋愛小説」なのか

〈教室〉で性や「肉体」の問題を論じる前に、残された謎について論じたい[注12]。愛の不可能が仕掛けられた回想が、なぜ「100パーセントの恋愛小説」なのか。

「100パーセント」と「恋愛」と「小説」の組み合わせは、『四月のある晴れた朝に100パーセントの女の子に出会うことについて』（『カンガルー日和』平凡社　一九八三年九月　改稿版は『象の消滅』新潮社　二〇〇五年三月）という人気作品を想起させる。『四月〜』は一見、軽いタッチの短編小説で、都会の消費行動の表層で戯れる男女の淡い恋愛物語である。しかし、ここには〈作家〉の対象の捉え方が色濃く刻印されている。〈語り手〉にとって「100パーセントの女の子」は、「それほど綺麗な」わけでも「目立つところがあるわけでも」「素敵な服を着ているわけでもない」。しかも、「タイプファイすることなんて誰にもできない」し、街で「ただすれ違っただけ」である。彼女を口説く物語は『『昔々』で始まり、『悲しい話だと思いませんか』で終わる」。

口説き文句は誇大妄想的な法螺話、大嘘である。文字通りの「100パーセント」というよりもむしろ仮構性を際だたせるための「100パーセント」である[注13]。『ノルウェイの森』で言うなれば、「100パーセント」とは、「僕」が捉えた、いや「僕」が囚われていた「直子」への愛のかたちを「正確」に表した文言といえよう。その意味では、帯のコピーは、説明的ですらある。「僕」が「僕」を語るということも、それは自分が捉えた「自分」に過ぎない。つまり、書きつけられた対象に関する記述は「100パーセント」私が捉えたに過ぎない対象、すなわち〈わたしのなかの他者〉に過ぎない。記憶がおぼろげになった今、〈語り〉の現在が出来事を語りはじめるのはそのためである。思えば、初期の一人称から近作『1Q84』に向けて三人

称へと進化していったのは、〈作家〉の素朴な手法の進化と言うよりも、一人称の〈語り〉が抱えるアポリア、私が私を語ることの背理を超えて、三人称という形式に向かっていったと捉える方が正しいだろう。したがって、『ノルウェイの森』は「100パーセントの恋愛小説」か否か、という問いは〈教室〉においても大変魅力的なテーマと映るかもしれないが、生産的な議論にはなり得ない[注14]。対象の捉え方として、〈教室〉の議論はいったん引きとるべきであろう。でなければ、授業は単に「恋愛」のイメージを交換するだけの、悪しき活動主義の場に陥ってしまうだろう。

七、「十九歳」と「三十七歳」の再読のために

先に論じたように、愛の不可能が直子によって規定されるため、読み手は「僕」の悲愛に感情移入し、運ばれていく。「直子が死んだ」という出来事の大きさになおも立ち尽くす〈語り手〉はその悲しみに「読み手を誘う」がゆえに、核心については多分に非言及的、空白的にならざるを得ない。直子の死後の漂泊の意味は、あるいは批判的に捉えかえされねばならなかったが、そこでは「十六で母親をなくした」(下・二五四頁)漁師への感情の爆発が挿入されているため、直子について言及し得ない部分が見えにくくなっている。「肉体」という極私的なセクシャリティーの牢獄に囚われている「僕」は、漁師の母への追慕と、直子への哀惜の念の同質性には思いが至らない。また、「あの子の音楽の好みは最後までセンチメンタリズムという地平をはなれなかったわね」(下・二八四〜二八五頁)というレイコさんの追憶も、「僕」の回想が情緒的に流れる部分を一層見えにくくしている。

この重層的な手記を〈教室〉の中で読む際に注意したいのは、〈作家〉の伝記的事実への無媒介な接続、比較文学的な指摘[注15]、サブカルチャーとの安易な競合[注16]、特定のコードの導入による恣意性に無自覚な〈読

み〉[注17]などであり、現に突拍子もない読みは、本作の研究状況の中でも流布している。〈教室〉における若い読者には「十九歳」の「僕」の恋愛観への感情移入を超えて、「三十七歳」の「僕」からの再読が要請される。これは作品が読み継がれる所以でもある。

そして愛の不可能を語ることで語られねばならなかったのは、「多くの祭り《フェト》のために」というエピグラフが包括する出来事、時代性である。エピグラフの意味は「結局はすべてブーメランのように自分の手もとに戻ってくるという年代」（上・一〇頁）のことに他ならない。今もなお「十月の草原の風景」が「僕の頭のある部分を執拗に蹴りつづけている」という事態、「起きろ、起きて理解しろ、どうして俺がまだここにいるのかというその理由を」（上・一二頁）という持続的な問いは、小説の末尾においても繰りかえされる。「いったいここはどこなんだ？」と。

三人の生者と三人の死者に仮託された〈語り〉は、時代性と愛の不可能を繋ぎ、「草原の風景」の中にある深い井戸のように、若き日の「僕」がはまり込んだ陥穽、著しい誤謬を深く掘り下げることになる。「次」に進むための営為は持続される。

＊本文の引用は講談社文庫（二〇〇四年九月）によった。引用箇所は上下巻ページ数を記載している。

[注1]　『村上春樹にご用心』（アルテスパブリッシング　二〇〇七年九月）で内田樹が直接言及しているのは、蓮實重彦、松浦寿輝、川村湊など。他には柄谷行人『終焉をめぐって』（講談社学術文庫　一九九五年六月）所収の「村上春樹の『風景』」や、島田雅彦の言説がその代表か。

[注2]　内田樹の二冊目の春樹本『もういちど村上春樹にご用心』（アルテスパブリッシング　二〇一〇年一一月）では、「（引用者注／批評家の「集団的憎悪」について）この点については訂正させていただきます。蓮實重彦以下ごく少数のケルンが執拗に村上評価を拒否しているらしい。そうか、彼らは孤立無援の少数

派だったのか。（略）こうなったら蓮實重彦さんたちにはぜひがんばって孤塁を死守していただきたいと思う」とある。これはポストモダン的言説の変動が軽妙に語られている例だと言える。

［注3］　もちろん、『螢』は『ノルウェイの森』の原型であるが、最大の違いは固有名詞の扱いである。

［注4］　例えば、緑の父がつぶやく「切符・緑・頼む・上野駅」（下・九四頁）は、当然のことレイコさんを「上野駅まで送った」あとの緑への電話に繋がっている。「切符」とは、「緑」を「頼む」ために、「僕」の行き先が書かれた確かなものでなければならない。

［注5］　ただし、手記という前提が実体化、方法論として特権化されると「『緑』への手記」（山根由美恵「村上春樹〈物語〉の認識システム」若草書房　二〇〇七年六月）という誤謬に繋がる。「緑への手記」という実体的なナラトロジーと、〈読み〉は峻別しなければならないと筆者は考える。

［注6］　田中実「『金閣寺』の〈語り手を超えるもの〉――〈作家〉へ――」（「芸術至上主義文芸」一九九八年一一月）

［注7］　遠藤伸治「村上春樹『ノルウェイの森』論」（「近代文学試論」一九九一年一二月）

［注8］　行定勲監督は文庫解説（小学館文庫、二〇〇六年八月）において「未来の見えない闇の前に佇んで前に進めない少年の物語」と正確に解析し、「僅か数頁に描かれたその後の朔太郎」を元に「過去と対峙する主人公の混乱」を映画（二〇〇四年五月公開）のために再構成したという。行定は、原作にある死の匂いを嗅ぎ取り「ぼく」を救おうとした。方法は一つしかない。死んだ女の宿命を負う女を、男は愛の成就の相手とするしかなく、悩み苦しむのはむしろその新しい女である。中年の「ぼく」は原作と違い、アボリジニの地で新しい女と共に愛した女の供養を果たす。

［注9］　加藤弘一「異象の森を歩く――村上春樹論」（「群像」一九八九年一一月）

［注10］　トラン・アン・ユン監督の映画（二〇一〇年一二月公開）では回想体という〈語り〉の形式自体がはぎ取られ、「自己弁護」のない「僕」がむき出しになり、直子を追い込むことが活写される。拙稿「並走者のいない生者／死者――映画『ノルウェイの森』」（「千年紀文学」二〇一一年一月）参照。

［注11］　村上春樹自身が原作を「リアリズム」と呼んでいるが、それを字義通り捉えるならば、「愛と死」を描いたに過ぎないという批評（前掲・柄谷行人『終焉をめぐって』）もあり得よう。映画パンフレットで内田樹は、いつもの「壁抜け」するような「非リアリズム的要素」と別系列である原作のことを、以下のように述べている。曰く「村上春樹の『非リアリズム作品』は『地下二階に降りてしまった人々（『僕』や岡田亨やカフカ少年や青豆たち）』についての話であるが、『ノルウェイの森』は作者自身が地下二階にはじめて下りたときの経験を語った物語」だと。これは通常の意味での「リアリズム」ではない。「非リアリズム」的要素はお話の上では表面化しないが、パラレル・

ワールドを抱え込んでおり、他の作品と地下茎で繋がっていることを想起させる。

［注12］　語っている「わたし」と語られている「わたし」の相関関係を読む教材としては、小川洋子『バックストローク』（『まぶた』所収　新潮社　二〇〇一年三月）が挙げられる。「性」ではなく母からの自立の問題を扱っている。

［注13］　『四月～』の二人はパラレル・ワールドという「非リアリズム」を極限まで拡げた『1Q84』の天吾と青豆の原型であったという。「昔別れたきり、お互いを強く求めあっている」「この話のいったいどこが、これほどみんなを刺激するんだろう、この短い話をすごく大きく膨らませたら、いったいどんな物語になるんだろう」（前掲「考える人」インタビュー）

［注14］　川村湊「〈ノルウェイの森〉で目覚めて」（「群像」一九八七年一一月）、竹田青嗣「〝恋愛小説〟の空間」（「群像」一九八八年八月）、三枝和子「『ノルウェイの森』と『たけくらべ』」（「ユリイカ」一九九〇年九月）など同時代評は、この帯の文言に翻弄されている。

［注15］　柴田勝二「批評　生の再構築（1）生き直される時間――『ノルウェイの森』の〈転生〉」（「敍説Ⅱ」二〇〇二年一月）は典型的な外部のコードの導入である。三島由紀夫『豊饒の海』のパロディだという恣意的な規定から、「緑が直子の転生者であることは、二人が作品の空間で決して顔を合わして言葉を交わさない描き方にも滲出している」「緑が〈二股〉をかけているともいえる『僕』の態度を容認することができるのは、結局直子と自分が〈同一〉の人間であるからにほかならない」などというほとんど理解不能な解釈が述べられる。どう読んでも構わない、ナンデモアリの典型である。

［注16］　千田洋幸「『文学』とデータベース――『新世紀エヴァンゲリオン』『ほしのこえ』から『ノルウェイの森』へ」（宇佐美毅・千田洋幸編『村上春樹と一九八〇年代』おうふう　二〇〇八年一一月）は『ノルウェイの森』と、『エヴァ』など後続のアニメとの類似性から、現代文学は「ポップカルチャーの引用の対象としての物語資源」「サンプリングの対象としてのデータベース」であり、マンガ、ゲーム、ライトノベルなどのジャンルと「交渉」し、「みずからの立場を確保」していると規定される。嬉々としてアニメとの類似を語る語り口からは、その自らの言説も消費されていくという観点が欠落しており、批評性が脱色された「八〇年代」的な戯れの中で停止している。

［注17］　石原千秋『謎とき　村上春樹』（光文社新書　二〇〇七年一二月）も外部的なコードを導入した恣意的な読みの典型である。デリダの「誤配」というコードは、作品とは何の関係もないが、前景化され「ワタナベトオルがキズキから譲られた（つまり「誤配」された）直子をキズキのもとに届ける小説」となる。このような恣意性は、特定の解釈コードで〈読み〉の精緻さを切り捨ててしまう。

村上春樹「沈黙」論――「深み」の共有へ――

馬場重行

一、例外的な作品

「沈黙」は、数多い村上春樹作品の中でも例外的な位置を占めている。春樹自身、「「沈黙」は僕にしては珍しく、とてもストレートな筋の話です。ほかの短編とはずいぶん毛色が違いますよね」と述べ[注1]、「「沈黙」というのは、僕にとってはかなり例外的な短編作品です。僕がいつも書く小説とは書き方も雰囲気もずいぶん異なっています。僕がこの作品を書いたのは、僕自身、自分の気持ちをなだめ、癒すためでした。僕もこの時期に主人公と同じようなずいぶんつらい思いをしました。状況はぜんぜん違いますが、誤解を受け、非難され、深く傷つきました。でも僕は言い訳をしたり、愚痴を言ったりしたくはありませんでした。そんなことをしても意味はないし、ただ自分をおとしめるだけだと思ったから。だからそのかわりに、沈黙をまもったままこの短編小説を書きました。そういう意味では、これはとても個人的な、そしていわば実効的な小説だったのです」とも述べている[注2]。同じようなことは、この作品の改稿版を収録した『はじめての文学・村上春樹』(文藝春秋、二〇〇六・一二)の解説「かえるくんのいる場所」で次のように繰り返されている。

この短編小説は僕の作品系列の中では、かなり特殊な色合いのものだろうと自分では思っている。とにかくストレートな話だ。僕自身は小説家として、正直に言って、このようなストレートな話はあまり好みではない。これを書いたのは、この話の語り手が体験したのと同じような心的状況を、僕自身一度ならず経験したからである。僕としては、自分がそのときに感じた心情を少しでもリアルに、物語というかたちに換えてみたかったのだ。だからもともとはとても個人的な意味合いを持った作品であったわけだ。僕としては作品集の中に「こっそりと忍び込ませた」という感じの作品だった。しかしこの短編小説は僕の予想を超えて、多くの人に切実に読まれているようだ。そういう声をよく聞く。同じような立場に置かれたことのある（そして今も置かれている）人々の心の支えに少しでもなってくれたら、僕としてはとても嬉しい。

登場人物と自身との関係について「僕には双子の兄弟がいる」「彼はある意味では僕のオルタナティブ」と述べる村上春樹は[注3]、いわゆる私小説をまったくと言ってよいほど書かない。彼の多くの作品の主人公は、基本的に〈ありえたかも知れないもう一人の自分〉として描かれる。素材として事実を用いることはあっても、それをそのまま作品化しないのが春樹文学の特質であろう。「沈黙」も、むろん私小説ではない。だが、自らの経験を下敷きに、そのときの心情をそのまま描くことを意図して書かれたというこの作品は、登場人物と書き手の距離が極めて近接した「かなり例外的な短編作品」と言ってよいだろう。ここには、異次元も不可思議な出来事も現れず、恋愛も「かえるくん」的なものも登場しない。読めば分かる「ストレートな話」である。

春樹が言う「主人公と同じようなずいぶんつらい思い」とは何か。ポストモダン系の批評家たちからの、殆ど罵倒に近いような徹底した批判といったことがそこには関係しているのかも知れないし、あるいは、後述するようなもっと個人的な出来事が背後にあるのかも知れない。事の真相は不明である。まずは、作家自らが、自分の経験を元にした「実効的な小説」とし、「例外的な短編作品」と位置づけたことを重視したうえで、作品内容に焦点を絞って読み進めてみよう。

春樹初の作品集成として刊行された『村上春樹全作品1979–1989⑤』（講談社、一九九一・一）に書き下ろしとして発表された「沈黙」は、その後、短編集『レキシントンの幽霊』（文藝春秋、一九九六・一一）に収められ、「大幅に手を入れた」（「かえるくんのいる場所」）形で『はじめての文学・村上春樹』（文藝春秋、二〇〇六・一二）に収録された。この間、『沈黙』（全国学校図書館協議会、一九九三・一）という、いわゆる〈朝の読書会〉向けの作品として刊行されてもいる。中学生の時の暴力事件が高校生のときに蒸し返され、そこからの苦悩を語る「ストレートな話」は、なるほど中学生や高校生が読むのに適した短編作品だと言えよう。「沈黙」に語られた内容は素直で分かりやすく、お話自体はシンプルでメッセージを受け取りやすい。最も大切な〈教え〉は、末尾に明瞭に語られている。

「僕が本当に怖いと思うのは、青木のような人間の言いぶんを無批判に受け入れて、うのみにする連中です。自分では何も生み出さず、何も理解していないくせに、口当りの良い、受け入れやすい他人の意見に踊らされて集団で行動する連中です。彼らは自分が何かまちがったことをしているんじゃないかなんて、これっぽちも考えたりはしないんです。彼らは自分が誰かを無意味に、決定的に傷つけているかもしれないなんていうことに思い当たりもしないような連中です。自分たちのとった行動がどんな結果をもたらそうと、何ひとつ責任はとりません。風向きのままに動くだけです。僕が本当におそれるのはそういう連中です。そして僕が真夜中に夢をみるのもそういう連中の姿なんです。夢の中には沈黙しかありません。そして夢の中に出てくる人々は顔というものを持たないんです。沈黙が冷たい水みたいになにもかもにどんどんしみこんでいきます。そして沈黙の中でなにもかもがどろどろに溶けていくんです。そしてそんな中で僕が溶けていきながらどれだけ叫んでも、誰の耳にも届きません」

「大沢さん」が語るこの「顔というものを持たない」「連中」、いわば〈顔ナシ〉こそが真の恐怖を生み人を地獄へと落とし込むという教訓は、極めて率直に読者の胸に届くだろう。特に、他人との差異に対して常に気を配り、「浮くこと」「目立つこと」「場を読めないこと」に異常なまでに神経質にならざるを得ない若者たちにとって、〈顔ナシ〉は身近にあるリアルな存在感に満ちたものとして受け止められると思われる。「青木のような人間」への嫌悪、あるいは、自らがそうしたふるまいをしていないかどうかの自己確認をなすこと。「大沢さん」のような立場に立たずにすむ方法の模索。または、「大沢さん」のように地獄から脱出すること。読み手は、さまざまなメッセージをここから受け取るだろう。「沈黙」の教材価値は、物語内容に即して多様に発掘できる。

だがこの〈教え〉は、いかにも唐突に作品末尾に挿入されており、物語の表層を辿る限り、中心にあるとは思えない。「大沢さん」の孤独で壮絶な闘いこそが、「沈黙」の中軸に置かれている大事な物語と読むのが一般的であろう。そのことを視野に入れたうえで、では、この小説の教材価値をどこに求めるか。作中のキーワードを用いれば、「深み」へと読者を誘う点にそれは宿っていると考えたい。「とても個人的な意味合いを持った作品」が「多くの人に切実に読まれている」という状況を作り出すためには、共感の幅広さを生むに足る奥行きが〈文脈〉の中に内蔵されているはずである。これをいかに掘り起こすかが求められる。

二、「僕」による再話

述べた通りこの作品には、『はじめての文学・村上春樹』に収録された改稿版がある。大筋に差はないが、細部の改稿に重要な点があると考え、本文の引用は改稿版によることを原則とする。

この作品の語り手は、話し手「大沢さん」と聞き役「僕」を配置し、「僕」に「大沢さん」の語った内容の一部を要約させ、折々に情景描写を加えながら全体を構成している。物語は、「大沢さん」の話を聞き終えた「僕」によって再話された形をとっているという基本構図をまずは押さえておく。

さてお話は、「大沢さん」と「何度か一緒に仕事をしてきた」という「僕」が、新潟への出張の時、雪の影響で出発が遅れた「飛行機待ちの暇つぶし」に「とりとめもない世間話」をし、「大沢さん」がボクシングを二十年近くも続けていると聞いて、「深い意味」もなく「これまでに喧嘩をして誰かを殴ったことはありますか」と質問することがきっかけとなって展開される。

敬体表現で交わされる「僕」と「大沢さん」の会話からは、この二人の交際がある一定の距離を保った、文字通りの仕事仲間であろうことが推測される。「大沢さん」は、自らの心の奥深いところに今なお宿る地獄の苦しみを、必ずしも濃密な友情関係にあるとは言えない「僕」に向かって、仕事の途中の「暇つぶし」の時間に語っていくことになる。「大沢さん」の物語る世界を聞き終えた「僕」が、このお話を再話として語り直すにあたって強調していることは、親密な人間関係を持った人に、ある場を設定したうえで、秘めた胸の苦悩を決心をもって告白するといった重たい状況ではないところで想像を超えるような深い問題に遭遇した点にある。

「言うなれば人が好感を抱かざるをえない人間」と見えるほどに温厚で「攻撃的というには程遠い」と「僕」には思われた「大沢さん」が、三十一歳の今現在までずっとボクシングを続けていることの意外性が、「僕」

に先のような質問を何気なくさせてしまう。このときの「僕」は、人を外見で判断し、見た目の印象とのギャップに「ほんのちょっとした好奇心」を刺激され、深く考えないままそれを口にし、ボクシングというスポーツをする人は「攻撃的」という、ステレオタイプの捉え方をする人物であった。「僕には彼がそもそもボクシングというスポーツを選んだ動機がよくわからなかった」と改稿版で加筆されるのは、このときの「僕」のあり様を強調するためであろう。

尋ねられた「大沢さん」は、「何かぎらっとした光」、改稿版では「不穏な光」とより明確に描かれる「目つき」を見せる。「大沢さん」の秘めた内面に巣くう地獄の苦しみに、「僕」の質問が触れてしまったためである。凡庸で、ある種鈍感な質問をする「僕」に対して「大沢さん」は、いつ〈顔ナシ〉に転ずるか分からない「人でごったがえして」いる空港という場にあって、出張途中の仕事仲間との会話という日常空間に囲まれるなかで「暇つぶし」として地獄のような世界を語り出す。先述したように、重たい状況下ではないところで展開される点に、「大沢さん」の心の傷の深さがかえって露わになっているように思う。「自分が誰かを無意味に、決定的に傷つけているかもしれないなんていうことに思い当たりもしないような連中」にいまも怯え続ける「大沢さん」は、「僕」の何気ない質問の奥底にそうした「連中」に通い合うある種の危うさを感知したのかも知れない。「暇つぶし」に発せられる何でもないような〈ことば〉は、時として人を「決定的に傷つけて」しまう危険を宿す場合がある。「大沢さん」が迷ったあげくに結局物語るのは、「僕」を〈顔ナシ〉の仲間にさせたくないという思いからではないのか。

聞き役に回ることになった「僕」が、話を聞き終えてから、何を自分がなしてしまったかに深く直面したことは想像に難くない。「大沢さん」の思いに正対し受け止めたからこそ、「僕」はこの話を語っていくことになる。「僕」が再話しなくてはならない所以である。

ここで贅言を弄しておく。「大沢さん」の語る「青木」の話は、全てが「大沢さん」の一人称の独白によって語られており、その真相を客観的に検証する術を読み手は持たない。極論を言えば、全てが「大沢さん」の勝手な思い込みの結果なのかも知れないという読み方も成立しそうである。「青木」の側からの釈明を持たない叙述は、「大沢さん」の語る内容を相対化できないまま一方的に受け入れることを読み手に強いる、という理解のあり方を生む余地があるように見えるということである。「さん」付けで語られる「大沢さん」と、地の文でも呼び捨てにされる「青木」とでは、受け取る側のイメージに差が生じるのも自然である。

だが、そのようにして「大沢さん」の語る内容に疑義を呈することが、果たしてこの作品の価値をどのように拓くかについて考えてみることが必要だろう。仮にこれが、「大沢さん」の一方的な思い込みによって作られたお話ということになれば、「大沢さん」は自閉した観念の中に止まって他人を糾弾するだけの人物となり、彼が言う〈顔ナシ〉もまた、そうした自閉した思い込みが生んだ幻想に過ぎないことになる。いや、もっと踏み込んで言えば、「大沢さん」自身が、〈顔ナシ〉と同じ無責任な人間ということにさえなろう。勝手に被害者になり、事件を捏造し、それに怯えているのだから。聞き手としての「僕」もまた、「大沢さん」の話を鵜呑みにして聞いているだけとなり、凡庸な聴き手のままに終わっていくしかない。この話を「僕」が再話する必然性はどこにもないことになる。こうした読み方からは、ただの勝手な思い込みが生む妄想譚という位置に作品は止まり、「深み」のある教材価値は生まれず、「例外的」というのも、失敗作としての意味以上のことは言えなくなってしまう。この小説は、どこまでも「大沢さん」の側に立ってその「深み」を共有しようとして読まれるべき作品だと考える。

実は当初、私自身が先述したような読み方でこの作品を捉えていた。お話の全てを「大沢さん」の独り善がりとする、一見もっともらしいと思われた先の理屈だが、そのような読み方ではこの作品の〈文脈〉が寸断され、価値を失わせるだけである。そう気がつくまでに随分時間がかかった。〈文脈〉を読むことの難しさと自身の能力のなさを改めて知った思いがあるので、ここに贅言として記しておく。

三、「青木」との闘い

「中学校の二年のとき」に殴った「青木」という人物について、「大沢さん」は実に細かく描写する。「一目見たときから」「いやでいやでしかたなかった」という「青木」は、「あらゆる意味で対照的な立場」にあった分、「大沢さん」にとって普通の人以上にその細かい側面までが目に入ってしまったのだろう。「クラスのスターであり、オピニオン・リーダーでした」と改稿版で加筆される「青木」は、「たいていは一番の成績を取って」おり「家柄も良く、スポーツも得意」、「なかなか人気のある生徒」で「教師にも可愛がられていました」とされる。常識・良識的には何ら問題のない優等生が「青木」であろう。そうしたあり方は高校生になっても変わらず、彼は「人生のコツのようなものをうまくつかんで」生きていた。級友や教師といった周囲の人々からの人望を得ていた「青木」の浅薄さに気づいていたのは「大沢さん」ただ一人であった。「実というものがないんです」と加筆されたように、「大沢さん」の目に「青木」は、「自分っていうものがない」底の浅い人間と映っていた。それは、「大沢さん」がボクシングに魅了された理由と同位相にある感性が捉えさせた人物像であろう。「大沢さん」は、ボクシングを「基本的に寡黙なスポーツ」で「きわめて個人的なスポーツ」であると認め惹かれていく。「僕がボクシングを気に入った理由のひとつは、そこに深みがあるからです。その深みが僕を捉えたんだと思います」と「大沢さん」は自己分析している。「僕は暗闇を相手に戦っているんです。孤独です。でも悲しくないんです」と言う「大沢さん」にとって、ボクシングは自分自身と向き合うかけがえのない世界に連れ出してくれるものであった（因みに、村上春樹もまた小説を書くことは「暗い場所に、深い場所に下降」することだと述べていた（前掲『夢を見るために毎朝僕は目覚めるのです』）。彼がマラソンという「寡黙」で「個人的なスポーツ」に深く傾倒するのも、そこにある「深み」に親和感を抱いているからではないか。「大沢さん」の感性は生身の作家を彷彿とさせる）。

「大沢さん」の語る鍵語としての「深み」とは何か。ここにこの作品のポイントもある。この語の意味を「大沢さん」は具体的に説明していないが、読み手にはその内容が伝わるように作品は語られている。常識や良識から見ると優等生に見える「青木」のようなタイプの人間の、底の浅い実像を見抜く眼力。「深み」とは、例えばそうした類の洞察力に通じるものの捉え方であり、対象の足元に広がる世界を透視し、その特性を冷静なまなざしで認識する力である。これを共有するところに、この作品を読む意義がある。

「いろんなものを自分ひとりの中に収めていた」という「大沢さん」は、「僕自身の世界というものを持っていました」と語る。この固有の「世界」を保持する感性は、彼がボクシングから得た最大の収穫であり、その鋭い感受性はまた、彼を地獄の世界へと誘う要因を生むことになる。「青木」の上澄みに惑わされることなく自らの審判に従うといった、他人と異なる度量衡を持つ「大沢さん」を排除し、地獄へと陥れるのが〈顔ナシ〉である。〈顔ナシ〉は、常識的で良識的な微温的空間の中に巣くっている。

中学のときの事件が再燃するのは、高校三年の時である。「松本」という級友の自殺の原因に「大沢さん」が関与しているとの噂がクラスに広がり、「大沢さん」はボクシングで味わう「孤独」とはまったく異なる、「神経を切り裂く辛く悲しい孤独」へと追い落とされていく。噂を流したのは「青木」であると気づいた「大沢さん」は、その執拗な復讐に負けそうになるが、偶然電車で一緒になり、その目の「微かな震え」を認め、彼と同じリングで戦うことの無意味さに改めて気がつく。「大沢さん」は、「青木」の遙か高みに立つことで噂によって追い込まれていた「辛く悲しい孤独」の世界を脱することになる。

「青木」に対する「静かな感情」にもまた「深み」が関与している。

ある種の人間の心には深みというものが決定的に欠けているのです。僕は自分に深みがあると言っているわけじゃありません。僕が言いたいのは、その深みというものの存在を理解する能力があるかないかということです。でも彼らにはそんなものはありません。深みもなければ、深みを知る心もありません。それは空しい平板な人生です。どれだけ他人の目を引こうと、表面で勝ち誇ろうと、そこには重要なものは内もありません。何の意味もないのです。

ボクシングを通じて「深みというものの存在を理解する能力」を身につけた「大沢さん」には、表層的な勝ち負けに一喜一憂することしかできない「青木」の浅薄さは、もはやまともに相手する価値すらないものとして映っている。クラスの中で孤立し、〈沈黙〉を強いられるという過酷な体験が、「大沢さん」の「深み」を増し、その精神力を高めていたのだ。「大沢さん」は「青木」との闘いにただ勝利したのではなく、相手にさえしない境地へ立っていたのである。それは「大沢さん」が、世間的な常識や良識が生み出す微温的な価値観と断絶し、自らに固有の世界を作り出したことを意味してもいよう。作品の重要な物語内容は、この「青木」との闘いに置かれている。

「青木」像造形の背後には、かつて、「無茶苦茶ポップなネクタイをしめてるから」として「銀メダル」を「個人的に表彰」した[注4]ほど仲の良かった編集者が、「ある日」「突然手のひらを返したように、僕に関するすべてを圧倒的なまでに口汚く罵倒し始めた」うえに生原稿を古書店に売却までしていたとう、古い友人安原顥による、理解を超えた裏切り行為といった出来事が控えているのかも知れない。「言いたいことがたくさんあってもこらえることにした。そのかわり口を閉ざし、歯を食いしばり、小説を一生懸命書いた」とされる安原との間に生じた軋みは、「彼を後ろから焚きつけて、騒ぎを他人事のように楽しんでいた人々」への「強い不快感」〔以上、注5〕を伴っており、「沈黙」という作品の生成基盤に深く関与しているものがあると思われる。もちろん、虚構の登場人物と実在した人間との乖離は前提としたうえでだが、執拗なまでに自己を圧迫する者との対峙の姿勢として、「大沢さん」のあり方を強い共感を持って語り、作家自身が、自己の体験をそこに敷衍させているとした想像は可能であろう。そうした意味で冒頭に引いた春樹の言説は、実に率直に胸の内を吐露したものだと言ってよい。

四、〈ことば〉の呪力

「深み」によって自己の世界を確立させた「大沢さん」だが、その彼をして未だに恐怖に怯えさせる存在が〈顔ナシ〉である。かつてクラス内に蠢いていた〈顔ナシ〉には、ボクシングから得た忍耐力と強靭な精神力によって醸成された「深み」の力によって抗しきった「大沢さん」だが、次に現れるかも知れない不特定多数の〈顔ナシ〉には、ただ怖れ戦くばかりである。「青木」との対峙を語る時には、「ボーイング737が上を向いた楔のように雲の中に一直線に突っ込んで、そのまま見えなくなった」と直線的な力強さを外的描写として「僕」に語らせる語り手は、この〈顔ナシ〉を語る場面では、「雲はさっきからぴくりとも動いていなかった。それは蓋のように重く、空にかぶさっていた」と「大沢さん」の心情を反映した描写を挿入し、その存在の重さを情景描写からも窺えるよう仕組んでいるが、物語の全体の流れからすると、この〈顔ナシ〉への恐怖はいかにも唐突との感は否めない。「青木」との戦いのドラマで終わってはあまりにも個人的に過ぎるとの判断が、こうした展開を設定させたのだろうか。語り手が何を仕掛けているのか、考えてみる必要がある。

「大沢さん」が囚われている〈顔ナシ〉への恐怖の凄まじさは、三十一歳になり家族を持ち、仕事をこなす今現在も、夜中に〈顔ナシ〉の夢をしょっちゅう見て飛び起き、女房にしがみついて「恥ずかしいことですが、一時間くらい泣いているときもあります」と語るところに顕著である。敬体で会話する間柄の仕事仲間に、「暇つぶし」の話としてこうした内容を語ることは通常考えにくい。「大沢さん」は、初めから意図してこうした「恥ずかしいこと」までも語ろうとしていた訳ではないはずである。「僕」に向かって長く話を紡いだ結果、ここまで語ってしまったのである。語り手は、そのように物語を展開させている。

「深み」を理解しようとする能力を持つ「大沢さん」は、なぜ〈顔ナシ〉に勝てないのだろうか。異常なまでの怯えになぜ今なお震えているのだろうか。そして、この話を再話する「僕」は、読み手に向かってどのようなメッセージを発信しているのだろうか。

そこで、改めて〈沈黙〉という語に注目してみよう。〈沈黙〉とは、文字通り〈ことば〉を閉ざすことで生じる。これに対して噂とは、無責任な〈ことば〉を垂れ流すことで現象するものである。「自分では何も生み出さず、何も理解していないくせに、口当りの良い、受け入れやすい他人の意見に踊らされて集団で行動する連中」は、〈噂のことば〉を「青木」のような人間に扇動されて意味も分からずにまき散らし、結果として「大沢さん」のような人間を「辛く悲しい孤独」へと追いやっていく。そうした彼らは同時に、〈ことば〉を閉じることで〈沈黙〉の世界を生み出し、再び「大沢さん」的な存在を恐怖へと陥れる。〈顔ナシ〉とは、〈ことば〉を噂の道具に使って人を無自覚に傷つけ、これもまた、深い考えもなく〈ことば〉を閉ざすことで人を恐怖に誘う「連中」だった。〈噂のことば〉は、直接噂の対象とされる当事者には届けられない。〈ことば〉の切片だけが当事者を切り刻み、苦しませるよう流布される。そして〈沈黙〉は、〈ことば〉を閉ざして人を深い闇の中に封じていく。ここに語られる重要な問題とは、〈ことば〉の問題であった。

池田晶子が的確に指摘した通り[注6]〈ことば〉には、「万物を創造する力がある」。〈ことば〉には呪力が宿っているのだ。〈顔ナシ〉とは、自らが用いる〈ことば〉が、時には人を殺す道具ともなり、時にはそれを封じることで人を恐怖のどん底にたたき込む恐ろしい武器ともなるといった、〈ことば〉の呪力に無自覚な者達の別名である。〈ことば〉を自在に操れるという錯覚が、呪力を失念させていく。「大沢さん」が〈顔ナシ〉に勝てず今も怯え続けるのは、〈ことば〉が生み出す呪力の怖さを、「深み」を求めようとする彼の鋭い感性が捉えて離さないからである。「ある日突然、僕の言うことを、あるいはあなたの言うことを、誰一人として信じてくれなくなるかもしれません」という「大沢さん」は、〈ことば〉が届かない世界＝〈沈黙〉の世界の恐怖を身体で理解している。「大沢さん」の話を聞き終えて「ビールが飲みたいような気分」になる「僕」もまた、「大沢さん」が繰り出す〈ことば〉による物語を受け止め、そこに潜む〈ことば〉の呪力を感得し、「大沢さん」の話を聞いた自分が、どのような地平に連れ出されたかを深く体感していよう。〈ことば〉によって語られるとき〈顔ナシ〉は、くっきりとその姿をさらけ出す。

「沈黙」は、人がいかに〈ことば〉に深く傷つけられ苦悩するかを語って、〈ことば〉の「深み」へと読み手を誘っていく力を秘めていた。読者もまた、「青木」的な要素を、その多寡は別として抱え込み、〈顔ナシ〉の一員に気がつかないままに加わることがあり、「大沢さん」的な恐怖に落ち込む可能性を生きている。

そうした〈ことば〉の呪力に目を凝らすためには、ここで「僕」がなしたように物語を語ることしかないのではないのか。物語もまた〈ことば〉を介して生成されるが、語られる〈ことば〉の世界を「深み」でくぐり抜けることによって、人は〈ことば〉によって使われている存在であることに改めて覚醒する。末尾に突然のように繰り出される〈ことば〉をめぐる問題は、「青木」的な邪悪なものとの闘いの向こう側にある、次なる地平を垣間見せる働きをする。そこには、〈ことば〉の「深み」という深淵が口を開けている。〈ことば〉は人を損ない、物語の「深み」において人を慰撫する。この「深み」という概念は、「物語の深層領域」へと至ることが「深層批評」を生み、そうした読書行為によってのみ、人の生の輝きに文学が寄与することを説く田中実の学説[注7]と通底する。「深み」（「深層領域」）は、物語の表層を辿るだけでは発掘できない。〈文脈〉を掘り起こし、語られる出来事を相対化し続ける〈本文《ほんもん》〉との対峙が要請される。「沈黙」は、そうした〈文脈〉を内在させた作品である[注8]。

ふつう寓話的な形で問題の「深み」を語ることの多い村上春樹が、ここでは直裁に問題の所在を語ってみせた。正に「例外的な短編作品」と言えよう。

五、「沈黙」の価値

「沈黙」は、作家が自らの体験を相対化し、「深み」という力によって理不尽な暴力的圧迫に抗すべく書かれた作品である。そして、末尾において〈ことば〉の呪力という問題を示唆することによって、改めて物語の可能性を読み手に振り返させることをもくろんで語られている。教材としてこれに向き合うことは、例えば中・高生なら、身近にあるクラス内での〈いじめ〉や〈シカト〉といった物語の素材に引かれながら、〈ことば〉が持つ底知れぬ力の源泉へと拉致されるような体験として意味づけられるだろう。「大沢さん」が紡ぎ出す〈ことば〉によって生成される物語を、聞き手の「僕」が受け止める。読み手は、「僕」の立場に寄り添いながら「大沢さん」の話を受け止める。そして、お話を読み終えた後、物語の末尾から折り返して、語り手が表出させる〈ことば〉の世界を再度辿ることになる。この語り―語られる関係が「沈黙」にとっては必須の形として要請されている。読み手は、〈ことば〉の呪力を喪失した化け物である〈顔ナシ〉に出会うことで、己の足元を見つめ直す契機を手にする。物語を通じて〈ことば〉の「深み」への道程を辿りこれを共有すること。「沈黙」の〈読み〉はそうした経験を可能にする。

テロが世界レベルで悪化の一途を辿り、日本もいつなんどき紛争の当事者になるかも分からないといった

〈ことば〉が横溢し、社会全体が流動化する中、〈ことば〉の力が等閑に付され、「勝ちか負けか」「敵か味方か」といった単純な二分法によって対象の裁断を早急に求めようとしてしまいがちの現在、春樹の「沈黙」は、新たに読み直されるべき価値を発揮させ続けている作品だと言ってよい。自己の立ち位置を測定するまなざしを複眼のものとすべく鍛え直し、「深み」を見つめ〈ことば〉の呪力を深く理解するための努力を払うことは、益々重要なものとなっている。そうした営みは、文学作品を読む〈教室〉において特に強く要請されているだろう。小説の〈読み〉は、われわれの世界にとって欠くことのできない大切な役割を担っている。春樹の創り出す世界は、その恰好の教材なのである。

【注1】 村上春樹『「ひとつ、村上さんでやってみるか」と世間の人々が村上春樹にとりあえずぶっつける４９０の質問に果たして村上さんはちゃんと答えられるのか？』（朝日新聞社、二〇〇六・一一）の「質問２２８」の回答。

【注2】 同右「４８９」の回答

【注3】 村上春樹『夢を見るために毎朝僕は目覚めるのです』（文藝春秋、二〇一〇・九）

【注4】 村上春樹『ＴＨＥ　ＳＣＲＡＰ　懐かしの一九八〇年代』（文藝春秋、一九八七・二）

【注5】 村上春樹「ある編集者の生と死――安原顯氏のこと」（「文藝春秋」二〇〇六・四）

【注6】 池田晶子「言葉の力」（『伝え合う言葉　中学国語3年』教育出版、〇六年度版）

【注7】 田中実「「すきとおったほんたうのたべもの」を「あなた」へ――宮沢賢治「どんぐりと山猫」の深層批評――」（「日本文学」二〇一〇・二）他参照。

【注8】 木村功は「村上春樹「沈黙」論――学校《システム》と個人をめぐる「小説の現在」――」（日本近代文学会関西支部編『村上春樹と小説の現在』二〇一一・三）において「背後に学校化社会の問題を浮かび上がらせた短編」と捉えるが、それは物語の表層に過ぎない。過去の学校での出来事を素材に、小説は〈ことば〉の「深み」へと向かっている。

『七番目の男』その暗闇の深さを読む

角谷有一

一、はじめに

村上春樹は、二〇〇三年三月に刊行された『村上春樹全作品1990―2000③ 短編集Ⅱ』の「解題」の中で、『七番目の男』について次のように書いている。

僕は最初とにかく怖い話を書いてみたかったのだと思う。風の強い夜に、人々が集まっている。彼らは奇妙な話、不思議な話、恐い話を持ち寄っているらしい。七番目の男が立ち上がって、ゆっくりと自分の話を始める。不気味な予感の漂う話だ。僕らは黙ってその物語に耳を傾ける――そういう話をそもそもは書きたかったのだ。でもいったん彼が語り始めると、最初僕が予定していた怪談的な「怖さ」は、どんどん違う方向にそれていって、べつのものにかたちを変えていった。本当に怖いものはいったい何なのか？ 本当の怪異とはいったい何なのか？ 結局のところ僕がこの短編の中で描いたのは、人間の意識の中に存在する暗闇の深さなのだという気がする。

村上が、「最初とにかく怖い話を書いてみたかった」という思いで書き始めたこの作品は、「文藝春秋」一九九六年二月号に掲載された。その前年、九五年の三月に、村上春樹は四年半のアメリカ生活を切り上げて日本に帰国している。その二カ月前には、自身十代までの大半を過ごした芦屋・神戸を中心とした地域で阪神大震災が起き、帰国後間をおくことなく、東京で地下鉄サリン事件が起きている。そして、後に『アンダーグラウンド』というタイトルで刊行されることになる、村上自身による地下鉄サリン事件の被害者へのインタビューが始められた時期と、この『七番目の男』の執筆時期はほぼ重なっているのである。そのような時期に書かれた『七番目の男』には、当時の村上を捉えていた「人間の意識の中に存在する暗闇の深さ」が小説という形をとって現れているのではないか。

『アンダーグラウンド』[注1]の長い「あとがき」として書かれた「目じるしのない悪夢」の中で、地下鉄サリン事件に対してマスメディアの依って立つ原理が、「正義と悪、正気と狂気、健常と奇形の、明白な対立」であり、地下鉄サリン事件そのものも、『要するに、狂気の集団が引き起こした、例外的で無意味な犯罪じゃないか』という「手垢にまみれた言葉」によって事件が片付けられつつある状況に対して、「この不幸な事件から真に何かを学びとろうとするなら、そこで起こったことをもう一度別の角度から、別のやり方で、しっかりと洗い直さなくてはいけない」と述べて、そのために「私たちが今必要としているのは、恐らく新しい方向からやって来た言葉であり、それらの言葉で語られる全く新しい物語（物語を浄化するための別の物語）である」と書いている。また、「九〇年二月、オウム真理教が衆議院議員選挙に大挙して立候補した時、その選挙のキャンペーンを見て、「思わず目をそらせてしまった」という個人的な経験を取り上げて、次のように書く。「私がそこでまず感じたのは、名状しがたい嫌悪感であり、理解を超えた不気味さであった。でも、その嫌悪感がどこから来ているのか、なぜそれが自分にとって『もっとも見たくないものの一つなのか』ということについて、その時深くは考えなかった」と。しかし、この事件が起きてしまってから、あらためてふり返って、「目をそらしてしまった」理由を次のような仮説として説明している。

オウム真理教という「ものごと」が実は、私にとってまったくの他人事ではなかったからではないか、ということだ。その「ものごと」は、私たちが予想もしなかったスタイルをとって、私たち自身の歪められた像を身にまとうことによって、私たちの喉元に鋭く可能性のナイフを突きつけていたのではないか？（中略）私たちが何かを頭から生理的に毛嫌いし、激しい嫌悪感を抱くとき、それは実は自らのイメージの負の投影であるという場合が少なくない。

ここで、村上が言っているのは、オウム真理教徒による地下鉄サリン事件は、自分たちとは関わりのない「あちら側」の出来事ではないということだ。「『こちら側』＝一般市民の論理とシステムと、『あちら側』＝オウム真理教の論理とシステムとは、一種の合わせ鏡的な像を共有してい」て、そこに映し出されているのは、「自分自身の内なる影の部分（アンダーグラウンド）ではないか」と指摘しているのである。

これに関連して、大澤真幸は『思想のケミストリー』（紀伊國屋書店　二〇〇五年）の中の「村上春樹『アンダーグラウンド』は何を見ようとしたのか」と題した章で、村上春樹が『アンダーグラウンド』という証言集を通して「オウム的状況」に対してどのように抗していこうとしているかを次のように書いている。

この「オウム的状況」に、われわれはどのように対抗しうるのか。（中略）、サリン事件に即していえば、被害者という塊（「形」の集積）［注2］の中から、一人ひとりを、それぞれ固有の物語を有する、名前と顔を持った人間の姿として浮かび上がらせることこそが、この事件を生み出した「われわれ」の社会の「病理」を克服する本質的な方法だということになろう。事件の関係者の一人ずつの証言を集めた『アンダーグラウンド』は、まさに、そうした方法にこそ基づいているのである。

村上がこのようにサリン事件を捉え直そうと、インタビューの準備をしていたのとほぼ同時期に書かれた『七番目の男』は、小説という形式を用いて、阪神大震災やサリン事件を思わせる「波」という「圧倒的な暴力」を前にして、恐怖のために親友がさらわれるのを止めることができなかった男が抱え込んでしまった心の中の暗闇が氷解するという、「あちら側」＝「他者」の物語を、「部屋の中に丸くなって座った人々」を通して、「こちら側」の問題として読者である私たち一人ひとりに「奇跡的な仕方で声を回復」[注3]する試みなのではないかと思われる。

「その波が私を捉えようとしたのは、私が十歳の年の、九月の午後のことでした」と「七番目の男」によって語り始められるのは、人の生を突然襲う「切断」のドラマである。それは、「生」の向こう側からやって来て、人を「あちら側」へ引きずっていこうとする理不尽で、抵抗できない力に翻弄される一人の男のドラマである。人はいつそのような「波」に襲われるかわからないが、その「波」に襲われ、「私にとってもっとも大事なもの」を奪われた男が、四〇数年という「取り返しのつかない、長い貴重な歳月」の果てに、五十代の半ばになってようやく、それを「もう一度発見し回復」したことを語り、「あちら側」に運び去られたと思ったものを取り戻すドラマである。四〇数年後に取り戻されたことによってあらためて明らかになるのは、それまでとそれ以後を繋ぐ時間の切断であり、そのことによってKだけではなく家族を含めた他者との関係性を奪われた孤立の中で、閉ざされた心の暗闇が捏造した、恨みと憎しみに満ちたKの幻影に苦しめられ続けた四〇数年の「生」

の怖ろしさである。

二、『七番目の男』はこれまでどのように読まれてきたか

この作品がこれまで高等学校の国語教材としてどのように読まれてきたかを整理した論文として、幸田国広の「『七番目の男』（村上春樹）の授業実践史」（『文学の授業づくりハンドブック　授業実践史をふまえて』（浜本純逸監修　渓水社　二〇一〇年）がある。幸田は、まず、『七番目の男』に関するまとまった教材論として永井聖剛の教師用指導書[注4]を取り上げて、「最も早い時期の教材としての読みを示したものであると同時に、指導書という性格から現場への影響力という点でも無視することのできないものであ」り、「後続の論者によって批判的対象として措定され、各論者は永井論との関わりにおいて読みの差異を表現している」とその論の持つ影響力を強調している。

その上で、永井が、「親友を死なせてしまったことに対する自責の念と死に対する恐怖から、過去を捨てると同時に生きる喜びまでも喪失しかかっていた主人公が、過去の記憶を解釈し直すことによって、生きる意志を再び手に入れる物語」だとこの小説のストーリーを捉えて、教材の読みの核心に「記憶の書きかえとして『私』の物語行為を意味づけ」たと整理する。幸田は、そのような永井の論に対して、佐野正俊[注5]が、「『私』の『物語行為』の意味付けよりも、作品全体を統御する『語り』に着目する」ことを強調したことや、小林美鈴[注6]が、「場と聴衆との関係において『私』の『語り』を捉え、『他者性の中にある』ものとして相対化する視座をもって読んでいる」と、その「語り」の構造をとらえて作品を読み直そうとしたことを評価して、「語り」を読むことの重要性を強調している。その上で幸田は、「具体的な仮説を持って語られていないことを読んだときに、どのように作品が姿を変えうるかということこそが『語り』を読むことの重要な意味となるのではな

いか」と、「書かれていないこと、見えないもの」を読もうとする試みこそが文学の授業で必要不可欠な「読むこと」の質だと述べて、この作品の「語り」を読むことによって以下のようなことが明らかになると述べているのである。

> 「円《ママ》く輪になって座った人々」は、かつての「私」と同じように、何かの「恐怖」に囚われた経験を持つ人々であり、主に未だその渦中にいる人々の集団だと想像することは、それほど的外れな解釈ではなかろう。そうだとすれば、最後に登場し、自ら「回復」を遂げたといい、もっともらしい「教訓」を語る「私」とは、非対称の関係性が浮かび上がってくる。そして、未だ「恐怖」に囚われ悪夢にうなされ、生きることに積極的な意味を見いだせない人々にとって、「何より怖いのは、その恐怖に背中を向け、目を閉じてしまうこと」というメッセージはどう響いたのであろうか。
>
> この非対称性からは次のことが明らかとなる。
>
> 未だ「恐怖」に飲み込まれたままでいる人々にとって、「回復」し新しい人生を生き直そうとしている「私」のメッセージは、外部の高みから語られる遠いことばのように響いたのではないだろうか。「私」のメッセージは、彼らの「回復」を促し勇気を与える福音としての働きよりも、暗い闇の中に苦しむ聞き手には抑圧として作用し、ますます深い闇へと追い込んでいく。そうは考えられないだろうか。

ここにあるのは決して〈語り〉の構造を捉えて、〈作品の意志〉[注7]に迫ろうとする読み方ではない。「書かれていないこと、見えないもの」を「具体的な仮説を持って」読もうとするというのは、きわめて恣意的な読み方といわざるを得ない。ここに集まった人々が、「主に未だその渦中にいる人々の集団だと想像することは、それほど的外れな解釈ではなかろう」という、幸田の読みの前提になっている推測には何の根拠もないのだ。ここで、「七番目の男」の話を「息づかいさえ聞こえな」いほど集中して聞いている「人々」の心に、「私のメッセージは、外部の高みから語られている遠い言葉のように響いた」とはどのように読んでも読めないと思われるのだが。

小説の「〈語り〉を読む」とはどういう行為か。それを私は、田中実の次のような近代小説の定義をもとにして、〈語り、語られる〉現象を捉えて、〈語り手の自己表出〉を読み深めていくことだと考えている。

> 近代小説とは極点から折り返し、世界を新たに見せる装置なのです。小説というジャンルは物語と詩から成り、**〈語り手の自己表出〉**に詩が込められています。つまり、物語という素材は詩という**〈語り手の自己表出〉**とともにあるのです。わたしが近代小説の図式を「物語＋語り手の自己表出」としてきたのは、「読むこと」が「還元不可能な複数性」のアナーキーな行為であり、そこから**〈本文〉**と**〈原文〉**との二重性によって起こる現象としているからです。ということは、物語があって〈語り〉があるのでは全くありません。語りが記憶（物語）を想起させて叙述が行われているのです。そのため、全ての小説の言語空間は〈語り、語られる〉現象としてしか生身の読み手の前にはなく、これが生かされる「読み方」が「読むことの背理」と闘う**〈自己倒壊〉**であるとわたくしは捉えています[注8]。

このような「読み方」で、『七番目の男』を読もうとするとき重要なのは、自らの四〇数年前の記憶を想起しながら語る「男」によって物語がどのように語られているかということだけではなく、さらに、この「男」を「七番目の男」と呼び、「彼がその夜に話すことになっていた最後の人物だった」と語る小説全体を統括している〈語り手〉がこの「男」をどう語っているかを読むことである。そして、そのことを視野に入れて読み直したとき、小説世界が読み手の中でどのように変容するかを捉えることがこの小説の読みにとって大きなポイントなのではないかと思われる。

三、プロットを読む

この作品は、「七番目の男」と呼ばれる人物が夜も十時を回ったころに、「丸く輪になって座った人々」の中で最後に話し出すという場面からはじまる。このような構造が、男の語る内容と一体となって小説の世界を作り上げている。小説は次のように始まる。

「その波が私を捉えようとしたのは、私が十歳の年の、九月の午後のことでした」と七番目の男は静かな声で切り出した。

自己紹介もなく「静かな声で切り出」される言葉が、「その波」から始まっていることに人々が違和感もなく耳を傾けていく場を、〈語り手〉は描き出す。そして、これまで話した六人の人物に続いて、最後に「この男」が話し始めることを告げるのである。〈語り手〉は、その「男」が「五十代の半ば」の、「右目のわきに、まるで細いナイフで突き刺したような小さな、しかし深い傷があ」る男だと紹介して、「何かをうまく言い出しかねるときによく人の浮かべる表情」が「ずっと昔からそこにあったように、とてもよく顔に馴染んでいた」と語る。〈語り手〉によってこのように語られる「男」は、長い年月、孤立した状態で、心に深い傷を負ってきた人物だと読者に受けとめられるのである。しかし、読者は、彼について何一つ知ることのないまま、孤立して深い傷を負っているらしい「男」が語る四〇数年前の記憶の中の出来事を聞きはじめるのである。

「私の場合、それは波だったということです。みなさんの場合、それが何になるのか、私にはもちろんわかりません。でも私にとってはそれはたまたま波だったのです。それは何の前触れもなく、私の前にある日突然、大きな波としてその致命的な姿を現したのです。

「男」は、いきなり、「それ」と言い、「それ」を何度も繰り返す。ここでカギ括弧が閉じられることなく、最終段落まで続く「この男」の告白は、ずっと「それ」をめぐり、「それ」としてしか語りえないものを、その場にいる人々に懸命に伝えようとする告白となるのである。しかし、どのように言葉を仕組もうとしても、十歳の年から四〇年以上にわたって「男」の生を脅かし、奪い続けてきたものを、他者と共有できるものとして言葉にすることはできない。そのもどかしさの中で「男」は語り続ける。

プロットは、彼が「丸く輪になって座った人々」を前にして「その波」にまつわる「十歳の年の九月の午後のこと」を丁寧に思い出しながら語るというように展開していく。「私にとってもっとも大事なものを呑み込んで、別の世界に運び去ってしま」った「その波」について語り、そして、その後四〇年以上の「取り返しのつかない、長い貴重な歳月」、親友のKが「その波」に呑まれるのを「見捨ててさっさと一人で逃げてしまった」自分のことを責めつづけるとともに、「その波」の中で、Kが、「顔がそのまま裂けてしまうような大きなにやりとした笑みを浮かべて」、自分を「波の中に引きずりこんでいく」という悪夢に苦しめられてきた後、ようやく「昨年の春」になって、Kが幼い頃に描いた風景画の中にKとともに過ごした頃の自分のまなざしを見いだして、激しい憎悪に満ちた表情をしたKの悪夢から解放されて、「救われて、回復を遂げたこと」を語って「この男」の話は終わる。そこで、人々は、あるいは、読者も、彼の語る物語世界から外へ締め出されて、「男」の語りは完結するはずだった。しかし、小説はここでは終わらない。〈語り手〉は、その「七番目の男」の話を、「一言も口をきか」ず「姿勢を変える」こともなく食い入るように聞く「一座の人々」の姿を描き出した後、「男」の言葉を引用して、幕を閉じるのである。それについては、次節で考察したい。

四、ストーリーに即して「男」の語ることを読む

この男が過去を振り返りながら語り始めたのは、自分が「十歳の年の、九月の午後のこと」、「私の住んでいる地方」に来襲した大きな台風の話である。

まず、台風の来襲してきた日の非日常的な家庭の中の様子を語った後で、台風の目に入って静まりかえった時間に、父親の許しを得て、外に出て、一人で海岸の方へ歩いて行ったと語る。ここまでは、日常の一こまのように淡々と語っていくのだが、「私の姿を見つけて」「私」についてきたKとともに、海岸へ出かけて、海岸の様子を語るところから、この「男」の語り方は、急に変化する。「その波」が今も「男」を脅かし続けているかのように。いつの間にか、「男」によって語られている世界は、記憶の中の現実の風景が巨大な波によって別の世界に運び去られてしまい、それ以後の四〇数年間、「男」が恐怖の中で幾度も反芻することによって、歪められ、変形されて作り出された不気味に捏造された非現実的な世界になっていくのである。「男」の記憶の中の世界は、この時点を境にして大きく切断されているのだ。

やってきた波そのものは決して不穏な種類の波ではありません。そっと砂浜を洗う穏やかな波です。でもそこに秘められた何かひどく不吉なものが、まるで爬虫類の肌触りみたいに、一瞬のうちに私の背筋を凍

らせました。それは故のない恐怖でした。でもそれは本物の恐怖でした。私は直感的に、それが生きていることを悟りました。間違いありません。その波はたしかに生命を持っているのです。波はここにいる私の姿を明確に捉え、今から私をその掌中に収めようとしているのです。ちょうど大きな肉食獣が私に焦点を定めて、その鋭い歯で私を食いちぎることを夢見ながら、草原のどこかで息を潜めているみたいにです。逃げなくては、と私は思いました。

「特殊な種類の、かつて見たこともないような巨大な波」にKがさらわれるという、この直後に起きた出来事によって「私」の記憶は切断されてしまい、この後に起きたことの記憶は歪められて、つじつまの合わないものになったことを「私」の語りの混乱が告げている。この後、Kが波にさらわれてしまうまでのわずかな間のことを語る語り口からは、確信を持って語る言葉が消えていく。「私はずいぶん大きな声を出したつもりだったのですが、」「私の声が耳に入らなかったのかもしれません」「それとも私の声は、自分で思っているほど大きくなかったのかもしれません」と。この「波」が襲ってくる直前、すでに「私」はKのいる世界から切り離された別の世界、現実と同時存在としての「パラレルワールド」に連れ去られてしまっているように語られている。「私」の声はKに届かないし、「ごぼごぼという不思議な音」も、「轟音にも似た、不気味なうなり」も「私一人の耳にしか届かない」のだ。波が襲ってくることを全く知らないKと彼の横にいる犬が存在している世界と、すべてを予覚している「私」が存在している世界が、まるで異空間として同時に存在しているように語られているのである。そして、気がついたときには、「私は防波堤に向かって一人で逃げ出していたの」だ。そこへ「大きな波が、蛇のように高く鎌首をもたげて、海岸に襲いかかって」きて、Kと彼の横にいた犬を呑み込んでしまうのだ。ここで、傍点を施しているのは「私」ではない。「私」を「私」と語る〈語り手〉

である。〈語り手〉は、ここで「男」の語りの混乱とそこから垣間見える心の動揺を読者に示すことで、この事件から四〇数年を経た現在も、この出来事を平静に振り返り語ることのできない、「男」の心の底の深い傷を顕わにしているのである。

この後、二度目の大きな波が襲ってくる。「それは空を圧し、致死的な岩壁のように私の前を塞」ぐのだが、「私はどこにも逃げ」なかったと語る。しかし、その時私が何を感じていたかは、「よく思い出せないのです」としか語られない。最初の波が襲ってくる前に「防波堤に向かって一人で逃げ出していた」「私」と、二度目の波の前で、「魅入られたように防波堤の上に立ちすくみ、それが襲いかかってくるのをじっと眺めてい」る「私」との間には、Kを呑み込んでしまった波の襲来による深い断裂があり、同一の自我を持った人間の連続性はそこで切断されてしまっていることが、「男」の語りからもはっきりと伝わってくる。第二の波は、「波の形をした何か別のもの」に形を変えて「もっとも大事なもの」を喪失した「私」にさらに襲いかかってくるのである。

> 私はすぐ眼前に、手の届くばかりのところに、さっき波に呑まれたばかりの親友の顔を見ることができました。間違いありません。彼は私に向かって笑いかけていたのです。それも普通の笑い方ではありません。Kの口は文字どおり耳まで裂けるくらい、大きくにやりと開かれていました。そして冷たく凍った一対のまなざしが、じっと私に向けられていました。彼はその右手を私の方に差し出していました。まるで私の手を摑んでそちらの世界にひきずりこもうとするかのように。

この波の中で笑いかけて、「私」を「そちらの世界」へ引きずりこもうとしているKの姿が、四〇数年間、

「男」の「生」を、悪夢として苦しめ、脅かし続けてきたものなのだ。

長野に移り住んでからの四〇数年間の生活は、「骨の髄まで染みこんだ」恐怖と、Kが冷たくほほえみながら「私」を水中に引きずり込もうとする「悪夢」に支配され続ける。その「恐怖」や「悪夢」を誰とも共有できないまま、孤独にさらされて生きる「男」の姿がまるで他人事のように感情を交えず、淡々と語られる。そこには、変化も更新も記憶の風化も成熟も見られない。たえず、「死」に浸食され続けて生きる「生」の姿が浮き彫りにされる。時間は、Kが「波」に奪われた日から止まったままで、心の内側は深い闇に支配されているのである。

一週間の昏睡状態から回復した後、「男」をとがめようとしない両親やKの両親の姿を目にしたときのことを、「男」はこう語る。「私にはわかっていました。もしそうしようと思えば、私はKを助けることができたのです」「圧倒的な恐怖に駆られて、Kを見捨ててさっさと一人で逃げてしまったのです」と。ここには、Kが波にさらわれる前に助けようとせずに、一人で逃げてしまった自分を責め続け、自分のことを「罪人」としかとらえられなくなった男がいる。そして、「男」の心の中では、Kは、ずっと自分を憎み恨んで、絶えず死の世界へ引きずり込もうとしているのだ。「男」は、Kから、そして、Kを含むすべての他者から逃げ続けるようにして生きるしかなかったのである。

ここで、大きなドラマが起こる。「夜が果てしなく続き、闇の中の分銅が耐えかねるほどの重さに積まれたころ、ようやく夜明けがやって」くるように。父親が亡くなり、兄が生家を売却したとき物置を整理していて出てきたKの描いた絵が、「男」のところへ送られてくる。「男」がKの風景画の中に見たのは、その絵を描いたKが見ていた世界であるとともに、「Kと二人で肩を並べて、同じような生き生きと曇りのない目で」で「私」が見ていた世界でもあることに気づくのだ。そこに描かれていたのは、「私が長いあいだ意識の中から強固にはじき出してきた、少年時代のやさしい風景」だった。その時初めて「男」は、Kが「波」に呑まれて以来、「罪人としての自分」という、自らが心の中で作り上げた自己像に苦しめられ、そこから生み出されたKの幻影に対して長い間恐怖を感じ続けてきたのだということに思い至るのである。そして、「男」を恨み、憎みながら死んでいったKの気持ちを自分の中で捏造し、そのKに対して罪悪感と恐怖を感じ続け、そこから逃げ続けてきたことに思い至るのである。

「毎日会社から戻ってくると」Kの描いた絵を見続けながら、自分自身の心の奥深くを探っていくことで、「男」が心の中でずっと抱き続けてきたK像が少しずつ、しかし確実に壊れていくのだ「何かが私の中に静かに染み込んでいく」一週間を経た後、「男」は、はっと気づく。「ひょっとして自分は、これまで重大な思い違いをしていたのではあるまいかと」。

この後、「男」が語っているのは、いったん切断されて、自分の中から失われていた、過去から現在へと連続する時間が取り戻されて、少年期からの一貫する自己意識を回復していくドラマである。そのドラマは、あのとき以来戻ることのなかった「あの町」を訪ねることによって完成される。そして、自分の中で、あのとき以来切り離されていた、自分を取り囲む他者との関係を一つ一つ取り戻していく様子が語られるのである。「防波堤の向こうには、以前と変わることなく、誰にも遮られることなく、海が広がってい」る。「近辺の風景も昔どおりで」「同じように砂浜が広がり、同じように波が打ち寄せ、同じように人々が波打ち際を散歩してい」る。そして、「ふと気がついたとき、私の中の深い暗闇は既に消滅して」いたのだと。この後、「四十年という歳月が、私の中で朽ちた家のように崩れ落ち、古い時間と新しい時間がひとつの渦の中に混じりあいました」と、波によって切断されてしまった時間と、それによって失われた「他者」との関係性の中にある「自己」を一挙に取り戻す瞬間が訪れたと語るのである。

こうして、「男」は、「私にとってもっとも大事なもの」をもう一度発見し、回復するまでを語り、次の言葉とともにいったん自分の物語を語り終える。

そうです。もう何も恐れることはないのです。それは去ってしまったのですから。(中略)たとえ遅きに失したとしても、自分が最後にこうして救われ、回復を遂げたということに、私は感謝しております。そうです。救いを受けないまま、恐怖の暗がりの中で悲鳴を発しながらこの人生を終えてしまう可能性だって、じゅうぶんにあったのです。

まるで、自分を納得させ、それまでの心の中の暗闇を断ち切るように、「そうです」という言葉を繰り返して。しかし、〈語り手〉はこれで小説を終わらせないのだ。「男」が語る救済と回復へと至るドラマは、この男にとっての回復と救済のドラマでしかないこと、その外側には読者も含めた誰もが、現在「それ」に身をさらされていることを読者に突きつけるのだ。一座の人々が「誰も一言も口をきか」ず、集中して「七番目の男」の話の続きを待っている様子を描き出した後で、「男」が「言葉を探すようにして」語った次の言葉で「男」の長い語り締めくくらせることによって。

「恐怖はたしかにそこにあります。……それは様々なかたちをとって現れ、ときとして私たちの存在を圧倒します。しかしなにより怖いのは、その恐怖に背中を向け、目を閉じてしまうことです。そうすることによって、私たちは自分の中にあるいちばん重要なものを、何かに譲り渡してしまうことになります。私の場合には――それは波でした」

このように引用された言葉は、冒頭の「私の場合、それは波だったということです」という言葉と呼応して、男が語った「救済と回復」の物語の世界を断ち切るような深い亀裂、「男」の生を波の来襲とともに切断してしまう「それ」の恐ろしさを、あらためて読者の心に思い起こさせることになるのだ。これは、決して、処世術としての教訓を語っているのではない。「恐怖に背中を向け、目を閉じてしまうこと」が、この「男」にもたらした、「それ」としか名付けようのないものの不気味さや恐ろしさを、最後にこの場の聴き手と読者との前に突きつけているのである。

五、作品の構造から「作品の意志」を読み取る読みへ

ある日、予期することもなかった「それ」に襲われることによって、それまでまわりの世界とともに流れていた自分の時間が突然断ち切られ、さらに、自分とともに同じ世界で生きていると思い込んでいた他者との関係性も断ち切られて、孤立した意識の暗闇、「死」という「あちら側」の世界と踵を接している世界に取り残されてしまうことが起こるのだと、「七番目の男」は、彼固有の経験を通して語っているのである。この「男」にとっては、「それはたまたま波だった」が、誰にも「様々なかたちをとって現れ、ときとして私たちの存在を圧倒」する「それ」としか名付けようのないものが襲ってくることの「怖ろしさ」を「男」は語り続けるのである。

また、「あの波頭の先端に横になって、顔がそのまま裂けてしまうような大きなにやりとした笑みを浮かべて私をじっと見て」いるKの憎しみと恨みに満ちた顔が象徴するものが、「あちら側」の世界と「こちら側」の世界の「一種合わせ鏡的な像」として共有されているものであることに気付くまでは、そこからの回復と

救済は、決して訪れないものであることも、「男」は自分の体験から明らかにしている。村上自身の言葉を借りれば、「それはある意味では、われわれが直視することを避け、意識的に、あるいは無意識的に現実というフェイズから排除し続けている、自分自身の内なる影の部分（アンダーグラウンド）[注9]」だったのである。そして、「男」は、その認識を手に入れることによって初めて、そこからの回復が果たされたと語るのである。Kの風景画を見続けることを通して、Kの憎しみと恨みに歪んだ幻影に苦しめられたり、「自分がどこかでおぼれて死んでいくイメージを脳裏から払拭でき」なかったりしたのは、それを「自分自身の内なる影の部分」が捏造していたからだということに気づいていくのである。

つまり、いつ襲ってくるかわからない「それ」の恐怖にしっかりと向き合うためには、恐怖におののく自分自身の心を見続ける勇気をもつ以外にないのだということを、「男」の語りを最後に引用する〈語り手〉は示しているのではないだろうか。

ところで、〈語り手〉が、作品内の語り手である「七番目の男」を登場人物として〈語る〉ことによって、物語としては、「男」が最後に回復と救済に至るドラマとして再構成して語り終えているにもかかわらず、この「男」の意識を超えたところで、現在も、「それ」としか名付けようのないものに深く囚われ続けて、傷を負い続けている「男」の姿が明らかにされるのである。また、同時に、その場の聴き手とともに「男」を語ることによって、「七番目の男」の語る世界の外側にも世界があり、その世界にも、「現在」の時間が流れていることを読者に明示することにもなるのである。この男の前に話をした六人がどのような話をしたかは書かれていない。しかし、「七番目の男」と同じように、他の誰とも交換できない、それぞれの「生」に固有の物語が語られたであろうことは容易に想像される。また、この「男」が話を始める前に「西に向けて吹き抜けてい」た風が、話が終わろうとするときには、「風はすっかりやんだらしく、外には物音ひとつ聞こえなかった」と

〈語り手〉によって語られることで、この人々を包む現在の時間が、そこに集まっている人々に共有されていたことも明らかになる。このことは、今、「男」が語った「それ」が、男の「語り」の外へ、この部屋の中で同じ時間を共有している人々のところへと引き出されるということであり、「別のかたちをとって」「一座の人々」の誰にでも起こりうることとして読者に受け止められるということでもある。

「七番目の男」の語る物語の外側には、「圧倒的な暴力」に日々身をさらしながら、無防備に生きる私たちの姿が、それまでに語った六人や「七番目の男」、それに「一座の人々」と重ね合わされて読者のもとに届けられるのである。そして、その恐怖に直面したときに、私たちの内部から「悪夢」という形をとってどっと吹き出して、私たちを呑み込んでしまう、私たち一人一人の心の奥深いところにひそんでいる暗闇の存在を、そして、その暗闇から目をそむけたときに、「男」を襲ったのと同じような長い恐怖の日々が待ち受けていることを読者に突きつけてくるのだ。

『七番目の男』は、誰にとっても、いつの時代にも、決して他人事ではあり得ない、日常の「生」がさらされている危機と、その危機に直面したときの恐怖を、読む者の心に深く刻みつけるという〈語り〉の構造をもった小説なのである。

【注1】『アンダーグラウンド』（村上春樹　講談社　一九九七年）

【注2】大澤真幸は、「村上春樹『アンダーグラウンド』は何を見ようとしたのか」（『思想のケミストリー』）の中で、映画『ショワー』の証言を引用して次のように書いている。

《収容所で、ナチスは、ユダヤ人が死亡した同胞を「犠牲者」と呼ぶことを固く禁じていた。ユダヤ人の死体はただ「形 Figuren」と呼ばれたのだ。（中略）ユダヤ人を人間としてみることの可能性をあらかじめ排除し、代わりに、彼らを「形」として――映画内の別の表現を借りれば「木片や糞の塊」として――見ること、このことが史上最悪の大量殺戮を可能にしてい

たのだ。》

【注3】　大澤真幸は「村上春樹『アンダーグラウンド』は何を見ようとしたのか」（『思想のケミストリー』）の中で次のように記している。

《われわれは、社会の至るところに、そして、歴史の至るところに、そこに自分自身の分身を見出しうる、それゆえにこそ語りえない、〈他者〉の像を持つのである。われわれは、この〈他者〉の闇に光を当てそこに奇跡的な仕方で声を回復しなければならないだろう。その語りえなかった〈他者〉の場所に、それを隠蔽すべく、人は「形」を投影するからである。》

【注4】　『高等学校現代文改訂版　指導書』（第一学習社、二〇〇〇年）

【注5】　「村上春樹『七番目の男』の教材性をめぐって――文学教育再入門の試み――」（「日本文学」、二〇〇五年八月号）

【注6】　「『七番目の男』――「機能としての語り」を読む」（「月刊国語教育」、二〇〇六年、一二月号）

【注7】　田中実が小説の読み方を問題にするときに使う用語。田中は、「〈原文〉という第三項」（『文学の力×教材の力　理論編』教育出版　二〇〇一年）の中で、この用語について次のように説明している。

《文学作品は読み手に応じてさまざまな〈本文〉を生成していくが、その中では一定のベクトルを持った力学がはたらいていると考えられ、その力学の根源を〈作品の意志〉と呼んでいる。これは読み手の恣意を超えて、働く。読み手は読みを通して自分の価値観・世界観が瓦解されていくが、それは〈作品の意志〉にうながされていると考えたい。》

【注8】　田中実「『読み方の背理』を解く三つの鍵」（「国文学解釈と鑑賞」二〇〇八年七月号）

【注9】　『アンダーグラウンド』の後書き「目じるしのない悪夢」から。

（付記）『七番目の男』からの引用は、『村上春樹全作品1990-2000③短編集Ⅱ』（講談社、二〇〇三年）によりました。

物語ることについての物語
――「レキシントンの幽霊」――

中野和典

一、はじめに

「レキシントンの幽霊」には、ショート・バージョン（「群像」、一九九六年一〇月）とロング・バージョン（『レキシントンの幽霊』文藝春秋、一九九六年一一月）がある。この小説は村上が「短編小説を短くしたり、長くしたりすることに凝っていた」[注1]時期に書かれたものであり、両者の発表時期には大差がないため、どちらが先に書かれたのかは断定しがたい[注2]。ショート・バージョンよりもロング・バージョンの方が細部の描写が充実しており、初版以後に刊行された文庫本と作品集にもロング・バージョンが収録されているが、教材研究に資することを目的とする本論では教科書に収録されているショート・バージョンを主な考察の対象とする[注3]。

「レキシントンの幽霊」において問題になるのは、「僕」がケイシーの屋敷で出会う幽霊たちが一体何者なのかということである。これについては、幽霊を「「ケイシー」の「父親」を含んでいると思われる」一族の霊と見なす佐野正俊論[注4]、「ジャズコレクションへの情熱が「別のかたちをとらずにはいられない」で変容したもの」と見なす田中実論[注5]、ケイシーと父を取り込み「次第に生命力を失」わせる「悪夢」と見なす秋枝美保論[注6]、「「僕」に対する「ケイシー」やその父の愛であり、「僕」が愛する古いジャズの霊たちの愛が「別のかたち」で現れたもの」と見なす馬場重行論[注7]、「ケイシーの一族の過去の栄華の名残」と見なす木股知史論[注8]がある。このように幽霊について多様な解釈が生まれるのは、小説において幽霊の正体が明かされないからである。明かされないにもかかわらず、物語の後半でケイシーが語る「別のかたちをとらずにはいられない」「ある種のものごと」と幽霊を直結することによって、それを「情熱」「悪夢」「愛」等が形を変えて現れたものと見なす田中・秋枝・馬場論のような解釈が生まれ、「ある種のものごと」と幽霊を直結しないことによって、それをケイシーの一族の霊と見なす佐野・木股論のような解釈が生まれている。

本論の立場は、佐野・木股論に近いが、幽霊の正体が結局誰からも明かされず、それを特定できないこと自体に積極的な意味を認める点では異なっている。本論では、そのような幽霊の無名性に注目することによって、幽霊との遭遇を描いた物語の前半とケイシーとの再会を描いた後半との接続の仕方についても新たな見解を示したい。

二、無名の幽霊たち

ケイシーの屋敷の幽霊たちは忌まわしい存在ではない。確かに「僕」は幽霊たちに「もちろん怖かった」と恐怖を抱くのだが、同時に「そこには怖さを越えた何かがあるような気がした」と単なる恐怖にとどまらない何かを直観し、さらに後日「もう一度あのパーティーに巡り会うことを心が求めていたのかもしれない」と幽霊たちに懐かしさを感じるようになるのである。そもそも古い屋敷の幽霊は、必ずしも忌むべきものとは考えられていない。村上も次のように語っている。

アメリカ東部、ニューイングランドには幽霊が出ると言い伝えられている屋敷が少なからずあり、住民はある場合にはそれを誇りにさえしている。古い歴史のある屋敷にとって、幽霊というのは大事な資産のひとつになっているわけだ。いくつかの家を訪れてそのような話を聞かされて、幽霊についての物語を僕は書いてみたくなった［注9］。

ケイシーは屋敷の幽霊たちについて何も語らないので、ケイシーが彼らを誇りにしているのか否かはわからない。しかし、「僕」が幽霊たちに懐かしさを感じていることから、「僕」が彼らに「大事な資産」とも言うべき価値を見出していることはわかる。そもそも幽霊たちはケイシーの屋敷と強い親和性を持っていたのだった。彼らは「どこからも入っては来なかった」、つまりもともと屋敷の中に居た幽霊たちだったのである。ケイシーの屋敷については「レキシントンの古い屋敷」、「天井からは古色蒼然としたシャンデリアが下がっている」「いかにもニューイングランド風な節度のある、いささか素気のない、オールド・マネーの匂いがした」と、その古さと格式の高さが強調されている。ケイシーの屋敷は、ニューイングランドというアメリカ合衆国で最も古い地域、独立戦争の口火を切った歴史的な町として知られるレキシントンでも、特に由緒を感じさせる場所として設定されているのである。言うまでもなく、このように描写を重ねて強調される屋敷の古さと格式の高さは、それに関わる人々の営みが積み重なることによって生まれたものである。逆に言えば、ケイシーの屋敷は、建物とその内部の品々から、それに関わった人々の気配が濃密に感じられる場所であった。このような屋敷の内側から現れた幽霊たちが、かつてそこに関わった人々と無縁のものであるとは考えにくい。

では、屋敷と幽霊たちとの結びつきをもって佐野・木股論のように彼らをケイシーの一族の霊であると断定できるのかというと、それはできない。幽霊たちはあくまで正体不明の誰かでしかないのであり、その起源についてはケイシーの屋敷に生前関わりがあった人々だろうという推測が成り立つだけである。当然その中には、ケイシーの一族も含まれるのかもしれないが、パーティーとは社交のための集まりなのだから、その参加者を一族に限定する必要はない。幽霊の起源は、例えばジェレミーのような同居者や「僕」のような客人も含めて、ゆるやかに屋敷に関わりがあった人々と考えて良いのである。

確かなのは、幽霊たちが「僕」が留守番をする以前から屋敷に居た誰かだということである。だからこそ「僕」は「この家の留守番をしているし、管理にそれなりの責任を負っている。でもパーティーには招待されているわけじゃない」と、侵入者から家を護る留守番の役割よりも内部者たちが開くパーティーに遠慮する外部者の役割を選ぶのである。むろん、彼らについては不明なことばかりであるため、「僕」の印象も「怖さを越えた何かい」という曖昧なものにとどまってはいる。しかし、それでも「僕」が幽霊たちに遠慮するのは、彼らがおそらく遥か以前から屋敷に居た誰かであり、それも「僕の家と、レコードを楽しんでくれ」という家主・ケイシーの言葉どおり、心からそれらを楽しんでいる誰か、つまり屋敷との強い親和性が感じられる誰かだったからである。

結局、「僕」は幽霊たちの正体もケイシーが彼らの存在に気がついているのか否かも確かめられない。佐野正俊は「「ケイシー」は「留守番」中の「僕」の前に「幽霊」が出現したことを確信していたが、「ケイシー」が帰宅した際に「玄関先」で再会した二人は、これらのことを暗黙のうちに理解し合っていたがゆえになにも語らなかった[注10]」と、「僕」とケイシーの間で幽霊についての共通理解が成立していたという解釈を示しているが、それは推測の域を出るものではない。確かに「僕の家と、レコードを楽しんでくれ」という出張前のケイシーの言葉は、幽霊が出現することを予測した上での発言と取れなくもないのだが、単に自分の屋敷とレコードに対する誇りと愛着を示しただけのものとも取れるのである。また、「どう、留守のあいだかわったことはなかった?」という帰宅時の言葉も、幽霊のことを前提とした含みのある発言と取れなくもないのだが、単に留守番を頼んだ相手に家主としてごく一般的な確認をしただけのものとも取れるのである。つまり、ケイシーの言動からは、彼が幽霊について知っているのか否かを判断することはできないのである。

もし、ケイシーが幽霊のことを知った上でこれらの発言をしているのだとすれば、彼は幽霊について知りながらも、あえてそのことには触れていないことになる。それならばケイシーの側に幽霊について触れたくない何らかの事情があるという可能性を考慮せねばならなくなる。したがって、「僕」が幽霊について口にしないことが、ケイシーの意に沿うことであることになる。逆に、もしケイシーが幽霊のことを知らずにこれらの発言をしているのだとすれば、彼は単に一般的な家主として振る舞っているに過ぎないことになる。長年住み慣れた屋敷に実は幽霊が出没するということを一週間留守番しただけの「僕」から知らされるのだとしたら、ケイシーが屋敷に感じていた誇りと愛着を傷つけてしまうことになりかねない。屋敷に得体の知れない幽霊が現れるということをケイシーが喜ぶとは限らず、むしろケイシーと屋敷との親和性に水を差すことになりかねないのである。したがって、やはり「僕」が幽霊について口にしないことが、ケイシーを無用に傷つける危険を避けることになる。「ケイシーが一週間後に帰ってきたとき、僕はその夜の出来事については口にするまいと心を決めていた」という「僕」の判断は賢明なものだったのである。

このように、ケイシーの屋敷の幽霊たちは、その起源を特定できないものとして描かれている。幽霊たちの正体は確かめられないのだから、無理にそれを探る必要もない。重要なのは、確かめられないこと自体の意味を問うことである。なぜ、幽霊たちは無名なのかという問いを念頭に置くとき、物語後半のケイシーからの告白は、より深刻な意味を持つことになるのである。

三、別のかたちをとらずにはいられないものごと

幽霊事件の約半年後、ケイシーが「僕」に語る「別のかたちをとらずにはいられない」「ある種のものごと」については、佐野正俊が次のような分析を行っている。

> 「ケイシー」にとって「別のかたちをとらずにはいられない」「ある種のものごと」とは「精神的にも感情的にも深く結びついていた」存在（「父」）の喪失という〈痛烈な想い〉であった。そしてその〈想い〉はストレートに〈悲しい〉であるとか〈辛い〉というような形容詞に言語化されて「ケイシー」の口からため息とともに漏らされたり、号泣というようなアクションとして現れずに、「時間が腐ってなくなってしまうまで」の「眠り」という「かたちをと」って「ケイシー」に現れたのであった[注11]。

別のかたちをとることのないものごとと、別のかたちをとらずにはいられないものごとを峻別し、前者を「ことばで表現して満足してしまう粗雑で類型的な思念」、後者を「ことばによる説明が不可能な「ものごと」」と見なす佐野の指摘は的確である。確かに、具体的にはケイシーが語る「別のかたちをとらずにはいられない」「ある種のものごと」とは、悲しいと言って号泣するといった類型的かつ一般的な反応に収まりきれないほど痛切な悲哀の情に他ならない。ただし、抽象的には「ある種のものごと」という言葉がどのようなことまでを指示しているのかという問題について検討を加える必要がある。「ある種のものごと」とは、「最愛の者を喪失した悲しみ」よりも多くの事柄を指示しうる言い方だからだ。

「ある種のものごと」を「最愛の者を喪失した悲しみ」という抽象度で考えれば、「レキシントンの幽霊」に

は三つの出来事が語られていることになる。すなわち、〔一〕ケイシーの母親が亡くなったときにケイシーの父親が三週間眠り続けたこと、〔二〕ケイシーの父親が亡くなったときにケイシーが約二週間眠り続けたこと、〔三〕ジェレミーの母親が亡くなったときにジェレミーが星座の話しかしなくなったこと、の三つである。最愛の者の死に際して数週間眠り続けることや星座の話しかしなくなることは、いずれも悲哀の情が一般的な反応とは「別のかたち」で表れたものである。ただし、これらは実際には起こりにくいことであっても、まったく理解が及ばないことではない。例えば、フロイトは喪の機能を分析した「喪とメランコリー」の中で次のように論じている。

たとえば愛する人を失った後では重い喪の仕事が行われるが、この喪においては、苦痛に満ちた気分、外界にたいする関心の喪失（外界が愛する人を思い出す手掛かりとなる場合を除く）、新しい愛の対象をみつける能力の喪失（新しい対象は、失われた愛する人の代わりになるかもしれないのだが）、そして死者の思い出とかかわりのないあらゆる行動の回避などがみられる。（略）自我にこのような抑止と制限がみられた場合には、その人が喪の仕事に完全に没頭していることを示すものである。喪の仕事にとりかかっている人には、もはや別の意図や関心などは残されていないのはすぐに分かる。（略）正常な状態とは、現実を尊重する態度を維持することである。しかし喪の仕事についている人には、この課題をすぐに実現できるわけではない。長い時間をかけて、備給エネルギーを多量に消費しながら、一歩ずつ実現していくのであり、そのあいだは失われた対象が心のうちに存在しつづける［注12］。

ケイシーの父親が「鎧戸をぴたりと閉め」、外界を遮断して三週間眠り続けたこと、ケイシーが「眠りの世界が僕にとってのほんとうの世界で、現実の世界はむなしい仮初めの世界に過ぎなかった」と、やはり外界を拒みながら約二週間眠り続けたこと、そしてジェレミーが「星座の話」しかしなくなったことは、いずれも「外界にたいする関心の喪失」の端的な表れである。そもそも、ケイシーとその父親の異様に長い眠り（long sleep）は、死＝永眠（eternal sleep）に近似している。二人の行為は「時間が腐ってなくなってしまう」ほど長く眠り続けることによって、生きながらにして死者＝永眠した者に寄り添おうとしたものとして理解できる。また、ジェレミーの行為も「星座の話」に関心を集中することによって、星のイメージと結びつけられることが多い死者＝昇天した者に寄り添おうとしたものとして理解できるのである。フロイトによれば喪とは、死者との結びつきからリビドーを解き放つべく「長い時間をかけて、備給エネルギーを多量に消費しながら、一歩ずつ実現していく」営みであるが、三者はそれぞれにエネルギーを費やしながら喪の作業を行っているのである。

　ところで、三者の「最愛の者を喪失した悲しみ」が「別のかたちをとらずにはいられない」のは、三者と死者たちとの結びつきが特別なものだったからである。ケイシーの父親は「息子の僕よりも、母の方を、比べものにならないくらい深く愛していた」のであり、ケイシーは「精神的にも感情的にも深く父に結びついていた」のであり、ジェレミーは「母親をなくしたショックで人が変わってしまった」のだった。三者とも死別した者との結びつきを特別なものと感じていたがゆえに、それを喪失したときの反応も特別なものにならざるをえなかったのである。つまり、特別なつながりを感じていた者との死別は特別な悲哀を生み、特別な悲哀は特別な表れ方をせざるをえない。その悲哀は一般的な類推や共感が及ばないがゆえに、特別なものでありうるからである。表れ方を媒介として誰にでもその内面が共感できるというようなわかりやすさを超えたところに、その悲哀の絶対性や唯一性が認められるからである。

　このように、特別な悲哀が特別な表れ方をせざるをえないことの必然性についてケイシーが語っていることを考慮して「最愛の者を喪失した悲しみ」から一歩抽象化すれば、「ある種のものごと」とは「特別な感情」を指示していることになる。悲哀に限らず、当人にとって唯一のものと思われる感情は、その特殊性ゆえに一般的なものとは別の表れ方をせざるをえないのだ、と。また、その表れ方を通じて容易に類推や共感が成り立たないところに、その感情の絶対性、唯一性が認められるのだ、と。

こうして「ある種のものごと」を「特別な感情」という抽象度で考えることで、幽霊たちを「ジャズコレクションへの情熱が「別のかたちをとらずにはいられない」で変容したもの」と見なす田中実論や「古いジャズの霊たちの愛が「別のかたち」で現れたもの」と見なす馬場重行論のような「ある種のものごと」を幽霊に結びつける解釈が生まれている。すなわち「情熱」や「愛」という「特別な感情」＝「ある種のものごと」が「別のかたち」をとって表れたものが幽霊たちである、という解釈である。しかし、ケイシーは「特別な感情」が特別な反応として当人に表れることがあるという、何人にも起こりうることについて語っているのであって、死者の情念が幽霊として化けて出ることがあるという超常現象について語っているのではない。ケイシーは自らの体験談に続けて「僕の言っていることはわかるかな？」と問いかけているのである。ケイシーが幽霊のことを認知しているのか否かも定かではないのに、ここで求められる理解の中に幽霊のことをも含むのは不合理である。

さらに、ケイシーの言う「ある種のものごと」を「特別な感情」から「特別なものごと」へと抽象化することもできるが、それでは「ある種のものごと」という言い方との差異がほとんどなくなり、やはり、ケイシーが何を伝えようとしているのかがわからなくなってしまう。結局、「ある種のものごと」の指示内容を厳密に定めることは難しいのだが、これがケイシーの体験談を「つまり」と自ら総括する言葉であるという文脈を離れれば、それだけ解釈の妥当性が損なわれることは確かである。

ケイシーには「別のかたちをとらずにはいられない」「ある種のものごと」への理解を得ること以上に重要なことがあった。

　ひとつだけ言えることがある（略）僕が今ここで死んでも誰も、僕のためにそんなに深く眠ってはくれない

ケイシーが強く求めているのは、「ある種のものごと」が「別のかたちをとらずにはいられない」ことをわかってくれる誰かではなく、ケイシーの死に際して深く眠らずにはいられないほどの痛切な悲哀を感じてくれる誰かである。ケイシーの父親は、たとえケイシーが「精神的にも感情的にも深く父に結びついていた」と思っていた相手ではあっても、ケイシーより「母の方を、比べものにならないくらい深く愛していた」のであり、眠り続けることでケイシーに「世界中から見捨てられたように感じた」という痛切な孤独感を味わわせる存在でもあった。ジェレミーは母親が住んでいたウェスト・ヴァージニアへ赴いたままケイシーのもとへは帰らず、その落胆からかケイシーは約半年の間に「見違えるくらい老け込んで」しまうのである[注13]。ケイシーには兄弟がなく、また「知り合ってから半年ばかり」しか経っていない「僕」に「君しか思いつけなかった」と留守番を頼んでいることから推測すれば、身近に特に親しい人間もいないようである。「僕」ともジャズのレコード・コレクションを介した親交はあったが、死に際して長く眠るほどの深いつながりは見受けられない。つまり「誰も、僕のためにそんなに深く眠ってはくれない」という言葉は、ケイシーの孤独な境遇を反映したものだったのである。

　このように、ケイシーにとって「別のかたちをとらずにはいられない」「ある種のものごと」とは、わかること以上に感じることが切実に求められるものであった。この希求の元にあるケイシーの孤独な境遇は、登場

人物たちの職業によっても象徴的に示されている。精神的な支えであった父親＝精神科医と死別し、心理的な均衡を与えてくれていたジェレミー＝調律師とも離別したケイシー＝建築家は、自分が引き継いだ遺産を誰にも引き継げないという家崩壊の危機に瀕している。この危機に立ち会うことになった「僕」＝作家が担う役割とはどんなものだったのだろうか[注14]。

四、物語の機能

以上のような考察を踏まえて、物語前半の幽霊たちの出現と後半のケイシーの告白の関係について考えたい。先述の通り、幽霊たちは屋敷と強い親和性を持ちながらも何者であるのかはわからない無名の幽霊たちであった。なぜ、死者たちは無名になってしまったのだろうか。これを考えるには、逆に、どのようなときに死者は名前を失わずに済むのかを検討することが有効である。死者が名前を失わずに済むのは、その人間のことが生者に記憶されているときに限られる。例えば、屋敷に現れた幽霊たちの中にケイシーの父親が含まれていたとして、それが他ならぬ当人として名指されるためには、遭遇者＝生者がケイシーの父親＝死者のことを記憶していることが必要になる。墓碑に名前が刻まれていようと、著書（例えばケイシーの父親は本を何冊か書いている）やその他の物に名前が記されていようと、生者に記憶されなければ死者は名前を失うしかない。無名の幽霊たちという形象を通して見えてくるのは、幽霊は超常現象であっても、無名の死者はごく一般的なものであるということである。ほとんどの人間が死後、時間の経過にしたがって無名の死者になってゆくことは避けられないのだから。

このように考えれば、ケイシーが父親から引き継いだレコード・コレクションは、意味深いものであったことがわかる。この点について、松本常彦は次のように論じている。

「レコード・コレクション」は、ストーリー中の語彙として出会うとき音盤以外ではない。だが、それ以降の幽霊体験（「それ」が「下にいる」）や「際限なく眠る」話題のあとでは、record（記録、記念、経歴）として遡及的に見出されてしまう。ケイシーは「眠り」について、「強烈なデジャヴュ」「過去をそのままなぞっていた」と述べ、「母が亡くなったときの父とまったく同じ」とも語るが、そのとき、彼（ら）を襲うのは、「誰よりも」「愛していた」人と共有した生前の種々のrecordsそしてあの時あの場所での一度きりのrecord以外ではない（この作者のrecordへのこだわりを想起しよう）[注15]。

ここで指摘されている通り、この小説に描かれるレコードは、単なる音盤にとどまらず、「記録、記念、経歴」の象徴として読むことができる。ケイシーは父親から「古いジャズ・レコードの見事なコレクション」を引き継いだが、ケイシーがこれらを大切にしているのは、それ自体の骨董的価値ではなく、レコードに付随する父親の記録・記憶を重んじているからである。つまり、ケイシーが屋敷とレコードを「父親からまるごと引きついでいた」ということのうちには、屋敷やレコードに付随する人々の記録・記憶を引き継ぐことが含まれているのである。したがって、ケイシーがそれらを引き継ぐ者を見つけられないということは、それに付随する人々の記録・記憶を存続させられないということを意味している。このように見れば、レコードが幽霊たちのパーティーでおそらく無断使用されており、ケイシーが引き継いだはずのレコードが、半ば無名の死者たちのものになっていることは、記録・記憶の断絶＝死の予兆とも読めるのである。

したがって、単に屋敷やレコードを資産として相続するだけでは、ケイシーが引き継いだものを引き継ぐことはできない。厳密に言えば、記録は音盤や書物等の物理的な媒体によって外部化された形で存続しうるが、記憶は人間を媒体として内部化した形でのみ存続しうるものだからである。つまり、屋敷やレコードと共にそれに付随する記憶も誰かが継承しない限り、ケイシーも彼の亡親も早々に無名の死者に加わることは必至なのである。屋敷やレコードに加え、長く眠るという特別な悼み方をも「血統の儀式でも継承するみたいに」身体化したケイシーの孤独は、継承したものの豊饒さゆえに深刻なものにならざるをえない。「僕」はレキシントンでの出来事を次のように振り返るのである。

> ときどきレキシントンの幽霊を思い出す。ケイシーの屋敷の居間で真夜中ににぎやかなパーティーを開いていた幽霊たちのことを。そして二階の寝室でこんこんと深く眠り続けるケイシーと、彼の父親のことを。犬のマイルズや、立派なレコード・コレクションのことを。でもそれらはみんなひどく遠い過去に、遠い場所で起こった出来事のように感じられる。これまで誰かにこの話をしたことはない。考えてみればかなり奇妙な話であるはずなのに、その遠さの故に、僕にはそれがちっとも奇妙に思えないのだ。

「レキシントンの幽霊」とは何か。ケイシーの屋敷に現れた幽霊たちはみな無名であるため、「レキシントンの幽霊」という総称でしか名指しようがない。注意したいのは、ここで「僕」がケイシーを幽霊と並列し、彼も予備的な「レキシントンの幽霊」であるかのような語り方をしていることである。これは、ケイシーが誰とも深いつながりを築けないまま、いずれ「レキシントンの幽霊」としか呼びようがない無名の死者になってゆくことを暗示したものである。ケイシーを予備的な「レキシントンの幽霊」と名指すのは、冷酷なことなのかもしれない。しかし、やがて無名の死者になることを避けられないという意味では、ケイシーとほとんどの人間との間に本質的な違いはないのである。ただ、ケイシーの場合は、屋敷やレコードとそれに付随する記憶を一人で引き継ぎながら、それを誰にも引き継げないことが、孤独感を深刻にし、無名の死者になることの寂寥感を際立たせているだけである。

「僕」がレキシントンでの出来事を実際以上に遠く感じるのもケイシーの境遇が、本質的には彼独りのものではないからである。ケイシーの屋敷は、それに関わった遠い過去の人々の気配が濃密に感じられる場所であった。先人たちの営みが濃密に感じられる場所とは、そこにおける自らの営みもその例外にはならないことが強く感じられる場所でもある。つまり、ケイシーの屋敷は、たとえ「僕」とケイシーたちとの交流が「数年前に」起きたことであっても、それが遠い過去から反復され、累積されてきた営みの一つであることを実感できるような場所であったということである。したがって、「僕」がレキシントンでの出来事を「ひどく遠い過去に、遠い場所で起こった出来事」のように感じるのは、それが「僕」とは縁遠く、隔絶したものであるからではなく、むしろそれが遠い過去と遠い場所における人々とのつながりを実感させるものだったからである。密度の差こそあれ、誰もが先人たちの営みの痕跡をとどめた品々の中で生きているのであり、やがて無名の死者になってゆくのである。ケイシーの屋敷は、そのような成り立ちを持つ世界の縮図なのであり、幽霊や眠り続ける男といった「奇妙な話」が「ちっとも奇妙に思えない」のは、レキシントンで出会った出来事がこのような遠さ＝普遍性につながっているからである。

物語ることは記憶の死に抗する営みである。どのような形見が遺されても死者について語ることがなければ、記憶を存続させることはできない。ケイシーが亡き父母のことを「僕」に語ったように。そして、「僕」＝作家がケイシーのことを読者に語ったように。無名の死者を果てしなく生み出し続ける世界の成り立ちに抗おうとするとき、誰かについて語ることは欠くことのできない営みとなる。物語ることの重要な機能は、そのような世界の在りように対峙するときに鮮明に浮かび上がる。「レキシントンの幽霊」は、物語ることについての物語なのである。

【注1】「後書き」（村上春樹、『レキシントンの幽霊』、文藝春秋、一九九六年一一月）。

【注2】「『レキシントンの幽霊』論――村上春樹の短編技法」（木股知史、「甲南大学紀要（文学編）」、二〇〇七年三月）は「短編小説集『レキシントンの幽霊』（文藝春秋）に収録された際に加筆された」と「短→長」という見方を示し、「『レキシントンの幽霊』――〈ショート・バージョン〉でのおもしろさ」（大高知児、「高校国語教育」、三省堂、二〇〇七年六月）は「本来は〈ロング・バージョン〉で書かれたものが基本形で、『群像』の「創刊五十周年記念号」には、四三名の作家の創作特集・四本の対談特集・総目次などが掲載されるという紙幅制約があったため、〈ショート・バージョン〉の形ができあがったものと推測される」と「長→短」という見方を示し、「村上春樹における小説のバージョン・アップについて――「レキシントンの幽霊」の場合」（佐野正俊、「国文学　解釈と鑑賞」、二〇〇八年七月）は「「ショート・バージョン」から「ロング・バージョン」への加筆改稿は本作品の世界の「深化」のために必須のことだったのである」と「短→長」という見方を示している。

【注3】「レキシントンの幽霊」からの引用は初出（「群像」、一九九六年一〇月）による。

【注4】「村上春樹「レキシントンの幽霊」の教材研究のために――「別のかたちをとらずにはいられない」「ものごと」をめぐって――」（佐野正俊、「日本文学」、一九九九年一月）。

【注5】「『レキシントンの幽霊』の正体」（田中実、「京都府私立学校図書館協議会会報」、一九九九年四月）。

【注6】「村上春樹「レキシントンの幽霊」論――「目じるしのない悪夢」からの帰還――」（秋枝（青木）美保、「日本語文化研究」、一九九九年一二月）。

【注7】「「新しい文学教育の地平」を拓くために――村上春樹「レキシントンの幽霊」を例として――」（馬場重行、「米沢国語国文」、二〇〇四年一二月）。

【注8】「「レキシントンの幽霊」論」（木股知史、前掲）。

【注9】「解題」（村上春樹、『村上春樹全作品1990―2000』、講談社、二〇〇三年三月）。ちなみに村上はエッセイ「チャールストンの幽霊」（『村上朝日堂　はいほー！』文化出版局、一九八九年五月）において、サウス・カロライナ州チャールストンに滞在したときのことを次のように語っている。〈チャールストンの町で幽霊の出ない旧家をみつけるのは至難の業だ――とモノの本にある。（略）僕の泊まった旅館《イン》にもちゃんと幽霊が出る。僕はあとになってそれを『チャールストンの幽霊』という本で知った。この本によると「幽霊は夜になると廊下を歩き、階上にある南のベッドルームに入り、そこで消える」とある。幽霊の正体は定かではないが、一般的にはマダム・タルヴァンデという婦人であろうと考えられている。マダム・タルヴァンデは十八世紀の後半にその建物で女子寄宿学校を経営していたということだが、どうして彼女が二百年経《た》った今もわざわざ夜中に廊下を歩かねばならぬのかという理由は残念ながら不明である。／もっとも僕は幸か不幸かこの幽霊の出る旅館の本館に泊まることは

できなかった〉。この「チャールストンの幽霊」も「レキシントンの幽霊」の発想の原点になっている可能性がある。

[注10]　「村上春樹における小説のバージョン・アップについて」（佐野正俊、前掲）。

[注11]　「村上春樹「レキシントンの幽霊」の教材研究のために」（佐野正俊、前掲）。

[注12]　「喪とメランコリー」（フロイト、一九一七年）。引用は『人はなぜ戦争をするのか　エロスとタナトス』（中山元訳、光文社、二〇〇八年二月）による。

[注13]　「村上春樹「レキシントンの幽霊」の教材研究のために」（佐野正俊、前掲）や「村上春樹「レキシントンの幽霊」論」（秋枝美保、前掲）は、ケイシーとジェレミーが同性愛者であるという見解を示しているが、小説内にはそのように断定できる根拠は見当たらない。ちなみに、後年村上春樹はゲイのピアノ調律師を主人公にした短編小説「偶然の旅人」（『新潮』二〇〇五年三月）を発表している。

[注14]　ロング・バージョンには〈僕の短編がいくつか英語に翻訳されて〉というように「僕」が作家であることを明示する記述があるのに対し、ショート・バージョンにはそれが見られない。しかし、一週間にわたる留守番を引き受けられるほど時間と場所の融通がきくこと、〈ポータブル・コンピュータと数冊の本〉を屋敷に持ち込んでいること、〈コンピュータをセットして、レコードを何枚か聴きながら一時間ばかり仕事をした〉という働き方をしていること、〈人物の名前だけは変えたけれど、それ以外は事実だ〉〈名前はかりにケイシーとしておく〉と「公表」に際して仮名を用いる配慮をしていることから総合的に判断して、ショート・バージョンにおいても「僕」の職業は作家であると解釈できる。

[注15]　「「氷男」――密輸のためのレッスン『レキシントンの幽霊』所収」（松本常彦、「国文学　解釈と教材の研究」、一九九八年二月）。

付記　本稿は拙論「物語と記憶――村上春樹「レキシントンの幽霊」論」（『九大日文』二〇〇九年三月、のち、『村上春樹スタディーズ2008–2010』、今井清人編、若草書房、二〇一一年五月に収録）を改稿したものである。

『ふわふわ』論
――語りえぬ〈いのちのふれあい〉を語る企て――

村上呂里

一、はじめに

〈いのち〉について語ることはむずかしい。妙にべたつく。重々しく「〜ねばならない」調が入ってきたり、スピリチュアルな語りのうち自己陶酔に陥ってしまったりする。〈いのち〉の無常さとそれゆえの温かみと素敵さについて、軽やかに語ることはほんとうにむずかしい。絵本『ふわふわ』は、安西水丸のポップな色彩と絵（猫も他に登場するモノも十分にかわいい）とともに、宇宙の果てのそのまた〈向こう〉の時空間から、この地球上の〈いのちのふれあい〉の温もりと幸せ感をひっそりと照らし出す。人口衛星が撮った宇宙の写真のように、どこかとてつもなく森閑とした寂《じゃく》の世界を漂わせながら……。〈いのち〉を主題としながら、「国語教科書」とは無縁な感じだ。〈いのち〉に対する道徳的意味づけを拒む。それでいて読後、存在の芯に〈いのちのふれあい〉の温もりと幸せ感を残す。そうしたテイストがどういう〈ことばの仕組み〉に拠って生まれるのか、以下小論を試みたい。

テキストとしては、著者／村上春樹・画家／安西水丸『ふわふわ』（講談社、一九九八年）を用いる。この絵本にはページ数が打たれていない。順序性（時間軸を基準としている）からすでに解き放たれた時空間に成り立っているということか。ページ数がないことで、絵本の時空間にタイムスリップしたかのようにたたずまうことができる。どこかで自己が拠って立っているはずの時空間が、ゆらゆらと揺るがされる不思議な感覚を感じながら……。

拙論では、無粋ではあるが、便宜的に見開き一枚目二ページ分を⑴、頁をめくって見開き二枚目二ページ分を⑵というふうに番号をつけ、最後の一一枚目の見開き二ページ分を⑾として、以下述べることとする。

なおこの絵本の先行研究としては、管見では西田谷洋「挿絵のノスタルジー――村上春樹『ふわふわ』論」（『愛知教育大学大学院国語研究』第一六号、二〇〇八年、三六―四四頁）がある。「絵本は挿絵とテクストの複合メディア」であるとの立場から、直喩や二元論的な世界観に注目し、「ぼくは、だんつうと過ごした日々を回想し、挿絵の無時間性もだんつうのイメージを現在に想起させ、それによって猫の時間を今、再び生き直す。この点で、ぼくの語りの基調ともなるノスタルジーは、生きられた生の回帰・再生を意味する」と結論づける。論の途中で「猫の内側の時間＝生命を観察できてもぼくの実体は猫の外部にいる。」と指摘する。本論は、西田谷の指摘に学びつつ、「ノスタルジー」（郷愁）＝「生の回帰・再生」というよりかは、ノスタルジーを超越した多元的な時空間から〈いのちのぬくもり〉を照らし出すことにこそ、この絵本のエッセンスがあるとの立場から考察を進めていくこととする。

二、タイトル

題名「ふわふわ」とは、「触った感じ」をあらわす擬態語である。ルソー『エミール』の感覚教育論がまず触覚の教育からはじまるように、知覚のなかでも触覚は人類にとってモノとの原初的な出会いとつながりを生み出す「創《はじま》り」の感覚であるといえよう。近代以降、人は「視覚（視点）＝世界認識」という図式に拠る率が飛躍的に高まった。が触覚は、視覚に先立ち照明のなかった長き時代から、他者や世界と出会い、つながる入り口であり、オリジナルな世界観形成の豊穣な土壌であった。この直接に「触れる」感覚がタイトルとしてつけられている。「ふわふわ」はひたすら気持ちよく、温かく、幸せにくるまれている感覚を喚起する。と同時に、空に浮かぶ白い雲のように、どこかあてどない。犬や猫、おふとん、ぬいぐるみ……誰もが触れて共有できるリアルな感覚でありながら、ファンタジーの果てなき世界への飛翔感をも醸し出す。擬態語「ふわふわ」は、〈いのちのふれあい〉の原初的で幸せな感覚を心身に湧出させる。他者のいのちへ、そして宇宙へ、さらにその〈向こう〉へとひらかれる世界観形成の入り口＝「創《はじま》り」としてぴったりのタイトルであるといえよう。

三、円環構造

（冒頭）

ぼくは世界じゅうのたいていの猫が好きだけれど、この地上に生きているあらゆる種類の猫たちのなかで、年老いたおおきな雌猫がいちばん好きだ。

（末尾）

そんなわけで今でも、ぼくはこの世界に生きているあらゆる猫たちのなかで、だれがなんといおうと、年老いたおおきな雌猫がいちばん好きなのだ。

冒頭と末尾がみごとに呼応した語りとなっている。「そんなわけ」を諄々と解き明かして末尾再び「年老いたおおきな雌猫がいちばん好きなのだ」という結論に至る。子ども時代の回想を経て、「いちばん好きだ」という〈今・ここ〉の認識に立ち戻り、冒頭と呼応し……というふうにある種の円環構造をなす。

全体の語りの時制は入り組み、つぎの三つのプロットから構成されているととらえられる。

Ⅰ⑴〜⑺　子ども時代のことと明かさず、〈今・ここ〉の思いとして「ぼく」が「年老いたおおきな雌猫をいちばん好きだ。」ということを提示し、そのわけを説き明かしていく哲学的ともいえる語り

Ⅱ⑻〜⑽　子ども時代の「だんつう」との具体的な出会いと経過に関する回想の語り（このパートは、西田谷が述べるノスタルジーの語りともとらえられよう。）

Ⅲ⑾　過去の時制において「だんつう」のことを統括して意味づけ、〈今・ここ〉の思いとして、もう一度「いちばん好きだ。」と提示する語り

さらに付け加えるならば、プロットⅠ⑴〜⑺の語りは後述するように、語り手「ぼく」の〈今・ここ〉の時制の他に、「ぼく」という存在そのものがそこにいない「猫」の時間やさらに別次元の時空間をも抱え持っている。

冒頭⑴の語りで〈今・ここ〉として差しだされる「広がりのある午後」とは、⑷で実は「ぼく」が「まだちいさな子供」の頃の時間であることが明かされる。しかしながら「好きだ」という語りの繰り返しからもうかがえるように、語り手「ぼく」が〈今・ここ〉の時点で子ども時代の体験をずっと今に抱え持ち、慈しみながら反芻し、意味づけ、差しだしている語りといえよう。

プロットⅡ⑻～⑽になってはじめて、子ども時代の、固有名詞で表された「だんつう」との出会いと経過について、説明的な語りが入ってくる。

ぼくがその猫といっしょに暮らしていたのは、小学校にあがったばかりの、六歳か七歳のころのことだった。名前は「だんつう（緞通）」といった。

（中略）

かなり年をとってから、なにか事情があって、その猫はうちにやってきた。

（中略）

でも二度目に、同じように自転車の荷台に載せられて、うちに連れもどされたとき、猫はどうやら〈ここが自分の新しいすみかになったのだ〉とさとったようだった。それからあとはもう、どこにもいかなかった。（中略）

こうした一連の子ども時代の説明的回想の語りを経て、プロットⅢ⑾の冒頭の文では過去の時制を用い、「ぼく」の人生においてかけがえのないこの「猫」のエッセンスを統括して意味づける。――「その猫はふわふわとした、みごとな美しい毛をもっていた。」（傍点村上）「ふわふわ」という擬態語が「猫」のエッセンスを表すものとして選ばれている。そして、「そんなわけで今でも、ぼくはこの世界に生きているあらゆる猫たちのなかで、だれがなんといおうと、年老いたおおきな雌猫がいちばん好きなのだ。」というふうに冒頭に還り、「猫」から学んだ〈いのち〉に関わる哲学的思索と思いは〈今・ここ〉に永遠《とわ》に生きつづけることとなるのである。

この三つのみごとなプロットの響き合い＝メタプロットを意識し、以下述べることとする。

四、時空間の惑乱を巻き起こす比喩

先述したようにプロットⅠ⑴において、語り手は〈今・ここ〉の時点から語る。

その猫が、長いあいだ使われていなかった広い風呂場を思わせるような、とてもひっそりとした広がりのある午後に、太陽の光のあふれた縁側で昼寝をしているとき、そのとなりに寝ころぶのが好きだ。

「長いあいだ使われていなかった広い風呂場」と「広がりのある午後」とが言葉の上で対応関係に置かれ、「広がり」＝空間認識と「午後」＝時間認識とが結びつけられる非日常的な時空間を立ち上がらせる。「広い風呂場」は、太古の風呂場とも、人間がかつて存在し、滅び去って長らく経った後とも受け取れる森閑とした空漠感を漂わせる。一方で、くつろいだ、人と人とのつながりのもとにあるもろもろの営みの猥雑な生活臭や温もりの跡をも感じさせる。ここでも「風呂場」という生活感にあふれた猥雑な比喩と、時空間の惑乱を引き起こす、すなわち日常的時空間を異化する比喩とが結びつけられる。「太陽の光のあふれた縁側」での「昼寝」というあたたかでゆったりとくつろいだ日常的な場面の意味が、宇宙の果てのさらに〈向こう〉側から照らし出されるのだ。

五、〈対〉のかたち――多次元の時空間

⑵⑶の左のページと右のページの各々はおおよそ〈対〉をなし、この〈対〉と⑷と⑸がなす〈対〉とは、ほぼ同様の関係性であると考えられる。

すなわち〈対〉の前半では〈今・ここ〉に共に居る「猫」と「ぼく」の一体化した情景が描かれ、後半ではその情景が日常の時空間から解き放たれ、異次元の時空間から照らしだされるというかたちとなっている。具体的に見ていこう。

⑵左ページには、⑴の昼寝の際、「そこで目を閉じて、あらゆる考えごとを頭から追いはらって、まるでぼく自身が猫の一部になったような気持ちで、猫のにおいをかぐのだ」のあと、つぎのように書かれている。

猫の毛はすでに太陽の温かさをしっかりと吸いこんでいて、いのちというものの（おそらくは）いちばん美しい部分について、ぼくに教えてくれる。そんないのちの一部が数かぎりなくあつまって、この世界のそのまた一部をつくりあげているのだということを、ぼくに知らせてくれる。

「ふわふわ」のもとである「猫の毛」は「太陽の温かさをしっかりと吸いこん」でいる。宇宙の温もりの源の「太陽」。その「太陽」によって育まれる〈いのち〉の「いちばん美しい部分」を教えてくれる。「猫の毛」はこの地球上の〈いのち〉の温かさと美しさとが一体化されたものとして意味づけられ、世界は「そんないのちの一部が数かぎりなくあつまって」つくりあげられているとされる。「ぼく」が感じている〈いのち〉の温もりと美しさに引き込まれ、一瞬、読み手は一体感に包みこまれる。この上なく居心地が良く、幸せな感じだ。

右頁では、ふいにその一体感と幸せ感から引き離され、異次元の時空間に連れ出される。

この空間に存在しているものは、きっとどこかべつの空間にも存在しているのだ。ぼくはそのことを感じる。ぼくはやがて、ずっとあとで、どこかべつの場所で（思いもかけないような場所で）、それを知ることになるだろう。「なあんだ、ここにあったのか」と。

「猫の毛」の「ふわふわ」とした触感を入り口とする〈いのち〉の温もりは、この時空間だけではなく「べつの空間」にも存在していることを「ぼく」は認識している。「どこかべつの場所（思いもかけないような場所で）」、「ずっとあと」に「知るだろう」と未来形でありながら断定する。語り手「ぼく」がまるでそのことをすでに知り得た後の時点から語っているかのように。しかも「なあんだ、ここにあったのか」という軽い語り口で。

(3)右ページでは、「ごろごろと猫が鳴らしはじめるのを聴くのが好きだ。」と触覚から聴覚へと展開される。ここでは「猫のからだにしっかり耳をつけ」、呼吸を通して「猫」と「ぼく」との一体感が形成されゆく。「ごろごろという音」は、直喩で「まるで遠くから近づいてくる楽隊のように」と表され、つぎには「夏の終わりの海鳴りみたいに」と表され、さいごには、

やわらかい猫のおなかが、その呼吸にあわせて、せり上がり、また沈む。せり上がり、また沈む。まるでできたての地球みたいに。

と「できたての地球みたいに」と表される。楽隊→海鳴り→地球と例えるものが広がっていく。「猫のおなか」というきわめて身近で親しみやすい存在の、「呼吸」という〈いのち〉に欠かせぬ営みが、「できたての地球みたいに」という直喩で表されることによって、ふいに宇宙や地球が誕生する前の広漠とした時空間が広がる。そこに読み手も連れ出される。

(4)では〈今・ここ〉の猫と共に居る時間が語られ、「まるでおなじみの泥水みたいに、そこに静かに転がっ

ている。」という直喩が用いられる。「泥水」について、西田谷は「土と水が混じったもの」であり、「分かちがたい関係」であることを表すとし、一方で「汚く誰も相手にしないという両義性を持つ」と指摘する。前者の指摘は肯われるが、後者のような人間関係の次元でのネガティブなイメージはないだろう。「泥水」は子どもや猫にとって身体感覚において素朴でなじみやすく、むしろそのなかで遊びたくなる存在だ。「土」と「水」は〈いのち〉の元素である。「ぼく」と「猫」の関係性が、〈いのち〉の元素が混じり合い、分かちがたい関係性に例えられ、そして「世界にはぼくらだけしかいないみたいに感じられる。」と一体感に包まれる。(5)では、やはりこの一体感からふいに別の時空間に連れ出され、「ぼくの時間」とは異次元の「もうひとつのとくべつ時間」を、〈今・ここ〉にまぎれもなく「ぼく」といっしょに居るはずの「猫」が生きていることへの気づきが語られる。

そんな午後には、ぼくらの世界を動かしている時間とはまた違った、もうひとつのとくべつな時間が、猫のからだの中をこっそりと通り過ぎていく。子供であるぼくのちいさな細い指は、猫の毛の中に、そのような時間の流れかたを感じることができる。

猫の時間は、まるで大事な秘密をかかえたほそい銀色の魚たちのように、あるいはまだ時刻表にはのっていない幽霊列車のように、猫のからだの奥にある、猫のかたちをした温かな暗闇を人知れず抜けていく。

「猫の時間」は、やはり不思議な直喩で語られる。「まるで大事な秘密をかかえたほそい銀色の魚たちのように」という直喩からは、広大で深い海のなかを誰に知られることもなく、時間という概念を持ち合わせることなく泳ぐ「銀色の魚たち」の時空間にそして、「まだ時刻表にはのっていない幽霊列車のように」という直喩からは、どこに行くとも誰が乗っているともわからぬファンタジーの時空間へと連れ出される。それが、「猫のからだの奥にある、猫のかたちをした温かな暗闇」を「人知れず」＝人間の意識の閾《しきい》を超えて通り抜けていく時間なのだ。

⑹左ページでは、再び「ぼく」が「猫」の息づかいに合わせている場面が描きだされる。「静かにしずかに――まわりのだれにも気づかれないように。」と静かな一体感に包まれる。ところが右ページでは、

　うまいぐあいに猫の時間は、ぼくがそれを感じていることを、まだ知らない。
　ぼくはそのことが好きだ。猫はそこにいる。でもぼくはそこにいて、そこにいない。

と、その一体感は「ぼく」の一方通行的なものであり、「猫の時間」にとっては「ぼくはそこにいない」ことが見据えられる。「猫の時間」の外部に、「ぼく」はいる。「ぼく」が感じていること」を「猫の時間」は知らない。それはとても切ないことなのかもしれないが、「ぼくはそのことが好きだ。」と語られる。「猫」にかぎらず他のすべての存在の「時間」にとって「ぼくはそこにいて、そこにいない」。「ぼく」がそこで生きるしかない一元的な時空間を超えたところに他者は存在する。

⑺左ページは、「ふたつの前足をひとつにそろえ、その上に大きな三角の顎をのせて、やさしく目を閉じている」猫の居る風景が描き出される。「庭のすみのほう」には「白とピンクのコスモスの花がかたまりあって咲いて」いて、「どこか遠くから、ちいさく音楽が聞こえてくる。遠くのピアノ。」……おそらく子ども時代の回想のなかにあるイメージの風景であろう。

右ページでは、つぎのようになっている。

長くのびた空の雲。誰かがだれかを呼んでいる声。

コスモスと、そのちいさな音楽は、そしていくつかの世界のこだまは、猫の時間とともにいる。ぼくと猫は、ほかのだれも知らないかくされた猫の時間によって、ひとつに結びあわされている。ぼくはそんな猫が好きだ。年老いた、大きな雌猫。


「コスモス」とは、花のコスモスを表しているが、ギリシャ語の宇宙・世界という義とも重ねられるととらえられよう。白とピンクのハーモニーからなる「コスモス」と「ちいさな音楽」、「誰かがだれかを呼んでいる声」の美しい魂の響きあいは、世俗を超えた美しい世界へと誘う。そして「いくつかの世界のこだま」＝多元的な宇宙の交響のさまへと耳を澄まさせる。美しい魂の響きあいは、ついに一元的な時空間から「ぼく」を解き放つ。「いくつもの世界のこだま」＝多元的な宇宙の交響とともにいる「ほかのだれも知らないかくされた猫の時間」によって「ぼくと猫」は「ひとつに結びあわされている」。ファンタジー世界へとここで飛翔する。ここでは現在形の思索の結実として語られ、それを受けて中区切りとして「ぼくはそんな猫が好きだ。年老いた、大きな雌猫。」のフレーズでプロットⅠ(1)〜(7)は締め括られる。

「ぼく」が「猫」を好きな理由は、「ほかのだれも知らない猫の時間」によって一元的な時空間から解き放たれ、「いくつかの世界のこだま」＝多元的な宇宙の交響の時空間のもとにいられることに最終的に求められていると読み取ることができよう。

六、回想の語り

プロットⅡ(8)〜(10)は、子ども時代の回想となっている。

ぼくがその猫といっしょに暮らしていたのは、小学校にあがったばかりの六歳か七歳のころのことだった。名前は「だんつう（緞通）」といった。

「だんつう（緞通）」とは、中央アジアに誕生し、シルクロードを通じて、世界各地に広まった絨毯を表す。さまざまなロマンを駆り立てる壮大な広がりと歴史を孕んだ物の名前がつけられている。一匹の猫を超えて、その歴史的時空を刻み込んだような「とてもふわふわとしていて、ががいりくん」だ美しい毛並みが、名前の由来である。この絵本は、多元的な宇宙の時空間とともに、シルクロードから喚起される歴史的文化的時空間をも内包している。

⑼では、「かなり年をとってから」その猫がうちにやってきたことが明かされる。そして、猫は二度、「歩いて一時間以上もかかるもとの飼い主」の家にもどっていった——「電車の線路をふたつ越えて、川をひとつ越えて」。この「猫」が「ぼく」の知らない時空間をまぎれもなく生きていたことが描き込まれている。⑽では、二度目にうちに連れ戻され、それからあとはもう、どこにもいかなかったこと、そして「ぼくのともだちになった」ことが語られる。

兄弟がいなかったせいもあって、ぼくは学校から帰ると、いつもその猫といっしょに遊んだ。そしてずいぶん多くのことを、いのちあるものにとってひとしく大事なことを、猫から学んだ。

「猫から学んだ」ことは、Ⅰ⑵〜⑺にすでに語られている。それをもう一度子ども時代の語り口で「幸せとは温かくて柔らかいことであり、それはどこまでいっても、変わることはないんだというようなこと——たとえば。」とやさしい表現でまとめている。プロットⅠにおける哲学的ともいえる不思議で難解な直喩による表現とは対照的だ。このやさしいまとめによって、プロットⅠ⑵〜⑺の語りの意味がもう一度浮かび上がってくる仕掛けとなっている。

七、総括の語り

プロットⅢ⑾を全文あげる。


その猫はふわふわとした、みごとな美しい毛をもっていた。

それはずっと昔の（そして今でもやはり同じように空に浮かび続けている）あの太陽の温かな匂いを吸いこんで、きらきらとまぶしく光っていた。

ぼくは指先でそのいりくんだ模様の地図をたどり、できたばかりの記憶の川をさかのぼり、見わたすかぎりに広がるいのちの野原を横ぎっていた。

そんなわけで今でも、ぼくはこの世界に生きているあらゆる猫たちのなかで、だれがなんといおうと、年老いたおおきな雌猫がいちばん好きなのだ。


回想を経て、ここでは「ぼく」の人生においてかけがえのないこの「猫」のエッセンスを統括する文が提示される。――「その猫はふわふわとした、みごとな美しい毛をもっていた。」（傍点村上）「ふわふわ」は二回目の使用である。「ふわふわ」した毛並みは、「ずっと昔」＝四六億光年のはるか昔の時空間から温かな光を注ぎつづける太陽の「温かな匂い」を吸いこんでいる。

「で、き、た、ば、か、り、の記憶の川」とは、「ぼく」が「猫」といっしょにいた時間の記憶の川であろうか。「ぼく」がたどることができるのは、「できたばかりの記憶の川」でしかない。しかし、「猫」そのものに備わった「いりくんだ模様」には、「ぼくらの世界を動かしている時間とはまたちがったもうひとつのとくべつな時間」や、四六億光年を生きる太陽の時空間、「だんつぅ」という名づけが喚起するシルクロードの浪漫的歴史的文化的時空間、「年老いたおおきな雌猫」が「ぼく」と出会う前に生きてきた時空間、そして子ども時代の「ぼく」といっしょにいる時空間……と幾層もの時空間が刻まれている。さらに子ども時代の「ぼく」といっしょにいる時空間を哲学的に思索するプロットIにおいては、「いくつもの世界のこだま」と「ともにいる」「ほかのだれも知らないかくされた猫の時間」によって、「ぼくと猫」は「ひとつに結びあわ」されていると語られている。「ぼく」がさかのぼる「できたばかりの記憶の川」には「いくつもの世界のこだま」＝多元的な宇宙の交響による神秘的で壮大な時空間が広がっているととらえられよう。

その壮大で多元的な時空間の交響のもとに「見わたすかぎりに広がるいのちの野原」がある。その「見わたすかぎりに広がるいのちの野原」を横切りながら、「そんなわけで今でも、ぼくはこの世界に生きているあらゆる猫たちのなかで、だれがなんといおうと、年老いたおおきな雌猫がいちばん好きなのだ。」という末尾となり、冒頭へと〈語りの時制〉は円環し、永遠《とわ》に多元的な宇宙の交響の時空間とそこにまたがる「いのちの野原」が甦生されゆくこととなる。

八、おわりに

⑽と⑾の挿絵をあげる。

⑽は、宇宙船にのった宇宙人のようなものと空飛ぶヘリコプター（？）が描かれ、「猫」は〈向こう〉を見て

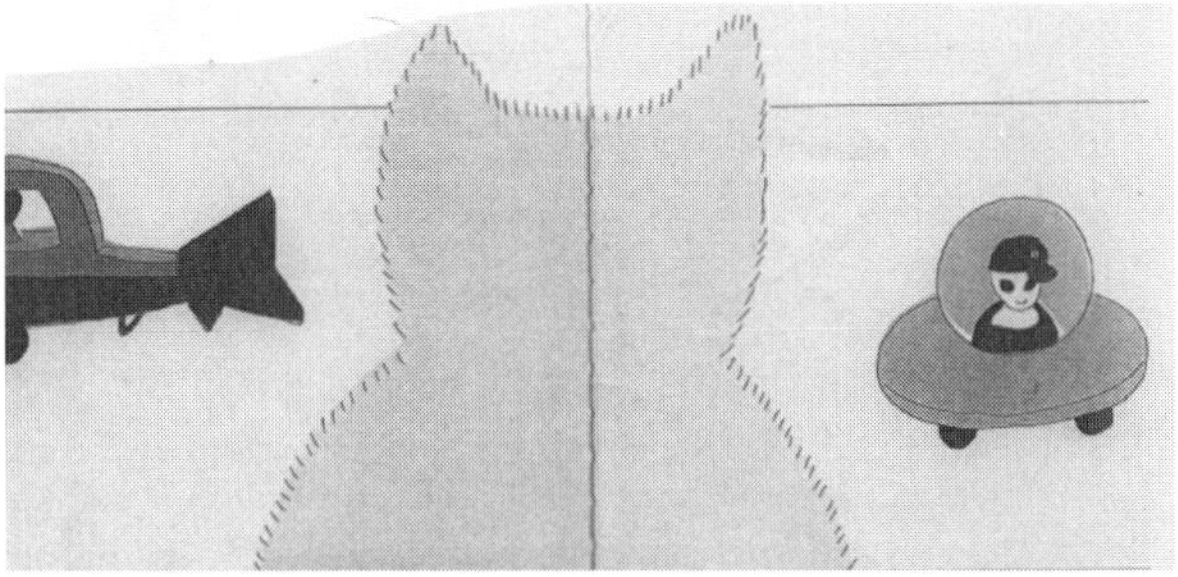

いる。⑾では、「猫」はこちらを見ている。その目は、〈向こう〉に広がる多元的宇宙の時空間の交響のさまをたしかに見てきた目であろう。「猫」の目が見る世界に、「ぼく」はいて、「ぼく」はいない。読み手である私たちも……。

「はじめに」で述べた〈いのち〉を語る語り口におけるべたつかないテイストは、〈向こう〉側から「ぼく」と「猫」の、そしてそこから見わたすかぎりに広がる〈いのちのふれあい〉を映しだすゆえんのものだろう。〈向こう〉から映しだすがゆえに、それは〈いのちのふれあい〉のかぎりない温もりと幸せ感ともに、どこかひっそりと寂《じゃく》の世界を醸しだす。――「ぼく」はそこにいて、そこにいない。

遙けき〈向こう〉からひっそりと照らし出される〈いのちのふれあい〉の温もり……。それが「ぼく」という意識がとらえうるのりしろを遙かに超えた時空間に存在するということ――。それが三つのプロットにおける時制の響きあいの内に示される。〈いのち〉について語るとき、語り手「ぼく」の認識によってしか語りえない。しかし「ぼく」が認識することができ、そこでしか生きられない一元的時空間を超えたところに、自己や他者の〈いのち〉の真髄はある。甘ったるい物語を喚起しがちな〈いのちのふれあい〉の真髄も……。認識論の次元の難問《アポリア》がそこにある。「ぼく」が認識の源とはなりえない。「ぼく」の意識の閾《しきい》を超えた遙けき〈向こう〉から放たれる光や吹いてくる風にこそが認識の源はある。この認識論の次元の転回によってこそ、「ぼく」の世界を他者の〈いのち〉へとひらき、〈いのちのふれあい〉を語りうる。

他者との〈いのちのふれあい〉は、この世を生きる世界観の根幹をなす。それでいて決して語りえぬ。語りえぬものを、「ぼく」という一人称によっていかに語るかという難問《アポリア》をひらく一つの企てが、この絵本『ふわふわ』であるといえよう。

「ふわふわ」という題名からの世界観形成を主軸とし、〈いのちのふれあい〉を語ることとの不可能性と可能性について探求する教材論の展開を今後の課題としたい。

『青が消える』――その語りを読む――

鎌田　均

一、教室で小説を読むということ

村上春樹の『1Q84』が『BOOK1』『BOOK2』に続いて『BOOK3』も爆発的なヒットとなった。周知のように一見してかなり重厚な三冊である。一昔前に「文学の終焉」が叫ばれ、巷ではいわゆる「文学」が避けられ「読みやすい」ものが好まれる時代に、何故村上春樹だけが受け入れられるのか。この間、NHKの番組にも取り上げられ、「文學界」「ユリイカ」「考える人」等々雑誌各種が特集を組み、ロングインタビューを掲載したりもした。『1Q84』やその他の村上作品の解読本が次々と出された。韓国では版権をめぐっての熾烈な争奪戦が繰り広げられ常識を超えた高値で落札されたという報道があった。その勢いをかってか『ノルウェイの森』（上下巻）が映画化され、単行本が再び売り上げを伸ばし、文庫と合わせて一〇〇〇万部を突破したという。一種の社会現象と呼んでもいい活況を呈している。これだけで「人々はやはり「文学」を求めている」とは軽々には言えないが、村上作品の持つ、ある世界へと導いていく物語の力は間違いなく読者を魅了しているようである。村上がエルサレム賞授賞式で語った言葉［注1］を引用してみよう。

「真実のような作り話によって」「小説家は真実を新しい場所に引き出し新しい光を当てることができる」。「真実をありのままにとらえて正確に描写するのは実質的に不可能」だから「(小説家)は、隠れている真実をおびき出してフィクションという領域に引きずり出し、フィクション(小説)の形に転換することで(真実の)しっぽをつかもうと」する。

「私たちは皆、国籍や人種や宗教を超えて人間であり、体制という名の頑丈な壁と向き合う壊れやすい卵」である。「物語の目的とは、体制が私たちの魂をわなにかけ、品位をおとしめることがないよう、警報を発したり、体制に光を向け続けること」にあり、「個人の独自性を明らかにする努力を続けること」によって「自分たちが体制に搾取され」ないようにするのが小説を書く理由である。

ここには我々が小説を読むこと、教室で子どもたちと小説を読むことに関わるきわめて示唆的な内容が含まれているように思う。小説の読み方もまた、村上の言う「フィクション(小説)の形に転換」されている作品世界から「真実のしっぽ」をつかみ出そうとする方向へと向かわねばならない。「真実をありのままにとらえて正確に描写するのは実質的に不可能」なように、読み取ることもまた不可能である。読みとる(つかみ取る)ことができるとすれば「真実のしっぽ」(もちろんこれは実体としてあるわけではない)であり、その方法としては叙述された世界の「向こう」側(田中実氏の言う「第三項」)から「折り返す」ことであり、そうしないと見えてはこないものなのだ。村上の作品では我々の日常生活の次元では起こりえないことが起こる。それは、田中実氏の言葉を借りれば村上流の相対主義の超え方だと言えるかもしれない。

そして村上は物語を作る目的として、人間の作り出した「時には、自ら生命を奪ったり、他の誰かを、冷酷に、効率よく、組織的に殺すように仕向けることが」ある「体制(ザ・システム)」から「搾取されるのを許」さないために、「私たち自身の魂も他の人の魂も、それぞれに独自性があり、掛け替えのないものなのだと信じること、魂が触れ合うことで得られる温かさを心から信じること」を目標に据えることだと言う。

個人的に私は「世界に対する不安」が村上の文学への需要となって表れているのではないか、もっと言えばそういう時代だからこそ文学は求められて在り続けるのではないかと考えている。私の言う「不安」とは、「深まり」の得られないまま激しく動いてゆく状況に抗することなく流されてゆかざるを得ないところから生じてくる感情を指している。

やはり、今こそ、「文学の時代」なのである。それは近代小説が担ってきた宿命的課題と通底している。一言で言えば、生と死の問題、「命」の問題である。言うまでもなくそれは世界との関わりにおいて考えられる問題である。文学に「命」の根源を見、「読むこと」によって読者の「命」と響き合い、感動を生じること。これは「深まり」なくしては成立しない境地である。

もう一つ村上春樹の言葉を引用したい。

「人間の存在というのは二階建ての家だと僕は思っている」と村上は言う。そこには地下室があってそれは「特別な場所でいろんなものが置いてある。」そしてさらに「地下室の下にはまた別の地下室があ」り、そこには「非常に特殊な扉があってわかりにくいので普通はなかなか入れないし、入らないで終わってしまう人もいる。」そこは「前近代の人々がフィジカルに味わっていた暗闇というものと呼応する暗闇」の世界である。「その中に入っていって」「普通の家の中では見られないもの」を「人は体験する。」それは「自分の過去と結びついていたりする」こと「自分の魂の中に入っていくこと」である。「いわゆる近代的自我というのは」「ほとんどが地下一階でやっている」、それは「そういう思考体系みたいなのができあがっているから」読む方がなるほどと頭でわかってしまう。「でも地下二階に行ってしまうと、これはもう頭だけでは処理できない」ことになってしまう[注2]。

この言葉もまた村上の「小説とは何か」を語るものとして大変示唆的である。村上はまた自分の小説は「ストーリーでは読めない」とも言っており、何度も読み返す読者を理想的と評している。これらの指摘は、私に田中実氏の提言する一連の「読みの理論」（第三項理論）[注3]を想起させる。

田中実氏は近代小説の成り立ちから解き明かし、その使命を、その機能を、その力を説き続けている。そしてそれは実体として在るのではなく、読む側の読みの問題として掘り起こし明らかにしてゆくものであると説く。氏は小説と物語を峻別し、小説を「物語＋語り手の自己表出である」と規定し、「物語を通じて読者の前に世界を新しくして見えさせる装置である」と言う。従来読まれてきた読み方は常にプロット中心で主人公主義であり、それでは物語の表層を読むに留まってしまう。より深層へと読み深めるために「メタ・プロット（プロットをプロットたらしめる力）」を読むこと、物語を「何が語られているか」から「どのように語られているか」へと読み進めること、さらにはその語りを超える「機能としての語り（手）」から読み返し「了解不能の《他者》」の領域と向き合うことという難行苦行を強いる。それは村上の言う「地下室のさらに下にある地下室」へと踏み込む道筋であると言ってよいだろう。そこの世界は村上の言う「頭だけでは処理できない」世界なわけだが、それをいかにして言葉にするかが読みの究極である。それは「自分の魂の中に入っていくこと」でもあるわけで、「対象の発見が自己の発見」となるという田中氏の言とここでも重なる。田中氏は読みの究極は「自己の宿命の星」を見出すことにあると言う。つまり作品を読むとは自己を読むこと、自己の内面を捉えることに反転するのである。小説の場合、読むことに正解はない。どんな風にも読めてしまう。かと言ってどんな風に読んでもいいわけではない。特に国語の教室では。私は、どのように読めばより感動的か、その道筋を辿らせたいと考えている。ここで言う感動とは日常使用される次元の意味をはるかに超えたものである。このことは後で述べる。感動により間違いなく世界観は一変する。スクラップアンドビルドである。「私たち化」していた自分を「私」として捉え直すこと、「私」の奪還、主体の復活、私はそこに教室で読む小説の授業の究極の目標を置く。当然、教育である以上、単元学習を有効に組織して効果を漸増させてゆくのが本来である。しかし小説には一つの作品であってもそれだけの力を内包しているものがあるし、また、逆に言うとその力を発掘し再発見するのも「読み」の力によるのである。

二、『青が消える』の疑問点

舞台は一九九九年の大晦日の夜、「僕」がひとりアイロンをかけているとオレンジと青の縞のシャツの青が消えてしまう。不思議に思った「僕」は部屋にあるものを確認するがすべて青が失われてしまっている。「僕」は「少し前にガールフレンドと喧嘩別れをして」「ものすごく落ち込んでいたから」「新しいミレニアムを迎える記念すべき夜」さえ特に普通の一日と変わるところがない夜と受け止めパーティなんて「くだらない」と考えていた。が青が消えたことで情報収集がしたくても誰にも連絡がつかず、仕方なく別れたガールフレンドに電話する。彼女は何人かの男女で賑やかにパーティを楽しんでいる最中で、「僕」の質問に「どうしてそんなに辛気臭い人生を」送っているのか、「世の中の人はみんな目一杯楽しんでいる」夜に「ロクでもない話」で「他人の楽しみに水を」さすなとほとんどキレた口調で電話を切ってしまう。十一時半、「僕」は外に出て「何もかもがブルーでできている」「ブルーラインの地下鉄の駅」へ行く。ところがそこも何もかもが白に変わっていた。駅員に尋ねると「政治のことは私に聞かないでください」と言い「ただ言われたとおりに働いているだけです」と苛立ったように言う。十一時四十五分、「僕」の不安は高まる。青の消滅に対して「僕」以外が誰も心配しないまま新しいミレニアムに入れば「なんだかすごくよくないことが起こるんじゃないか」と。次に「僕」は「国民の疑問や苦情に、総理大臣がひとつひとつ個人的に答えてくれる」コンピューター・システムに連絡する。総理大臣の声は「僕」を「岡田さん」と親しげに呼びかけつつ、「かたちのあるものは必ずなくなる」「どうして青がなくなってはいけない」か、もっと「明るい面に目を向け」て「また新しいものをひとつ作ればいい」「その方が経済的」で「それが経済」だと説諭するように語る。「僕」は「わけのわからないまま」「やがて十二時を」迎え、周囲の歓声の中、ただひとり「小さな声で」青がないこと、「僕」の好きな色だったことを言って終わる。

この作品について教師用指導書（明治書院『新精選国語総合』）の執筆者石川則夫氏は「主人公が襲われる喪失感と孤独感を端的にまとめている好短編である」と言い「古いものや些細なものが捨てられ、すべてのものが進歩し、新しくなることが人間にとって常に良いこととは限らない。失ってからはじめて気づくようなものの中にこそ、かけがえのない、自分自身を確認する契機がある」と百字の主題要約をしている。また、山下航正氏はタイトルが「消えた」でなく「消える」という進行形になっていることを捉え、「僕」が『青』の消滅により生じた喪失感と孤独感に」より「語るべき過去の時間にいる」ため「過去の自分を客観的に見ることができ」ず、それゆえ「〈出来事〉を〈物語〉として完全に相対化できて」いない、と「僕」の語りを捉える。最終的にはその語りが「叫び」というべきものかもしれぬと思い至ったとき読者は「僕」の孤独の深さを理解できると結んでいる[注4]。さらに山下氏はその後語りについて言及し、「現在の自己の認識から当時を分析し批評する語り」ではなく「語り手の主眼は、読者に自信の喪失感や不安感に共感させ、自己に同化させることにある。」と指摘している[注5]。

共通していたのは両氏共に「僕」の「虚無感・孤独感」を読もうとしていることである。それは松本誠司氏の授業実践記録[注6]を見ても感じたことだが、「僕の好きな色」である「青が消えた」ことの意味を読もうとするところから到達する読みなのであろう。

ここでいう「虚無感・孤独感」という言葉は私の教室での生徒の初発感想で多く出てくる。いわば到達しやすい読みのレベルと言ってよいかと思う。新しいミレニアムを迎える記念すべき夜に、ハワイまで旅行したこともある親密であった彼女と喧嘩別れした「僕」の世界で突然「僕」の好きな色である青が消え、そのことについて「僕」と共感するものは誰ひとりいないという設定なわけで、「僕」ひとりの孤絶感が強調される内的外的要因が揃っている。その「青」とは何かということを考えさせていく方向に授業の方向はどうしてもなりやすい。

教室で読む場合、読みはどこへ向かわねばならないか、そのことが私のこだわりとして大切なところである。先述したことと重なるが、私は「感動の深み」だと考えている。その「感動」とは自己の深淵を覗くようなもの、今まで自己を自己たらしめていた全てのものが瓦解してしまうような大きな衝撃そのものをイメージしている。そのような「感動」は自分のあり方そのものを根本から覆すような力を有する。だからある種危険性も孕んでいる。そうそう日常的に起こるものではない。私には先述の読みはそのような「感動」まで届きにくい「真実の中での誤り」[注7]だと思われる。予想される自己像がそこには見えてくるに過ぎず、深層の自己には出会えないのではないか。特に石川氏の比喩としての読みはあまりに日常性での寓意に留まり、「私にとって僕にとって青にあてはまるものは何か」といった読みが最後に展開される教室の風景が目に見えるようである。そのようにして教室の読みの決着として納得されそうである。それではこの小説世界が語ろうとしているスケールに見合わないのではなかろうか。「世界から青が消えてなくなってしまう」といった異常で非常な事態を個人的な「虚無感・孤独感」に帰してよいものか。こういう風に言うと、高木信氏のように私の言は「ひとつの主義を絶対的に扱い、それ以外に反省を強いるような語り口」に聞こえ、「絶対主義的なものを感じる」人もいる[注8]のだろうが、教室の「深まり」を求める状況はより緊迫度を増している。高木氏の「いかに分析の精度を高め、〈読む〉ことがどのような地平を切り開けるか」に問題があると言う言葉を受け止め、その「切り拓ける」「地平」が共有され真に実現の方向へ向けて実践を考えるならば、今こそ従来の読み方と「第三項」を視野に入れ「文脈を読む」新たな方向性との峻別をすべき時機が到来しているのだと何度でも強く言わねばならない。

三、読み深めへ向かう

では私は『青が消える』をどう読んだか。授業は生徒たちの初発の疑問点を整理して読み深めの準備へと向かった。先述したように、生徒たちの感想には「僕」の孤独感、疎外感を感じ取るものが多かった。また、青が消えるなどという奇想天外な設定にこだわり作品を寓喩としてとらえ、例えば環境問題とかいじめ問題とかをイメージする生徒もあった。

段階を追って述べてみる。

まずこの物語は次の三点の関係が柱になっていると私は考えた。

①「僕」の世界から「青」が消えたこと。

②「僕」はちょうどその頃ガールフレンドと喧嘩別れをしてものすごく落ち込んでいたこと。

③その出来事の舞台が一九九九年一二月三一日の夜、「ミレニアムの夜」となっていること。

しかし、①と②の関係を考えるには、つまり「僕」の世界の変容をもたらす要因を「僕」の側に求めた場合、

「僕」の世界から青が消滅するような重大な事態と見合うだけの事実が見あたらない。ガールフレンドと喧嘩別れをした程度では腑に落ちないのだ。しかもそのガールフレンドとの結びつきも村上の言う「一〇〇％の恋愛」を思わせるものではない。「僕」がまだ未練を持っていると思われるのに対して、彼女は既に複数の男女を自室に呼び賑やかにパーティを楽しんでおり、「僕」からの電話にも「僕」の知らない男性を代わりに電話口に出している。「僕のガールフレンド」と二度も語る「僕」に対して、感情的になった彼女は「他人の楽しみにいちいち水を」さすなと言って一方的に電話を切ってしまう人である。そこには愛情や未練を「僕」に対していささかでも持っているとはとても思えない態度である。彼女はもともと割り切りのいい性格であったのかもしれない。「僕」の関与しない世界を持っている女性である。真面目で慎重で閉鎖的な感じのする「僕」と喧嘩別れをしたのは、「僕」がどう受けとめているかは別にして、必然的な成り行きだったと言えるかもしれない。

「僕」の前から突如青という色が消滅する事態が、親密であったガールフレンドと別れたことから起こっていると考えると、あまりに個人的で情緒的な現象だということになってしまう。

次に①と③との関係を考えた。ガールフレンドの言葉に「今日は二十世紀最後の夜なのよ」とあり「僕」もまた「新しいミレニアムを迎える記念すべき夜だった」と語る。がしかし、正しくは「二十世紀最後の夜」は二〇〇〇年一二月三一日の夜である。ただこの当時世紀末のことが取り沙汰され、様々な占いが喧伝された時だった。「ノストラダムスの大予言」なるものも巷で話題になった頃である。いわゆる一〇〇〇年代の終わりということで世界的に話題性があったことは確かだ。どちらにしてもこれらは本来時間という概念を創りだした人間の様々な都合からそこに意味を付与したものに過ぎないわけで、彼女の誤った指摘に「僕」が異議を唱えないのは、「僕」も勘違いしているからである。「僕」が「ただの日付の違いにすぎない」と鋭い指摘をしているのは、そういった人間側の意味づけを取り除いた世界の捉え直しができる人間であるからなのか、彼女と別れてひとり「ミレニアムの夜」を過ごさなければならない寂しさへの憤りからなのか、そのことが最後の作品価値に関係してくる。

今ここで大切なのはこれからの人間の向かうべき新たな一〇〇〇年に「青が消滅」してしまっていることである。にもかかわらず、人々はそれに気づきもせず、あるいは気づいていても気にならず気にもせず、気にしている「僕」に応えてくれる者のない状況そのものが問題として提示されている。読みのポイントは①に絞られる。

では語りはどうなっているだろうか。「青の消滅」を体験した「僕」が消滅した世界に「今」を生きながら消滅の時点を回想している、とまずは読む。ではなぜタイトルが「青が消えた」でなく「青が消える」と現在形で書かれているのか。「青の消滅」を目前にしつつ世界中が「ミレニアムの到来」に酔っている事態を撃つ言葉として私は捉えた。

私が読み深めにあたり、先の生徒の初発を参考に絞った疑問点は以下のようなものだった。

1　選ばれた色がなぜ青なのか。

2　「青が消えた」「もう青は存在しなかった」「青はもう戻ってこなかった」等々青に関する表現には我々の日常的な言い表し方と異なるものが感じられる。青という色を何か　実体的なものとして取り扱っている感じがするがそれはなぜか。

3　消えた後の色はなぜ白なのか。

4　比喩表現の意味するところは何か。

5　ガールフレンドと喧嘩別れしていることと青の消滅とに関係はないか。

6　「ミレニアムの夜」と青の消滅には何か関係があるのか。
7　他の人たちはなぜ驚きもせず気にもしていないのか。
8　ブルーラインの駅員は、どうしてあのような対応をするのか。
9　総理大臣の声で「かたちのあるものは必ずなくなる」と言っているが、青にはもともとかたちはない。大臣の言葉は納得できないがそれをどう解釈するか。
10　総理大臣の声が言うところの「かたちのあるものは必ずなくなる」ものとして挙げられている一つひとつについてどのように読むか。
11　「声も合成だが、本当に総理大臣の声に聞こえる」ものが創り出され機能する社会をどう考えるか。
12　総理大臣の人工的な声に対しては「怒鳴った」「僕」が最後にはなぜ「小さな声で言った」のか。
13　ゴチックで書かれている（語られている）部分は何を意味しているのか。
14　タイトルはなぜ「青が消えた」ではないのか。
もちろん疑問点は有機的に連結し、私の中で創られた〈文脈〉を更に掘り起こしてゆくこととなる。

5と6については既に述べた。まず3と4について考える。

青が消えた後はすべて白に変わっている。しかし一般的に「白」に持たれる「純粋・純情・汚れなさ・清潔」と言ったイメージは一切ない。用いられた比喩表現（生徒の感想文にはこの比喩への興味関心が多く寄せられた）を確認してみる。

「棍棒で殴られて記憶を失ってしまったようなとりとめのない白」（シャツの青の部分）
「まるで歳月に洗われた見知らぬ人の骨のような白」（青の服類）

「背後にあるのは、まるでシベリアの氷原のような茫漠とした白い広野だった」（ハワイの写真）
「それは僕に古い記録映画で見たスターリングラードの冬季攻防戦を思い出させた」（ブルーライン）

ここでの白は明らかにとらえどころのない不吉で不毛な世界をイメージさせるものばかりである。また、最初アイロンをかけていて青が目前から消えてゆく様子を次のように書いている。

ちょうどバッテリーがあがってしまったときみたいに。あるいはまるでオーケストラの指揮者が演奏の途中で気を変えて、突然指揮棒を振るのをやめてしまったみたいに。メロディが中断したあとも、いくつかの楽器はまだ名残惜しそうに断片的な音を出していたが、それもやがて力なく消えて、あとには居心地の悪い沈黙だけが残った——という風に

ここでは何か生命力あるもの、原動力となるものが喪失してゆく様が描かれているように読める。

9以降の総理大臣のくだりについて考える。

総理大臣の声は国民の政治に対する「疑問や苦情」に柔軟に対処し、説諭するように機能している。いわば政治家の欺瞞であり詭弁である。「かたちのあるものは必ずなくなる」のが歴史だと言い、次々と例を挙げる。しかしそれは石油のように使用すれば失われる限りある地球資源もあれば、ジョン・レノンのように死によって失われる存在もあり、また人力車のように科学文明の進歩によって生活上必要がなくなり消えてゆくものもある。あるいはオゾン層のようになくなってはならないが人間の科学への過信のために損なわれているものもある。さらに神様という信仰の対象となる絶対的なものまで無化してしまう。それらは一つひとつが別の事情

を抱えた個別性の強いのものであり、しかも「かたちのあるもの」ばかりではないにも拘わらず十把一絡げにして語り、そのつながりで青の消滅も歴史の必然として受け止めよと言う。これは好き嫌いを超えた次元ので致し方のないものだと教え諭し、消えてゆく暗い面よりもっと「明るい面に目を向け」ることを促し、「何かがひとつなくなったら、また新しいものをひとつ作ればいい」「その方が経済的だし、それが経済」だと言う。決して押しつけがましくなく、包み込むように語る巧みな言い回しは相手の敵意の矛先を変えたり鈍くさせたりし、いつの間にか何を疑問に思い何を訴えたかったのか「わけのわからない」状態に相手を導くように機能している。また11の問いの総理大臣の声のように、コンピュータシステムによって創り出される様々な「本物そっくり」なものが巷にあふれ、「本物」との差異さえ失われてゆく怖さを思わせる。先の「かたちあるもの」がなくなった後にはこうした人工的なものが周囲を埋め尽くしてゆく時代が来る。二〇〇〇年代を一〇年以上生きた我々には、すでにそんな世界が未来での出来事ではなく感じられる。

8の問いに絡むが、ブルーラインの駅員は明らかに「青が消えた」ことに気付いている。しかし、彼らはそのことについて何ら説明を受けていないし、また口外することを禁じられているようである。何かによって抑圧を受けている、あるいは権力から疎外され情報の届かない末端に位置する者の言葉である。そして先の総理大臣の声のレトリック。駅員の発する「政治のことは私に聞かないでください」という言葉は粛清の内にあった社会主義国の民衆を想起させる。

四、「機能としての語り（手）」を読む

1、2、13の問いを考える。ゴチックで書いている（語っている）のは「僕」が強調したいからである。なぜか。この世から「青が消える」というとんでもないことが起こっているからである。結末の部分は、にもかか

わらず「新しいミレニアムの到来」に狂喜乱舞する世界中の人たちを目に肌に感じながらのつぶやきである。「でも青がないんだ」の「でも」は重い。つまり青がこの世から消えてなくなってしまってもこの世は新しい一〇〇〇年を迎え、何の問題もないかのように継続されていくという事実を「僕」は目の前にしているのである。

1について。これは実体としての語り手「僕」の次元からは読めない。この次元からだと「僕の好きな色」ということしか見えてこない。好きな色が消えたことをアイデンティティの喪失という風に読んでしまいがちだが、私にはあまり説得力がないように思う。ここで「機能としての語り（手）」から読む必要が生まれる。青（シアン）は赤（マゼンタ）、黄（イエロー）と共に色の三原色の一つ。つまり色として世界を構成する三大要素の一つである。その青が消失している。「僕」にとって世界がバランスを失い崩壊しているということだ。その青が失われたあとの世界は先に確認したように不吉で不毛な世界である。「空の青 海のあを」とは地球の色である。太陽の光熱と共にこの世に生命を生み育んできた母なる地球の色が、不毛な白に変化する。そこにはもう人間らしい温かさも思いやりも友情も愛情も、そこから培われ希求された穏やかな平和も生命感あふれるものは完全に喪われてしまった世界をイメージさせる。「青が消える」とはそういう非常事態なのである。

> こんな風に青という色を失ったまま――そして僕以外の誰ひとりそれについてとくに心配もしていない（僕にはそう思えた）まま――新しいミレニアムに入ってしまったら、なんだかすごくよくないことが起こるんじゃないかという気がしたのだ

と僕は言う。別れたガールフレンドはパーティの最中に電話をかけてきた「僕」に「ロクでもない話」と一

蹴し、ブルーラインの駅員は「政治の話」は聞かないでくれと拒絶、中央コンピュータの総理大臣の声は優しく穏やかにはぐらかす。「僕以外の誰ひとりそれについてとくに心配もしていない（僕にはそう思えた）まま」到来した「新しいミレニアム」にあって、周囲の喧噪の中「僕」は「小さな声で」言うしかない。総理大臣の声に対して「怒鳴った」憤りは、感情を持たぬシステム化された機械と知りつつ、電話という個別な対応であったため、しかもその声の「静かに」落ち着いた物言いが事態の緊迫感にそぐわず思わず発したものであったろう。だが、「新しいミレニアム」に酔う喧噪を前に「僕」一人の声がどれほどのものであろう。それでも「僕」は言わずにはおれないのである。

「青が存在する」ことが当たり前であった時代から「青が存在しない」のが当たり前な時代となった。その背後には「政治」の匂いがする。そのことを大問題だと感じる「僕」に対して周囲の対応はまるで「公然の秘密」であるかのようである。「公然の秘密」は秘密にしておかねばならない。問題がないかのようにして時の流れのまま平穏に見過ごして行く。気付いていても何でもないかのように振る舞う。黙して語らない。その方が角が立たずに済む。２の疑問のように、ことさら青という色に実体的な印象を持たせるべく言い回しを工夫していた。そうすることで「消失」「消滅」「喪失」といった実感の重さを作品内読者（聞き手）に伝えるためであったのだろう。事態の深刻さを伝えんがためである。

繰り返す。「青が消える」事態とは地球上の人間にとって大きな社会問題である。寓意的に読めば政治の次元の問題も思い浮かぶし、人類としてのグローバルな大問題に及んで類推される。「ミレニアムの夜」を取り上げたのも世界的な状況を言わんがためであると考えてよい。そういった規模の問題が起こっている、起こしているにも拘わらず国家は詭弁を弄し、欺瞞に満ちた言葉で国民を欺き、国民は国民でその変化に全く気付かぬものと気付いていても気付かぬフリをする大多数によって巧みに統治されてゆく。そんな寓意性、批評性が私たちの文明社会を撃つ。ここまで読んだとき、私に「感動」が襲う。

　この「僕」の語りと、その語りを統括する「機能としての語り（手）」を読むと、この作品世界は「青が消える」といった日常生活では絶対に起き得ない物語によって読者に強いインパクトを与え、私たちを大きく包み込む世界を撃っていたのである。

　また、「僕」は一九九九年一二月三一日から二〇〇〇年一月一日への境界を「ただの日付の違いにすぎない」と受け止め「それで世界が何か変わるってわけでもないんだ」と言う。いわば「解釈共同体」の外側にも立てる可能性を有した人物なのだが、ガールフレンドが「世の中の人はみんな目一杯楽しんでいる」と言うのと同様「世界中の人間はひとり残らずどこかのパーティにでかけていた」とか「僕以外の誰ひとりそれについてとくに心配していない（僕にはそう思えた）」のように、個別性に目を向けず、一方的な見方で判断を下してしまっている。この語り手「僕」を「機能としての語り（手）」は批評する。「僕」が「小さな声」で言う声が実は「僕」だけのつぶやきでなく、同様のつぶやきが喧噪の中には渦巻き、それに耳を澄まして聞こうとするところからしかこの状況を突破する「夢の読者共同体」は生まれてはこないであろう。また、こうとも言える。たとえ「小さな声」でも、掻き消されようともつぶやき続けるところにしか活路は見出せないことを私たちは思い知らされるのである、と。私はここにこの小説教材の力を見出す。

［注1］　「毎日新聞　夕刊」（二〇〇九年三月二日三日）後『村上春樹　雑文集』所収　二〇一一年一月、新潮社）
［注2］　『海辺のカフカ』を語る」「文學界」（二〇〇三年四月）後に『夢を見るために毎朝僕は目覚めるのです　村上春樹インタビュー集　1997-2009』（二〇一〇年九月、文藝春秋）
［注3］　『小説の力　新しい作品論のために』（一九九六年二月、

大修館書店）を皮切りに文学研究と国語教育との交差を企図し、以来今もなお旺盛な活動を続けている。氏は「読む」ことのメカニズムを明らかにして、そのことによってポストモダニズムの席巻した時代状況に抗し、相対主義による閉塞した文化状況に風穴を開けて突破することを目指している。その理論の全てをここでは紹介しかねるが、文学の読みの正解の有無を問い、それは作品側にあるとする一元論と、読む側にあるとする二元論の双方を同時に超えてゆく第三の道を提唱した。物理的に眼前に存在する作品を〈原文〉と呼び、読む際自己の網膜に映った作品の影を〈本文〉と呼び、瞬時に自己の中に意味として読まれたものを自己に現象した作品像として区別する。そして〈本文〉「了解不能の《他者》」、の領域に向かって一回性の読みを繰り返す中で自己倒壊が起き自己が造り変えられてゆく。そこに文学の力が甦ると唱えている。

［注4］　「村上春樹「青が消える（Losing Blue）」――孤独な「語り」」（「日本文学」二〇〇八年一〇月）

［注5］　「語りと文学教育――村上春樹「青が消える」の読みをもとにして」（「日文協国語教育」二〇〇九年一一月）

［注6］　「村上春樹『青が消える』による学習者の読みの交流」（二〇〇八年三月「国語教育研究」第四十九号）（第四八回広島大学教育学部国語教育学会　二〇〇七年八月十一日・十二日　広島大学での報告による）

［注7］　大森荘蔵著「真実の百面相」（初出「朝日ジャーナル」一九七六年一二月　後『流れとよどみ――哲学断章――』一九八一年五月、産業図書所収）

［注8］　「奇妙な風景――〈自己〉〝崩壊〟のまえに」「子午線」（「日本文学」二〇〇九年五月）

村上春樹「バースデイ・ガール」の教材研究のために
――〈語り〉が生成する「僕」の物語を読む――

佐野正俊

一、はじめに

村上春樹の「バースデイ・ガール」[注1]が、中学校の教科書教材[注2]になっている。「バースデイ・ガール」は、村上の編訳小説集『バースデイ・ストーリーズ』巻末の作品であり、同書における唯一の書き下ろし短篇小説である。

作品は、教科書の「第1部　基本」の「読む」の「読書」単元に位置づけられており、「学習のてびき」は掲載されていない。その代わりとして、単元末に「1　本を選ぶ――初めてのものを」「2　読み返す――新たな目で」の二章からなる「現代文学を読む」と題されたコラムが二頁にわたって掲載されている。しかし、この文章にも「バースデイ・ガール」についての言及はない。本教材が「読書」単元であるということは、「詩歌」「古典」「文学」「情報／論理」「メディア」などジャンルによって括られて「学習のてびき」を備えた本単元に対して、副次的な単元であるということを意味している。なお本教科書は、目次において「読書」単元の

「価値目標」として「現代文学の魅力に触れる」ことを、「技能目標」としては「比喩表現に着目する」ことを掲げている。「読書」単元として位置づけられている本作品を、どのように読んで、どのような授業を構想したらよいのだろうか。

まずは、作品のストーリーを追ってみよう。「二十歳の誕生日」をバイト先のレストランで迎えた「彼女」は、レストランの「オーナー」である「老人」に食事を届けにいくことになる。その日が「彼女」の「二十歳の誕生日」であることを知った「老人」は、「お嬢さん、君の望むことだ。もし願いごとがあれば、ひとつだけかなえてあげよう。それが私のあげられるお誕生日のプレゼントだ。しかしたったひとつだから、よくよく考えたほうがいいよ」と申し出る。誕生日なのだから「少しくらい普通じゃないことがあったっていい」と思った「彼女」は、「老人」に願いごとをする。「老人」は、「普通の女の子が願うようなこと」でなく「一風かわった願い」ごとをした「彼女」に驚くが「これでよろしい。これで君の願いはかなえられた」と述べて、「彼女」に仕事に戻るように命じる。

この出来事があってから十数年後、「僕」と「彼女」は、ふとしたことでそれぞれの「二十歳の誕生日」について話を始める。「彼女」の話を聞いた「僕」は、「その願いごとが実際にかなったのかどうか」と、「君がそのときに願いごとしてそれを選んだことを、あとになって後悔しなかったか」（傍点原文）という二つの質問をする。「彼女」は「最初の質問に対する答はイエスであり、ノオね。」と答え、二つ目の質問には「人間というのは、何を望んだところで、どこまでいったところで、自分以外にはなれないものなのねっていうこと。ただそれだけ」と答える。「彼女」は「ねえ、もしあなたが私の立場にいたら、どんなことを願ったと思う？」と「僕」に問い返す。「何も思いつかないよ」と答える「僕」に、「彼女」は「あなたはきっともう願ってしまったのよ」と述べるのであった。

アルバイト先の六本木のレストランで体験した不思議な出来事を回想する十数年後の「彼女」。そしてその「彼女」の話を聞く、登場人物であり、かつ作品の語り手でもある〈僕〉。登場人物が語る話を同じく登場人物である「僕」が聞いて語る、というスタイルは、この小説家が短篇において頻繁に採用する〈語り〉の形式[注3]である。「彼女」が「二十歳の誕生日」の夜、いったい何を願ったのかという謎は、教室の読み手の好奇心を大いに喚起するだろう。五十嵐淳[注4]は本教材の授業の構想について以下のように述べている。

「バースデイ・ガール」は読書教材である。一読したあと、感想を述べさせたり村上春樹について一言解説して授業を終えるのが、一般的なやり方だろう。

私は（中略）「彼女」の「願いごと」のなかみと、自分自身であれば何を願うのかということを生徒に問いたい。「彼女」の願いごとは何かということは、読み手に起こる当然の疑問である。そして、それを自分の身に置き換えてみるのも、この小説の読後の自然な流れであろう。小説を読む意味の一つは、その読書体験を反芻し、自分の生き方にも思いを馳せるところにある。そういった小説の読みの面白さを体験させせるに適した教材であると思う。それはまた、作品の語りの仕組みに沿った授業ということでもある。

（六四頁）

「彼女」の「願いごと」の内容を、読み手に問うことを軸にして授業を組み立てたい、とする五十嵐の教材観は首肯できるものである。「彼女」の願いの内容は物語では明らかにならないのだから、それを教室で考え合うことは、まさに作品のおもしろさを生かした学習であるといえるだろう。その意味で「願いごと」の内容を想像して発表し合ったり、「自分自身であれば何を願うのか」ということを話し合ったりする「読書会のような授業」（六四頁）を行うことは、現実的な選択であろうと思う。しかしこの授業が、五十嵐が述べるところの「作品の語りの仕組みに沿った授業」となっているのか、という点についてはいま少し検討の余地があると思われる。

本稿では、本教材の物語としてのおもしろさを読んでいくという五十嵐の教材研究に厚みを加えることを期して、「彼女」の物語を入れ籠とする〈語り〉が生成する「僕」の物語をあぶりだし、そのことによって「バースデイ・ガール」の教材価値をさらに引き出すことを試みたい。

二、「彼女」の物語を読む

本作品の〈語り〉は「彼女」の「二十歳の誕生日」の出来事を三人称で語るレベルを入れ籠にして、その外側に「彼女」と「僕」の会話を語るレベルを配するという構造を持っている。そして、この二つの〈語り〉のレベルの転換は「一行空き」というテキスト表記上の処理によって明示されている。入れ籠になっている「彼女」の「二十歳の誕生日」を語るレベルが、本作品の物語としてのおもしろさの中心である。

このレベルにおける語り手は、都会の洒落たレストランの様子に目配りをしながら「彼女」が「誕生日の夜を過ごすはずだったボーイフレンドと、数日前に深刻な喧嘩をしたこと」、「老人」への配膳を担っていた「フロア・マネジャー」が体調を崩したことなどを、淡々と語っていく。それはあたかも「彼女」と「老人」の出会いが必然であったかのような語り口である。そして、このレベルの〈語り〉の読みのポイントが「老人」の次のような申し出に対する「彼女」の「願いごと」の中身にあることは、改めて指摘するまでもないだろう。

「こうなればいいという願いだよ。お嬢さん、君の望むことだ。もし願いごとがあれば、ひとつだけかなえてあげよう。それが私のあげられるお誕生日のプレゼントだ。しかしたったひとつだから、よくよく考えた方がいいよ」（傍点原文・二二七頁）

「彼女」は半信半疑ながら、ひとつだけ「願いごと」をする。「彼女」のその「願いごと」は「老人」が予想した「普通の女の子が願うようなこと」、すなわち「もっと、美人になりたいとか、賢くなりたいとか、お金持ちになりたい」というものではなかった。しかし、作品を最後まで読んでも「願いごと」の具体的な内容は明らかにはならない。まさに謎である。五十嵐は「彼女」の「願いごと」が、最後まで明らかにされない理由を「それが何かを読み手に考えさせたいからである」（六四頁）と明快に述べる。さらに、作品にこのような謎がしかけられている理由については、次のように説明する。

読み手を「彼女」と同じ立場に立たせて選択を迫るためである。ふつう人生において「彼女」のような選択を迫られることはほとんどない。たいがいの人は無自覚に暮らしている。そういった読み手を、非日常の世界に連れこんで生きる意味について考えさせるためである。（六四頁）

これらの説明は、「彼女」は「老人」によって「二十歳の誕生日という記念すべき日に、人生の選択を迫られた存在」（六二頁）、すなわち「人生の一回性を自覚させられて生きてきた存在」（六二頁）であり、対して「ぼく」[注5]は「一回性に無自覚に生きてきた存在」（六二頁）であり、そしてこの「老人」は「すべて理解している存在」（六三頁）である、とする五十嵐の「形象よみ」[注6]に基づいている。さらに五十嵐は作品の〈語り〉に言及して、次に掲げる作品末尾で「老人」が「人生の一回性を強調して語りを終え」（六三頁）るとする。

「しかしたったひとつだから、よくよく考えた方がいいよ。可愛い妖精のお嬢さん」。どこかの暗闇の中で、枯れ葉色のネクタイをしめた小柄な老人が空中に指を一本あげる。「ひとつだけ。あとになって思い直してひっこめることはできないからね」

（二三六頁）

この「老人」は「世界の終りとハードボイルド・ワンダーランド」「図書館奇譚」「不思議な図書館」など、村上の小説に繰り返し登場するキャラクターである。「バースデイ・ガール」における「老人」も、日々の食事で「チキン」しか食べず、「ちょっと普通じゃないしゃべり方を」する、というようにいささか奇妙な人物として造型されている。たしかに、この「老人」は「すべてを理解している」賢者としての性格を備えているようでもある。これらのことから五十嵐は、この「老人」に、「二十歳」という大人への入口に立った「彼女」のメンターとしての役割を読んだのである。人生に「自覚的」な「彼女」と、人生に「無自覚」な「僕」。二人の生き方を対照することをもって、生徒に一回限りの人生を、相対的で俗物的な価値を追うことに費やすのは無為であるというメッセージを送ること。このようなことが、五十嵐の本教材の学習の目標の核となっている。

そもそもこの「読書会のような授業」は、「願いごと」の中身を自由に話し合うというものではない。「二十歳の誕生日」に「人生の選択を迫られ」た「彼女」は、〈美〉〈賢〉〈富〉というような価値を二十歳の段階で拒否した人物だからである。したがって、話し合われる「願いごと」の中身は〈美〉〈賢〉〈富〉という三点を除外することが前提となる。「読書会のような授業」は、結果として「平凡でもいいから幸せな人生を送りたい」（六四頁）という内容に緩やかに集約されていくことになるだろう。この地点が五十嵐の授業の最終目的地である。この「老人」が提起する「人生の一回性」の問題を受けとめて自省すること、このことだけでもこの学習には十分な教育的意義があるだろう。ましてや、本教材の教科書における位置づけは「読書」単元なのであった。五十嵐が述べるように「一読したあと、感想を述べさせたり村上春樹について一言解説して授業を終えるのが、一般的なやり方」なのである。

しかし、作品末尾における「老人」のこのセリフを語っているのは、語り手の〈僕〉であるという点を看過すべきでない。「老人」が作品の「語りを終え」ているのではなくて、〈僕〉が作品の「語りを終え」ているのである。このような〈語り〉の構造を、強く意識した時、はじめて「僕」の物語が立ち現れてくる。五十嵐に「決定的な選択を迫られずに生きてきた」と評された「僕」の物語を読むことによって、本作品はさらに厚みのある立体的な教材となるように思うのだが、どうだろうか。登場人物の像を、帰納法的に抽出し、登場人物が「象徴するもの」（六二頁）を読むという「形象よみ」では、登場人物の出来事を読むことはできるが、小説の〈語り〉が生成する「僕」の物語を読むことはできないのである。

三、「僕」の物語を読む

「二十歳の誕生日」の夜から十数年後、二人がお互いの「二十歳の誕生日」について語り合うレベルの〈語り〉を読んでみよう。このレベルの〈語り〉の特徴は〈僕〉という語り手が物語内の人物として登場する点にある。つまり「僕」は「彼女」の物語の聞き手、すなわちこのレベルにおける登場人物であると同時に、このレベルの語り手でもあるのである。このような〈語り〉の構造が、語り手である〈僕〉が「彼女」の物語を語りながら、同時に自らの物語を生成することを可能にする。

このレベルで語られる「彼女」は、自分の「願いごと」の内容を知っている。したがって自らの「願い」がかなったのかどうかもわかっている。であるからこそ「彼女」は「その願いごとが実際にかなったのかどうか」と「君がそのときに願いごととしてそれを選んだことを、あとになって後悔しなかったか」という「僕」の二つの質問に答えられたわけである。一つ目の問いに対する「彼女」の答は「イエスであり、ノオね。」であった。「彼女」は、現在「三歳年上の公認会計士と結婚していて」「男の子と女の子」の「子ども」がいる。さらに「アイリッシュ・セッターが一匹」いて、「アウディに乗って、週に二回女友だちとテニスをしている」と、自分の生活を要約し「それが今の私の人生」と述べる。それは一般的には「僕」が「それほど悪くなさそうだけど」と述べるようなアッパー・ミドル・クラスの生活である。しかし「彼女」は、「アウディのバンパーにふたつばかりへこみがあっても？」と応じて、自分が現在の生活に決して満足していないことをほのめかす。現在の「彼女」が不満を感じている理由を、忖度することにあまり意味があるとは思えないが、あえて想像力をたくましくすれば、安定した生活がもたらす空虚、あるいは経済的自立の問題とも関連があるかもしれない。

いずれにせよ「彼女」は、「二十歳の誕生日」から十年以上が経過した現在、「まだ人生は先が長そうだし、私はものごとの成りゆきを最後まで見届けたわけじゃないから」と、自らに言い聞かせるように述べる。「僕」の「ふたつ目の質問」に対して、「ふたつ目の質問ってなんだっけ？」と聞き返す「彼女」を、語り手の〈僕〉が次のように語っていることに注意したい。

彼女は奥行きのない目を僕に向けている。ひからびた微笑みの影がその口もとに浮かんでいる。それは僕にひっそりとしたあきらめのようなものを感じさせる。
（二三四頁）

語り手の〈僕〉は、現在の「彼女」を基本的には好ましく思いつつも、自分は「彼女」の人生を生きることはできないという、ある種の諦観に基づいて語ってはいないだろうか。とはいえ〈僕〉は、決して高みに立って「彼女」の人生を睥睨しているのではない。〈僕〉は「彼女」の人生を語ることで、自らの人生をも含めた人生全般の宿命を問題にしているのである。それは、人生を一回性のレベルから問題にするだけではなく、人生を絶対的な個別性のレベルから問題にする批評意識である。あたかも〈僕〉のこの〈語り〉に呼応するかのように「彼女」は述べる。

「人間というのは、何を望んだところで、どこまでいったところで、自分以外にはなれないものなのねっていうこと。ただそれだけ」（二三五頁）

いや「彼女」が述べたのではない。「彼女」が述べたことを〈僕〉が語っているのである。語ることは批評することである。「どこまでいったところで、自分以外にはなれない」というこの言は、人間が自らの世界の内のりを、決して超えることはできないということ[注7]の表明である。しかし、この厳然たる事実は不幸ではない。逆説的な言い方になるが、この不可能性こそが、個別一人ひとりの人間の自己同一性の拠って立つ地点を証ししているのである。人生はその一回性だけが問題なのではない。人生の取り替え不可能性こそが問題なのである。

物語の終末部分で、今度は「彼女」が「ねえ、もしあなたが私の立場にいたら、どんなことを願ったと思う?」と「僕」に問いかける。「僕」は「何も思いつかないよ」と答える。そんな「僕」に、「彼女」は「あなたはきっともう願ってしまったのよ」と述べる。「彼女」のこの言をどのように読んだらよいのだろうか。五十嵐は「僕」の人物の像を以下のように読む。

①二十歳の誕生日に自分の人生を選択させられた「彼女」に対して、「ぼく」はそういったはっきりとした形で人生の選択を迫られることはなかった。
②しかし、自覚はないにしても、「ぼく」は何らかの選択をして「ぼく」自身の人生を歩いてきた。
③そして、その選択した人生を、「ぼく」は受け入れているということだろう。

（六一頁）

五十嵐のこれらの読みは極めて適切と思う。なぜなら、これらの読みは「僕」の物語の領域に踏み込まなければ、読めない読みだからである。そして「②」の「自覚はないにしても、「ぼく」は何らかの選択をして」という読みが特に重要である。この読みによって、「何らかの選択」をしたという「自覚」がないのは、「彼女」の話の聞き手である「僕」であり、作品全体の語り手である〈僕〉は、その「選択」の中身をわかっていという事実が明らかになるからである。このように、聞き手の「僕」と、語り手の〈僕〉を分離して読むことが、小説の〈語り〉の読み方の最も重要なポイントである。となると、問題は、そのような「僕」が、いつ、どこで、どのようなことを「選択」したかのということになってくる。このような観点から作品を読んでいくことが、小説の〈語り〉の仕組みに沿った教材研究であり、これらのことは、登場人物の像の分析と総合を繰り返す「形象よみ」では行えない。五十嵐は、巧まずして「形象よみ」のレベルを超え出てしまったと言ってもよいかもしれない。

ここでは、小説の地の文はもちろん、「彼女」の発言の裏にも、「僕」の発言の裏にも〈僕〉という語り手が隠れているということを強く意識したい。「彼女」の「あなたはきっともう願ってしまったのよ」という発言を語っているのは語り手である〈僕〉なのである。そして、この〈語り〉のレベルの登場人物でもある「僕」は、語り手である〈僕〉に語られている。したがって、登場人物の「僕」が「二十歳の誕生日から遠く離れすぎている」「何も思いつかない」と語ることをもって、「僕」が自分自身の「二十歳の誕生日」に何も願わなかったと判断することはできないのである。つまり「彼女」の話の聞き手である「僕」は「願いごと」を「何も思いつかない」が、語り手の〈僕〉には思い当たるふしがあるのである。

であるとすれば、そもそも語り手の〈僕〉という人物は、いったい誰で、どのような「二十歳の誕生日」を過ごしたのか、ということが問題になってくる。このようなことを読むことが、「僕」の物語を読むことの入口である。しかし、教科書バージョンの本文では、「僕」をめぐるこれらの物語を読むことができない。なぜなら教科書はオリジナル作品の全文を掲載していないからである。

編訳小説集『バースデイ・ストーリーズ』は、村上の書き下ろしである「バースデイ・ガール」を含めて計十一編の小説を収録している。そしてそれらの作品すべてに、編訳者である「村上春樹」を自称する人物による、原著者と原作についての「解説」とでもいうべき一頁分の文章が存在している。本作品には「バースデイ・ガール／村上春樹／*BIRTHDAY GIRL by Haruki Murakami*」とタイトルが記された扉（二一一頁）の次頁（二一二頁）に、以下のような文章が配されている。

村上春樹（一九四九年　京都府生まれ）

最後のおまけというべきか、蛇足というべきか、翻訳者であり選者である村上が書いた誕生日をテーマにした短篇小説を、ここに収録する。この作品は本書のために書き下ろされた。

あなたは二十歳の誕生日に自分が何をしていたか覚えていますか？　僕はよく覚えている。一九六九年の一月十二日は冷え冷えとした薄曇りの冬の日で、僕はアルバイトで喫茶店のウェイターをやっていた。休みたくても、仕事を代わってくれる人がみつからなかたのだ。その日は結局、最後の最後まで楽しいことなんて何ひとつなかったし、それは僕のそれからの人生全体を暗示しているみたいに（そのときは）感じられた。

この物語では、主人公の女の子は孤独のうちに、当時の僕と同じような、あまりぱっとしない二十歳の誕生日を迎えることとなる。日が暮れて雨まで降りだした。さて、最後の瞬間の大きな転換のようなものが、彼女を待ち受けているのだろうか？

教科書の編集者がこの文章を掲載しなかったことは、教科書が抱える諸条件を思えば無理からぬことであると思う。よしんば、この部分を掲載したとしても、「作者」による自作へのコメントとして軽く読み飛ばされてしまうだろう。しかし、本作品から「僕」の物語を読む立場からすると、教科書がこの部分を掲載しなかったことの影響は小さくない。この編集によって「僕」の物語への回路が遮断されてしまったからである。

引用部における〈僕〉は、「二十歳の誕生日」のことを「よく覚えてい」て「最後まで楽しいことなんて何ひとつなかったし、それは僕のそれからの人生全体を暗示しているみたいに（そのときは）感じられた」と語る。その日「僕」は何を願ったのだろうか。

結論から述べれば、「僕」は「二十歳の誕生日」に「喫茶店のウェイター」をしながら、小説家になることを願ったのである。そのことを「彼女」の話の聞き手である「僕」はわかってはいないが、語り手である〈僕〉はわかっているという点が、この作品の〈語り〉を読むための極めて重要なポイントなのである。

四、「彼女」の物語と「僕」の物語を語る〈僕〉という語り手

「僕」の物語を読むためには、「僕」がすでに小説家であるという点を踏まえることが必須である。「彼女」

と「僕」が、互いの「二十歳の誕生日」について会話をする時点の「僕」は、すでに小説家になっているのである。そして、そのことを「彼女」も知っている。「彼女」の「あなたはもう願ってしまったのよ」という言葉は、小説家である「僕」に対する発言として、小説家の〈僕〉が語っているのである。さらに〈僕〉は「彼女」の「人間というのは、何を望んだところで、どこまでいったところで、自分以外にはなれないものなのねっていうこと。ただそれだけ」という応答を語る。語り手である〈僕〉は、「彼女」のこの言を語ることによって、「彼女」の過去から現在までの人生を評し、同時にこの〈語り〉のレベルの登場人物であり、かつ聞き手でもある小説家としての自分自身の人生をも評したのである。

自らの「二十歳の誕生日」を「楽しいことなんて何ひとつなかった」、「それからの人生全体を暗示しているみたいに」「感じられた」と語る、語り手の〈僕〉。「彼女」との会話を終えた後に、過去を回想して語り出した〈僕〉は、自分は「二十歳の誕生日」に、小説家になること願ったのだった、ということに気づいて語っているのである。さらに〈語り〉の現在における〈僕〉は、言葉によって世界に対峙する小説家という仕事の困難さを強く自覚してもている。だからこそ、その「楽しいことなんて何ひとつなかった」その日が、「僕のそれからの人生全体を暗示しているみたいに」「感じられた」と語るのである。

ここでもう一度、語ることは批評することである、ということを確認しておきたい。そのことは「他者」について語ろうが、「自己」について語ろうが同じである。語ることは批評することである。しかし、人間は「どこまでいったところで」「自分以外にはなれない」。つまり人間は自らの世界の内のりを、決して超えることはできないのであった。つまり、人間は「どこまでいったところで」「他者」について語ること、批評することができないのである。「他者」だけではない。人間は「自己」についても語ること、批評することはできない。「自己」を語るその「自己」が、自らの内のりを超えることができないからである。

おそらく「彼女」は、自らの今後の人生に対して満足することも、不満を感じることもないだろう。満足であるとか、不満であるとかという意識は、自己批評の産物だからである。したがって「僕」の「願いごとが実際にかなったのかどうか」という質問に対する「彼女」の答は、これからも「イエスであり、ノオね。」であり続けるはずである。

「彼女」の話の聞き手の「僕」がわからなかったこれらのことを、語り手の〈僕〉はわかっている。語り手の〈僕〉が、「彼女」にした質問を、自問し自答するとすれば、その答えもおそらくは「イエスであり、ノオ」であるはずである。語り手の〈僕〉は、人間が自らの内のりを、決して超えることができないことを知りつつ、語ることによって、記憶すなわち物語を生成し、それを言葉で書きつけていく、というある意味で絶望的な行為を生業とする小説家だからである。

しかし、それでもなおかつ小説家である〈僕〉という語り手は、作品の冒頭で「最後の瞬間の大きな転換のようなものが、彼女を待ち受けているのだろうか?」と語っていた。この「大きな転換のようなもの」[注8]を措定することが、人間の宿命、すなわち「どこまでいったところで」「自分以外にはなれない」という難問を超え出る鍵[注9]であることを、〈僕〉という語り手は、確信しているように思われるのである。

[注1]　二〇〇二年一一月二七日・中央公論新社刊。本作品からの引用は同書による。なお本書と同名の書籍が「村上春樹翻訳ライブラリー」の一冊として、新たな訳し下ろし作品を二編加えて、二〇〇六年一月一〇日に中央公論新社から刊行されている。さらに『Blind Willow, Sleeping Woman』と題された英語版と、同じ作品構成を採用した短篇集『めくらやなぎと眠る女』(二〇〇九年一一月二五日・新潮社)にも『翻訳ライブラリー』版を定本とした「バースデイ・ガール」が収録されている。同書の巻頭から二番目の作品として収められている「バースデイ・ガール」では、オリジナル単行本版と「翻訳ライブラリー」

版に付されている「村上春樹」による「バースデイ・ガール」の「まえがき」は削除されている。

[注2] 『伝え合う言葉　中学国語3』（教育出版・二〇〇六年・一〇〇〜一一五頁）

[注3] 『回転木馬のデッド・ヒート』（講談社・一九八五年）所収の短篇群に代表される。

[注4] 「村上春樹の教科書作品をどう読むか――小説「バースデイ・ガール」の教材分析――」（「研究紀要X　科学的「読み」の授業研究会」・二〇〇八年・五八〜六五頁）。以下、五十嵐論からの引用はすべて同論文からのものである。なお、五十嵐の論文は「バースデイ・ガール」の教科書バージョンの本文を対象とした論考である。

[注5] 五十嵐論文は、作品からの引用を、[注2]の本文に拠っている。

[注6] 「構造よみ」「形象よみ」「主題よみ」（「批評よみ」）という三段階の読みを定式とする「よみ研方式」（科学的「読み」の授業研究会）における二段階目の読み。阿部昇は『教材研究の定説化4「オツベルと象」の読み方指導』（大西忠治編・明治図書・一九九一年）において、「形象よみ」を「作品の一語一語、一文一文のイメージをくわしく読みこませる指導段階」（一四頁）と説明している。

[注7] 田中実は、この問題を「〈わたしのなかの他者〉」（「キーワードのための試み」田中実・須貝千里編『文学の力×教材の力』・教育出版・二〇〇一年・五九頁）と呼んで問題化している。

[注8] 村上春樹訳によるグレイス・ペイリーの短篇集に『最後の瞬間のすごく大きな変化』（文藝春秋・一九九九年）がある。同書の原題は「Enormous Changes at the last Minute」である。村上は同書の「あとがき」にあたる「グレイス・ペイリー、温かく強いヴォイス」において、ペイリーの全小説の翻訳を宣言している。

[注9] 詳細は、別稿で論じる予定だが、村上春樹が、小説を成立させる際に必要であると述べる「第三者」としての「うなぎ」（柴田元幸編訳『柴田元幸と9人の作家たち』・アルク・二〇〇四年・二七八〜二七九頁）のような概念を想定している。

付記　本稿は「日本文学」（二〇一〇年八月号）に発表した同名の論文の字句を若干改め、注の一部を加筆修正したものである。

村上春樹の翻訳小説　「レイニー河で」（"*On the Rainy River*"）――「語る」ことの領域――

服部康喜

一、「物語」の衰退あるいは「語る」ことの困難さ

村上春樹の翻訳小説「レイニー河で」（原題"*On the Rainy River*"）はティム・オブライエン（Tim O'Brien）の『本当の戦争の話をしよう』（原題"*The Things They Carried*" 1990 First Published by Collins）に収録された作品である。原作者ティム・オブライエンは一九四六年（昭和二一）ミネソタ州オースティンに生まれ、一九六九年二月から翌七〇年三月まで、ヴェトナム戦争に歩兵として従軍した経歴を持つ。翻訳者村上春樹とはほぼ同世代でありつつも、その経歴にはかなりの差がある。オブランエンはなによりも戦争を身をもって生きたアメリカの青年であって、東西の冷戦時代の緊張感と懐疑のただ中を無防備で走り抜けるほかはなかった。但し、無防備な心の傷跡において、両者は共通した感性を示している。この「レイニー河で」においてもそうであるように、村上春樹はティム・オブライエンの方法にかなりの危険性を感じている。以下引用してみよう[注1]。

最初にこの作品集を手にした時には、私はオブライエンが自分自身を主人公に設定したことに（少なくとも自分の名前と資格を主人公に与えたことに）、同じ作家としていささか疑問を持った。一般的に言って、それは小説家としてはかなり危険な種類のコミットメントであるからだ。しかし何度もこの本を読み返してみて、やはりこうしないわけには行かなかったのだろうと私なりに納得した。オブライエンは、自分の生身の体を虚構に突っ込むというリスクを引き受けてまでも「本当の戦争の話」を読者に向かって語りかけたかったのだ。

敢えて言えば、オブライエンの犯したコミットメントは、彼という小説家を傷つけ、破滅させるほどの危険性を持っていたということである。何故か。また、その危険性を踏み越えてまでも、読者に語りかったこととは何か。その答えは「レイニー河で」というテクストの「語り手」（主人公＝私）が答えてくれるはずである。それにしても「語る」とはどういうことなのだろうか。その本当の困難さとはなんだろうか。ヴァルター・ベンヤミンは「物語ること」＝「物語」が成立不可能な時代に直面して、その真の困難さを次のように記していたことを想起しよう[注2]。

物語作者（Erzähler）――この名称が私たちにいかに親しい響きをもっていようとも――現在、生き生きと活動する存在では必ずしもない。／この経験は私たちに、物語る技術がいま終焉に向かいつつあることを告げている。まともに何かを物語ることができる人に出会うことは、ますますまれになってきている。そして、なにか物語をしてほしいという声があがると、その周囲に戸惑いの気配が広がっていくことがしばしばである。まるで、私たちから失われることなどありえないと思われていた能力、確かなもののなかでも最も確かだと思われていたものが、私たちから奪われていくかのようだ。すなわち経験を交換するという能力が。この現象の原因のひとつははっきりしている。経験の相場が下落してしまったのだ。そして、この下落には底がないように見える。／〔第一次〕世界大戦とともに、ある成り行きが露わになってきた。この成り行きは、以後、とどまるところを知らない。戦争が終わったとき、私たちは気づかなかっただろうか。戦場から帰還してくる兵士らが押し黙ったままであることを？　伝達可能な経験が豊かになって、ではなく、それがいっそう乏しくなって、彼らは帰ってきたのだ。

今から八〇年近く前に書かれたこの文章は、現在においてもなんと新鮮に響くことだろうか。ひとつの経験が有機的に次なる経験に結びつき、意味として一人の人間の中に定着するという出来事が、「物語」の形成にとってまず必要な前提なのだ。「物語る」ことが不可能なのは、経験が意味に結びつかなくなったからなのだし、結びつく回路を失ったからなのである。この事態をベンヤミンは次のように語る［注3］。

あの戦争にまつわる出来事においてほど徹底的に、経験というものの虚偽が暴かれたことはなかったからだ。すなわち、戦略に関する経験は陣地戦によって、経済上の経験はインフレーションによって、身体的な経験は物量戦によって、倫理的経験は権力者たちによって、ことごとく化けの皮を剝がされたのだった。

ティム・オブライエンがヴェトナムで直面したのは、まさにこのような事態だった。それは経験にまで至らない事実として拡散する性質のものであって、そこにあるのは情報という事実（Fact）なのである。そういえばベンヤミンも「物語」と情報を次のように区別していた。すなわち「情報は、それがまだ新しい瞬間に、その報酬を受け取ってしまっている。情報はこの瞬間にのみ生きているのであり、みずからのすべてを完全にこの瞬間に引き渡し、時を失うことなくこの瞬間にみずからを説明し尽くさなければならない。物語のほうはこれとはまったく異なる」と。

おそらく、ベンヤミンの言説を踏まえて、次のように考えることも可能だろう。事実（Fact）には情報として変換する回路と、経験として「物語」に変換する回路の二つがあって、後者への道は意味に至る道であると。現在の悲劇は、後者における回路の決定的な不在なのである。それはベンヤミンが言うように「物語作者は、物語ることを経験から取り出してくる。それは自分自身の経験の場合もあるし、報告された経験の場合もある。そして、語ったものを、また、彼の話に耳を傾ける人びとの経験にしていくのだ」。この経験の共有が失われる時、「耳を傾ける能力も失われ、耳を傾けて熱心に聞き入る人びとの共同体も消えていく。話を物語るとは、つねに、話をさらに語り伝える技術なのである。そして、話がもはや記憶にとどめられなくなると、この技術は失われていく」。経験を「物語」に変換する技術の喪失によって、事実（Fact）は情報への回路に殺到する。これはベンヤミンが予見した避けられない現在の運命なのである。この時、作家はどのような技術（方法）で、なお「物語」ろうとするのだろうか。

このことに関連して、『本当の戦争の話をしよう』に収録された興味深い作品がある。それはまさに「本当の戦争の話をしよう」（“*How to Tell a True War Story*”）であり、その中に次のような「語り手」の告白がある。

あることはたとえ実際に起こったとしても、なおかつまったくの嘘っぱちでありうるのだ。あることは実際に起こっていないかもしれない。でもそれは真実以上の真実でありうる。たとえばこういう話だ。四人の兵隊が道を歩いている。手榴弾が飛んでくる。一人がそれに飛びついて身を挺して三人の仲間を救おうとする。でもそれは大量殺傷用大型手榴弾で、結局みんな死んでしまう。死ぬ前に一人がこう言う。「お前なんでまたあんなことしたんだ?」飛びついた男がこう言う。「一世一代ってやつだ、戦友」と。相手の男は微笑みかけたところで死んでしまう。これは作り話だ。でも本当の話だ。

明らかに、全員が死亡したにもかかわらず、目撃者が存在したかのように語られているこの話は、ありえない話だ。「語り手」はその少し前で次のように語っていた。「本当の戦争の話というものはそのような種類の真実に依存していない」と。また、後ではこうも語っている。「結局のところ、言うまでもないことだが、本当の戦争の話というのは戦争についての話ではない。絶対に。」と。これらの言説が明らかにしていることは、事実（Fact）についての「物語」は小説ではない、ということなのである。

それは太陽の光についての話である。それは君がこれからその河を渡って山岳部に向かい、そこでぞっとするようなことをしなくてはならないという朝の、河の水面に朝日が照り映える特別な様子についての話である。それは愛と記憶についての話である。それは悲しみについての話である。それは手紙の返事を寄越さない妹についての話であり、何に対してもきちんと耳を傾けて聴こうとしない人々についての話である。

このことの意味は、真の「物語」＝小説は事実（Fact）についての「物語」ではなく、彼ら（兵士たち）が何を担ったかについての「物語」でなければならないということなのである。実は最初に引用した村上春樹が抱いたティム・オブライエンの方法に対する危惧は、作家が自分自身を主人公にすることによって、一般的に作家の「物語」を事実（Fact）＝経験と混同することの危険性に対してであったことが明瞭となるだろう。

事実（Fact）に依存せずに、真実の「物語」を語ること。それは彼ら（兵士たち）が経験した事実（Fact）を語るのではなく、事実（Fact）において彼らが担ったものを語ること。これがオブライエンの方法であり、その意味で、彼の作品の題名は村上春樹が付した『本当の戦争の話をしよう』ではなく、原題通りの“*The Things They Carried*”（『彼らが担ったもの』）とするほうが、よりふさわしいと言うべきだろう。「経験の相場の下落」（ベンヤミン）という状況の中で、それでもかろうじて経験を「物語る」という隘路を歩む技術を、このようにしてオブライエンは確保したのであり、その目論見の当否は作品（テクスト）自体が語ってくれるだろう。

二、「事実」（Fact）において「語る」ことの秘儀

それにしても、事実（Fact）について「語る」ことと、事実（Fact）において「語る」ことの違いはどこにあるのだろうか。前者の場合は明らかに、事実（Fact）それ自体の意味を「語る」ことにほかならないだろう。しかし、後者の場合は事実（Fact）における意味の総体に関わる行為を指す。それは別言すればこういうことだ。私たちの経験は事実（Fact）そのものと事実（Fact）の意味の二つを通常指すが、本当は事実（Fact）において担った意味の総体を指すのだと。したがって事実（Fact）そのものは経験には至らないのだ。ベンヤミンが語ったのは事実（Fact）が意味に時熟しない事態であり、それは多くの事実（Fact）が「語る」べき経験に至らない状況を目前にしたものだった。その状況の前では、経験は意味として共有化できない。それは経験が難解で特異なものなのではなく、無意味だからなのである。「戦場から帰還してくる兵士らが押し黙ったままである」のは「伝達可能な経験が豊かになって、ではなく、それがいっそう乏しく」（ベンヤミン）なったのであり、兵士たちの経験が無意味であることを彼らが直感していたからなのである。端的に言えば、兵士たちは無意味

を担っていた。それは彼ら自身が無意味であることの証明であり、それは「語る」ことを不可能にする。しかし一方で、なお「語る」ことがあり得るとしたならば、それはどのような事態なのだろうか。この「語る」ことの原理について、ドゥルーズは次のように指摘していた［注4］。

ベルグソンが言うように、われわれは音からイマージュへ、イマージュから意味へと移行するのではなく、《一気に》意味の中に身を置くのである。意味とは、可能な指示作用を行い、またそのための条件をも考えるために、私がすでに身を置いている領域のようなものである。私が語り始めるとき、つねに意味はすでに想定されている。この想定がなければ、私は語り始められないだろう。

この論の文脈の中で言えば、すでに「語る」ことの中に身を置いている領域とは、経験＝事実（Fact）においいてすでに担った意味の領域のことである。またはこうも言えるだろう。すでに担ったものの領域の中に、意味は先在していると。これは事実（Fact）を「語る」ことではない。その意味の先在的なあり様を「語る」ことなのである。それは全体（toute）を「語る」ことなのである。

ここでこの論の課題である『レイニー河で』に返るならば、まず注目しなければならないのは、このテクストの「語り手」である「私」の存在である。この「私」は作者であるティム・オブライエンと重なることは否定できない事実である。しかし「私」が語るのは、ティム・オブライエンの経験＝事実（Fact）ではなく、彼の経験＝事実（Fact）における意味なのである。その意味で、「私」は真の作者＝真の「語り手」なのである。それは経験を構成する者、意味へと招く者のことなのである。このことの確認の上で、テクストを見て行こう。まず「語り手」である「私」の前提条件として、ヴェトナム戦争から帰還した者であることを確認しておこう。

この「私」が語る事実(Fact)の連鎖を統括するプロットは、一見、明瞭であるかのようだ。しかしまずもって、「語り手」=「私」が直面している「語る」ことの困難さについて確認しておく必要がある。たとえば、すでに記した「経験の相場の下落」(ベンヤミン)という事態。「身体的な経験は物量戦によって、倫理的な経験は権力者たちによって、ことごとく化けの皮を剝がされた」(同)に見合うのは『本当の戦争の話をしよう』の中では次の個所だろう(「兵士たちの荷物」原題 “*The Things they Carried*”)。

目的もなく村から村へと移り歩き、勝つこともなければ、負けることもなかった。彼らは行軍すること自体を目的として行軍した。彼らは炎暑の中をとぼとぼと重い足取りで前進した。何も考えない身ひとつの歩き屋の兵隊。脚だけがたよりだ。彼らはえっちらおっちら山を上り、水田に入り、河を渡り、また上り、また下った。荷物を背負い、一歩また一歩と次々に足を前に出していくだけだった。そこに意志だの決意だのというようなものは存在しなかった。何故ならそれは自動的なものであり、解剖学的なものであったからだ。そして戦争というのはつまるところ姿勢や体つきの問題であった。瘤《ハンプ》、要するにそれに尽きるわけだ。ある種の惰性的無力感、ある種の空虚さ、欲望や知性や良心や希望や人間的感覚の鈍化。彼らの基本原則は彼らの脚にあった。彼らの計算は生体的なものだった。彼らには戦略とか任務とかいうような観念はなかった。彼らは村を捜索したが、自分たちが何を探しているのか全然わかってなかった。彼らは無感覚に米を入れた壺を蹴飛ばし、子供や老人が武器を持っていないか身体検査し、トンネルを爆破した。村を焼き払うこともあったし、焼き払わないこともあった。それから彼らは整列し、次の村へと向かった。そしてまたその次の村へと。どこに行ってもやることはいつも同じだった。彼らは彼ら自身の命を持ち歩いていた。

戦うことの意味の極端な乏しさ。その一方で、この戦争が何者によって行われていたのかを雄弁に語ってもいたのだ。意味の極端な貧困の一方にある極端な物量の豊かさ。

どのみち夕暮れまでには補給ヘリがやってくるからだ。そして一日か二日あとはもっとたくさん補給が来る。新鮮な西瓜や弾薬の詰まった木箱やサングラスや毛糸のセーターや――その供給の豊富さといったらまさに驚異的だった――独立祭の花火やら復活祭の色つき卵やらが送られてきた。偉大なアメリカの戦争用物資貯蔵倉庫――科学の結晶、煙突、缶詰工場、ハートフォードの兵器工場、ミネソタの森林、機械工場、広大なトウモロコシや小麦畑――彼らはまるで貨物列車みたいに荷物を運んだ。彼らは背中や肩にそれを背負って運んだのだ。そしてヴェトナムの抱える両義性やら、その謎やら未知やらに取り囲まれながらも、少なくともこれだけはいつもはっきりしているという事柄があった。それは彼らが担ぐべき物が不足して困るような事態は絶対にないということだった。

おそらくベンヤミンが経験した第一次世界大戦とは異なって、現代の戦争の縮図がここにある。それは物質的な豊かさの中で行われた戦争であるという点だ。しかしそれは意味の豊かさを表わさない。兵士たちを戦場に送った権力の圧倒的な力を誇示するだけなのである。そして「経験の相場の下落」（ベンヤミン）という事態は、隠されていた権力が物量として視覚化されることによって一層顕著なものとなるのだ。その戦いは兵士たちの戦いではなく、アメリカの戦いであることを表明している。しかし、それだけではない。

実は『本当の戦争の話をしよう』は戦争の豊かさをも語っている個所がある（「本当の戦争の話をしよう」原題 *“How to Tell a True War Story”*）。

戦争は地獄だ。でもそれは物事の半分も表わしてはいない。何故なら戦争というものは同時に謎であり恐怖であり冒険であり勇気であり発見であり聖なることであり憐れみであり絶望であり憧れであり愛であるからだ。戦争は汚らわしいことであり、戦争は喜びである。戦争はスリリングであり、戦争はうんざりするほど骨の折れることである。戦争は君を大人に変え、戦争は君を死者に変える。いくつかの真相は相反している。たとえば戦争はグロテスクであると言うこともできる。しかし実を言えば戦争はまた美しくもあるのだ。その恐怖にもかかわらず、君は戦闘のすさまじいまでの荘厳さに息を呑まないわけにはいかないだろう。輝かしい赤いリボンのように闇の中をするすると延びていく曳光弾を君はじっと見つめる。夜の水田の上にクールで無表情な月が浮かぶとき、君は身をかがめて敵を待ち伏せる。君は流れるが如くシンメトリックに展開していく部隊の姿に感嘆する。音と形と比率の調和。戦闘ヘリからばらばらと振りまかれる金属の雨。照明弾、黄燐弾、ナパーム弾の黒紫色の光、ロケット弾の赤いきらめき。それは正確には綺麗というのではない。それは人の度肝を抜く。それは人の目を引きつける。それは人を支配する。君はそれを憎む。そう。でも君の目はそれを憎まない。凄まじい山火事のように、顕微鏡で見る癌細胞のように、戦闘、爆撃、弾幕、砲撃というものはモラルなどというものを毛ほども受けつけない審美的純粋性を有しているのだ。力強く、無慈悲な美しさだ。

これは一例だが、「語り手」が語るのは戦争の多義性についてである。銃撃戦の後で感じる「強烈な生きることの喜び」について。また「高潔さ」や「正義と礼節と人間の和合」への強烈な願望が湧き上がることについて。「君の中の最良のものと、世界の中の最良のもの」との認識について。夕暮れの美しい色彩について。沈む太陽に抱く「驚異と畏敬の念」について。

「胸の痛むような激しい愛」と「世界のかくもありうる姿と、かくあるべき姿」への憧れについて、「語り手」は語り続ける。

少なくとも一般的な兵士にとって、戦争は決して晴れることのない深く不気味な灰色の霧の如きものである。彼らはそれを精神的な感触として知る。そこには明確なものは何ひとつとしてないのだ。何もかもがぐるぐると渦を巻いて見える。旧来の規則はもうその効力を失っている。旧来の真理はもはや真理ではない。誤ったものの中に正しきものがどくどくと注ぎこまれている。カオスの中に秩序が混ざりこんでいる。憎しみの中に愛が、美の中に醜さが、アナーキーの中に法が、野蛮の中に文明が。霧は君をすっぽりと呑み込んでしまう。自分が何処にいるのか、何故そこにいるのか、君にはわからない。ただひとつはっきりとわかるのは、どこまで行っても解かれることのないその二重性だけだ。

「語る」ことの困難さは、一義的な意味の決定性がどこにも存在しないということにある。したがって「語る」ことはほとんど無意味に近接する。それは明確な意味をなさないからだ。戦争はそれほど広大なのだ。美と醜、秩序とカオスにまたがる総体が戦争なのであって、これが戦争を「語る」ということの真実なのである。だからそれは不可能なのだ。同時にそれは無限に続くことが可能なのである。おそらくベンヤミンが言及できなかった現代の戦争（ハイテク戦争）を「語る」ことの困難さがここにある。それでももし「語る」ことが可能であるならば、意味が想定される領域のすべてを、すなわち「語る」ことに先行する意味の潜在領域のすべてを「語る」ことにおいてでしかない。それは端的に担うということにおいてのみ可能な行為なのである。

三、「語る」ことと「担う」ことと「他者」

「レイニー河で」の「語り手」である「私」は、繰り返すがヴェトナム戦争から生きながらえて帰還した「私」である。その「私」は今まで記した経験――戦争という無意味と意味の広大な淵を覗いた「私」である。敢えて他の作品に言及してまで探った「私」は、そのようなまなざしを所有していることを想定させずにはおかないからである。この「私」は「これまで誰にも話したことがない」話をしようとする。これが書き出しである。

結局みんなきまり悪い思いをするだけだろうと私はずっと思っていたのだ。だいたいにおいて告白というのはそういうものである。聞いている方はどうも居心地が悪くなってしまうのだ。今でもその話は私にばつの悪い思いをさせる。この二十年というもの、私はそれを抱えて生きてこなくてはならなかった。思い出すたびに恥ずかしかったし、そんなもの早く忘れてしまいたいと思った。

それでもなお「語る」のは、「語る」に値する意味が潜在しているからである。少なくともその予感に導かれているからである。そこでの物語――事実（Fact）＝出来事の連鎖を統括するプロットは、一見、明瞭であると記した。それは端的にCourage（勇気）についての物語であり、結局「私」はCoward（臆病・卑怯）であったことの再確認の物語である。「私は卑怯者だった。私は戦争に行ったのだ」という最後の個所は、この小説の統括テーマである。

戦争は怖い。でも国外に逃げることもやはり怖かった。私は私自身の人生や、私の家族や友人たちや、私の経歴や、そういう私にとって意味のある何もかもを捨てていくということが怖かった。私は両親にがっかりされることを恐れた。私は法律を恐れた。私はあざけられたり、非難されたりすることを恐れた。私が生まれたのは大平原の中にある保守的な小さな町だった。そこでは伝統というものが重んじられていた。きっと人々はお馴染みのゴブラー・カフェのテーブルを囲んで、コーヒーカップを手に、口を開けばオブライエンの息子のことを話題にするだろう。あの腰抜け息子は尻に帆たててカナダに逃げたんだぞ、と。

体面、名誉、死の恐怖、それらを前に反戦、正義などというものがいかに薄っぺらなものなのか、ということを告げている。「私」が越えようとして越えられなかった「レイニー河」は、「私」の心の中に引かれた限界線であり、それは文字通り担っていく（They Carried）べきものなのである。反響するのはCoward（臆病・卑怯）という「私」の内心の声である。

しかもこの声が「私」の中で反響し続けるのは、たとえ戦場で「私」が勇敢な兵士であったとしても、「私」はCward（臆病・卑怯）なのだ、ということなのである。このことの意味は、ひとつの行為は後に続く行為によっては決して代償（代替）できない、ということなのだ。それは何よりも行為の一回性（不代置性）に根拠を持つからなのである。たとえば『ノルウェイの森』ではそれは次のような表現を取っていた。

どのような真理をもってしても愛するものを亡くした哀しみを癒やすことはできないのだ。どのような真理も、どのような誠実さも、どのような強さも、どのような優しさも、その哀しみを癒やすことはできないのだ。我々はその哀しみを哀しみ抜いて、そこから何かを学びとることしかできないし、その学びとった何かも、次ぎにやってくる予期せぬ哀しみに対しては何の役にも立たないのだ。

経験は常に、まったく新しいものであり、その一回性（不代置性）の縛りから逃れることはできないのだ。このことは「レイニー河で」というテクストの不文律なのである。だが、テクストが語るのはそれだけではない。そういえば次の個所があったことを想起しよう。

こういうことの多くの部分を私は以前に書いた。あるいは少なくともそれとなく匂わせた。でも私はその真実の全貌をきちんと書いたことはない。わたしがどのようにして潰れてしまったかについて。

作中の「こういうこと」とは、すでに引用した体面、名誉、恐怖に関する事柄である。この翻訳個所は原文では「Most of this I've told before / but what I have never told is the full of truth. How I cracked」となっており、「私が今まで語らなかったことの中に真実の全貌はある」となろう。明らかなようにすでにCoward（臆病・卑怯）については「語られて」いたのだ。新たにここで「語ろう」とするのは「私が潰れてしまった」ことの詳細な経過なのである。そしてその経過に中に、「私」が担うべき多くの事柄がある、ということがまさに行為の一回性（不代置性）ということの真の意味することなのである。

私の上に注がれたすべての目——その町、その宇宙——そして私はどうあがいても体面を捨て去ることができなかった。観客たちが私の人生を見守っているように私には思えた。／人々の叫びが聞こえた。裏切り者！ と彼らは叫んでいた。腰抜け野郎、弱虫！ 顔が赤くなるのが感じられた。私はあざけりや、不名誉や、愛国者どもに馬鹿にされることを我慢することができなかった。／それはモラリティーとは何の関係もない。体面、それだけのことだった。そしてそこで私は屈服してしまった。／私は卑怯者だ。それは悲しいことだった。そして私はボートのへさきに坐って泣いていた。泣き声は大きくなっていた。私は声をあげて、激しく泣いていた。エルロイ・バーダールはじっと黙ったままだった。彼は相変わらず釣りを続けていた。／彼は口をきかなかった。彼はただそこにいるだけだった。河のように、晩夏の太陽のように。／彼こそが真の観客だった。目撃者だった。我々が自分の人生を生き、選択をしたり選択をできなかったりするのを絶対的な沈黙の中でじっと見守っている神のように、あるいは神々のように。

この個所はテクスト中、最も優れた場面だろう。「私」のCward（臆病・卑怯）の決定的な自覚と唯一の観客である彼＝エルロイ・バーダール。「私」の投企と敗北のすべてを承認する神のごとき存在。ここには「私」の乏しさ（臆病・卑怯）と同時に、過剰なまでの豊かさが存在する。「私」は絶対的に孤独であると同時に、エルロイ・バーザールを含んだ自然に見つめられた存在でもある。すでに「語り手」である「私」の視線は「私」以外のものの存在をはっきりと捉えている。そして「レイニー河」とはそれらすべてを担っている究極の他者なるものの象徴なのだ。確かなのは「私」もまたそれらのすべてを担って（Carry）、戦場に行ったということである。それだけの確かさをテクストは語り続けている。

【注1】　村上春樹訳ティム・オブライエン『ニュークリア・エイジ』（訳者あとがき）文春文庫　一九九四・五

【注2】【注3】　ヴァルター・ベンヤミン「物語作者」（『ベンヤミン・コレクション』②エッセイの思想　ちくま学芸文庫　一九九六・四）

【注4】　ジル・ドゥルーズ「意味について」（岡田弘／宇波彰訳『意味の論理学』法政大学出版局　一九八七・一〇）

なお、原文からの引用は“*The Thing They Carried*” Published by Flamingo 1991を用いた。

「待ち伏せ」（ティム・オブライエン／村上春樹訳）における記憶と物語

髙野光男

一、「戦争」の記憶／「記憶」の戦争

「待ち伏せ」[注1]は「戦争の話を書き続けている」作家の「私」が、娘のキャスリーンが九歳のときに、戦争で「お父さんは人を殺したことがあるのか」と尋ねられたことから語り起こされる。「私」は困惑し、そのときは「まさか、殺してなんかいないよ。」と答え、戦争での殺人の事実を否定する。だが、「ここ」（この物語を語る「今・ここ」）では娘をきちんとした成人であると仮定して、「私」が「記憶している起こったこと」を「すっかり話してしまいたい」と、かつてヴェトナムのピケ郊外の待ち伏せ地点で、銃は持っていたが戦闘態勢になかった若者を手榴弾で殺したことが明かされる。それは「死ぬか生きるかの瀬戸際ではな」い、「危険らしい危険がなかった」状況での殺人であった。「私」はその若者を「敵として考えたわけではな」く、「モラルや政治学や、あるいは軍事的責務を考慮したわけでもなかった」。得体の知れない恐怖から「条件反射的に」「手榴弾のピンを抜いていた」のである。「私」が「何もしなければ、若者はおそらく何事もなくそのまま通り過ぎ

てしまった」はずだった。「私」は、この出来事を今日に至るまで「整理し終え」ることができず、今でもときどきその若者が「私」の前に現れるのを幻視する――。

「待ち伏せ」で語られる出来事の中心は、今も「私」を苛んでいるヴェトナム戦争での殺人という、極限状況における経験である。だが、作中では「記憶している」「覚えている」という表現が繰り返され、また「実際に起こったことを、あるいは私の記憶している起こったことを」(傍点――引用者。以下同)「私は彼が怖かった――というか何かが怖かった」という言い換え表現に見られるように、戦争の記憶を物語る(想起―叙述する)際の、語り手「私」の正確な記憶の再現への意志が「見せ消し」のように痕跡として残されている。記憶の重い扉を一枚一枚慎重に確認しながら開けていく、こうした叙述のスタイルからは、「戦争」の記憶というより、むしろ「記憶」の戦争とでも呼んでみたくなるような印象さえ受ける。

すでに村上春樹が「ティム・オブライエンは本書の中で徹底的に自らを語っている。それと同時に、まるであわせ鏡のように、自らを語る自分を語っている」と、「訳者あとがき」[注2]で的確に指摘しているように、この小説では「自らを語る自分」を語ることが主題化されており、戦争の記憶を想起し、それを物語るという行為自体の検討を抜きに作品の読みは成立しない。戦争の記憶を物語る、その〈語り〉自体が相対化され、批評の対象とされなければならないのだ。

村上の指摘が「本書」、すなわち「待ち伏せ」を収録する短編集『本当の戦争の話をしよう』全体について述べられているように、収録作品のすべてが「本当の戦争の話」とは何か、あるいはなぜ「本当の戦争の話」を書き続けるのかというメタレベルの主題をめぐって書かれている。「待ち伏せ」の直前に置かれる「私が殺した男」は、「待ち伏せ」でも描かれる、ヴェトナム兵の若者の死体を前にカイオワに何を話しかけられても呆然としてただ黙り込む「私」を描いた作品である。このように「私」が経験した出来事は描かれ方を変えなから他の作品でも取り上げられており、小説の素材としての出来事の共通性を含め、各短編は『本当の戦争の話をしよう』という変奏曲を構成する楽章にあたるといってよい。作品の中には、次のように「本当の戦争の話」とは何かという主題についての語り手「私」の思考それ自体が前景化している作品もある。

どんな戦争の話をするときでもそうだが、とくに本当の戦争の話をするとき、そこで実際に起こったことと、そこで起こったように見えることを区別するのはむずかしい。起こったように見えたことがだんだん現実の重みを身につけ、現実のこととして語られることを要求するようになる。（「本当の戦争の話をしよう」）

お話《ストーリー》は我々を救済することができるのだ。私は四十三歳で、今では作家になっている。（中略）私が殺したほっそりとした青年だって（中略）そうだ。彼らはみんな死んでいる。でもお話の中では（お話というのは一種の夢想行為なのだが）、死者たちは時には微笑み、起き上がってこの世界に戻ってくるのだ。（「死者の生命」）

だからといって、ここで「待ち伏せ」を読むためには他の収録作品を参照項としなければならないとか、語り手「私」の思考を作家オブライエンのそれとして実体化してとらえるべきだと主張したいわけではない。ただ「待ち伏せ」のメタ・フィクションとしての性格を強調しておきたいだけである。西谷修の『戦争論』[注3]がいうように、「〈戦争〉とはなにより、有無をいわせず露呈する〈現実〉であり、あらゆる言葉の構築物が、猖獗する暴力のなかに溶解してしまう事態である」。戦争の「〈現実〉は言語の外に」あり、それゆえ「それを語る可能性をも巻き添えにしながら変質してしまった〈戦争〉について、別のかたちで語らなければならない」

のである。「あらゆる言葉を越えた」(「本当の戦争の話をしよう」)戦争の表象(不)可能性、物語の終焉にあっていかに戦争を語ることは可能か、「待ち伏せ」では「語り得ぬこと」を語るというこのアポリアが「小説」という形式に賭けられているのである。したがって、物語内容の把握に終始するような小説の授業では「待ち伏せ」の世界に迫ることはできないのは明らかだが、問題は、「待ち伏せ」の何をどのように読めばメタレベルの主題、この作品の〈語り〉の世界を読んだことになるのか、その具体であろう。

二、国語教育における〈語り〉論の現在

物語内容の把握に終始する読みの授業、それはしばしば主人公中心主義として批判の対象とされてきた。だが今日では、だれも自ら主人公中心主義を標榜して読もうとしているわけではないだろう。

小説において、物語はそれ自体、魅力に満ちた世界である。「待ち伏せ」の授業でいえば、「私」は無防備の若者を殺してしまうが、そうした行為を「条件反射的」に遂行させる戦争の非人間性に対して怒りを感じたり、戦争が終結した後も戦争体験がトラウマとなって人を苛み続けるところに戦争の恐ろしさを読み取ったりすることは、物語の磁力に引きつけられた、自然な読みの一過程であると認めることができる。一瞬にして未来を奪われた若者の側に立ち、殺される側から「私」の行為を指弾する読みが提出され、「私」の側から作品世界をとらえていた読み手を驚かし、教室の空気が一変することもある。

だが、こうした読みが小説の形式やその教材性を十全に生かしたものかといえば、やはり疑問を感じざるをえない。なぜなら、このような読みに表れるある種の倫理性はもともと読み手の世界のなかにあったものだからだ。物語内容から産出される読みは多様に見えてもそれは解釈共同体のなかでの偏差に過ぎず、たとえ、こうした読みを対話・交流させたとしても、それは解釈共同体のなかで読みの差異を競っているに過ぎず、それ

だけでは解釈共同体という見えない読みの共同性が問われ、読み手自身の世界認識が批評の対象となることはない。そこでは小説が物語として消費されるだけで、読み手の世界認識が解釈の共同性のもとで追認されたり、別の共同性に置き換えられたりするに過ぎないのだ。

また、物語内容に加えて〈語り〉を読むことを念頭に置き、語り手を意識しながら読み進めるうちに、いつの間にか〈語り〉の問題が「語り手」に実体化され、物語世界内存在である登場人物と同じ水準で読まれてしまっているということもある。「語り手と登場人物の関係を読む」ということがしばしば聞かれるようになったが、実際はそう簡単なことではないのだ。

そうしたなかで、齋藤知也の「蜘蛛の糸」論[注4]は〈語り〉を読むことの可能性をひらく、これからの読みの授業の指標となるすぐれた研究実践であるといえるだろう。そこで、ここでは「待ち伏せ」から一旦離れ、国語教育における〈語り〉論の現在を一瞥しておきたい。

齋藤はその論で、芥川龍之介の「蜘蛛の糸」をめぐるこれまでの二つの読み、犍陀多の自己中心性を非難する読みと、それを道徳主義として脱構築した、御釈迦様の狭量さを非難する読みの双方を「傍観者的な読み」であると退ける。そして「読者の認識のありようを問い、作品を読むことが自分自身に鋭い「問い」をもたらすような授業をつくる」ために、田中実や須貝千里の論[注5]に拠りながら、「〈語り手〉と登場人物の関係性を読み、〈わたしのなかの他者〉の問題を問うことが重要である」と読みの方向を定めていく。齋藤が注目するのは「蜘蛛の糸」の末尾の場面に置かれた「しかし極楽の蓮池の蓮は、少しもそんな事には頓着致しません。」という一文である。齋藤はいう。

〈語り手〉が、蓮の花を「頓着しない」存在として見えてくるということが、犍陀多や御釈迦様とは異なり、批評が自らの問題に向かっていくことを表すものとして読めるのではないかということなのである。つまり、〈語り手〉だけが、蓮の花が頓着していないように見えることによって、〈わたしのなかの他者〉の世界を超えていこうとしているのではないか。そのように読んでいくとき、最初にそれこそ「傍観者」的に、犍蛇多や御釈迦様を、裁断していた自分自身の位置を、私たちは問わずにはいられなくなるはずだ。〈語り〉を読むことが、私たち読者の認識の問題に反転し、自己を問い、自身の〈わたしのなかの他者〉の問題を撃つことに繋がっていくのである。

「蜘蛛の糸」の「〈語り手〉」が「蓮の花」という他者性を介して「〈わたしのなかの他者〉」という文化共同体の共同性を超えていこうという問題にひらかれていること、そして読み手がそのことを発見することによって読み手自身の「〈わたしのなかの他者〉」という読みの共同性を撃つ地平に立たされること、齋藤論が示唆するのはそうしたダイナミック（動的）な読みの回路の成立である。

このようにとらえてみると、ここで齋藤が「〈語り手〉」という言い方で問題化しているのは、「構造」あるいは「反転」という表現からも窺えるように、通常私たちが言うところの小説の「語り手」、作品の読みに実体的に現れる「語り手」というより、むしろ語りの「仕組み」とか「機能」とかに近いということが理解できるだろう。また、別の箇所で、犍蛇多に「「こら、罪人ども」と敢えて語らせること自体、語り手の自己表出、ここでは犍蛇多に対する批評がその奥には隠されている」と述べてもいるように、齋藤論における〈語り〉を読むこととは、田中実が近代小説について提起した「小説は「物語」＋語り手の自己表出」[注6]というテーゼ、「語り手の自己表出」をとらえたものなのである。

いっぽう、前述したように、「語り手と登場人物の関係を読む」という言い方はさまざまなところでなされている。その代表的なものにG・ジュネットなどのナラトロジーを援用する「物語学的」〈語り〉論があり、次に引用する中村哲也の論考[注7]に見えるようにそこでも「語り手と登場人物の関係を読む」ことが読みの重要な方法として提起されている。ともに「語り手と登場人物の関係を読む」ことを強調するこれら二つの〈語り〉論の決定的な差はどこにあるのか。このことを明らかにすることが国語教育における〈語り〉の問題を検討する基点であり、そして分岐点であると思われる。

> 「三人称」の文学教材・物語教材を読む上で、とくに、重要なことは、語り手（話者）と登場人物の関係をどう読み、把握するかということである。三人称のテクストは、様々な登場人物たちのことば・他者のことばで渦巻いているため、ひとつひとつの文章に依拠しながら、語り手の視点で書かれているのか、登場人物の視点で書かれているのかが、作品の〈読み〉に大きく影響する。
>
> しかしながら、これまでの文学教育における視点論では、もっぱら「視覚」だけに基準が置かれ、他の知覚（聴覚・味覚・嗅覚・触覚）は、十分に位置づけられてこなかった嫌いがある。（中略）つまり、「誰の視点で語られるのか」といった「人称」の問題が視点論の全面に押し出されるため、「誰がどのように語っているか」という語りの技法の問題が、蔑ろにされてしまうことが、視点論の限界としてあげられる。これも、やはり、視点という「視覚」と密接に結びついた概念からくる制約であるといえる。
>
> したがって、こうした「視点論」の立場からだけでなく、登場人物たちのことばがどのように語り手によって引用され、語られているのか、語り手の〈声〉・語り口と登場人物たちの〈声〉、口調との関係をとらえるための「話法論」が重要となってくる。とくに、近現代小説は、直接話法、間接話法のほかに、〈自由間接話法〉が多用されており、この〈自由間接話法〉に射程を据えることが、作品の〈読み〉にとって

必須のこととなっている。

ナラトロジーに拠って立つ「物語学的」〈語り〉論は、西郷竹彦の文芸教育における「視点論」や分析批評における「視点論」を、ジュネットが従来の視点概念を視点（「だれが見るのか」）と語り（「だれが語るのか」）という二つの審級に分離したことに倣い、これらを「視点と語りの混在」や「語りの軽視」[注8]という観点から「人称視点論」として批判してきた。中村のほか、松本修[注9]、山本茂喜[注10]にも共通するところであり、またナラトロジーの理論のうち「〈自由間接話法〉」（松本は「描出表現」という言い方をとる）や「〈時制〉」を教材研究や授業分析の重要な観点とする点でもほぼ共通している。確かに、「物語学的」〈語り〉論が「冬景色」や「ごんぎつね」をめぐる論争・論議の再定位について一定の成果をもたらし、「視点論から語り論へ」という流れを推し進めてきたことは評価されてよい。

だが、「自由間接話法」や「時制」というナラトロジーの部分的適用にとどまる「物語学的」〈語り〉論は、現段階では読みの技術、中村のいう「語りの技法の問題」に矮小化されている[注11]。それゆえ、登場人物と語り手の言説の分離、「視点と語りの混在」の解消は可能であっても、それらを〈語る—語られる〉関係として再統合し、批評していく地平はそこからはひらかれない。前述の齋藤論が、犍蛇多の発話に「〈語り手〉」の批評をとらえたように、今日の〈語り〉論に要請されているのは、いったんは分離された双方の言説を再統合していく理論、つまり〈語り〉を機能や仕組みとしてとらえ、「〈語り手〉」の向こう（「語り手を超えるもの」[注12]）を批評の対象に据えることではないだろうか。馬場重行が「松本論における語り手は、〈読み〉のための概念装置としての機能が発揮されていない」[注13]と松本修の「山月記」論を批判したのは、このことを言い当てたものだったと考えている。

三、戦争表象の（不）可能性／記憶のディスクール

「語り手と登場人物の関係を読む」ことについて、齋藤が依拠する田中実の〈語り〉論とナラトロジーに拠る「物語学的」〈語り〉論の根本的な相違がどこにあるかを明らかにすることを試みた。ここでの課題は「語り手と登場人物の関係」、一人称小説である「待ち伏せ」においては〈語る私〉と〈語られる私〉の関係が孕む問題、つまり記憶の想起と物語叙述の関係性を把握することによって「語り手」の向こうを志向し、「語り手の自己表出」を読み手の文脈のなかにいかに現象させうるか、ということである。

最初に「待ち伏せ」の基本構造をおさえておこう。この小説の時間は、「ミケ郊外の待ち伏せ地点」でヴェトナム兵の若者を手榴弾で殺したときの時間、「私」が娘が「九歳のときに」「お父さんは人を殺したことがあるのか」と尋ねられたときの時間、そして戦争の記憶が想起され、物語が叙述されるときの時間、という厳密にいえば三層構造となっている。このうちの後の二つは時間差がそれほどないと考えられるので、基本的には「現在―過去―現在」、いわゆる「額縁小説」の構造であると考えてよい（ただし、このことは後の二つの時間差が持つ意味は大きくないということではない）。「私」が体験した過去の出来事と現在の「私」との関係が、因果の関係、つまり戦争での殺人という行為が現在の「私」の生を規定しているという関係がこの作品の基本構造として導き出せるはずである。

授業では、初読の後、以上のような時間構造を確認し、教科書の「学習の手引き」の課題などに拠りながら、場面ごとに物語内容を把握していくのが通常である。読み手は物語内容の把握を前提とする、例えば以下のような問いに応答し、解釈のネットワーク化を進めながら、読み手のなかに一貫した文脈を形成していく。

①「私」はなぜ「まさか、殺してなんかいないよ。」と嘘を言ったのか。

②「私は彼が怖かった――というか何かが怖かった」とあるが、「私」は「何」に対して恐怖を抱いたのか。
③「私」はなぜ手榴弾を投げてしまったのか。
④「私」が幻視する「その若者」が「何かを考えてふっとほほえむ」場面はこの作品にどのような効果を生んでいるか。

①は、九歳の娘が「私」の行為を理解するにはあまりに年齢的に幼すぎるという配慮からそのときは嘘をついた、ということになる。直後に「しかしここでは私は娘をきちんとした成人であると仮定して扱ってみたい」という一文があり、「私」の戦場での経験は「きちんとした成人」でなければ理解できないような性質のものであることを「語り手」は暗示している。それではこの作品内読者として想定される「きちんとした成人」とはどのような条件を備えた存在であるのか。この問題は、生身の読者に対してこの小説の読み手としての資格を問う、抑圧する仕掛けでもある。

あるいは次のように考えることもできるだろう。「お父さんは人を殺したことがあるのか」と尋ねた娘のキャスリーンに対して嘘をついてやり過ごし、戦争について語る「今・ここ」では「私は娘がきちんとした成人であると仮定して扱ってみたい」と仮定条件を設定しなければ戦争を語ることができないという事態こそ、物語の叙述を越えて「私が戦争の話を書き続けている理由なのだ」とみることができる。このことは次のように問うてみればなおいっそう明瞭になるはずである。「私」が設定した仮定条件が現実の場面で達成されたとして、つまり娘のキャスリーンが「きちんとした成人」である年頃に同様の質問を「私」に行ったとしたら、「私」は「実際に起こったことを、あるいは私の記憶している起こったことを彼女にすっかり話してしま」うことができたのだろうか、と。ここにあるのは戦争体験の伝達不可能性、物語の不可能性（物語の終焉）の問題であり、「私」にとって「戦争」を「語ること」、小説を書くこととは、ヴァルター・ベンヤミン流に言えば「通約不可能なものを極限まで押し進める」[注14]ことであり、そのことが「小説」という形式に賭けられていることなのだ。

②は、該当箇所からは読み取れない問いであり、教材を読み進めるなかで検討されるべきものである。「彼」と呼称される若いヴェトナム兵は、「私」が手榴弾を投げる場面では「この手榴弾はあいつをどこかへ追いやってくれるのだ」とあるように「あいつ」という呼称にかわる。いっぽう「私はその若者を憎んでいたわけではなかった」、「私は彼のことを敵として考えたわけではなかった」と「私」は語っており、「あいつ」といったニュアンスで呼ぶ謂われはなく、この「あいつ」は「彼」であって「彼」でないもの、つまりそのとき「私」が感じた「恐怖」の代名詞ではないのかとの推測が成り立つ。この推測は、その直前の「胃の中からこみあげてくるものを、私はなんとか飲みこもうとした。それはレモネードみたいな味がした。フルーツっぽくて、酸っぱかった。私は怖くてたまらなかった」と結合し、戦争が強いる得体の知れない、対象を持たない「恐怖」という解釈に繋がっていく。「待ち伏せ」ではこのように呼称の変化に敏感になることが読解の鍵となっている。「私」が自分の行った行為が人を殺すことだとほんの一瞬意識する場面、「そのとき私はふと思った。この男は今死のうとしているんだ」という箇所では「彼」という呼称は「この男」にかわっている。原書では「あいつ」は「him」、「この男」は「he」であり、訳者村上のすぐれた意訳と言ってよいだろう。

③の答えに相当するのは「私は条件反射的にそうした」である。では「条件反射」とは何か。この問いは、戦争・軍隊という特殊な時空間における「馴致された身体」という問題を浮上させるだろう。「私」は「条件反射的」に「手榴弾のピンを抜いていた」のであって、そのときは「人を殺すということについてとくに考えなかった」のである。戦場では日常的な倫理観は麻痺し、すべてが「私自身のイマジネーションの一部」であるかのように感じてしまうのである。また、この「馴致された身体」化は距離の測定のしかたも規制している。作中では「メートル」と「ヤード」が並立して用いられ、戦争場面での「私の位置からは、道の十メートルか

ら十五メートル先くらいまで見えた」、日常空間での「私の前数ヤードのところを彼は歩きすぎていく」というように、距離の把握の仕方にまで及んでいるのである[注15]。

④は、小説の最後の場面について考えるための問いである。「私」は「戦争の話を書き続けている」作家だが、「普通に人生を送っているときには、私はそのことをあれこれ考えたりしないようにしている」。しかし、そのような時でも「その若者」は無意識のうちに現れ、「何かを考えてふっと微笑む」のである。この「若者」の様子は「私」の意識の底に眠っている「何もしなければ、若者はおそらく何事もなくそのまま通り過ぎてしまったことだろう」という願望、あるいは贖罪の念が幻想として映し出されたものだと考えられる。「実際に起こったこと、記憶している起こったこと」を意識的に叙述する行為とは別次元に属することであるが、「私」の識閾下にはいまだ言語化されない世界があり、そのことは「私」が「戦争の話を書き続けている」理由にもつながっている。

このようにして、読みの対象である教材本文を分析・解釈することで物語内容は把握され、読み手のなかに一貫した文脈が現象するのである。では、こうした物語の文脈化はいったい何を達成しているのだろうか。ここで、注意したいのは、物語が前提とする問いに応答することは（実際には読み手はさらに多くの問いに応答しているのだが）、結局、「今でもまだ、私はそれを整理し終えてはいない」という「私」の行為・経験を了解可能の状態に（「〈わたしのなかの他者〉[注16]化）することに読みを囲い込むということである。言い換えれば、「待ち伏せ」の物語を読むことは、読み手が、「生きるか死ぬかの瀬戸際ではな」い、「危険らしい危険」がなかった状況において若いヴェトナム兵を殺した「私」の行為・経験を、まさに「私」の相棒であるカイオワと同様に「あれは正当な殺しなんだ」として、「私」の「自己弁護」に荷担していくことでもあるということなのだ。

そこで、この読み手に現象した文脈を、〈語り〉の機制（ディスクール）、戦争の記憶が生起され、〈語り〉が生成し叙述される場に働く力を炙り出すことで対象化し、より大きな文脈のなかに囲い込むこと——脱文脈化と再文脈化——を進める必要がある。そのために改めて「待ち伏せ」における記憶の想起と物語叙述の問題、〈語り〉について考えてみよう。

語り手の「私」によって語られる一連の出来事（＝物語）は、「私」の現在についての言及も含めて、「記憶—想起」という制度（ディスクール）、あるいはその関係のダイナミズム（＝「自己弁護」への欲望と正確な記憶の再現への意志との相克）によって規制を受けつつ構成された、「私」にとって一つの〈現実〉に過ぎない。注意すべきははじめに物語＝出来事があって〈語り〉があるのではなく、〈語り〉が物語を生起させ、叙述されるという構造である。そのことを語り手の「私」は物語ることの背理として自覚しているのである。「私」にとって唯一、「事実」といえるのは「私」が殺した「若者の死体」だけであり、あとはすべて「イマジネーション」の世界に属している。「私にできることはその若者の死体という一つの事実をただぼんやりとみつめているだけだった」という一文は「私」が「了解不能の《他者》」[注17]に向き合っていることを示しており、「私」はこの「了解不能の《他者》」という認識の闇から故国への帰還後も逃れることはできないでいる。物語の末尾で「何かを考えてふっと微笑む」ヴェトナム兵の若者の幻影を見るのはそのことを明かしたものである。

さらに言えば、「実際に起こったことを、あるいは私の記憶している起こったこと」「私は彼が怖かった——というか何かが怖かった」という言い換え表現とそこに見られるある種の逡巡は、正確な記憶の再現への意志であるとともに、記憶の再現の不可能性あるいは想起の限界の表明でもある。「記憶している」「覚えている」という言表もこれと同様であり、これらは反転して「記憶してない」「覚えていない」ものの存在、すなわち「抑圧された記憶」「言語化されていない記憶」の存在を示唆するのである。語り手「私」は「抑圧された記憶」「言語化されていない記憶」に怯えつつ、「記憶—想起」というシステムに主体を脅かされながら、それでも永遠に「戦争の話を書き続け」なければならない。「すっかり話してしま」うことなどできないことを知りながら。それが本当の「私が戦争の話を書き続けている理由」なのである。

「待ち伏せ」の語り手「私」が語る物語の地平を越えた〈語り〉の特質（「機能としての〈語り〉」）を析出するこのような視座はもちろん、前述した①から④の課題についての検討が示すように、物語内容の把握と別の位相にあるものではない。授業では、戦争の記憶の想起と物語叙述の動的な接点としての小説世界を、物語内容と記憶のディスクールを浮上させる〈語り〉の構造とを結合させながら読み進め、文脈化／脱文脈化／再文脈化を繰り返しながら、読み手のなかに現象した文脈を掘り起こす必要がある。

四、戦争文学教材としての「待ち伏せ」の可能性

最後に、これまで述べてきた〈語り〉の問題とはやや異なる角度から「待ち伏せ」について若干の見解を付言しておきたい。

小論の最初で引用した「訳者あとがき」のなかで村上春樹は「待ち伏せ」を所収する『本当の戦争の話をしよう』について次のように解説している。

> オブライエンはもちろん戦争を憎んでいる。でもこれはいわゆる反戦小説ではない。あるいはまた戦争の悲惨さや愚劣さを訴えかける本でもない。この本における戦争とは、あるいはこれはいささか極端な言い方かもしれないけれど、ひとつの比喩的な装置である。それはきわめて効率的に、きわめて狡猾に、人を傷つけ狂わせる装置である。それがオブライエンにとってはたまたま戦争であったのだ。（傍点は原文）

こうした村上の評言を受けて、教師用指導書のなかには、この教材の読みを「本質的な人間存在のあり方」に焦点化し、「世界との関係性の中で生きる人間」存在の不確かさや危うさといった主題を導き出しているものがある[注18]。確かに、村上が述べるように、「待ち伏せ」が「戦争の悲惨さや愚劣さ」を直接訴えかける作品であるとはいえないし、「反戦」思想そのものを声高に語っているわけでもない。だが、「戦争」を捨象し、人間存在の問題にスライドさせるこの種の抽象化は、「待ち伏せ」の世界を見えなくさせる恐れがあるのではないだろうか。「待ち伏せ」はやはり戦争小説であり、そこに描かれる戦争という極限状況（「あらゆる言葉を越えたもの」）が、日常のなかでは見えにくい人間存在の不確かさや危うさを新たに見えさせるのである。戦争の〈語り〉の問題を含め、「待ち伏せ」は新たな戦争文学教材として位置づけられるべきなのである。

一九九〇年代の文学教育への逆風[注19]の影響やその後の評論教材重視の傾向からか、現在の高校国語教科書では、戦後の国語教科書編集をとおして多様に開発された戦争文学教材は著しく数を減らしている。「国語総合」と比較して戦争文学教材が採録されることの多い「現代文」でみると、戦争文学教材を採っているのは、小説に限って言えば、現行教科書二九種のうちの十種にとどまる。大岡昇平の「俘虜記」が四種、原民喜の「夏の花」が三種、林京子の「空缶」、野坂昭如の「火垂るの墓」、目取真俊の「魂込め」がそれぞれ一種の教科書に採録されているだけである。戦争文学教材の「精選」化とともに、「俘虜記」「夏の花」の定番化（＝「正典《カノン》」化）が進行しつつあると言えるのかもしれない。

戦争文学教材の教科書採録状況の画期となった一九九〇年代はまた、「新しい歴史教科書をつくる会」の発足に象徴される歴史修正主義の台頭、加藤典洋の『敗戦後論』における「戦後」の見直し、歴史学における歴史記述の再検討など、ポストモダン的時代状況を背景にした新たな「戦争」論や「戦後」論が登場した時期でもある。「戦争」像や、戦争を語ることとの検討をとおした「戦後」像の再構築が課題となるなかで、例えば『戦争はどのように語られてきたか』[注20]のように、文学と歴史学の立場から「戦争」を多角的にとらえようとする試みも行われた。著者の一人である川村湊は同書で、「私たちが考えなければならないのは、残されたそうした「戦争」の記憶と、それが「語ってきた」戦争についてのその「語り方」をもう一度問い返すことによって、私たちの内部にある「戦争」のイメージや印象や既成概念を、未来に向かって作り直すことではないのではないか」と、一九九一年の「湾岸戦争」と、それに対する日本のかかわりから見えてくる課題を端的に指摘している。また、もう一人の著者、成田龍一も次のように述べている。

しかも、こうした戦争像（「従軍慰安婦」の「証言」と「記憶」を欠落させたまま通用していた戦争の記述や現代史の認識を指す。引用者注）を通用させ、この戦争像によって根拠づけられてきたのが「戦後」社会であることを考えあわせれば、戦争の語り方への問いは、「戦後」への問いかけでもある。従来の戦争像を構成していた根拠を問い、その自明性に問いをつきつけてゆくことが、「記憶」と「証言」の再定義の中で求められ、あらたな戦争の「語り方」が探られている。

だが、国語教育はこのような重要な問題提起を十分には受けとめることはできなかったというのが私の理解である。国語教科書における戦争文学教材の採録状況の変化もその一つの証左となっていると考える。

戦後六〇数年を経た今、私たちの「戦争」像は、テレビのニュース画像や戦争映画という映像情報を通して構成されるのが一般的であろう。そうであるなら、ことばの芸術としての戦争文学教材の読みを通して、私たちのなかに形成された「戦争」像をとらえ直すことは大きな意味をもつはずである。また、「待ち伏せ」において主題化される戦争の記憶と物語の関係、すなわち「戦争の〈語り〉」「記憶のディスクール」の問題は、例えば、大岡昇平が「俘虜記」から「野火」、そして「レイテ戦記」へと方法をかえながら戦争を描きつづけた文学的営為にも通底するし、「戦争を語ること」の可能性と不可能性といった根源的な問題を顕在化させずにはおかない。

作品に実体的に現れる「語り手」による「語り」を絶対的なものとせず、それを超えるものとしての「機能としての語り」、つまり「語り」の向こうを志向することが「待ち伏せ」を読むことに要請されていた。こうした新しい〈語り〉論はこれまでの戦争文学を読み直すうえでも有効である。「待ち伏せ」が高校一年の教材であることを考慮すれば、「待ち伏せ」を読む経験は――その後の学年で使用する教科書が戦争文学教材を採録していればの話であるが――次に出会う戦争文学教材の読みに対しても重要な視座を与えるはずである。そのことで、戦争文学教材を読むことが、「〈出来事〉の記憶を分有する」[注21]ことはいかに可能か、という岡真理の困難な問いに応えることにもひらかれていく。

[注1]　ティム・オブライエン／村上春樹訳『本当の戦争の話をしよう』（文藝春秋、一九九〇年、原題は『The things They carried』）所収の短編小説で、現行の高校国語教科書では『精選国語総合　改訂版』『改訂版　現代文編』（筑摩書房）、『高等学校国語総合　改訂版』（三省堂）の二社が採録している。教科書採録は、日本書籍『新版　現代文』（一九九八年度より使用）が最初で、筑摩書房は旧版『精選国語総合　現代文編』（二〇〇三年度より使用）から採録している。本文は三省堂版に拠り、出典である文庫版本文との異同はない。

[注2]　ティム・オブライエン／村上春樹訳『本当の戦争の話をしよう』、文春文庫、一九九八年二月。

[注3]　講談社学術文庫、一九九八年八月。

[注4]　「『〈語り〉を読む』ことと、『自己を問う』こと――芥川龍之介『蜘蛛の糸』の教材価値を再検討する」（田中実・須貝千里編『「これからの文学教育」のゆくえ』）、右文書院、二〇〇五年七月。

【注5】　田中実「消えたコーヒーカップ」（『社会文学』第16号、二〇〇一年一二月）及び「キーワードのための試み」（田中実・須貝千里編『文学の力×教材の力　理論編』、教育出版、二〇〇一年六月）。

【注6】　須貝千里「授業をひらく〈読み〉の可能性——文学教育の根拠」（『日本文学』、二〇〇一年一二月）。

【注7】　「読みの背理」を解く三つの鍵——テクスト、〈原文〉の影・〈自己倒壊〉そして〈語り手の自己表出〉——」（『国文学解釈と鑑賞』）、至文堂、二〇〇八年七月。

【注8】　「国語教材研究への文体論的アプローチ——文学教材における〈自由間接話法〉の諸相」（『「出口」論争「冬景色」論争を再考する』）明治図書、一九九九年一二月。

【注9】　山本茂喜「視点人物と語り手——『冬景色』論争と西郷視点論」（『国語教育研究の現代的視点』）東洋館出版社、一九九四年八月。

【注10】　松本修『文学の読みと交流のナラトロジー』、東洋館出版社、二〇〇六年七月。ただし、「文学の読みと交流」を重視する松本はナラトロジーを「解釈装置」とするべきではなく、「読みの多様性を多様性のままに対立させせつつ調停するための契機としてナラトロジーを活用すべきである」という立場をとっている。

【注11】　【注8】に同じ。

ただし、稿者は、山本茂喜「『ごんぎつね』の視点と語り」（『人文科教育研究』第22号、人文科教育学会、一九九五年八月）は、シュタンツェルの「物語り状況」論に拠りながら「ごんぎつね」の「重層的な視点と語りの構造」を解明した好論であるととらえている。

【注12】　【注5】の田中実「キーワードのための試み」。

【注13】　馬場重行「〈語り〉の在り方をめぐって——中島敦「山月記」の場合——」（『月刊国語教育』）、東京法令出版、一九九九年八月。

【注14】　W・ベンヤミン「物語作者」あるいは「長編小説の危機」（浅井健二郎編訳・三宅晶子ほか訳『ベンヤミン・コレクション2　エッセイの思想』、ちくま学芸文庫、一九九六年四月）

【注15】　『高等学校国語総合改訂版　指導資料⑨』（三省堂、二〇〇七年三月）の執筆者、大高知児の指摘に基づく。

【注16】　田中実『小説の力——新しい作品論のために』（大修館書店、一九九六年二月）などを参照。

【注17】　【注16】に同じ。

【注18】　『精選国語総合改訂版　現代文編　学習指導の研究』（筑摩書房、二〇〇三年一月）の「作品解説」（執筆者は坂口浩一）。

【注19】　一九九五年に文部大臣の中央教育審議会への諮問に始まる「教育改革」では、九八年の教育審議会最終答申に見られるように「言語の教育としての立場を重視し」、「日常生活」「社会生活」に必要な実用的言語能力の育成への転換が打ち出され、「特に、文学的な文章の詳細な読解に偏りがちであった指導の在り方を改め」る方向で学習指導要領も改定された。

【注20】　朝日新聞社、一九九九年八月。

【注21】　『記憶／物語』、岩波書店、二〇〇〇年二月。

付記　本稿は『日本文学』（二〇一〇年八月号）に発表した拙論「語りを読むとはどういうことか――ティム・オブライエン（村上春樹訳）「待ち伏せ」における記憶と物語――」を加筆訂正したものである。

ランゲルハンス島に吹く風

丹藤博文

一、学校と「春の匂い」

新潮文庫版『ランゲルハンス島の午後』によれば、本書所収の短編群は、一九八四年六月から二年間、「村上朝日堂画報」というタイトルで、安西水丸の絵とともに雑誌「CLASSY」に連載されたものであり、一九八六年一一月光文社より単行本として発行された[注1]。「CLASSY」は若い女性向けの雑誌で、掲載された作品は「女子高校生の遅刻について」「ブラームスとフランス料理」「デパートの四季」といった若い女性にも親和性をもてるような内容となっている。また、村上春樹という作家は、長編の合間に、いわば長編のための習作として短編やエッセイを書くというサイクルを繰り返していることもあり、一九八五年の『世界の終りとハードボイルド・ワンダーランド』と一九八七年の『ノルウェイの森』の狭間に位置する『ランゲルハンス島の午後』は、村上春樹渾身の作というわけでもないと言ってよいだろう。

しかし、「ランゲルハンス島の午後」に限って言えば、所収の短編群とは異なり、村上春樹文学の出発点をなすと言ってもいいくらい重要なテクストであると考える。というのも、その後の村上文学にとって重要なテーマが原型的に表出されていると思われるからである。

「昔の話」と冒頭、この一語のみ置かれる。「僕」が「中学に入った春」ということから「昔」とは「僕」が十二歳頃の出来事だったことがわかる。「生物の最初の時間に教科書を忘れて、家まで取りに帰らされた」という出来事の発端が示される。いくら「僕の家は学校から歩いて十五分くらいのところにあるから、走って往復すれば、授業にはほとんど支障なく戻ってくることができる」といっても、教科書を忘れたことで家まで取りに帰らせるという教師の指示は、権威主義的と言わざるを得ない。教科書がなければ学習ができないということもないばかりか、「最初の授業」での「忘れもの」さえ許さないというのは、どう見ても「指導」の範疇を超えて、教師や学校の権力を行使していると言われても仕方あるまい。そのことは語り手も意識していて、教師の権威的な指示に従ったのは「素直な中学生だったから」と断ることを忘れてはいない。まだ中学一年の「僕」は「素直」に、しかも「一生懸命」に「先生」の指示に従うのである。

僕はごく素直な中学生だったから（昔の中学生はみんな素直だったような気がするけどね）、先生に言われたとおり一生懸命走って家に戻り、教科書を手に持ち、水をいっぱいごくごくと飲んでから、また学校に向かって走った。

ここまでで確認しておきたいのは、たとえ教師（学校）の指導なるものが権威的で理不尽なものだとしても、「僕」はそれに「素直」に、「一生懸命」に従う少年だったということである。

しかし、「僕」はそのまま学校に戻るのではなかった。そして、とうとう「もう一度走って生物の教室に戻ることなんてできやしない」ということになる。たとえ理不尽な教師の指導にも「素直」に従う「僕」が、学校の授業を放棄するにいたる、この「僕」の行動の変更が、このエッセイの核心であり出来事の中心部分である。次に問題となるのは、学校へ戻ることを止めさせるという「僕」の行動の変更を促したものは何かということになる。

「僕の家と学校のあいだ」に流れる「それほど深くない、水の綺麗な川」にある「趣きのある古い石の橋」に立ち止まる「僕」は、「キョウチクトウ」や「きらきらと光を反射させている」海を見ることになる。そして、「春」を全身で感じるのである。

「ぽかぽかとした」という形容がぴったりする、まるで心がゆるんで溶けてしまいそうなくらい気持の良い春の午後で、あたりを見まわすと、何もかもが地表から二、三センチぽっかりと浮かびあがっているように見えた。

その後も「春の匂いがした」という表現が二度登場することからも、「僕」の足を止めたのは、「春」の感覚であったと言うことができる。しかも、それは外部のこととして感知されたというばかりではない、「心がゆるんで溶けてしまいそうなくらい」の内的・心的変容をも促すほどの体験であったことは注意されてよい。こうなると「川岸の芝生に寝転んで」「五、六分」「空を眺める」という行為を咎めだてる読者はいないだろう。

芝生に寝転んで空を眺める「僕」の視界に入ってくるものは、「東に向けて移動している」「白い雲」である。臭覚に訴えてくるのは「春の匂い」であり、耳には「水の音」が聞こえてくる。つまり、全身の感覚で「僕」は「春」を感じているのである。しかも、看過してならないのは、たんに五感をフルに発動させて春を感じているというばかりではなく、見えないものを見、匂わないものを感知しているという点である。

頭の下に敷いた生物の教科書からも春の匂いがした。カエルの視神経や、あの神秘的なランゲルハンス島からも春の匂いがした。

常識的な、あるいは合理的な判断によれば、教科書も「カエルの視神経」も「ランゲルハンス島」からも「春の匂い」がするはずもない。しかし、「僕」にとって「春の中心に呑みこまれたような」出来事の中心とは、目には見えるはずのない「ランゲルハンス島の岸辺に触れた」ことなのである。そして、「あの神秘的なランゲルハンス島」の「あの」に留意する必要がある。「あの」という指示語の指示対象とは何なのか。おそらく何も指さないのだろう。これは、何か具体的なモノ・コトを指すというより、語り手にとって「ランゲルハンス島」が重要な意味を持つものであり、なおかつ読者に直接語りかけテクストの世界に引き込むための戦略的な表現なのだと解釈した方が妥当だと思われる。それでは、タイトルとしてあげられ、語り手が問題とする「ランゲルハンス島」とは一体何なのか。そのことが問われなければならない。

二、「ランゲルハンス島」って何?

膵臓内に分布する島様の構造体で、インシュリン、グルカゴンなどを分泌する内分泌作用を営む．膵島ともいう．一般に数十個から数百個の細胞からなり、直径50～200μmの多角体をなす．膵臓全体に広く分布するが、尾部に多い．ランゲルハンス島には毛細血管が発達しており、分泌されたホルモンは血管を経て体内に運ばれる．島をなしている腺細胞には赤い酸性色素に染まるA細胞、塩基性色素で青紫色に染まるB細胞、鍍銀法で黒く染まるD細胞がある．A細胞はグルカゴンを分泌し、B細胞はインシュリンを分泌する．またD細胞はグルカゴンとインシュリンの分泌を抑制するソマトスタチンを分泌する．これらA、B、D細胞のうちB細胞が多数を占め、A、D細胞は少ない．ランゲルハンス島の名は、発見者であるドイツの病理学者ランガーハンス（一八四七―八八）に由来する．
（『平凡社大百科事典』一九八五年、ただし、傍線は丹藤、以下同じ）

「ランゲルハンス島の午後」と言われると、われわれ読者は、「午後」という言葉からも、地中海に浮かぶ名もない小さな島や南太平洋に位置する白い砂と椰子の実に囲まれた絶海の孤島をイメージしたりもするだろう。そのようなイメージはむしろこの〈ランゲルハンス島〉の意味的二重化に寄与しており、けっして無意味なわけではない。しかし、〈ランゲルハンス島〉自体の字義通りの意味は、右の引用からも明らかなように膵臓内の細胞体なのである。傍線部にあるように、さまざまな色に染色されたり、島のように見えたりする点などは、語り手が「あの神秘的な」と形容することを証し立てていると言ってもよさそうだ。

しかし、大事なのは、このような医学的な説明からは必ずしも明瞭に思い浮かぶものではないが、〈ランゲルハンス島〉の体内における役割もしくは機能であろう。われわれは、病いを得てから健康の大事さに気がつくように、体内の臓器は健全に機能している分にはその存在を主張することはない。なんらかのトラブルを抱えた時、痛みとしてわれわれの意識に伝達される。腹痛を覚えることによって、はじめて腸の存在を意識したりもするのである。しかし、膵臓や肝臓はたとえトラブルを抱えたとしても、痛みとして主張することはない（と言ってよいのではないか）。肝臓なら体がむくむ、皮膚に発疹が出るなどの身体上に異変を認めることができる。が、膵臓に至ってはレントゲンに写りにくく、癌の発見が遅れてしまうなど手遅れになりがちである。膵臓もまた生命を維持していくうえで必要不可欠であり重要な役割を果たしている。糖尿病など恐ろしい病気からわれわれを守ってくれているのである。

脾臓の機能と特徴について常識の範囲で指摘してみた。なぜ素人の浅薄な知識を披瀝したかというと、自己主張することもなく意識されることもないままに、病気からヒトを守ってくれているという脾臓の役割と機能を思う時、すでに村上春樹の文学にかなり接近していると考えるからである。脾臓はだれにも褒められず感謝もされないけれど、だれかがやらないと他の人が困ってしまうという点において、『ダンス・ダンス・ダンス』において頻出する「文化的雪かき」と同義であろう。さまざまな禍や不幸から人々（あるいは特定の誰か）を守ろうとするというモチーフは、「かえるくん、地球を救う」において明瞭に見て取れるように、村上作品にはお馴染みのものである。あるいは村上が訳したJ・D・サリンジャーの『キャッチャー・イン・ザ・ライ』を彷彿とさせもする。

僕とカメラマンとで店を幾つか回り、僕が文章を書き、カメラマンがその写真を撮る。全部で五ページ。女性誌というのはそういう記事を集めているし、誰かがそういう記事を書かなくてはならない。ごみ集めとか雪かきとかと同じことだ。だれかがやらなくてはならないのだ。好むと好まざるとにかかわらず。

僕は三年半の間、こういうタイプの文化的半端仕事をつづけていた。文化的雪かきだ[注2]。

『ダンス・ダンス・ダンス』は、一九八八年に刊行されている。『ランゲルハンス島の午後』の一九八六年と二年を隔てるばかりである。主人公の「僕」は、雑誌に料理の記事などを書くフリーのライターであり、自らの仕事を「文化的雪かき」と規定している。大して評価もされず、どちらかというと消耗するばかりだ。しかし、「誰かがやらなくてはならない」のであり、雪国においては「雪かき」なくして生活は成り立たず放っておくと怪我をしたり死んだりすることもある。

内田樹は、春樹文学における「文化的雪かき」に着目して次のように述べている。

私見によれば、村上文学が世界各国に読者を獲得しているのは、それが国境を超えて、すべての人間の心の琴線に触れる「根源的な物語」を語っているからである。他に理由はあるまい。

村上文学はひとつの「宇宙論」だと私は思っている。「猫の手を万力で潰すような邪悪なもの」（『1973年のピンボール』）に愛する人たちが損なわれないように、「境界線」に立ちつくしている「センチネル（歩哨）」の誰にも評価されない、ささやかな努力。それを描くのが村上文学の重要なモチーフの一つである。

「センチネル」たちの仕事は『ダンス・ダンス・ダンス』で「文化的雪かき」と呼ばれた仕事に似ている。誰もやりたがらないけれど誰かがやらないとあとで他の人たちが困るような仕事を、特別な対価や賞賛を期待せず、黙って引き受けること。そのような「雪かき仕事」を黙々と積み重ねているものの日常的な努力によって「超越的に邪悪なもの」の浸潤はかろうじて食い止められる[注3]。

「村上文学」が世界中で読まれるのは、「根源的な物語」を語っているからであり、「文化的雪かき」としての「センチネル」が村上文学の「重要なモチーフ」だと内田は指摘している。

ここで、村上文学全体を視野に含めて論じることはできないが、少なくとも強調しておきたいことは、「センチネル」としての村上文学は、人体における膵臓もしくは〈ランゲルハンス島〉と、その役割において同じだということである。〈ランゲルハンス島〉は人体における「センチネル」なのである。

そうなると、次に問われなければならないのは、「ランゲルハンス島の岸辺に触れた」という最後の一文の「触れた」は何を意味するのかということであろう。

三、春と樹

人体における〈ランゲルハンス島〉が、『ダンス・ダンス・ダンス』における「文化的雪かき」であり、内田の言う村上文学における「センチネル」だとして、すると「ランゲルハンス島の岸辺に触れた」ということは、中学生である「僕」が自らの人生を「文化的雪かき」の方向に見定めたということになろう。『キャッチャー・イン・ザ・ライ』の主人公ホールディンのように、誰からも評価されなくとも人知れず人の役に立つ役割を担う、そういう生き方を選んだということである。それは、ホールディンが学校を放校され続けたように、学校的なものとは相容れない部類に属すると言ってよいだろう。学校的な〈評価〉や社会的な賞賛といった世界から降りることである。

それでは「ランゲルハンス島の午後」が脱学校のススメというようになるかというと、けっしてそんなことにはならない。なぜなら、「僕」をして「ランゲルハンス島」の岸辺に触れさせたものは何かがきわめて重要だからだ。このことを説明するのに、同時期に書かれた『ダンス・ダンス・ダンス』を補助線として参照することにしたい。

君にある種のものが欠けているのと同じように僕にもある種のものが欠けている。だからまともな生活が送れない。ただ単にダンスのステップを踏みつづけているだけだ。体がステップを覚えているから、踊りつづけることはできる。感心してくれる人間も中にはいる。しかし社会的には僕はゼロだ。三十四になって結婚もしていないし、まともな定職もない。その日暮らしだ[注4]。

自らの職業を「文化的雪かき」とする「僕」は、定職を持たず、「その日暮らし」で、「社会的には僕はゼロだ」と自覚している。やたらと酒を飲み、娼婦を抱き、中学生とつき合い、妻には逃げられるといったように、世間一般の評価からすれば、どうみても褒められたものではない。かつていっしょに暮らした娼婦「キキ」に導かれて、「キキ」を探し回るという、本人以外には理解されそうもないことのために生きている。仕事自体は評価されるものの、友人の「五反田君」のように羽振りがいいわけでもなく、リッチなわけでもない。学校的制度・世間的常識・社会的評価からは背を向けて生活する、「雪かき」とはこういうものかと思わせるに十分である。

しかし、一方で「僕」に特徴的なのは、ある種まっとうな〈感覚《センス》〉であると私は思う。そして、それは「まともな生活」とはいったい何なのかをわれわれに突きつけもするだろう。「僕」は社会に背を向けたアウトサイダーとは異なり、自らの〈感覚《センス》〉に正直に生きようとする「センチネル」である。「高度資本主義」下の大量消費社会に批判的であり、「ジャンクフード」を嫌悪し、仕事にばかりかまけて子どものことをなんら顧みない「ユキ」の両親に違和感を持つ。あるいは友人の名誉のためなら警察権力にも妥協しようとはしない。土地買収であれ女の子との関係であれ「フェアじゃない」[注5]、「これが世界の正しいあり方なのだろうか？」[注6]と憤るタイプの人間なのである。俳優をしている「五反田君」という中学時の同級生が、非の打ち所がない優等生であり、今は俳優として麻布の高級マンションに棲み、マセラティに乗り、ステーキをご馳走するのに対して、「僕」の方は、目立たない生徒で、狭いアパートに暮らし、スバルを愛し、「五反田君」にはひじきの煮物といった家庭的な料理を出す。中学生の「ユキ」にもきちんとした料理を作ってあげる。ある意味まっとうな〈感覚《センス》〉が「僕」の中核的な部分を占めると言ってよい。

「僕」は巨大資本や権力や制度といったことには無縁な生き方をしている。しかし、そのような内田の言葉を借りれば「超越的に邪悪なもの」に対して、反対の立場に立って批判するというのではない。つまり、「僕」はなにかイデオロギー的な立場を持っているというのではなく、あくまで自分の〈感覚《センス》〉に従って生きているし、ものを考えようとするのである。その結果、社会や他者からどのように評価されようとまったく問題の外になるのである。そして、その「僕」を支配する〈感覚《センス》〉は、「ランゲルハンス島の午後」において述べられる教科書を取りに帰った時の海と樹のある「春の匂い」にほかならない。これと同じような描写を『ダンス・ダンス・ダンス』にも認めることができる。「僕」と（学校へは行かない）中学生「ユキ」とが海岸で、「羊男」について話をする場面であり、物語にとっては重要な箇所である。

町中を抜けて辻堂の海に出ると、僕は松林のわきの駐車スペースの白い線の中に車を停めた。少し歩こうと僕はユキに言った。気持ちの良い四月の午後だった。風らしい風もなく、波も穏やかだった。まるで沖の方で誰かがシーツをそっと揺すっているみたいに小さな波が寄せ、そして引いていった。静かで規則正しい波だった。（中略）海にも春の匂いが感じられた[注7]。

「ランゲルハンス島の午後」の春の描写にきわめて近いと言ってよいだろう。そして、このような春の風景は、「僕」にとって決定的に重要なものである。「僕」は、「ユキ」との交際について次のように理由を述べている。

「どうして僕は君といるのが好きなんだろう?それはたぶん君が僕に何かを思い出させるからだろうな。僕の中にずっと埋もれていた感情を思い起こさせるんだ。僕が十三か十四か十五の頃に抱いていた感情だよ。（中略）君と一緒にいると、時々そういう感情が戻ってくることがあるんだ。そしてずっと昔の雨の音やら、風の匂いをもう一度感じることができる。すぐそばに感じるんだよ。」[注8]

「僕」が「ユキ」といっしょにいるのが好きなのは、中学生の頃の「感情」を「思い起こさせる」からだと言う。「僕」は「ユキ」の中に中学時代の自分を見ているのである。その「僕の中にずっと埋もれていた感情」とは、「雨の音」や「風の匂い」といった〈感覚《センス》〉である。つまり、「文化的雪かき」に従事する「僕」のアイデンティティーは、中学生の頃に感じた春の〈感覚《センス》〉であり「感情」であるということである。『ダンス・ダンス・ダンス』の「僕」は、「ランゲルハンス島の午後」に登場する「僕」の十数年後と言っても過言ではないだろう。

春の海や樹々や光や風が「僕」に中学以来ずっと残っている（村上春樹のデビュー作が『風の歌を聴け』であったことを、ここで想起してもよい）。春という季節の〈感覚《センス》〉が、「僕」の人生観なり価値判断なりの基軸なのである。宗教でもイデオロギーでもない、国境でも人種でもない、資本でもなければ制度や権力や名誉ではましてや、ない。〈感覚〉的に受け付けないものは、受け入れられない。自動車としてはマセラティは高級なスポーツカーだが、「僕」のお気に入りはスバルである。セックスにしても食事にしても、〈感覚《センス》〉に合致するがゆえに「僕」の関心事に足るものなのだ。

そのような〈感覚〉的な生き方の当否は別としても、〈感覚《センス》〉によってしか接近できない領域がある。それは〈死者〉の世界である。なぜなら〈死者〉とは近代的合理主義によって解釈されるものではなく、目に見えるわけでもない、感じられるほかはないものであるからだ。〈死〉というよりは、〈死者〉なのであり、さらに言えば〈死者の意味〉ということである。『ノルウェイの森』において「僕」は〈死者〉とともに生きている。『ダンス・ダンス・ダンス』においても「そちらの世界」ではなく、「こちらの世界」[注9]にいることの意味を問うている。〈他界〉というモチーフは、最近の『1Q84』においても指摘することができる。主人公「青豆」は女性を虐待する人道的に許し難い人間を「あちら側」に送ることに加担している。〈感覚《センス》〉によって、「僕」は見えないものを見ようとし、風の歌を聴こうとし、ここにはいない〈他界〉の誰かと話そうとしている。

四、教室の〈外〉の村上春樹

「ランゲルハンス島の午後」に戻ろう。

「僕はそっと手をのばしてランゲルハンス島の岸辺に触れた」とは、「僕」が自らの〈感覚《センス》〉によって生き、見えないものを見る生き方に目覚めたということである。ここで、教材というフィルターを通してみた時、そのような「僕」の自覚が果たして推奨に値するものであるかどうかの判断が分かれるところであろう。しかし、「ランゲルハンス島の午後」が教材としての意味なり価値なりを持ちうるとすれば、思春期の中学生がその後の人生を決定づけるような自覚をしたこと自体にあると考える。しかもその自覚を促したのは、「春の匂い」という〈感覚《センス》〉であることは、本テクストの特色とするところである。それは、思春期において将来に夢と希望そして不安を持つであろう中・高生にとって意味のあることなのではあるまいか。

「ランゲルハンス島の午後」は、かつて高等学校の教科書に一社のみ採用されていた。現在、その会社は国語教科書の発行自体をやめている。おそらく今後も掲載されることはないだろう。村上のテクストの言葉で言えば、「やれやれ」といったところだ。また、読書指導の推薦作品にするには短いし、他の村上春樹の作品のようなベストセラーでもない。むしろ、「ランゲルハンス島の午後」は、教室においてテスト範囲とされるより、春の午後海辺や公園でひとり読むべきなのかもしれない。ランゲルハンス島に吹く風は、若い人たちを、そのような行動と体験に誘ってやまないものである。

［注1］　本論における「ランゲルハンス島の午後」の引用は、すべて新潮文庫（一九九〇年一〇月）に拠った。
［注2］　村上春樹『ダンス・ダンス・ダンス　上』（新潮文庫　二〇〇四年一〇月　三一―三二頁）
［注3］　内田樹『村上春樹にご用心』（アルテスパブリッシング　二〇〇七年一〇月　一〇―一一頁）
［注4］［注2］に同じ、下巻、一九九頁
［注5］［注2］に同じ、一一七頁
［注6］［注2］に同じ、五〇頁
［注7］［注2］に同じ、三八七頁
［注8］［注2］に同じ、下巻、二三一頁
［注9］［注2］に同じ、下巻、四〇二頁

村上春樹「ささやかな時計の死」論
――重層化された思い出――

相沢毅彦

「ささやかな時計の死」で描かれている親しい「知人・友人」であったはずの「彼女の死」には独特の哀愁が漂っているように感じられる。「日常的」行為として「自分のためにコーヒーを沸かし目玉焼きを作りながら」「僕」が「ふと」想起する「彼女の死」は一見他人ごとのような「軽い」印象を与えつつ、同時に人生における深い悲哀のようなものを感じさせる[注1]。そこに漂う独特な情感はどこから来るのか、あるいは何によって齎されているのか。ここでは、その「仕組み」や「構造」について分析し、同時にそのようなものを表現し得る〈筆者〉の「世界」に対する捉え方について考えていきたいと思う。

「ささやかな時計の死」の初出は一九八六年、雑誌「ハイファッション」一二月号に「ランダム・トーキング」と題されたコーナーの第二三回として掲載された。「ハイファッション」（文化出版局）は主に二〇代から四〇代前後の女性が対象と考えられ、内容はその名の通り服飾や芸術に関するものが中心となっている。そのためこの時点での主たる読者はそれら対象年代におけるファッションやモード等に関心の強い女性であったといえるだろう。時期としては「村上春樹」が『世界の終りとハードボイルド・ワンダーランド』を書き終えた以後から、ヨーロッパに滞在し『ノルウェイの森』や『ダンス・ダンス・ダンス』を書く際に齎される「大きな転換期」[注2]より前にあたる。よって、まだ『ノルウェイの森』が爆発的に売れる前であり、それ以後の知名度や注目度よりは高くない頃である。日本の社会もバブル景気へと向かっていく最中であり、その時代的特徴は「ハイファッション」の誌面にも窺える。

その後、同出版局から単行本『村上朝日堂　はいほー!』(一九八九年五月)に収められ当雑誌の読者以外にも目にすることができるようになり、加えて同タイトルで一九九二年五月、最大手出版社である新潮社から文庫として出版され、より幅広い層に読まれることになる[注3]。

さらに、二〇〇八年一月、高等学校用教科書『現代文[新訂版]』(筑摩書房)に採録され、その読者層は本エッセイないしは村上春樹の文章を目にすることのない可能性のあった高校生にまで及ぶようになり、その広がりはこれまでとはまた違った展開が見られるようになった。

ただ、それが〈教育〉に携わり、〈教室〉で読まれるものになった以上、それに相応しい〈公共的価値〉が問われなければならないだろう。そのためそれらを検討することが本研究の目的の一つと考えている。その際、先行研究との「対話」が重要であると考えるが、教科書に採録されて日も浅く、また作家「村上春樹」の小説や物語ではなくエッセイであることもあり、管見のところ本作品について先行する学術的な論文は見られない。現在のところ教科書用指導所である『現代文[新訂版]学習指導の研究』(筑摩書房、二〇〇八年三月)所収、佐野正俊の「解説」が最も詳細な研究資料であると思われる。

このような研究状況から村上春樹の小説についての研究が盛んに行われている一方、それと比較してエッセイ、あるいは小説以外の言説の分析、研究はあまり深く行われてはいない可能性を指摘することができる。しかし今後の研究においてエッセイ等についての単なる指摘や言及だけではない、より深く掘り下げ、検討していけるような新たなアプローチを試みることも村上春樹文学の全体像を浮かび上がらせる上で重要なことであろう。本論はそうした研究を拓いていく契機になればとも考えている。次から本エッセイにおける具体的内容について見ていくことにしたい。

まず、「僕」あるいは〈筆者〉にとっての「彼女」の死とはどのようなものだったのかを捉えるため、この文章に登場する「僕」、「僕の女房」、「彼女」、「彼女の御主人」の関係性を探っていくことにする。四人について〈筆者〉は「我々は同年代、同じ大学」と述べているが、それに続けて「彼女と僕の女房は古くからの友達」とあることから、少なくとも「彼女」と「僕の女房」は大学よりも前からの「友達」であり、「僕」と「彼女」との友達関係よりも時間的に長い、逆に言えば「僕」は「彼女」との友達期間が「僕の女房」よりも短い関係であったことがわかる。また、「僕」は「彼女」の配偶者ではないことから当然「彼女の御主人」よりも交流の時間も短く密度も薄いといえる。このことから四人の中で相対的に「僕」が一番「彼女」とは「希薄」な関係であるとひと先ず言うことができる。

また、「偶然同時期にハワイに行くこと」になったため、「何日かマウイ島のコテージを借りようということになった」とあることから、もともと最初から意識的に四人で一緒にハワイに行く計画をしたのではない。それ故「僕」が「彼女」と一緒に旅行がしたかったという強い意図は〈筆者〉の書き方からは感じられない。もっとも、その時においては「偶然同時期にハワイに行くこと」がきっかけだっただけで、それとはまた違う状況であれば（そうした偶然がなかったとしても）同じような旅行を計画した可能性もあったと考えることができる。しかし、「偶然同時期にハワイに行くことになって、じゃあ何日か共同で」（傍点論者）とあるように「じゃあ」

という言葉が付されていることで「そうでなかったならば、そうしなかった」というニュアンスが含まれているように思える。

また、「レンタカーもコテージも、四人で借りた方がずっと安い」といった経済的な合理性を一緒に滞在した理由にあげられてもいることや、「気心もまあ知れている。」と「まあ」という言葉が含まれていることにより、明瞭に「気心が知れている」と述べるのが躊躇されるような関係として〈筆者〉が捉えているということが窺い知れる。

そのため、この時のハワイでの共同滞在が実現したのは、偶然性と経済性、あるいは強くはない親和性による要素が大きいように思われ、強い積極性のもとで一緒に過ごそうという意識は感じられない。それ故、努めて一緒にいようとしているわけではないが、条件が合えば一緒にコテージを共有してもいいくらいの関係だったように思われる。

加えて、トラベル・ウォッチを「僕」が「彼女」から「もらう」際、最初「彼女」は「進んで僕にその時計をくれた」訳ではなかった。「僕」が「これ、便利だね」と言い、「(たぶんモノ欲しそうに)見ていた」だけでは「彼女」はそれらが二つあるにも関わらず、「僕」にあげる気にはならなかった。「御主人」からその後「ふたつあるんだから一個あげなよ」とアドバイスされることによって「渋々くれた」のであり、ここからも「御主人」と「僕」との差異を見てとることができる。もっとも、はじめから「僕」は「彼女」からトラベル・ウォッチをもらうことを期待していなかったであろうし、そうだったとしても「僕」がくれるように促がすことはしなかったと思われるが、仮にそのように促がしたとしても「彼女の御主人」のようにうまくはいかなかっただろう。

また、その「彼女」のことを「僕の女房」は「ケチ」と評しているが、そこには少なくとも二つの側面があるように思える。一つは文字通り必要以上に物を惜しむということを指摘する側面と、もう一つは「僕の女房」と「彼女」は「古くからの友達」であるから、そのように「ケチ」と率直に表現ができるくらい親しい仲であったという側面である。

それに対し「僕」は「いや、正確にはケチというんじゃないな、けっこう楽しくお金は使った。ただ他人に物をあげるよりは、他人から物をもらう方がずっと好きな人だった」（傍点論者）とより「正確」で注意深い表現を試みており、「僕の女房」より直接的な言い回しは控えられている。どのような表現を試みるかということとは相手との関係性だけでなく、表現主体の問題、すなわちその関係を発話する主体がどのように表現するのかといった問題にも関わってくることだろうが、少なくとも率直さの面で「僕の女房」と「僕」の間には差異があり、「僕」の方がより「彼女」との距離が「遠い」ように思われる。

こうした四人の差異を考えていくと「僕」と「彼女」との関係の距離はこの四人の中では最も遠く「希薄」であるように思える。しかし〈筆者〉はそうした関係を記述しながらも「僕」と「彼女」との別の関係性をも示唆している。

「僕」から見ると「彼女」は「いくぶん少女趣味的な傾向を残した現実主義者であり、正直な言辞と美味い料理を好み……」とある。このことは「世の中の多くの女性がそうであるように」とあることから、一方でどこにでもいるような「普通の女性」として〈筆者〉に把握されている、あるいは後に「たとえ三十七でも同い年の女の人って、僕にしてみればみんな女の子なのだ」（傍点原文）とあることから「普通の女の子」として把握されている。しかしもう一方で、その文の後半において「彼女」は「ビーチボーイズとアントニオ・カルロス・ジョビンの音楽を一九八〇年代に至るまで聴きつづけていた。」とあり、加えて、その少し後の文では「彼女の好きなウォルター・ワンダレイ」という記述も見られ、「多くの女性」としての特徴だけではなく、「彼女」独自の特徴を示す事柄が（特に音楽についての好みが）示されている。

一九六一年に結成され、代表作とされる「サーフィンU・S・A」を一九六三年に出したビーチボーイズ[注4]や、ボサ・ノヴァの「創始者」とされているアントニオ・カルロス・ジョビン[注5]、あるいは「ボッサ・オルガン第一人者」とされているウォルター・ワンダレイ[注6]の音楽は一九六〇年代に流行したものとして捉えることができる。例えば小林宏明によると「一九六二年にデビューしたビーチ・ボーイズは、たちまち世界的なアイドルとなったが、一九六四年にビートルズが現われ、アクエリアスの時代が到来すると、それから二年後の六六年には〝スクウェアな存在〟と見なされ、完全に下り坂となった。つまり、ビーチ・ボーイズはほぼ四年間しか存在しなかった」[注7]とある。また、「村上春樹」自身も「ブライアン・ウィルソン」というエッセイの中で「60年代後半になってヴェトナム戦争の泥沼化と、それに伴うカウンター・カルチャーの隆盛があり、その最先端にいるアーティストたちは、ビーチ・ボーイズの音楽を流行遅れの代表として攻撃した。ジミ・ヘンドリックスは、「もう誰もビーチ・ボーイズなんか聴かないぜ」と声高に宣言した。」[注8]と記している。ボサ・ノヴァについて言えば『洋楽ヒットチャート大事典――チャート・歴史・人名事典――』（八木誠、小学館、二〇〇九年二月）によると、それらが流行したのが一九六〇年代前半となっている。すなわち、これらの音楽は一九六〇年代に流行したものであり、「彼女」はその流行が過ぎた八〇年代に至ってもなお、そうした音楽を聴き続けていたということになる。

一方、「村上春樹」もまた一九六〇年代に流行した音楽をそれが過ぎてもなお聴き続けていた人物である。例えば『村上朝日堂』（新潮文庫、一九八七年二月）所収のエッセイ「夏について」では「「お、どこかでビーチボーイズが聞こえるなあ」なんて感じで死ねるといいな」とあり、また、『象工場のハッピーエンド』（CBS・ソニー出版、一九八三年一二月）ではビーチボーイズの曲名「FUN FUN FUN」を下敷きにした同名の文章（「FUN、FUN、FUN」）が書かれている[注9]。加えて『ダンス・ダンス・ダンス』でもビーチボーイズの歌が頻出するなど、このバンドについて述べられている文章がその著作の中に多く散見される[注10]。また、アントニオ・カルロス・ジョビンに関して言えば一九六三年に発表された彼の代表作の一つである「イパネマ娘」をモチーフとした作品である「1963／1982のイパネマ娘」[注11]が一九八二年に発表されている。その作品の主人公「僕」は一九六三年から「イパネマ娘」を聴いており、一九八二年においてもなお聴き続けている人物として描かれている。このことは一九六〇年代に流行し、それ以降流行らなくなってしまったものを八〇年代の「現在」においてもなお目を向け続けているという点で「村上春樹」と「彼女」とが大きく重なる部分があったことを示しているだろう。

もっとも、このエッセイの「外部」にあるこのような情報を用いなかったとしても、〈筆者〉が八〇年代において時代遅れになってしまったものにも価値を見出す人物であることは本エッセイ中の時計についての記述によってある程度（年代がはっきり特定されていない形であるが）窺い知ることができる。すなわち、エッセイ前半において〈筆者〉は「ねじまき時計」と「電池時計」を対比させて論じているが、「電池時計」が主流を占める「現在」（一九八〇年代）においてもなお「ねじまき時計」の良さを述べていることからもわかる。

『時と時計の百科事典』[注12]によると一九六〇年に「打方付きトランジスター掛時計」の発売によって「電池時計時代の到来」が齎されたとされている。しかし、当時まだそうした時計はかなり高価で一般に普及するまでには到ってはいない。実質的な「電池時計時代」に拍車をかけるものとしては、廉価で正確に微量の電気で動くクオーツ（水晶）式時計の市場への本格的な参入があげられる。シチズンが「世界初の全電子クオーツクロック（置時計）」を発売したのが一九六七年、セイコーが「世界初の水晶腕時計」を発売するのが一九六九年であり（この時点でもこれらはまだ相当高価なものであり庶民の手に届くものではなかったとされる）、その後一九七六年に「クオーツが日本の生産高で五〇％を越」し、一九八一年には「クロックのクオーツ化率」が「八〇％を超え」電池式クオーツ時計が市場を席巻していくようになる[注13]。こうしたことから、一九七〇年代から一九八〇年代にかけての間に「電池時計」が急速に普及していったといえる。

このように見ていくと「ねじまき時計」にある種の価値を認め続けることとビーチボーイズやボサ・ノヴァの音楽を評価し続けることは六〇年代では主流であったが、「現在」では主流ではなくなってしまったものの価値を認めるという点で共通しているといえるだろう。そのような意味で「僕」と「彼女」は「僕の女房」や「彼女の御主人」との関係とはまた違ったところで彼女と響き合う部分があったように思われる。

このようなことを踏まえた時、「僕」と「彼女」との関係は、一方で「希薄」な関係として〈筆者〉に捉えられつつ、同時にもう一方で六〇年代的な意識を共有している大切な「同年代の知人・友人」でもあったという、単なる親しさや希薄さということだけでは説明し尽くせない複数の（ないしは多層的な）意味合いを持ったものであったということを確認することができるだろう。

ところで、一九六〇年代と一九八〇年代とを社会的文脈の中に置いてみた時、その間には一つの大きな時代的変遷、すなわちモダンからポストモダンへのそれを見ることができる。すなわち、このエッセイが書かれた一九八六年当時において時代的状況はそれ以前よりも人と人との結びつきがより「軽やか」で「希薄」で「クール」になっていくポストモダンの時期だったといえる。実際「最近の時計は殆どが電池式で何をせずとも二年くらいは一人で動いてくれるから、まあ手間は省けて楽である。同じ屋根の下で暮らしながら、時計は時計で動いていなさい、我々は我々で生きるから——という、なんというか、わりにクールな関係にある」とあり、また「ある日突然唐突に電池が切れて時計がサドンデス的に死んでしまう」とあるように「何の前ぶれもなく」「ぷつん」と終ってしまうような関係性が示されている。

それに対し、「ねじまき時計」が象徴するモダンの時代においては「ねじを巻く」ことは「生活の中にしっかりとくいこんだ日常的行為」であり、「面倒だけれどそれなりに手ごたえのある」こととして示されている。時計は「家族の一員」であり、互いに「目が合う」ような密度の濃い関係であった。また、「父親は古いスイス製腕時計のねじを巻き、母親は柱時計のねじを蝶型の金具で巻き、子供は目覚し時計のねじを巻いた。」とあるように、ここでは家族における「役割分業」的なものも色濃く残っており、それぞれに課せられた役割がはっきりしていただけにその結びつきも強く求められていた時代であったことを思わせる。そのような時代においては互いの関係性は一般的に「日常的」関わりをより強く求められ、「重く」、「面倒」なものとしてあったといえる。

このようなことを踏まえた上で、本エッセイに見られる「彼女の死」は〈筆者〉によってどのように捉えられているかを考えていきたい。「時計は、まるで生の余韻にとどめをさすかのように、ぷつんと止まっていた」とあるように、その「死」は電池時計の「死」になぞらえられており、そのためひと先ず「希薄」で、あっけない、それ故ポストモダン的なものとして捉えられているといえる。例えば、「僕」が「猫にキャット・フードを与え、自分のためにコーヒーを沸かし目玉焼きを作りながら、そういえばあの子も死んじゃってもういないんだなとふと思った」という思い起こし方は、「日常的」に仏壇に手を合わせて行われるようなものと較べると「軽く」「瞬間的」で「偶発的」なものである。とりわけ「ふと」という言葉にそれらが示されているといえる。

しかし、このエッセイの特異な点はそうした「死」を単にあっけない「電池時計」的なものとして表現するだけではなく、それと同時に「ねじまき時計」的なものとしても受け止められる側面を重層的に含み込んでいることである。確かに「彼女の死」は「何の前ぶれもなく」「突然」訪れたものであり、それは否定し得ない事実としてある。しかし、その一方でそれを受け止める側にしてみれば、そうした事実は即座に受け容れることができないものとしてある。例えば「彼女」が亡くなってから少なくとも「彼女」からもらった時計が止まるまでの間、「生の余韻」が「僕」の中で漂っていたことからもわかる。また、「正直に言って、悲しいというよりは悔しさの方が先に立つ。お互い今までいろいろとヤバイことがあって、それをなんとか乗り越えてここまで来たのに、なんで今頃……と思ってしまう」とあるように〈筆者〉にとって「彼女の死」は「ねじまき時計」のように互いに「目の合う」、「手ごたえ」を感じられるような「重く」「悔しく」「悲しい」ものとして受け止められている。「彼女」の好きだった音楽のことや「彼女」の性格のことを思い浮かべ、トラベル・ウォッチをもらった時のことやそのお返しができなかったこと等を思い起こしていることからも、それらを窺い知ることができるだろう。

このように「彼女の死」は「電池時計」的に捉えられつつ、同時に「ねじまき時計」的にも捉えられているといえるが、さらにここではかつて主流を占めていた人と時計との関係性も導き出されていることに注目したい。例えば「時計のねじを巻くことは歯を磨いたり、猫に餌をやったり、朝に新聞を読んだりするのと同じような種類の、生活の中にしっかりとくいこんだ日常的行為」、「我々はねじを巻くことを通して時計と触れあっていた」、「時計は我々の家族の一員であった」、「昔はよく時計と目があった」、「ねじを巻くというのは、面倒だけれどそれなりに手ごたえのある行為」、「それはささやかな取引きの儀式」等の指摘が見られる。こうした「手ごたえ」のある、実感の伴った関係は人と時計との関係だけではなく、そこからそのまま人と人との関係性も同様であったことが示されている。すなわち、モダンにおいてはそれらの関係性もまた「日常的行為」として構築され、「家族」的親密性が求められ、「儀式」的な性格を持つことが多くあり、「面倒だけれどそれなりに手ごたえのある」ものとして求められる傾向があったといえる。それらはモダンの時代に「かつてあった」というだけではなく、ポストモダンの時代においても「主流」と見なされなくなっただけで、実際にはその中に含み込まれたものとして存在するのであり、〈筆者〉は「彼女の死」を通して、「電池時計」と「ねじまき時計」との関係性へと遡り、より広く一般的な人と人との関係性に含まれる多層性や時代的変化をも表現している。そして、それらの時代の変化や重層性が翻って「彼女の死」の通奏低音となることによって、先に述べた「彼女の死」そのものについて表現された重層性と相俟って、「彼女の死」の意味をより幅広く厚みや深みのあるものにしており、こうした表現がこのエッセイにおける独特の「死」についての哀愁を醸し出しているのである。

また、そのように考えた時、「彼女の死」のみならず、〈筆者〉が想起する生きていた頃の「彼女」との思い出そのものが二重化されているようにも思えてくる。すなわち、一方で「昨年の夏」の「彼女」を思い出しながら、もう一方で〈筆者〉の頭の中の「感触」としては「彼女」は六〇年代のままなのではないかということである。「彼女」からもらった時計が止まり、「彼女の死」を思う時、そこで想起しているのは、一方で「昨年の夏」にハワイで時計をもらったエピソードであり、八〇年代という時間と空間を共に過ごし、別れた記憶としてある。しかし、他方ではまるで時が六〇年代で止まってしまっているかのように、今なお「彼女」は「少女趣味的な傾向を残し」た「女の子」であり、「同じ大学」に通った「同年代」の仲間で、六〇年代の音楽を聴きつづけていた姿として思い浮かべられているように思われる。

このエッセイが書かれた一九八六年というポストモダン全盛期において、モダン的な「死」の捉え方を批判・否定し、ポストモダン的な捉え方によって表現することは恐らくそれ程難しいことではなかっただろう。あるいはそうしたポストモダン的なものを敢えて拒否した見解を提示することもまた同様であったと思われる。

しかし、重要なことはモダンかポストモダンかといった二者択一の枠組みの中で捉えるのではなく、むしろその双方を含み込んだ重層性の中で捉えられる必要がある。モダンだけでもポストモダンだけでも「物事」、あるいは「世界」を捉え、表現するには不十分なものとしてあるのであって、このエッセイの卓抜さはそうした二者択一の枠組みを「超え」、その重層性において「彼女の死」を表しているのではないかと考えている。

ところで現在、文学教育及び文学研究は未だポストモダンの時代によって齎された「昏迷」の中にあると思われる。例えば田中実が数多くの論の中で指摘しているように[注14]、日本では一九八〇年前後まで「主流」であった「モダン」的な言語観、世界観による文学研究、文学教育が行われる一方で、それ以後の「ポストモダン」的影響を受けた文学研究、文学教育も行われているように思われるが、問題はそれらが混在しているだけでなく、双方が癒着した状態も見られ、それらの違いや争点をはっきりさせず、そこで生じている問題を温存させたまま教育や研究が行われていることであるように思われる。重要なことはそれらを混在させたままにしておくのではなく、それらの世界観の違いを「峻別」し、(それは簡単なことではないだろうが)問題を乗り越えるべく新たな世界観についての捉え直しを行い、手に入れていこうとすることだろう。

このエッセイの中にはそうしたモダンとポストモダンの問題を越える一つの具体的な「世界」の捉え方の端緒が含まれているように思われる。

【注1】「彼女の死」が一方で「〝軽い〟出来事」であり、もう一方で「〝重い〟出来事」でもあるという「パラドックスを内包して」いるという優れた指摘は既に後述する佐野正俊の「解説」によってなされている。ここではそうした指摘の反復に留まらず、それを活かし、前に進めていくことができればと考えている。

【注2】「村上春樹ロングインタビュー」（『考える人』二〇一〇年八月）。

【注3】対象のテキスト、及び引用は最も普及している新潮文庫版に拠った。また、初出時でのタイトルは「ささやかな時計の死。」と句点がつけられているが、以後削除されており、本論もその表記に従った。また、初出から教科書版まで内容としての大きな変更はないが、漢字表記の仕方等字句表現レベルでの多少の異同が見られる。なお、初出と単行本版には高橋常政のそれぞれ異なったイラストが添えられており、文庫版『村上朝日堂　はいほー！』全編の表紙と挿絵を描いている安西水丸ではない。

【注4】『音楽人名事典　クラシック／洋楽編』（石川祐弘編、ドレミ楽譜出版社、二〇〇一年一一月）による。なお、「当初は様々なバンド名を名乗っていたが、一九六二年に正式なバンド名をビーチ・ボーイズとする。」とある。

【注5】『ニューグローヴ世界音楽大事典』（柴田南雄・遠山一行総監修、講談社、一九九六年一月）を参照。

【注6】『ボサ・ノーヴァ詩大全』（坂尾英矩、中央アート出版社、二〇〇六年二月）を参照。

【注7】『ビーチ・ボーイズ――リアル・ストーリー――』（S・ゲインズ、小林宏明・菅野彰子訳、早川書房、一九八八年六月）における「訳者あとがき」による。

【注8】『意味がなければスイングはない』二〇〇五年一一月、文藝春秋。

【注9】ここには「僕はビーチ・ボーイズの数あるヒット・ソングの中でもこの曲がいちばん好きだ。」とある。

【注10】他にも『村上春樹の音楽図鑑』（小西慶太、ジャパン・ミックス、一九九八年三月）によると小説では少なくとも『羊をめぐる冒険』、『ノルウェイの森』に用いられている。

【注11】『カンガルー日和』（講談社文庫、一九八六年一〇月）所収。

【注12】織田一朗、グリーンアロー出版社、一九九九年六月。

【注13】以上は【注12】同書を参照。

【注14】具体的には一連の「八〇年代問題」に関する論考や（それ以外でもそのような指摘は行われているが）、あるいは例えば「「読みの背理」を解く三つの鍵――テクスト、〈原文〉の影・〈自己倒壊〉そして《語り手の自己表出》――」（『国文学　解釈と鑑賞』二〇〇八年七月、至文堂）における次のような指摘が見られる。
「当時ポストモダンの現代思想はわたくしたちには目の眩む驚愕の理論と受け止められ、それは時代を先導し、文学の学会をも魔術のように席巻したのです。しかしそれは奇妙でも不可解な現象でもなく、近代文学研究の三好行雄の「作品論」、国語教育研究の奥田靖雄の言語論の根幹を相対化したのであり、特

にこれが文学研究の前衛を大きく文学研究から文化研究（カルチュラル・スタディーズ）にシフトさせ、後衛と分離させる原理的な昏迷をもたらしたのです。」。

なお、本論は田中実氏から極めて多くの重要な示唆を受けて成立したことも併せて明記しておきたい。

身体の深いところでわかるということ
――「一日ですっかり変わってしまうこともある」を読む――

青嶋康文

一、軽さの受けとめかた

文章はどんな状況で、どのように読むかによって、その印象が大きく変わる。サラリーマンが通勤帰りに駅で「週刊朝日」を買い求め、電車の中で広げ、ぱらぱらめくったコラムの一つとして読む。春樹のファンが単行本になった『村上朝日堂はいかにして鍛えられたか』[注1]を手に取り、長編小説や短編小説とは違う楽しみ方で頁をめくる。入学したばかりの高校一年生が国語の授業で教材として読む。読み手の文章に対する印象はそれぞれ異なるはずである。文章は作品と読者との関係の中で様々な表情を見せる。もちろん、その内容だけではなく、イラスト、体裁、文字の大きさなどあらゆるメディアが融合し読者を刺激する。

「一日ですっかり変わってしまうこともある」は、一九九五年一一月から一年一ヶ月の間「週刊朝日」に連載されたエッセイ「週刊村上朝日堂」の一つであり、九七年六月に『村上朝日堂はいかにして鍛えられたか』に収められた。その本のあとがきを読むと、春樹がどのような経緯で連載を引き受けたかがわかる。

週刊誌に連載をすることが苦手であること、安西水丸の挿絵があってはじめてエッセイが成り立つこと、読者が「村上朝日堂」を楽しみにしていて、その読者と対話しながらエッセイを書いていたことなどが明かされる。そしてその後で春樹は次のようにいう。

僕はこの連載を続けながら、地下鉄サリン事件の被害者のインタビューを一年間こっそりと続け（時間的にはほとんどぴたりとあっています）、それを『アンダーグラウンド』という本にまとめたわけですが、正直言ってそっちがかなりヘビーだったので、「村上朝日堂」の仕事は精神のバランスをとるための良い息抜きみたいになりました。ですからこれらの文章を読んでいて、ところどころあまりのくだらなさにあきれて、「こいつはあほか」と思われても、「いや、これは村上という人間の派生的な一面にすぎないのだ」と好意的に解釈してやってください。
まあ、あるいはひょっとしたら、こっちが本質かもしれないですが……。

村上春樹にはリズムとバランスがある。長編小説を書くときには長編に集中し、しばらく休んで短編小説、翻訳小説、エッセイなどを書く。あるサイクルの中で仕事をこなす。また、『アンダーグラウンド』[注2]の仕事の裏で週刊誌への連載を手がけ、「精神のバランス」をとる。エッセイや翻訳小説の仕事の積み重ねが、後の長編小説に生かされることもある。創作を続ける春樹独自のリズムである。これはまた走ることにも関連する。春樹は走ることを日課とし、毎年フルマラソンを走破する。ペース配分を整え、何時間もかけてゴールをめざす。身体にそのリズムがいつも刻まれている。こうしたことが執筆にも影響しているのだろう。
確かに『村上朝日堂はいかにして鍛えられたか』全体を読むと軽くくだけた話題が多い。ラブホテルの名前大賞や裸で家事する主婦の話など何度も登場する。読者との応答を楽しみながら書いている感じが伝わる。その中にあって、「一日ですっかり変わってしまうこともある」は少し異色なエッセイかもしれない。話しことばも出てくるが、ある日の出来事をまじめに語る。ある意味では教科書におさめるにふさわしい文章といえよう。

清水良典は『MURAKAMI　龍と春樹の時代』[注3]の中で七〇年代から八〇年代にかけて、階層化される雑誌が数多く出版される中で、椎名誠や嵐山光三郎らが雑誌の編集長をつとめ、「昭和軽薄体」といった文体を生むことになった経緯を分析した後で、次のようにいう。

業界の片隅に棲息する名もない一人として、文学や政治や思想といった大所高所からではなく、身の回り三メートルくらいの視線から極私的な素材を自虐と誇張を交えて面白おかしく書くという態度が、そのような軽さを生んでいた。

いわば彼らは、物書きでありながら「文学」という重苦しい観念を、うっとうしい外套のように脱ぎ捨てていたのである。『村上朝日堂』のエッセイも、「文学」的であることを故意に避けている。村上春樹の中の、デビューしたての意気軒昂な「文学」者の部分、英米文学翻訳者としてのインテリの部分を切り捨てて、なんとなくギョーカイのうさんくさい自由人「村上さん」に扮することで、このくだけた話し言葉は成立している。

村上春樹という全体から、明るい部分だけを取り出して、気さくな読者に向かってしゃべっているようなスタイルである。

これは『村上朝日堂』[注4]について論じている部分であるが、時代の空気や業界の状況に対する批評的な態度が明るさや軽さになってあらわれると清水は指摘する。『村上朝日堂はいかに鍛えられたか』はその一〇年後に書かれたものだ。「一日ですっかり変わってしまうこともある」は「自虐と誇張を交えて面白おかしく」書いたエッセイとは少し違う。ただ「身の回り三メートルくらいの視線から極私的な素材を」扱うことに変わりはない。そこに、春樹特有のバランス感覚があり、独自のものの見方があらわれている。

二、身体に残るもの

それでは文章がどのように書かれているか追ってみたい。はじめに文章の全体像をつかもう。文章は大きく二つの出来事で構成されている。文章の中心はデ・キリコの回顧展に行った一日のこと。それに自分が作家になろうと思いたった一日のことが添えられている。題にあるように、どちらにも共通するのが「一日ですっかり変わってしまうこともある」という体験。その前半と後半を結びつけているのが、「What a Difference a Day Makes」ということばである。まず誰もが共感できるような恋の話を例に出すことで、二つの異なる出来事を結びつける。離れているのだけれども、つながる。恋の話から美術の話、そして作家になると決意した話へ心地よく移行する。こういう思考がいかにも春樹らしい。

では前半部分デ・キリコに関する話がどのように構成されているかをさらに詳しくみよう。前半は八つの形式段落からなる。最初の段落では、一日ですっかり変わることが誰にでも起こりうることだと問題提起する。それを受けた二段落に出てくるのが「What a Difference a Day Makes」ということば。ダイナ・ワシントンの歌う歌詞のタイトルである。「たった一日がなんて大きな変化をもたらすか」日本語訳だとやたら長いが、英語の語感のほうがぴったりとくることばである。「周りの世界の光景が大きく変わってしまう」ということは古くからあるテーマであり、歌詞の世界ばかりではない。小説、映画、ドラマなどあらゆる分野で繰り返し表現される。

春樹の小説にはよく実名の音楽家や芸術家が登場する。ここでもダイナ・ワシントン、デ・キリコ、セロニア・モンクと続く。高校生にとってはなじみのない人ばかりだろう。もちろん知らないから理解ができないというわけではない。ただし個々のアーティストを知っていると、文章の深みに導かれる。三人の個性的なアーティストが紙上で饗宴する。これが先にも触れた、それぞれ別なことが独立していて、どこかでつながっているという春樹の思考に起因する。

次に語り口をみてみよう。文章は話しことばと書きことばが適度に入り混じる文体となっている。だから敬体もあり、常体もある。話しことばは主に読者に向かって語りかける部分で使われ、事実を述べる文は書きことばで書かれる。読者との応答を意識することが、こういう文体を生んだのだろう。

またこれも春樹の書く文章の特徴であるが、擬音語や擬態語、比喩が多用される。これらの修辞法により、小説と同じようにその場の情景が読者にイメージできる。「ふっと」「ぴりぴりっ」に傍点がついていることからも、筆者がその時その場で受けとめた感触が大切にされ、ことばに置き換えられる。

三段落は回顧展に行く前のこと。「ふらっと暇つぶしに見に行った」こととデ・キリコに対する知識や感心があまりなかったことが明かされる。四段落は回顧展の会場の様子。閑散とした美術館とは対照的に、たくさんの絵が並んでいた。

そして、五段落が美術館の絵の並び方。時期を追った展示がなされ、「デ・キリコの一生をそのままたどれるように」絵が並べられていることが紹介される。筆者はここで「一種の感動」を覚える。なぜ感動をしたのか。習作期から晩年までのデ・キリコが「どれくらい激しい努力を重ねて自己のスタイルを確立し、成功を収め、なおも新しいものを希求しつつ、彼なりの試行錯誤の末に死んでいったか」その足どりに注目する。そして回顧展の展示を「誠実にして切実な記録」と評価する。

六段落では、その芸術家として独創性を読者に伝えるために、セロニアス・モンクを登場させる。モンクと対比することでオリジナルな世界を創りあげた芸術家の孤高さを称える。新しいものを創造することがいかに困難なことか。外からの様々な批評のことばを受けながらも、なお「安閑」とせずにもがいている二人の姿が筆者の中でつながる。

七段落では、「本物の作品の持っている重み」に触れる。美術書で見ている時とは明らかに異なる重みや激しさが本物にはあることを実感する。ここまでが実際に美術館に行って、自分の身体で受けとめたこと。そこから筆者は自らの体験を掘り下げる。自分は今までデ・キリコについて「世間の一般的な評価に沿って」見ていたことに気づく。膨大な作品の一部だけ、しかも複製でしか見ていないのに、デ・キリコについて「わかった」気になっていたことを恥じる。そして、「僕らはふだんあまりにも多くの巧妙な「複製」に取り囲まれているせいで、「実物」の持つ荒々しさや激しさや重さを、つい見失っていく傾向にあるのかもしれない」という考えにたどりつく。

八段落ではそれを比喩的な言い方でまとめる。「そのときに僕が感じた「何かがぐっと変わる」ときの「筋肉のねじれのような感覚は、今でも身体に残っている。」という。単にデ・キリコの絵をみて、感動したということが中心ではなく、自分が知らずに陥っていたことを対象化する。頭で「わかった」ということではなく、全身で、あることを受けとめたということだろう。

後半は、短く三段落で構成される。筆者が作家になると決意した日。忘れることができない、特別な一日のことが紹介される。「なぜ作家になったのか。いつ作家をめざしたのか。」こういう質問を筆者は文芸誌の新人賞をとった時から何度も聞かれたのだろう。神宮球場のことはエッセイやインタビューで繰り返し触れている内容。ここでは、その日のことをさらりと書く。前半と結びつくのは、今も身体に残る「筋肉のねじれのような感覚」。それを今度は「あのびりびりっと背筋に来る感じ」と言い換える。神宮球場の外野席で、どんな試合を見ていて、何をきっかけに小説を書こうと思いたったのかは何も語らない。ただ、その時の身体の反応のみを語る。「具体的な契機とか、根拠とか、そういうものは全くない。ただの野放図な認識である。」という。一つのことを認識する。つまり「わかる」ということは、簡単に説明できることではなく、その人の奥深いところで何か変化が起きるということをこのエッセイでは言おうとしている。

内田樹は『村上春樹にご用心』[注5]の中で、次のようにいう。

極端なことを言ってしまえば、小説にとって意味性というのは、（……）そんなに重要なものじゃないいんじゃないかな。というか、より大事なのは、意味性と意味性がどのように有機的に呼応し合うかだと思うんです。それはたとえば音楽でいう「倍音」みたいなもので、（……）倍音の込められている音というのは身体に長く深く残るんですよ、フィジカルに。

（村上春樹・柴田元幸『翻訳夜話2　サリンジャー戦記』、文春新書、二〇〇三年、三三頁）

物語の与える「感動」はフィジカルなものだ。それは物語の説話構造や文体や批評性とは別の水準での出来事である。「すぐれた物語」は「身体に残る」。だから、私たちは実は頭ではなく、身体で物語を読んでいるのである。

私は村上のこの物語観を経験的に支持する。これも文学についての常識には反しているだろう。だが、すぐれた言語表現は間違いなくある種の「響き」を発している。美術作品も、もちろん音楽も、すべての表象芸術は私たちの身体に「物理的に」触れてくる。

内田は春樹の言葉を引用しながら、「「物語」の与える感動」が「身体に残る」」という。そうすると、「一日ですっかり変わってしまうこともある」という作品は、「倍音」のように「身体に残る」という問題を春樹の実体験に基づき書いたエッセイと位置づけることができる。そういう意味でこのエッセイには春樹文学のエキスが込められている。

三、教科書編集の意図

ここで「一日ですっかり変わってしまうこともある」という作品が教科書でどのように取り上げられているのか、その編集意図を追ってみたい。

この文章は第一学習社が二〇〇二年に「高等学校新編国語総合」（以下「新編国総」とする）に載せた教材で、他社では採られていない独自教材である。最初に気づくのが、教科書の階層化の問題である。第一学習社のホームページ[注6]に、現在使用されている国語教科書のラインナップが紹介されているが、同じ国語総合の教科書が四種類もある。現代文と古典が分冊になった受験を意識したもの。分冊ほどではないが、やはり受験を意識したもの。先の二冊よりはややややさしい教材で並べたもの。そして、一番やさしい「新編国総」である。

二つ目は「新編国総」がやさしさを売りにした教科書であるという点である。まず目をひくのが本の大きさである。小学校や中学校の教科書はいち早くA五サイズからB五サイズへと変わったが、高校の国語教科書はA五サイズをそのまま踏襲したものが多い。その中でこの「新編国総」ほか数冊がB五サイズに移行した。

さらに気づくのが教科書のカラー化である。単行本は、デ・キリコの絵をまねた安西の挿絵が印象的である。『村上朝日堂』の特徴は何と言っても安西水丸の絵と村上春樹の文章のコラボレーションであろう。しかし、教科書に安西の挿絵はない。デ・キリコの絵が二頁にわたって五枚、カラーで載っている。これは編集部がデ・キリコのことを知らない高校生にとって、絵が欠かせない資料と考えたのか。とにかくカラー化を意識していることは間違いない。その他にも作品一つ一つがみな短く、活字も大きなものが使われている。つまり、やさしいということが色々なところで強調されているのである。

三つ目は単元構成である。春樹の文章は教科書の冒頭、真っ先に目に入る作品として位置づけられている。その単元名が「新しい出会い」で、河合雅雄の「身近な動植物の名を覚えよう」という文章と一緒に配置されている。先のホームページには、教科書を紹介する「内容見本」がある。まず新しい出会いという単元については、「平易で親しみやすい随想教材を読むことを通して、普段の生活のあり方を見つめ直させる。」とあり、作品については「恋、デ・キリコの展覧会、小説を書こうと思い立った日のこと。ものの見方や考え方が突然変わってしまう一日の素晴らしさを、親近感あふれる文体で語ったエッセイ。」とある。

このような内容見本を読むと、どんな意図で教科書を編集し、どのような学習をイメージしているのかがよくわかる。高校へ入学してすぐに読む教材。堅苦しい評論から入るのではなく、読みやすく、短い随想を選び、なおかつ高校へ入学した新入生に向けて「新しい出会い」に関する文章を読ませる。時間は二つの教材それぞれに二時間を配当する。高校の授業はどんなことをするのか。基礎的なことをおさえるために、漢字や表現に気をつけながら、筆者のものの見方を考えさせる授業展開を構想しているのだろう。

ちなみにもう一つの教材河合雅雄の「身近な動植物の名を覚えよう」は、身近な自然と親しむためには、動植物の名前を覚えることが大切であると主張する。ふだん気にもとめない道端の植物の名前を知ることで、自分の世界に対する認識が変わるという。確かにこちらも出会いを問題にしている。

学ぶということは特別なことではない。自分と身近な世界がどのようにあるのか、その関係をつかむことがすべての認識の第一歩である。このことを二つの随想を通してつかませようとしているのではないか。

四つ目は具体的な授業展開についてである。教科書の本文の後ろには、この教材で何を学ぶのか、手引きがついている。「新編国総」は学習を進める上での手がかり、学習活動のポイントとして「学習」「言葉と表現」「漢字」の三つ課題を載せてある。その「学習」にあげるのが次の三点である。

一　「デ・キリコの回顧展」で筆者はどういうことを感じたのか、まとめてみよう。

二　デ・キリコの絵を見た体験談から、自らの小説家としての出発期の話題へ話を転換させたのは、筆者の中で両者がどのように重なり合ったからか、考えてみよう。

三　「何かに対するものの見方が、ある一つの出来事を境に、たった一日でがらりと変わってしまう」（八・1）という体験が今までにあれば、紹介し合ってみよう。

言語や表現について、基礎的なことを学び、文章の読解をおさえる学習課題である。さらに詳しく内容を見るために、同じホームページのシラバスを参照しよう。

学習内容（ねらい）

・随想の読み方を習得する。

・筆者の経験を自分に引きつけて読む態度を養う。

評価の観点

関心・意欲・態度

・わかりにくい言葉・表現を辞書で調べている。

・筆者について調べたり、知っていることを発表したりしている。

・筆者の経験をもとに、自分の何かが変わったという経験について考え、表現しようとしている。

読む能力

・筆者が自分の経験をどのように対象化し、最終的に一般化しているか把握している。

・本文のタイトルの意味するところをつかんでいる。

知識・理解

・全文を正しく音読できる。

・比喩表現のおもしろさについて理解している。

観点別にどのような評価をするのか。学習指導要領をふまえた上で、授業を構想している。先にあげた「学習」と併せ、授業の方向性が明示され、よく考えられた学習活動である。しかし、授業をする側からすると、このシラバスが有効に機能するのか、少し不安である。明確な答えに至る課題があるわけでもなく、作業としてすべきことがはっきりしているわけでもない。ただ先生のいうことを聞いて、必要な板書をノートに写すだけの授業にならないか。ここに随想を教えることの難しさがある。

四、身体に残るものを掘り下げる

そこで教科書の編集意図を生かしながら、より教材のもつ魅力を生かす指導法を提案したい。そもそも随筆・随想・エッセイというものの概念自体が曖昧なのである。広辞苑には「随筆」として、「見聞・経験・感想などを気の向くままに記した文章。漫筆。随想。エッセー。」とあり、「エッセー」として「①随筆。自由な形式で書かれた個性的色彩の濃い散文。②試論。詳論。」とある。それぞれの用語に明確な区分けがあるわけではない。評論と呼ぶほど論理的な展開がなされているわけではなく、小説と呼ばれる虚構の作品とも異なる。いわば中間的な存在を随想と位置づければよいのか。その随想をさらに細分化するならば、文学的な随想、科学的な随想、思想的・批評的な随想などに分けることができる。とにかく幅をもったジャンルであることに間違いはない。

学習指導要領の国語総合[注7]の「読むことの指導」の欄に、次の事項について指導する旨が記されている。

ア　文章の内容を叙述に即して的確に読み取ったり、必要に応じて要約したりすること。
イ　文章を読んで、構成を確かめたり表現の特色をとらえたりすること。
ウ　文章に描かれた人物、情景、心情などを表現に即して読み味わうこと。
エ　様々な文章を読んで、ものの見方、感じ方、考え方を広げたり深めたりすること。

アからエまでは、すべての項目が随想にはあてはまるわけだが、主にアとイが評論、ウが小説、エが随想と振り分けることも可能だろう。そうであるならば随想を読む目的は「様々な文章を読んで、ものの見方、感じ方、考え方を広げたり深めたりすること。」が中心になる。確かに随想を読むことで、生徒のものの見方、考え方を広げていくことが国語にとって大切であることはよくわかる。しかし、ものの見方、感じ方を教えるために具体的にどうすればよいのかが難しい。あまりにも漠然としていて学習すべき内容が見えてこない。

もう少し明確な学習課題を与えるため、学習の到達点を変えてみてはどうか。随想を読むことを中心におくのではなく、自分なりの視点で捉え、随想を「書くこと」を目標として掲げたい。確かに読解だけでなく、表現が加わるのだから、時間も生徒の負担も倍増する。しかし、ものの見方、考え方を問題にするには、どうしても掘り下げるだけの時間が必要になる。

春樹の書いた文章がいくら日常的なことを平易に綴った文章であっても、それを簡単にまねすることなどできない。しかし、作家の思考や発想法を自分の思考に生かすことはできるはずである。「身の回り三メートルくらいの視線」で自分を取りまく世界に目を向ける。自分の身体に残った「筋肉のねじれのような感覚」を言語化する。ふだんは忙しくて見落としているささやかなできごとに焦点をあてる。

「一日ですっかり変わってしまうこともある」には、読者との応答があった。生徒が文章を書くときも読者を想定して書かせたい。体験を書くことは、ある意味で個人の問題を人前にさらすことになる。しかし人に読んでもらうことを前提に書くのだから、さらけだしたくないことを書く必要はない。クラスの仲間に自分のある一面を伝えればよい。

まず、次のような課題を提示する。いわゆる思考のレッスンである。

① 「筋肉のねじれのような感覚」をみつけよう。

② はなれているのに、つながっているものをみつけよう。

③ ○○のような□□をみつけよう。

高校生に一日ですっかり変わったことをみつけよと言っても、そういう経験があるかどうかわからない。人生の転機を意識するのはおそらくもっと先ではないか。しかし、これまでに身体の震えるような「感動」がいくつかあったはずである。心が揺さぶられた体験を探し、その場の情景を詳細に思い浮かべ、記述をする。次になぜ心が動いたのかを分析し書き加える。こらが①の課題である。

②は文章の構成面から迫る課題。はなれているのに、つながっているもの。次元の異なる個別の問題が、実は一般化、普遍化できる問題であることに気づく。俳句で行う「取り合わせ」のような発想である。

③は修辞法に関する課題。直喩を作る学習もある意味で小さな取り合わせだろう。修辞法を知識のレベルで学ぶのではなく、実践のレベルで習得するほうが身につく。修辞法は書き手の独自なものの見方を支える技法である。ここでは直喩のみに注目したが、擬音語・擬態語を用いて、その場の情景をリアルに描写する課題を入れてもよい。

こういう形で①から③までいずれかの課題に取り組み、その後で書いたものを罫線の入った清書用紙に書かせ、縮小して印刷をする。あるいはパソコンを使って各自に入力させ活字にすれば、小冊子が完成する。読者を意識して書いた文章をみんなで読み合う時、教科書で読解する学習とは明らかに異なる反応が教室に生まれる。

村上春樹があるインタビュー[注8]に答えて次のように言う。

ごはんを食べて、地下鉄に乗って、中古レコード屋に寄って、というふうに普通に生活をしているとき、村上春樹というのは何ら特別な人間ではありません。そのへんにいるただの人です。ただ、机に向かってものを書くときだけ、僕は特殊な場所に足を踏み入れていくことのできる人間になります。それはあらゆる人に多かれ少なかれそなわっている能力かもしれないけど、僕はたまたま、それをさらに深く追求する能力を持ち合わせているんだと思う。地上に生きている分には普通だけれど、地下を掘っていく能力と、そこに何かを見つけ、それを素早くつかみとって文章に置きかえる能力だけは、普通の人以上のものをたぶん持っているのだと思う。特殊技術者として。

春樹は小説を書くことをよく井戸掘りにたとえる。深く掘り下げることが小説を書く行為につながるという。普通の人にそれをまねはできない。しかし、身体で受けとめたことを意味づけ、対象化することで、自分をひらくことならできる。たとえ「井戸」が浅くても、自分を掘り下げようとする行為は「普通の人」にも必要である。

以上春樹のエッセイからその思考法を学び、それを応用し自らの文章を仕上げる学習活動を考えた。春樹が小説を書くときに自分を掘り下げるように、身の回りの日常を見つめ直し、自分を掘り下げる行為を高校生に求めたい。

確かにものの見方や考え方を深める学習は難しい。しかし、思春期を迎え揺れ動く高校生にとって、「すべてが一日ですっかり変わってしまうこともある」という作品は、自己を見つめる意味でも、自己と世界との関係を考える意味でも有効に働く教材ではないか。〈教室〉の中の村上春樹は、少なからず高校生を揺さぶる力をもつ。

［注1］『村上朝日堂はいかにして鍛えられたか』（一九九七年六月　朝日新聞社）その後、九九年八月に新潮文庫に収められる。

［注2］『アンダーグラウンド』（一九九七年三月　講談社）地下鉄サリン事件の被害者等にインタビューしたノンフィクショ

ン。

【注3】『MURAKAMI　龍と春樹の時代』（清水良典　二〇〇八年九月　幻冬舎新書096）

【注4】『村上朝日堂』（一九八四年七月　若林出版企画）最初は「日刊アルバイトニュース」に一九八二年から八四年にかけて連載されたものをもとにしている。八七年二月に文庫本化される。

【注5】『村上春樹にご用心』（内田樹　二〇〇七年十月　アルテスパブリッシング）

【注6】第一学習社ホームページ　http://www.daiichi-g.co.jp/kokugo/

【注7】高等学校学習指導要領（一九九九年（平成一一年）三月版）の国語総合　2内容の中の、Cに読むことに関する指導事項がある。尚、二〇一〇年（平成二二年）六月に、新しい指導要領が出されている。新しい国語総合の教科書が使われるのは二〇一三年四月に予定されている。

【注8】「考える人」（二〇一〇年夏号　新潮社　特集　村上春樹インタビュー）

あとがき

村上春樹が「風の歌を聴け」でデビュー（一九七九年）してから、三〇有余年の時が流れた。登場から一八年目の村上が『アンダーグラウンド』（一九九七年）を発表し、『村上春樹、河合隼雄に会いにいく』（二〇〇〇年）において「『井戸』を掘って掘って掘っていくと、そこでまったくつながるはずのない壁を越えてつながる、というコミットメントのありように、ぼくは非常に惹かれた」と述べた時、それまでの「アフォリズム」や「デタッチメント」から、「コミットメント」へと、彼がその姿勢を転換したと解された。

しかし、二〇一一年の現在、改めて村上のここまでの仕事を振り返ってみると、彼は当初からビビットに高度資本主義社会、高度情報化社会、大量消費社会の闇と交感し続けてきたのだと改めて思う。村上は、一九八五年に発表した短篇小説集『回転木馬のデッド・ヒート』の「はじめに」で、我々の人生を「回転木馬の上で仮想の敵に向けて熾烈なデッド・ヒートをくりひろげている」と喩えた後に、次のように述べる。

> 我々が意志と称するある種の内在的な力の圧倒的に多くの部分は、その発生と同時に失われてしまっているのに、我々はそれを認めることができず、その空白が我々の人生の様々な位相に奇妙で不自然な歪みをもたらすのだ。

日常生活のルーティーンの中で少しずつ生じる僅かな歪み。それが次第に大きくなり、いつのまにか現れる「パラレル・ワールド」へと通ずる入口。村上は、そのような裂け目の存在を証しするべく、数多の「マテリアル」（同前、以下の形式段落内の括弧も同じ）すなわち「小麦粉」としての物語をこねて、「パン」という小説を焼く「パン屋のリアリティー」を追求し続けきたのだと思われる。

二〇〇八年三月、文部科学省は新しい学習指導要領を示して、競争と技術革新が絶え間なく起こるとされる「知識基盤社会」（OECD）を生きるこれからの子どもたちに、「幅広い知識と柔軟な思考力に基づく新しい知や価値を創造する能力」「自ら課題を発見し解決する力」「コミュニケーション能力」「物事を多様な観点から考察する力」「様々な情報を取捨選択できる力」などを身につけることを求めた。これからの時代には、たとえ目的地の国家が崩壊していようとも、内戦状態であろうとも、己の「生きる力」（サバイバルの力）を用いて、ミッションをクールに遂行する人間が必要なのであろう。

「別のかたちをとらずにはいられない」（「レキシントンの幽霊」）「ものごと」が「別のかたちをと」ることを可能な限り妨害し、ひたすらその「ものごと」に本来の「かたち」のままでいることを強要するのが、なにごとにも効率のよさ、明解さ、分かりやすさを求める現代という時代である。そんな時代の〈教室〉に、村上春樹の文学を置き直した時、見えてくることに注目し続けていきたい。

終わりになるが、諸般の事情から本書の刊行が大幅に遅れてしまった。早くから論考をお送りくださった諸氏に編者の一人としてお詫びしたい。また、ひつじ書房編集部の森脇尊志氏の献身的なご助力に、心からの謝意を表したい。なお、本書刊行にあたっては、山形県立米沢女子短期大学から出版の助成を受けた。記して感謝申し上げる。

佐野正俊

村上春樹作品の教科書掲載教材リスト

佐野正俊

凡例

1　収録作品の対象と範囲

本リストは、二〇一一年三月現在、村上春樹作品（翻訳を含む）を、教材として掲載した文部科学省検定済の小学校・中学校・高等学校の国語科用教科書を、使用開始年順に並べて、必要と思われる書誌的データを記したリストである。

2　掲載

当該作品を掲載している国語科教科書を、その使用開始年の順に教科書名を『』で括って【掲載】の欄に記した。教科書会社名の前にある小・中・高の表記は、それぞれ教科書の使用校種を表している。

3　原題

当該作品が教科書掲載の際に改題（表記変更を含む）された場合は、原題を【原題】の欄に記した。

4　初出

【初出】の欄に、当該作品の初出紙誌名を「」で括って表記し、年月（週刊誌の場合は日まで）を示した。「書き下ろし」あるいは「訳し下ろし」で、初出が単行本の場合には書名の上に「単行本」と記して『』で括って書名を記した。

5　収録

『村上春樹全作品1979－1989』（講談社）・『村上春樹全作品1990－2000』（講談社）を除いて、原則的には所収書の全てを【収録】の欄に記した。

6　全作品

当該作品が『村上春樹全作品1979－1989』・『村上春樹全作品1990－2000』に所収されている場合には、【全作品】の欄に書名の略号と巻数を丸数字で示した。

補記

本リストを作成するにあたって、阿武泉監修『読んでおきたい名著案内　教科書掲載作品13000』（日外アソシエート、08・4・25）、村上春樹研究会編『村上春樹　作品研究事典』（鼎書房、01・6・15）、『村上春樹　作品研究事典（増補版）』（鼎書房、07・10・15）を参照した。

本リストは、前記、参照書の刊行後に発行された村上作品および教科書、阿武が調査外とした小学校、中学校の国語科教科書および、高等学校の「国語表現」「現代語」「国語表現Ⅰ」「国語表現Ⅱ」の教科書を調べて、データを付け加えたものである。

国語科教科書には、教材として掲載されてはいないが、本書で取り上げて論じた村上作品を、初出の早い順に並べ、教科書掲載の村上作品と同様のデータを記して、最後に掲載した。

教科書掲載作品

「西風号のそう難」

【掲載】『国語六下』（小・光村図書、89）【原題】「西風号の遭難」【初出】単行本『西風号の遭難』クリス・ヴァン・オールズヴァーグ作・村上春樹訳（河出書房新社、85・9・30）

「ノルウェイの森」

【掲載】『高等学校国語1　三訂版』（高・三省堂、91）【初出】単行本『ノルウェイの森』上・下（講談社、87・9）【収録】『ノルウェイの森』上下（講談社文庫、91・4・15）【全作品】『1979−1989⑥』

「鏡」

【掲載】『新編　現代文〔新訂版〕』（高・東京書籍、93）、『新国語二』（高・尚学図書、95）、『国語1（現代文編）』（高・東京書籍、98）、『国語総合』（高・大修館書店、03）、『国語総合　現代文編』（高・東京書籍、03）、『国語総合　改訂版』（高・大修館書店、07）、『新編　国語総合　改訂版』（高・大修館書店、07）【初出】「トレフル」83・2【収録】『カンガルー日和』（平凡社、83・9・9）、『カンガルー日和』（講談社文庫、86・10・15）、『魔法の水』（村上龍編、角川ホラー文庫、93・4・24）、『はじめての文学　村上春樹』（文藝春秋、06・12・10）、『めくらやなぎと眠る女』（新潮社、09・11・27）【全作品】『1979−1989⑤』

「ランゲルハンス島の午後」

【掲載】『新国語1』（旺文社、94）【初出】単行本『ランゲルハンス島の午後』（光文社、86・11・25）【収録】『ランゲルハンス島の午後』（新潮文庫、90・10・1）

「レイニー河で」

【掲載】『新選現代文』（高・教育出版、95）、『新現代文』（高・教育出版、99）、【初出】単行本『本当の戦争の話をしよう』ティム・オブライエン作・村上春樹訳（文藝春秋、90・10）【収録】『本当の戦争の話をしよう』ティム・オブライエン作・村上春

樹訳（文春文庫、98・2）

「待ち伏せ」

【掲載】『新版　高校現代文』（高・日本書籍、96）、『精選国語総合現代文編』（高・筑摩書房、03）、『高等学校　国語総合　改訂版』（高・三省堂、07）、『精選国語総合現代文編〔改訂版〕』（高・筑摩書房、07）【初出】『本当の戦争の話をしよう』ティム・オブライエン作・村上春樹訳（文藝春秋、90・10）【収録】『本当の戦争の話をしよう』ティム・オブライエン作・村上春樹訳（文春文庫、98・2）

「レキシントンの幽霊」

【掲載】『精選現代文』（高・大修館書店、99）、『新編　現代文』（高・三省堂、04）、『精選現代文』（高・大修館書店、04）、『精選現代文　改訂版』（高・大修館書店、08）、『高等学校現代文改訂版』（高・三省堂、08）【初出】「群像」（96・10）【収録】『レキシントンの幽霊』（文藝春秋、96・11・30）、『レキシントンの幽霊』（文春文庫、99・10・10）、講談社文芸文庫編『戦後短篇小説再発見6　変貌する都市』（講談社01・11・10）【全作品『1990−2000③』

「七番目の男」

【掲載】『高等学校　改訂版　現代文2』（高・第一学習社、00）、『高等学校現代文』（高・第一学習社、04）【初出】「文藝春秋」（96・2）【収録】『レキシントンの幽霊』（文藝春秋、96・11・30）、『レキシントンの幽霊』（文春文庫、99・10・10）【全作品『1990−2000③』

「一日ですっかり変わってしまうこともある」

【掲載】『高等学校　新編　国語総合』（高・第一学習社、03）【初出】「週刊朝日」（96・8・30）【収録】『村上朝日堂はいかにして鍛えられたか』（朝日新聞社、97・6・1）、『村上朝日堂はいかにして鍛えられたか』（新潮文庫、99・8・1）

「ささやかな時計の死」

【掲載】『新現代文』（高・筑摩書房、04）、『現代文　新訂版』（高・筑摩書房、08）【初出】単行本『村上朝日堂　はいほー！』（文化出版局、89・5・20）【収録】『村上朝日堂　はいほー！』（新潮文庫、92・5・25）

「バースデイ・ガール」

【掲載】『伝え合う言葉　中学国語2』（中・教育出版、06）【初出】単行本『バースデイ・ストーリーズ』（中央公論新社、02・12・7）【収録】『〈村上春樹翻訳ライブラリー〉バースデイ・ストーリーズ』（中央公論新社、06・1・10）、『めくらやなぎと眠る女』（新潮社（09・11・7）

「夜のくもざる」

【掲載】『現代語』（高・東京書籍、06）【初出】「太陽」（93・4）【収録】『村上朝日堂超短篇小説　夜のくもざる』（平凡社、95・6・10）、『村上朝日堂超短篇小説　夜のくもざる』（新潮文庫、98・3・1）【全作品】『1990―2000①』

「ふわふわ」

【掲載】『国語2』（中・光村図書、06）【初出】単行本『ふわふわ』（講談社、98・6・26）【収録】『ふわふわ』（講談社文庫、01・12・15）、『齋藤孝のイッキによめる！名作選小学6年生』（講談社、05・7・24）【全作品】『1990―2000①』

「青が消える」

【掲載】『新精選国語総合』（高・明治書院、07）【原題】「青が消える（Losing Blue）」【初出】英「インディペンデント」、仏「ル・モンド」、伊「ラ・レプーブリカ」、西「エル・パイス」92、新聞別冊）【収録】『村上春樹全作品1990―2000①』（講談社、02・11・20）【全作品】『1990―2000①』

「カンガルー日和」

【掲載】『精選現代文』（高・東京書籍、08・高）、【初出】「トレフル」（81・4）【収録】『カンガルー日和』（平凡社、83・9・9）、『カンガルー日和』（講談社文庫、86・10・15）、『はじめての文学　村上春樹』（文藝春秋、06・12・10）【全作品】『1979―1989⑤』

教科書未掲載作品

「象の消滅」

【初出】「文學界」（85・8）【収録】『パン屋再襲撃』（文藝春秋、86・4・10）、『パン屋再襲撃』（文春文庫、89・4・10）、『象の消滅　短篇選集1980―1991』（新潮社、05・3・31）【全作品】『1979―1989⑧』

「パン屋再襲撃」

【初出】「マリ・クレール」（85・8）【収録】『パン屋再襲撃』（文藝春秋、86・4・10）、『パン屋再襲撃』（文春文庫、89・4・10）、『象の消滅　短篇選集1980―1991』（新潮社、05・3・31）【全作品】『1979―1989⑧』

「レーダーホーゼン」

【初出】『回転木馬のデッド・ヒート』（講談社、85・10・15）【収録】『回転木馬のデッド・ヒート』（講談社文庫、88・10・15）、『象の消滅　短篇選集1980―1991』（新潮社、05・3・31）【全作品】『1979―1989⑤』

「沈黙」

【初出】『村上春樹全作品1979―1989⑤』（講談社、91・1・12）【収録】『沈黙』（全国学校図書館協議会、93・3・1）、『レキシントンの幽霊』（文藝春秋、96・11・30）、『レキシントンの幽霊』（文春文庫、99・10・10）、『象の消滅　短篇選集1980―1991』（新潮社、05・3・31）、『はじめての文学　村上春樹』（文藝春秋、06・12・10）

め

や

ゆ

よ

ら

れ

わ

索引

〈執筆者紹介〉（五十音順　＊編者）

①氏名　②所属　③主な著書・論文

①**相沢毅彦**（あいざわ たけひこ）
②早稲田大学高等学院教諭
③「文学教育の実践における読みの理論の必要性あるいは困難さについて――文学教育の可能性を切りひらく試みとして――」（『可能性としてのリテラシー教育』ひつじ書房　近刊）、「〈見えないもの〉を掘り起こす――山田詠美『海の方の子』における試み――」（『日本文学』日本文学協会）、「有島武郎の『或る女』と新聞スキャンダル――見えない抑圧について――」（『有島武郎研究』有島武郎研究会）

①**青嶋康文**（あおしま やすふみ）
②東京都立南多摩中等教育学校教諭
③「教室という場と〈私〉」（『日本文学』日本文学協会）、『日本語表現のレッスン』（共著　教育出版）

①**足立悦男**（あだち えつお）
②島根大学副学長
③『新しい詩教育の理論』（明治図書）、『現代少年詩論』（明治図書）、『西郷文芸学の研究』（恒文社）

①**渥美孝子**（あつみ たかこ）
②東北学院大学教授
③「ノルウェイの森」（『アエラムック　村上春樹がわかる』朝日新聞出版）、「村上春樹『アフターダーク』の居場所――アダルト・チルドレンと監視社会と――」（『社会文学』日本社会文学会）

①**内田樹**（うちだ たつる）
②神戸女学院大学名誉教授・凱風館館長
③『最終講義』（技術評論社）、『街場のメディア論』（光文社）、『若者よマルクスを読もう』（共著、かもがわ出版）

①**鎌田均**（かまだ ひとし）
②京都産業大学附属中学高等学校教諭
③「芥川龍之介『藪の中』の出口――「小説として読む」ということ」（『「これからの文学教育」のゆくえ』右文書院）、「「読み」のベクトル――『おにたのぼうし』の場合」（『日本文学』日本文学協会）、「〈語り〉を読む可能性――中島敦『山月記』」（『国文学　解釈と鑑賞』至文堂）

①**喜谷暢史**（きたに のぶちか）
②法政大学第二高等学校教諭
③「孤絶の涯ての〈夢〉――三島由紀夫『美神』」（『国文学　解釈と鑑賞』ぎょうせい）、「戦場のボーイズ・ライフ――切断された〈文脈〉に抗して――」（『日本文学』日本文学協会）、「六〇年目の『戦争表現』とサブカルチャーの定位」（共編著「千年紀文学叢書　第6集」皓星社）

①**齋藤知也**（さいとう ともや）
②自由の森学園中学校・高等学校教諭、立教大学非常勤講師
③『教室でひらかれる〈語り〉――文学教育の根拠を求めて――』（教育出版）、「国語教育とテクスト論（の限界と可能性）」（共著『〈国語教育〉とテクスト論』ひつじ書房）、「大河原忠蔵「状況認識の文学教育」論の批判的検討」（「教職研究」立教大学学校・社会教育講座教職課程）

①**佐野正俊**（さの まさとし）＊
②拓殖大学准教授
③「村上春樹『夜中の汽笛、あるいは物語の効用について』の教材研究のために」（『拓殖大学　語学研究』拓殖大学言語文

化研究所）、『掘りだしものカタログ1先生×小説』（編著・明治書院）、「村上春樹における小説のバージョン・アップについて――『レキシントンの幽霊』の場合――」（『国文学　解釈と鑑賞』ぎょうせい）

①**須貝千里**（すがい せんり）
②山梨大学教授
③「交流のナラトロジー」を超えて――「あたりまえ」との対話――」（『国文学　解釈と鑑賞』ぎょうせい）、「〈神々〉の国で、〈神〉を問う――「国語教育」問題――」（『日本文学』日本文学協会）、『「これからの文学教育」のゆくえ』（編著　右文書院）

①**助川幸逸郎**（すけがわ こういちろう）
②横浜市立大学他非常勤講師
③『文学理論の冒険』（東海大学出版会）、『〈人間〉の系譜学』（共編著　東海大学出版会）、『〈国語教育〉とテクスト論』（共編著　ひつじ書房）

①**角谷有一**（すみたに ゆういち）
②大谷中高等学校　中学教頭
③『少年の日の思い出』その〈語り〉から深層の構造へ」（『ポスト・ポストモダンと文学教育の課題』　教育出版二〇一一年刊行予定）、「『無常といふこと』その批評性を引き出す読み方へ」（『〈新しい作品論〉へ、〈新しい教材論〉へ　評論編3』　右文書院）

①**高野光男**（たかの みつお）
②東京都立産業技術高等専門学校教授
③「国語教育における「歴史社会学派」継承と克服についての一考察――鈴木醇爾における文学教育の発見」（『月刊国語教育研究』日本国語教育学会）、「物語を超えて――語りから読む「最後の一句」」（『日文協　国語教育』日本文学協会国語教育部会）、「物語化に抗して――村上春樹「七番目の男」の語り」（『国文学　解釈と鑑賞』ぎょうせい）

①**田中実**（たなか みのる）
②都留文科大学教授
③『小説の力――新しい作品論のために――』（大修館書店）、『読みのアナーキーを超えて――いのちと文学――』（右文書院）、『文学の力×教材の力　全10巻』（教育出版）

①**丹藤博文**（たんどう ひろふみ）
②愛知教育大学教授
③「言語論的転回としての文学の読み」（『愛知教育大学研究報告』（人文・社会科学編）愛知教育大学）、「『羅生門』の行方は誰も知らない」（『文学の授業づくりハンドブック　第四巻　中・高等学校編』溪水社）、「〈死者〉の言葉――文学教育の（不）可能性を問う――」（『国語科教育』全国大学国語教育学会）

①**中野和典**（なかの かずのり）
②福岡大学講師
③「地図と契約――安部公房『燃えつきた地図』論――」（『日本近代文学』日本近代文学会）、「所有の始原――安部公房「赤い繭」論――」（『国語と教育』長崎大学国語国文学会）、「主体のゆらぎ――大田洋子「山上」を中心に」（『原爆文学研究』花書院）

①**服部康喜**（はっとり やすき）
②活水女子大学教授
③『終末への序章――太宰治論』（日本図書

センター)、「底が抜けた小説あるいは始まりの小説──太宰治「ヴィヨンの妻」と現在」(『季刊iichiko』№108)、「加害の記憶・長崎の「原爆の図」展──長崎における1980年代の反核・平和運動」(『原爆文学研究9』花書院)

①**馬場重行**(ばば しげゆき)*
②山形県立米沢女子短期大学教授
③「「見えないもの」を見る力──川端康成「金塊」の〈文脈〉──」(『日本文学』日本文学協会)、「川端康成「油」私考──「末期の眼」の萌芽──」(『川端文学への視界26』銀の鈴社)

①**村上呂里**(むらかみ ろり)
②琉球大学教授
③『日本・ベトナム比較言語教育史』(明石書店)、「『故郷』のプロット──二重映しの〈月〉の風景」(『国文学　解釈と鑑賞』ぎょうせい)、「ナショナルをめぐる〈声〉と〈文字〉の相克」(『日本文学』日本文学協会)

〈教室〉の中の村上春樹

発行　2011年8月5日　初版1刷
定価　2800円＋税
編者　©馬場重行・佐野正俊
発行者　松本 功
本文デザイン　大熊 肇
装丁者　大崎善治
組版者　内山彰議（4&4, 2）
印刷製本所　株式会社シナノ
発行所　株式会社ひつじ書房
〒112-0011 東京都文京区千石 2-1-2　大和ビル 2F
Tel. 03-5319-4916　Fax. 03-5319-4917
郵便振替 00120-8-142852
toiawase@hituzi.co.jp　http://www.hituzi/co.jp/

ISBN978-4-89476-551-1 C0091